셜록 홈즈의 모험

셜록 홈즈 전집2
셜록 홈즈의 모험

아서 코난 도일 지음
정태원 옮김

발 행 일 초판 1쇄 2013년 9월 28일
           초판 2쇄 2014년 1월 13일
발 행 처 시간과공간사
발 행 인 최석두

등록번호 제1-765호 / 등록일 1988년 7월 6일
주   소 서울시 마포구 서교동 480-9 에이스빌딩 3층
전화번호 (02)325-8144(代) FAX (02)325-8143
이 메 일 pyongdan@hanmail.net
I S B N 978-89-7142-248-9 14840
I S B N 978-89-7142-246-5 (세트)

※ 잘못된 책은 바꾸어 드립니다

 저희는 매출액의 2%를 불우이웃 돕기에 사용하고 있습니다.

최신 완역본

아서 코난 도일 지음 | 정태원 옮김

셜록 홈즈의
모험

The Adventures of
Sherlock Holmes

시간과공간사

Contents

셜록 홈즈의 모험

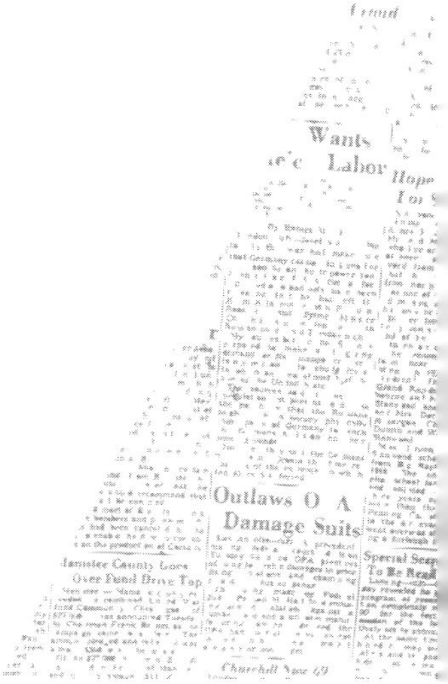
Wants
Labor
Outlaws O A
Damage Suits

Sherlock
Holmes

보헤미아의 스캔들

A Scandal in Bohemia

1887년 5월 20일 (금) ~5월 22일 (일)

1

셜록 홈즈에게 그 여자는 언제나 '그 여성'이었다. 그 밖의 다른 표현으로 부르는 것을 들어 본 적이 없다. 홈즈의 눈에 그 여자는 다른 여자의 광채를 모두 **빼앗아** 압도하는 존재다. 그렇다고 해서 그가 아이린 애들러에게 사랑에 가까운 감정을 품고 있는 것은 아니다. 모든 감정, 그중에서도 특히 사랑이라는 감정은 냉정하고 예리하며 놀랄 만큼 균형이 잡힌 그의 정신에는 번거롭기만 할 뿐이다. 그는 이 세상에 일찍이 존재한 적이 없었던 완전한 추리와 관찰의 기계다. 따라서 그가 사랑을 하는 남자가 되었다는 것은 틀려도 보통 틀린 말이 아니다. 그는 인간의 달콤한 애정 따위에 대해서는 비웃음과 비아냥거림을 섞어서 말했다. 그런 그의 행동을 보고 있으면 정말 볼만하다. 즉, 인간의 동기나 목적을 적나라하게 보여 준다. 그러나 훈련된 추리가에게는 복잡 미묘하게 조화된 정신 상태 속에 그와 같은 감정이 침입하도록 허용하는 것은 혼란의 씨앗을 심는 행위이며, 그렇게 된다면 그는 정신의 모든 기능을 신용하지 못하게 될 것이다. 그러한 성질의 남자에게 만일 강렬한 정서가 일어났다면, 그것은 민감한 기계에 들어간 모래알과 같고, 또한 그가 갖고 있는 고성능 돋보기에 생긴 균열보다도 더 큰 착오와 분란을 일으킬 것이다. 그러나 홈즈에게도 여자는 있었다. 그녀는 정체를 알 수 없는 여자로, 사람들의 기억에만 남아 있을 뿐 지금은 떠나고 없는 아이린 애들러다.

나는 요즈음 홈즈와 거의 만나지 않았다. 나의 결혼이 우리 둘 사이를 빨리 떼어 놓은 것이다. 나는 더없이 행복하다. 처음으로 한 가정의 가장이 된 사람이면 누구나 그렇듯이 가정을 중심으로 한 주위 일에 흥미를 느끼게 된다. 나도 그것에 모든 관심을 빼앗기고 있었다. 한편, 홈즈는 완전히 탈속한 심정이 되어 사람들과의 교제를 꺼리고, 여전히 그 베이커 가에 살면서 산더미같은 고서 속에 파묻혀서 많은 날을 코카인과 공명심에 탐닉해 있었다. 즉, 마약에 취해 꿈속을 헤매는 사람이 되기도 하고, 때로는 그만이 지닌 날카로운 천성에 의해 정력적으로 일을 하기도 했다. 그는 계속 범죄 연구에 몰두했는데, 헤아릴 수 없는 재능과 놀라운 관찰력을 구사해 경찰이 손든 사건의 실마리를 찾아내고 그 수수께끼를 해결했다. 나도 가끔 그의 활약을 어렴풋하게나마 들었다. 예를 들면 트레포프 살인 사건으로 오데사에 초청을 받아 갔다느니, 트링코말리(실론 섬의 군항)의 애트킨슨 형제의 기괴한 참극을 해결했다느니, 네덜란드 왕실이 의뢰한 사건을 멋지게 해결했다느니 하는 이야기들이다. 그러나 이런 활약은 신문만 읽으면 다 알 수 있는 것으로, 나는 과거의 친구이고 함께 일을 해 온 그에 대해 그 이상의 것은 거의 모르고 있었다.

1887년 5월 20일 밤, 나는(본업인 의사 노릇을 다시 시작했다) 왕진을 하고 돌아가는 길에 우연히 베이커 가를 지나게 되었다. 나의 연애 시절이며, 또한 '주홍색 연구' 사건의 비참했던 일을 생각나게 하는 잊을래야 잊을 수 없는 출입구 앞에 당도했을 때, 나는 홈즈를 다시 만나 그가 요즘 그 천재적 능력을 어떻게 활용하고 있는지 알고 싶었다. 그의 방에는 불이 환하게 켜져 있었다. 올려다보는 잠깐 동안에도 그의 후리후리한 그림자가 두 번이나 창문 커튼에 어른거렸다. 그는 고개를 숙이고 뒷짐을 진 채 방 안을 서성이고 있었다. 그의 습성이나 버릇 따위를 모두 알고 있었기 때문에 이 자세와 움직임만 보아도 충분히 짐작할 수 있었다. 그는 또다시 일을 하고 있는 것이다. 마약으로 몽롱하게 꿈결을 헤매는 것을 벗어나 새로운 사건을 해결하기 위해 열중해 있는 것이다. 나는 벨을 울렸다. 그리고 잠시 후, 전에는 나와 공동 소유였던 그 방에 안내되었다.

홈즈는 감정을 과장하여 표현하는 남자가 아니다. 언제나 그렇다. 그러나 나의 방문을 기뻐하는 것만은 알 수 있었다. 인사말도 하지 않고 부드러운 눈빛으로 쳐다보더니 안락의자에 앉으라고 손짓을 보냈다. 이어서 시가 상자를 던져 주었고, 또 술 상자와 탄산수를 만드는 장치가 구석에 있다는 것을 손가락으로 가리켰다. 그러고는 불 앞에 서더니, 이상하리만치 꿰뚫어 보는 듯한 그 표정으로 나를 살펴보았다.

"결혼 생활이 꽤 만족스러운 모양이군, 왓슨. 전에 만났을 때보다 7파운드 반은 살이 찐 것 같아."

"7파운드야." 내가 대답했다.

"그래? 보기엔 더 찐 듯싶은데. 7파운드라고 하지만 분명 더 될 거야. 다시 개업을 했지? 그런 소문은 듣지 못했지만."

"어떻게 알았나?"

"추리로 알아냈지. 그뿐인 줄 아나. 얼마 전에 비를 많이 맞았고, 자네 집에는 몹시 솜씨 없고 조심성 없는 가정부가 있다는 것도 알고 있네."

"이것 봐. 자네한텐 못 당하겠어. 만약 자네가 몇 세기 전에 태어났더라면 틀림없이 마법사로 화형을 당했을 거야. 사실 목요일에 시골 길을 가다가 비를 흠뻑 맞고 돌아왔네. 그러나 옷도 갈아입었는데 어떻게 그런 추리를 했지? 그리고 가정부 메리 제인에게는 두 손 들었네. 아내도 고개를 흔들면서 곧 내보내야겠다고 하더군. 그런데 어떻게 그런 것까지 알았나?"

그는 혼자 쿡쿡 웃으며 길고 부드러운 손을 비볐다.

"아주 간단해. 자네의 왼쪽 구두 안쪽 난롯불이 비치는 부분에 나란히 난 상처가 여섯 개 보이네. 이건 분명히 구두 바닥의 가장자리에 달라붙은 흙을 거칠게 긁어내려다 생긴 거야. 이것으로 두 개의 추리가 가능하지. 하나는 자네는 날씨가 몹시 나쁜 날에 외출했다. 다른 하나는 자네 집 가정부는 구두에 흠을 내는 아주 조심성 없는 런던 토박이의 대표적 표본이다. 그다음 자네가 개업을 했다는 점인데, 신사가 요오드포름 냄새를 풍기고 왼손 집게손가락에 초산은 때문에 생긴 검은 얼룩이 묻어 있고, 바로 여기에 청진기가 들어 있습니다 하고 가르쳐 주듯 중절모 한쪽이 불룩 부풀어 갖고 방에 들어왔는데도 의사임을 간파하지 못했다면 내 머리가 엉망으로 나빠졌다는 증거지."

나는 홈즈가 추리의 경로를 대수롭지 않게 설명하는 것을 듣고 웃음을 터트렸다.

"자네 설명을 들으면 언제나 어처구니없도록 간단해서 나도 문제없이 할 수 있을 것 같은 생각이 들어. 그러나 추리의 과정을 듣기 전에는 자네가 이끌어 내는 결론이 아리송해서 언제나 어리둥절하고 말지. 이래 봬도 내 눈은 자네 정도로 좋다고 자부하고 있지만."

"그건 그렇겠지." 그는 담배에 불을 붙이고 안락의자에 몸을 내던지듯 앉으면서 말했다.

"자네는 보기만 할 뿐 관찰을 하지 않아. 보는 것과 관찰하는 것은 완전히 달라. 예를 들면 자네도 현관에서 이 방으로 올라오는 계단을 여러 번 보았겠지?"

"가끔 보았지."

"몇 번이나 보았나?"

"수백 번은 보았을 거야."

"그렇다면 계단이 모두 몇 개인가?"

"몇 계단? 모르겠는데."

"그것 봐. 관찰하지 않았기 때문이야. 그러나 보기는 했지. 내가 말하고 싶은 것은 그 점이야. 잘 듣게. 계단은 모두 열일곱 개네. 그것은 보는 것과 동시에 관찰하기 때문이지. 말이 나왔으니 하는 말인데, 자네는 지금까지 내가 처리한 간단한 사건에 흥미를 갖고 별것 아닌 내 경험 한두 가지를 기록해 준 적이 있으니까, 이것에도 틀림없이 흥미가 있을 거야."

홈즈는 테이블 위에 펼쳐져 있던 핑크색 편지지 한 장을 내게 건네주었다.

"조금 전에 배달된 거야. 소리 내어 읽어

보게."

편지에는 날짜도 없었고, 보낸 사람의 이름도 주소도 없었다.

오늘 저녁 7시 45분. 중요한 문제로 의논을 드리고 싶은 사람이 찾아갑니다. 당신이 최근에 유럽의 한 왕실을 위해 하신 일은, 당신이야말로 말로는 표현하기 어려울 정도의 중대 사건까지 마음 놓고 맡길 수 있는 분임을 증명했습니다. 당신에 대해서는 여러 방면으로 들어 왔습니다. 제발, 그 시간에 댁에 계셔 주시고, 또한 제가 마스크를 하고 있어도 용서하십시오.

"정말 이상하군. 자네는 어떻게 생각하나?" 내가 물었다.

"아직은 단서가 없어. 단서가 없는 것을 추측하는 것은 큰 잘못이야. 사실에 맞는 이론을 찾는 대신 이론에 맞도록 무의식중에 사실을 왜곡하게 되지. 하지만 이 편지만 생각해 보세. 자네는 이 편지에서 어떤 것을 추측할 수 있나?"

나는 필적과 종이의 질을 주의 깊게 살펴보았다.

"이 편지를 쓴 사람은 부자 같은데. 이런 고급 종이는 한 묶음에 반 크라운 이상 할 거야. 아주 질기고 튼튼한 종이지." 나는 되도록 홈즈의 추리법을 흉내 내어 말했다.

"아주…… 라는 표현은 그럴듯하군. 이건 영국 종이가 아냐. 불빛에 비춰 보게." 홈즈가 말했다.

시키는 대로 해 보니, 대문자 'E'에 소문자 'g', 다음은 대문자 'P', 그리고 대문자 'G'에 또 소문자 't'가 종이 속에 들어 있었다.

　"어떻게 생각하나?" 홈즈가 물
었다.

　"틀림없이 종이 회사 이름일 거야.
아니, 그 머리글자일까?"

　"그렇지 않아. 'Gt'는 독일어의 '게젤샤프트(Gesellschaft)'의 약자로
회사라는 뜻이야. 이건 정해진 약자 형식으로 영어의 'Co'에 해당되
네. 'P'는 물론 독일어의 'Papier', 즉 종이를 말하는 거지. 그러면 이
번에는 'Eg'인데, 잠깐, 대륙 지명 사전을 찾아보세."

　그는 책장에서 두꺼운 갈색 책을 꺼냈다.

"'이글로(Eglow)', '이글로니츠(Eglonitz)'…… 아, 여기 있군. '이그리아(Egria)'야. '독일어를 사용하는 보헤미아 지방의 도시, 카를스바트에서 가까움. 발렌슈타인(30년 전쟁의 용장. 실러의 시극으로 유명하다.)이 죽은 곳으로, 유리 공장과 제지 공장이 많은 곳으로 알려짐.'이라고 되어 있군. 하하! 어때, 뭔가 느껴지는 게 있나?"

홈즈는 눈을 빛내며 어떠냐는 듯이 담배 연기를 뿜어냈다.

"그럼 보헤미아에서 만든 종이로군." 내가 말했다.

"맞아. 그리고 이 편지를 쓴 남자는 독일인이야. 문장이 이상하다는 것을 알겠지? '당신에 대해서는 여러 방면으로 들어 왔습니다(This account of you we have from all quarters received).' 프랑스 사람이나 러시아 사람은 결코 이렇게 쓰지 않아. 동사를 이렇게 끝에 갖고 오는 것은 독일 사람이지. 그러므로 남은 일은 이 보헤미아 종이를 사용하고, 얼굴을 보여 주고 싶지 않은 독일 사람이 무엇을 원하느냐 하는 문제뿐이네. 그러나 본인이 직접 올 듯하니, 우리의 의문도 곧 해결되겠지."

이때 분명히 말발굽 소리와 마차 바퀴가 보도 가장자리 돌에 닿아 삐걱거리는 소리가 들렸다. 이어 벨이 요란하게 울렸다. 홈즈는 휘파람을 불었다.

"쌍두마차 소리야. 음, 틀림없지." 그는 창문으로 바깥을 내다보면서 말을 이었다. "두 마리가 끄는 훌륭한 소형 사륜마차인데 말도 훌륭하군. 한 마리에 150기니는 하겠어. 왓슨, 이번 사건은 재미가 없어도 금액은 꽤 크겠는걸."

"나는 가는 게 좋겠지?"

"천만에. 거기 있게. 보스웰(사무엘 존슨 박사의 생애를 쓴 작가)이 옆에 없으면 허전하니까. 그리고 이 사건은 재미있을 것 같아. 놓치면 후회할 걸세."

"하지만 의뢰인이……."

"신경 쓰지 말게. 자네의 도움이 필요할지도 몰라. 그렇게 되면 그에게도 필요한 셈이지. 자, 왔어. 자네는 그 의자에 앉아서 주의 깊게 살펴보게."

느릿하고 무거운 발소리가 계단을 올라와 복도를 걸어오다가 곧 문 앞에서 멎었다. 이어서 문을 노크하는 소리가 났다.

"네." 홈즈가 대답했다.

들어온 사람은 키가 6피트 6인치는 넘을 듯싶은 헤라클레스 같이 건장한 남자였다. 복장은 영국에서라면 악취미라는 평을 들을 만큼 화려하고 사치스러웠다. 더블 상의의 소매와 젖힌 깃에는 아스트라한 가죽을 폭이 넓게 붙였고, 어깨를 덮은 소매 없는 짙은 감색 망토에는 불타는 듯한 진홍색 비단 안감을 사용했으며, 불길처럼 빛나는 커다란 녹주석 브로치로 깃을 고정시켰다. 게다가 무릎 아래까지 내려오는 장화의 상단에는 푹신푹신한 갈색 모피가 보여, 옷차림 전체에서 느껴지는 야단스러운 사치를 더욱 완벽하게 마무리하고 있었다. 한 손에는 챙이 넓은 모자를 들었고, 얼굴은 위에서 광대뼈까지 가리는 검은 마스크를 쓰고 있었는데, 방금 들어올 때 매만졌는지 아직도 마스크에 손을 대고 있었다. 드러난 반쪽 얼굴로 보아 성격이 강한 사람인 듯, 입술은 두껍게 처져 있고 턱은 길게 뻗어 있어 고집스러울 정도로 의지가 강한 사람으로 보였다.

"편지는 받으셨습니까?"

그는 굵고 걸걸한 음성에 독일 억양을 심하게 쓰고 있었다.

"방문을 미리 알렸습니다만."

그는 누구에게 이야기해야 좋을지 모르겠다는 듯이 우리를 번갈아 보았다.

"앉으십시오." 홈즈가 말했다.

"이쪽은 함께 일하는 왓슨 의사인데, 사건 해결에 도움을 주고 있습니다. 그런데 실례입니다만, 당신은 누구십니까?"

"폰 크람 백작이라고 불러 주시오. 보헤미아의 귀족입니다. 방금 말씀하신 친구 분은 중대한 일을 의논하는 상대로서 충분한 신의와 사려를 갖고 계시겠지요? 그렇지 않으면 당신에게만 이야기하고 싶습니다."

나는 일어나서 나가려고 했으나, 홈즈에게 손목을 잡혀 다시 자리에 앉았다.

"이 친구와 합석하지 않으면 듣기를 거절하겠습니다. 제게 이야기할 수 있는 것은 무엇이든 이 친구에게도 할 수 있습니다."

백작은 넓은 어깨를 으쓱하고는 말문을 열었다.

"그럼 먼저, 2년 동안은 절대로 발설하지 않겠다고 약속해 주셨으면 합니다. 2년이 지나면 아무 문제도 없지만, 지금은 과장하지 않고 말해도 유럽의 역사를 움직일 정도로 큰 문제입니다."

"약속합니다." 홈즈가 말했다.

"나도 약속합니다."

"마스크를 쓴 것을 이해해 주시오." 이상한 손님은 말을 이었다. "이것은 나에게 이 용건을 의뢰하신 고귀한 분의 희망에 의한 것으로, 사실은 조금 전에 밝힌 내 이름도 본명이 아닙니다."

"알고 있습니다." 홈즈가 차갑게 대답했다.

"사태가 아주 미묘하기 때문에 모든 예방 수단을 강구해서라도 스캔들이 되어 유럽의 어떤 왕실의 명예에 상처를 주는 것을 막고 싶습니다. 자세히 말하면, 보헤미아의 2대에 걸친 왕실 올므슈타인가와 관련된 문제입니다."

"그것도 알고 있습니다." 홈즈는 중얼거리듯 대답하고는 의자에 몸을 파묻고 눈을 감았다.

유럽에서 제일 명석한 이론가이고 정력적인 사립 탐정이라는 말을 듣고 찾아왔는데, 그 인물이 이렇게 축 늘어진 모습을 보이자 손님은 어처구니가 없는 모양이었다. 홈즈는 천천히 눈을 뜨고 체격이 큰 의뢰인을 답답한 듯이 바라보았다.

"황송한 부탁이지만 폐하께서 자신의 사건을 직접 말해 주신다면 저도 격의 없이 도와 드릴 수 있을 것입니다."

손님은 의자에서 벌떡 일어서더니 억누를 수 없는 마음의 동요 때문에 방 안을 이리저리 걸어 다녔다. 그러고는 어쩔 수 없다는 듯이 얼굴의 마스크를 벗어 바닥에 던졌다.

"맞소!" 손님은 소리쳤다. "나는 왕이오. 그런데 왜 숨기려고 했을까."

"정말 그렇습니다." 홈즈는 조용히 말했다. "폐하께서 말씀을 꺼내기 전부터 저는 제가 말씀 드리고 있는 상대가 보헤미아의 국왕 카셀 파르슈타인의 대공, 빌헬름 고츠라이히 시기스몬드 폰 올므슈타인 폐하

라고 알고 있었습니다."

"그러나 나의 이런 행동을 그대들이 이해해 줄지 걱정이오." 이상한 손님은 원래의 자리로 돌아가 희고 넓은 이마에 손을 얹으면서 말했다. "제발 이해해 주었으면 좋겠소. 나는 이런 문제를 처리하는 데는 익숙하지 않소. 그러나 사건이 매우 미묘해서 대리인에게 그 사정을 털어놓고 처리를 명하면 앞으로 대리인에게 약점을 잡힐 염려가 있소. 그래서 당신에게 직접 상의하려고 프라하에서 몰래 여기에 온 것이오."

"그럼 말씀하십시오." 홈즈는 말하고 다시 눈을 감았다.

"간단하게 설명하면 다음과 같소. 5년 전에 바르샤바에 오래 머물렀던 일이 있었는데 그때 아이린 애들러라는 여자와 알게 되었소. 이 여자의 소문은 당신도 들어서 알 것이오."

"왓슨, 미안하지만 색인을 찾아 주게." 홈즈가 눈을 감은 채 말했다.

그는 오랜 세월에 걸쳐 여러 종류의 인물이나 사물에 대해 요점을 기록한 메모를 만들었기 때문에 어떤 인물도 즉시 그 자리에서 조사할 수 있었다. 나는 색인에서 유태교의 랍비와 심해어에 대해 학술 논문을 쓴 해군 중령의 약력 사이에 있는 그 여자의 약력을 쉽게 발견할 수 있었다.

"보여 주게." 홈즈가 말했다. "음! 1858년, 미국 뉴저지 주 출생. 콘트랄토(여성 최저음) 가수…… 스칼라 극장 출연…… 바르샤바 임페리얼 오페라의 프리마 돈나…… 은퇴 후 런던에 주재…… 음, 알겠군. 그럼 폐하는 이 젊은 여성과 알게 되었고, 나중에 화근이 될 만한 편지를 보냈는데, 지금 그것을 되찾고 싶으신 것이 아닙니까?"

"그렇소. 그런데 어떻게 그걸……."

"비밀 결혼을 하셨습니까?"

"아니오."

"그럼 법적으로 유효한 서류나 증서 같은 것이 있습니까?"

"아니오."

"그렇다면 폐하의 마음을 이해할 수 없군요. 이 젊은 여성이 협박이나 다른 어떤 목적으로 폐하의 편지를 제시해도, 폐하의 글씨라는 것을 증명할 수는 없다고 생각합니다."

"필적이 증거가 되오."

"필적은 흉내 낼 수 있습니다."

"내 전용 편지지를 사용했소."

"전용 편지지는 도둑맞을 수도 있습니다."

"나의 봉인을 찍었소."

"그것도 위조가 가능합니다."

"사진을 갖고 있소."

"돈을 주고 사면 됩니다."

"아니, 함께 찍은 사진이오."

"아! 그건 안 됩니다. 폐하는 정말 경솔한 행동을 하셨습니다."

"내 정신이 아니었소. 미친 짓이었소."

"정말 돌이킬 수 없는 짓을 저지르셨군요."

"나는 당시 왕세자였고, 어려서 철이 없었소. 이제 내 나이도 서른이 되었소."

"사진은 반드시 찾아야 합니다."

"손을 써 보았으나 실패했소."

"돈을 내고 사는 겁니다."

"아니오, 상대는 팔려고 하지 않소."

"그럼, 훔치는 것은?"

"이미 다섯 번이나 시도해 보았소. 도둑을 고용하여 집 안 전체를 샅샅이 뒤진 것이 두 번, 그리고 한 번은 여행 중에 그 여자의 소지품을 탈취해 보았고, 또 길에 잠복시킨 적도 두 번 있소. 그러나 모두 실패했소."

"흔적도 없었습니까?"

"전혀 없었소."

"약간 흥미로운 문제이군요." 홈즈가 웃으며 말했다.

"그러나 본인인 나는 매우 심각하오." 보헤미아 왕은 홈즈의 말이 언짢은 듯 반박 조로 말했다.

"그렇군요. 그런데 그 여자는 사진을 갖고 무엇을 할 계획입니까?"

"나를 파멸시킬 속셈이오."

"어떤 방법으로 말입니까?"

"나는 머지않아 결혼하오."

"알고 있습니다."

"상대는 스칸디나비아 국왕의 둘째 딸 크로틸드 로스만 폰 삭세 메닌겐 공주요. 그 왕실의 가풍이 엄하다는 것은 그대도 알고 있을 것이오. 공주도 보통 사람과는 다르게 아주 예민하기 때문에 만일 나의 품행에 오점이 있다면 이 혼담은 깨지고 말 것이오."

"그럼 아이린 애들러의 계획은?"

"그쪽 왕실에 사진을 보내겠다고 협박하고 있소. 그 정도의 일은 하고도 남을 그런 여자요. 당신은 모르겠지만, 그 여자는 강철같은 정신을 갖고 있소. 얼굴은 여자 중에서 가장 아름답지만, 마음은 어떤 억센 남자에게도 뒤지지 않을 정도로 강하오. 내가 다른 여자와 결혼하는 것을 방해하기 위해서라면 수단과 방법을 가리지 않을 것이오. 정말 그렇소."

"아직 사진을 보내지 않은 것은 확실합니까?"

"확실하오."

"어떻게 알죠?"

"약혼을 발표하는 날 보내겠다고 말했소. 발표는 오는 월요일에 있을 것이오."

"아, 그럼 사흘 동안의 여유가 있군요." 홈즈는 하품을 하고는 계속해서 말했다. "저도 즉시 조사해야 할 중요한 문제가 한두 가지 있는데, 천만다행입니다. 폐하는 런던에 당분간 머물러 계시겠지요?"

"그럴 생각이오. 크람 백작이란 이름으로 랭엄 호텔에 묵고 있소."

"그럼 일의 진행 상황을 편지로 보고 드리지요."

"꼭 그렇게 해 주시오. 걱정이 되어 견딜 수가 없소."

"비용은?"

"백지 수표를 맡기겠소."

"정말입니까?"

"그 사진을 되찾기 위해서라면 왕국의 일부를 주어도 좋다고 생각하오."

"그럼 당장 쓸 비용은요?"

왕은 망토 속에서 묵직한 세무 가죽 주머니를 꺼내어 테이블 위에 놓았다.

"여기에 금화 300파운드와 지폐 700파운드가 들어 있소."

홈즈는 수첩 종이에 영수증을 써서 왕에게 주었다.

"여자의 주소는 알고 계십니까?"

"세인트 존스 우드의 서펜타인 애비뉴에 있는 브라이오니 로지."

홈즈는 그대로 받아썼다.

"또 한 가지. 사진은 캐비닛판입니까?"

"그렇소."

"폐하, 이제 돌아가십시오. 곧 좋은 소식을 보낼 수 있으리라 생각합니다."

보헤미아 왕의 마차 소리가 길 저쪽으로 멀어지는 소리를 들으면서 홈즈가 덧붙였다. "왓슨, 내일 3시에 이곳으로 와 주면 고맙겠네. 이 문제에 대해 자네와 의논하고 싶네."

2

　다음 날 나는 정각 3시에 베이커 가를 방문했으나 홈즈는 돌아오지 않은 상태였다. 집주인 허드슨 부인에게 물으니 아침 8시에 나가서 돌아오지 않았다는 것이다. 홈즈가 아무리 늦게 돌아와도 끝까지 기다릴 생각으로 난로 옆에 앉았다. 나는 이 사건에 관한 그의 조사에 깊은 관심을 갖고 있었다. 왜냐하면 이번 사건은 다른 기회에 내가 발표했던 두 사건처럼 음산하고 기괴하지는 않지만, 이야기 자체가 재미있고 또 의뢰인의 신분이 높은 점으로도 이색적이었기 때문이다. 게다가 이번에 홈즈가 손댄 이 사건은 흥미를 끄는 요소가 있을 뿐 아니라, 곧바로 그가 사건의 정체를 정확하게 파악해서 예리하고 시원스럽게 추리해 나가는 것을 보면서 그의 탐구 방법을 배울 수 있었다. 또한 나는 홈즈가 재빠르고 교묘한 방식으로 문제의 핵심인 수수께끼를 풀어 나가는 것을 쫓아가고 싶어 견딜 수 없었다. 언제나 홈즈가 성공하는 경우만 보아 왔기 때문에, 그도 언젠가 실패할지도 모른다고는 도저히 생각할 수 없었던 것이다.

4시 가까이 되자 문이 열리더니 어떤 마부가 술 취한 걸음으로 들어왔다. 머리는 헝클어지고 턱수염을 기른 불그스레한 얼굴은 술기운으로 더욱 붉었고, 복장은 지저분하기 짝이 없었다. 지금까지 나는 홈즈가 아무리 교묘하게 변장해도 거기에는 익숙해 있다고 믿어 왔는데, 이 마부가 홈즈인 것을 알기까지는 세 번이나 자세히 확인해야 했다. 그는 고개를 끄떡이고는 침실로 들어갔는데, 5분쯤 지나자 여느 때처럼 트위드 신사복을 입고 말끔한 모습이 되어 나타났다. 두 손을 주머니에 넣고 불 앞에 두 다리를 뻗고 앉더니, 잠시 실컷 웃어댔다.

"아, 정말!" 홈즈는 숨을 가다듬느라고 헉헉거리다가 다시 깔깔거리고 웃더니 마침내 의자 위에 축 늘어졌다.

"왜 그러나?"

"너무 재미있어 도저히 웃음을 참을 수가 없군. 내가 오전에 무엇을 하고 왔는지 자네는 상상도 못할 거야. 특히 마지막에 무엇을 했을 것 같나?"

"몰라. 그러나 틀림없이 아이린 애들러의 습관과 집을 관찰하고 왔겠지."

"맞아. 그러나 그 뒤가 걸작이야. 어쨌든 들어봐. 나는 오늘 아침 8시 조금 지나서 일자리 없는 마부로 변장을 하고 집을 나섰지. 마부들 사이의 우정과 동료 의식은 정말 놀라울 정도여서 그들 사회에 들어가면 알고 싶은 것은 모두 다 들을 수 있어. 브라이오니 로지는 금세 찾았네. 아담하고 멋진 저택인데 뒤에 정원이 있고 도로를 향해 건물이 나와 있었어. 입구에는 처브 자물쇠가 있더군. 현관 오른쪽은 장식물이 붙어 있는 크고 훌륭한 거실인데 바닥까지 닿는 커다란 창문이 있었지. 그 창문엔 아이들이라도 열 수 있을 듯한 영국식 작은 자물쇠가 달려 있을 뿐이었어. 뒤쪽은 이렇다 하게 별난 곳은 없었는데, 다만 마차 차고에서 가까이에 복도의 창문이 있었지. 나는 집 주위를 돌아보고 모든 각도에서 자세히 살펴보았는데, 눈에 보인 것은 이 정도였지. 그런 뒤 큰길을 어슬렁거리며 살펴보았는데, 뒷마당의 담을 끼고 예상했던 대로 오솔길에 마차 차고가 있더군. 마부가 말 손질을 하고 있어서 나는 그것을 도와주고 사례로 2펜스와 맥주 한 잔, 그리고 담배를 두 대 얻어 피웠을 뿐 아니라 아이린 애들러에 대한 정보도 많이 수집했지. 하긴 그것을 알아내기 위해 아무런 흥미도 없는 이웃 사람들의 소문을 대여섯 가지나 들었지만 말이야."

"아이린 애들러에 대해 어떤 것을 알아냈나?"

"부근에 사는 남자들의 머리는 모두 그 여자 때문에 어떻게 된 듯싶더군. 이 세상에 그보다 더 아름다운 여성은 없다고 서펜타인 가의 역

마차집 친구들은 이구동성으로 말하더군. 가끔 음악회에서 노래를 부를 뿐 조용히 살고 있는데, 매일 5시에 마차로 나가 정각 7시에 저녁 식사를 하러 돌아온다는 거야. 공연이 없는 시간에 외출하는 일은 거의 없고, 그 집에 드나드는 남자는 한 명인데 자주 찾아오는 모양이야. 이름은 고드프리 노튼이고 변호사협회에 소속돼 있지. 마부를 친구로 만들면 얼마나 편리한지를 이제 알았네. 마부들은 서펜타인 가에서 여러 번 그를 마차에 태우고 갔기 때문에 그에 대해서는 자세히 알고 있었지. 나는 그들의 말을 모두 들은 다음, 다시 브라이오니 로지 쪽으로 되돌아가 부근을 서성거리면서 작전 계획을 짰지. 고드프리 노튼이 이번 사건에 깊이 관련되어 있을 것이 틀림없어. 변호사라고 했으니까. 뭔지는 모르지만 어쨌든 그런 예감이 자꾸 들어. 애들러와 어떤 관계일까. 자주 찾아오는 것은 무슨 이유인가. 그 여자는 그에게 변호를 의뢰하고 있는가, 단순한 친구인가, 아니면 애인인가. 만일 그 여자의 변호사라면 그 여자는 그 사진을 그에게 맡겨 놓았을 가능성이 있지. 친구이거나 애인이라 해도 그럴 가능성을 배제할 수는 없어. 이 문제에 대한 대답에 따라서 이대로 브라이오니 로지에서 조사를 계속해야 하느냐, 아니면 변호사협회의 그 남자 사무실로 주의를 돌려야 하느냐가 결정되는 거네. 이것은 미묘한 문제로 그 때문에 조사 범위도 동시에 넓어진 셈이지. 설명이 길어서 따분했는지 모르지만, 어쨌든 상황을 잘 이해하기 위해서는 자네도 내가 만난 어려운 문제들을 알아 둘 필요가 있네.”

“아냐, 조금도 따분하지 않았어.” 내가 대답했다.

“그 점을 미처 결정하지 못하고 있는데, 이륜마차 한 대가 브라이오니 로지 앞에 멎고 그 안에서 신사가 내렸네. 검은 피부에 매부리코, 콧수염, 상당히 멋쟁이였는데…… 말할 것도 없이 그 남자일 거야. 몹시 서두르는 듯 마부에게 기다리라고 소리치고는 문을 연 하녀를 떠밀다시피 하고 안으로 뛰어 들어갔지. 그의 태도로 봐서 그는 이미 그 집을 잘 알고 있는 듯했어. 그가 그 집에 머무른 시간은 30분 정도였는데, 거실을 걸어 다니면서 손을 흔들고 열심히 이야기하는 모습이 가끔 창문으로 보이더군. 어디에 앉아 있는지 여자는 보이지 않았어. 얼마 후 남자는 들어올 때보다 더 허둥거리며 밖으로 나왔네. 마차에 타면서 주머니에서 금시계를 꺼내 들여다보더군. '전 속력으로 달리게!'라고 그는 외쳤지. 또 '도중에 리젠트 가의 그로스 앤 핸키 상점에 들르고, 다시 에지웨어 가의 세인트 모니카 성당으로 가게. 20분 안으로 갈 수 있다면 반 기니를 주지.'라고 덧붙였어.

그리고 마차는 떠났네. 그때 마차를 쫓아가야 할지 말아야 할지 망설이고 있는데, 옆 골목에서 멋진 사륜마차가 나왔네. 보니까 마부는 옷의 단추는 반밖에 채우지 않았고, 넥타이도 귀밑 쪽으로 쏠려 있으며, 마구의 끈도 쇠고리에 변변히 걸려 있지도 않았어. 이 마차가 현관 앞에 멎기가 무섭게 여자가 집에서 나와 급히 올라탔어. 그때 그 여자를 언뜻 보았지. 확실히 남자가 목숨을 걸 정도로 아름답더군.

여자는 '존, 세인트 모니카 성당으로 가요. 20분 안에 가면 반 소블린을 줄게요.'라고 말했어. 왓슨, 이렇게 좋은 기회는 다시는 없을 걸세. 다른 마차를 불러 따라갈까 아니면 사륜마차 뒤에 매달려서 갈까 망설이는데, 때마침 마차가 한 대 왔어. 마부는 나의 허술한 모습을 보고 망설이는 눈치였지만, 나는 그가 거절하기 전에 올라탔지. 그리고는 '세인트 모니카 성당까지 갑시다. 20분 안에 가면 반 소블린을 드리죠.' 하고 소리쳤지. 그때가 12시 25분 전이었어. 그곳에서 어떤 일이 일어나고 있는지는 물론 짐작하고 있었네.

마부는 속력을 내어 달렸어. 그렇게 빠른 마차를 탄 것은 처음이었지만, 그래도 앞서 간 두 마차를 따라붙지는 못했어. 내가 도착했을 때는 이륜마차와 사륜마차가 성당 현관 앞에 서 있었고, 말의 몸에서는 김이 나고 있었어. 나는 마부에게 돈을 주고 급히 성당 안으로 들어갔지. 성당 안에는 그 두 사람과 하얀 제복을 입은 신부뿐이었는데, 신부는 두 사람에게 무언가를 말하고 있는 듯했어. 나는 성당에 놀러 온 한가로운 사람인 척, 옆의 복도를 어슬렁거렸지. 그러자 놀랍게도 제단 앞의 세 사람이 일제히 나를 돌아보았고, 고드프리 노튼이 아주 빠른 걸음으로 나에게 다가오는 게 아닌가.

'다행이군!' 그가 소리쳤어. '당신이라도 좋아. 자, 이리 와! 빨리!' 영문을 모르는 나는 '네? 뭐라고요?'라고 물었어. '자, 3분이면 충분해. 당신이 없으면 법적 절차가 이루어지지 않아.' 나는 거의 끌려가다시피 해서 제단 위까지 갔어. 나는 거기서 그들이 일러 주는 말을 여러 번 낮게 중얼거리기도 하고, 나와 전혀 관계없는 것을 서약하기도 했는데, 즉 아이린 애들러와 고드프리 노튼의 결혼을 합법적으로 도와주는 것이었어. 식은 금방 끝났네. 신랑과 신부는 나에게 감사의 말을 했고, 신부는 정면에서 싱글싱글 웃으며 나를 보고 있었네. 이렇게 우스운 일을 겪어 보기는 정말 처음이야. 그래서 아까 그 생각을 하고 웃은 거야. 결혼 허가증에 무언가 불만스러운 점이 있어서 어떤 형식이든 증인이 없으면 식을 올릴 수 없다고 신부가 거절했던 모양

이야. 그때 다행히 내가 나타나서 노튼은 자기 들러리를 찾으러 큰길까지 달려 나가지 않아도 된 것일세. 신부가 소블린 금화 한 개를 사례로 주었으니 나는 이 사건을 기념하기 위해 그걸 시곗줄에 매달고 다닐 생각이야."

"이야기가 이상하게 진행되는군. 그래서 어떻게 되었나?"

"나는 우리의 계획이 중대한 위기에 직면해 있다는 것을 깨달았지. 신혼부부는 즉시 여행을 떠날지도 모르니 급히 적당한 수단을 써야 한다고 생각했어. 그러나 두 사람은 성당 앞에서 헤어졌는데, 남자는 변호사협회로, 여자는 브라이오니 로지로 돌아갔지. 그 여자는 헤어질 때 '5시에 마차로 공원을 드라이브하겠어요.'라고 말했어. 그것뿐이었네. 두 사람이 다른 방향으로 떠났으므로 나는 준비를 하러 돌아온 거야."

"무엇을 준비할 건가?"

"콜드비프와 맥주 한 잔이지."

그는 벨을 울렸다.

"바빠서 먹는 것도 잊고 있었지만 오늘 밤은 더 바쁠 듯싶어. 왓슨, 자네의 도움이 필요하네."

"좋고말고."

"법률에 저촉되는 일도?"

"상관없어."

"체포될지도 몰라."

"목적이 좋다면 괜찮아."

"그 점은 조금도 염려 말게."

"그렇다면 더 이상 말할 것도 없지."

"그래, 나도 틀림없이 도와줄 거라고 믿었어."

"그런데 뭘 도와 달라는 건가?"

"터너 부인이 식사를 준비하면 이야기하지."

그는 부인이 준비한 간단한 식사를 들면서 말을 이었다. "자, 시간이 없으니까 먹으면서 이야기하지. 벌써 5시야. 두 시간 후엔 현장에 출동해야 해. 아이린 애들러, 아니 노튼 부인은 7시에 드라이브에서 돌아와. 우리는 그 여자와 만날 수 있도록 브라이오니 로지에 도착해 있어야 돼."

"그리고?"

"다음 일은 내게 맡겨. 어떤 결과를 얻을지는 이미 계획이 다 서 있네. 한 가지 말해 둘 게 있는데, 어떤 일이 있어도 자네는 나서지 말아야 해. 알겠나?"

"방관자가 되라는 건가?"

"그렇지. 자네는 어떤 일도 하면 안 돼. 조금 불쾌한 사건도 일어날 거야. 그러나 그것에 구애되어서는 안 되네. 나는 집 안으로 숨어들 계획이야. 그런 뒤 4, 5분 후에 거실 창문이 열릴 거야. 자네는 그 사이에 창문 바로 옆에서 대기하고 있게."

"알았어."

"나를 계속 보고 있어야 해."

"좋아."

"그리고 내가…… 이렇게 손을 들면 나가 준 물건을 방 안에 던지고, '불이야!' 하고 소리쳐. 알았지?"

"알았네."

"이건 무서운 물건이 아냐."

그는 주머니에서 시가처럼 생긴 긴 통을 꺼냈다.

"배관공이 사용하는 발연통인데, 자연 발화가 되도록 양 끝에 뇌관이 장치되어 있어. 자네의 임무는 이것을 던지는 것뿐이야. '불이야!' 하고 한마디 외치면 그다음은 구경꾼들이 알아서 떠들 거야. 자네는 곧 큰길 끝까지 가서 기다리면, 10분 후어 내가 그곳으로 가겠네. 이만큼 설명했으니 다 알아들었겠지?"

"처음에는 방관자가 되고, 그다음에는 창가에 가서 자네를 지켜본다. 자네가 신호를 하면 이 물건을 안에 던지고 '불이야!' 하고 소리친 다음, 길모퉁이에서 자네를 기다린다. 이렇게 되는 것 아닌가?"

"맞아."

"그럼 안심하고 맡기게."

"정말 훌륭해. 시간이 없으니 이
제부터 할 일을 준비해야지."

그는 침실로 들어갔는데, 5분도 지
나지 않아서 상냥하고 마음씨 좋은 독
립성당파의 신부가 되어 나타났다.
폭이 넓은 검은 모자에 불룩한 바
지, 하얀 넥타이, 거기다 친절한
미소를 띠고 온화한 눈빛으로 다
정하게 사람을 바라보는 전체의 느
낌. 그것은 명배우 존 헤어
(1844~1921, 영국 배우)가 아니
고는 흉내 낼 수도 없을 것이
다. 홈즈는 단지 의상만 바꾸
는 것이 아니었다. 새로운 역
할에 맞추어서 표정, 태도는 물
론 마음까지 달라 보이게 했다. 그가 범죄
연구가가 되었기 때문에 과학계는 명석한 이론가를 잃었고, 연극계 역
시 훌륭한 배우를 얻지 못했다는 느낌이었다.

우리가 베이커 가를 나선 것은 6시 15분이 지나서였는데, 예정 시
간보다 10분 일찍 서펜타인 가에 도착했다. 주위는 이미 땅거미가 내
려서, 브라이오니 로지 앞을 어슬렁거리면서 여주인이 돌아오기를 기
다리고 있으니 불이 켜지기 시작했다. 브라이오니 로지는 홈즈의 간
단한 설명을 듣고 내가 상상한 그대로였는데, 그 주위는 생각했던 것

만큼 한적하지는 않았다. 아니, 한적한 지역의 좁은 길치고는 이상하도록 활기가 넘쳤다. 거리 모퉁이에서는 남루하게 옷을 입은 남자 몇 명이 담배를 피우면서 이야기하고 있었고, 가위 가는 사람은 숫돌을 돌리고, 근위병 두 명이서 아이 보는 여자를 희롱하고 있었다. 또 시가를 입에 물고 큰길을 서성거리고 있는 말쑥한 차림의 젊은이들도 있었다.

"이봐." 둘이서 집 앞을 어슬렁대고 있는데 홈즈가 말을 걸어 왔다. "이 결혼 덕분에 사건이 오히려 간단해졌지. 그 사진이 양 날을 가진 칼이 되었어. 우리의 의뢰인이 공주에게 그 사진을 보이고 싶지 않듯이, 이 여자도 고드프리 노튼에게 그 사진을 보이고 싶지 않을 것이 분명해. 그런데 문제는 어디에 사진을 감추어 놓았느냐 하는 거지."

"대체 어디일까?"

"설마 몸에 지니고 다니지는 않겠지. 캐비닛 사이즈라고 하니까 너무 커서 옷에는 감추지 못할 거야. 이미 두 번씩이나 당했으니 왕이 사람을 숨겨 놓았다가 몸을 수색할지도 모른다는 것쯤은 그 여자도 알고 있어. 따라서 몸에는 지니지 않았다고 생각해도 좋아."

"그럼 어디에?"

"은행이나 변호사가 아닐까. 두 가지 모두 가능성은 있어. 그러나 나는 그 어느 쪽도 아니라고 생각해. 여자는 선천적으로 비밀스러워서 자기 손으로 감추는 것을 좋아해. 남에게 맡기지 않았을 거야. 그 여자가 갖고 있다면 일단 안심은 되지만, 만일 은행이나 변호사 수중에 있다면 뒤로 손을 쓰거나 정치적 압력을 가해야 할지도 몰라. 그러나 잊어서는 안 될 것은 그 여자는 2, 3일 안으로 그것을 이용할 속셈이야. 그러니 사진은 필요할 때 즉시 꺼낼 수 있는 장소에 있겠지. 틀림없이 집 안에 두었을 거야."

"하지만 도둑을 가장해 이미 두 번이나 집을 수색하지 않았나."

"흥, 그 변변치 않은 친구들의 수색."

"그럼 자네는 어떻게 찾으려는 건가?"

"찾지는 않겠네."

"그럼 어떤 방법으로?"

"그 여자 스스로 장소를 밝히게 하는 거지."

"밝힐 리가 없지."

"밝히지 않을 수 없을걸. 마차 소리가 들리는군. 그 여자의 마차야. 자, 아까 내가 한 말을 잊지 말고 꼭 그대로 해 주게."

그의 말대로 큰길 모퉁이를 돌아 오는 마차의 불빛이 보였다. 예쁜 소형 사륜마차는 브라이오니 로지 입구에서 멎었다. 마차가 멎자 길 모퉁이에 있던 부랑자 한 명이 동전을 얻으려고 달려가 문을 열려고 했다. 그러나 같은 목적으로 달려온 다른 부랑자한테 떠밀렸다. 곧 치열한 싸움이 벌어졌는데, 근위병 두 사람이 한쪽 편을 들자, 이번에는 가위 가는 사람이 반대쪽 편을 들었으므로 소란은 더욱 커졌다. 욕설이 오가고 주먹질이 난무했다. 마차에서 내린 여자는 주먹과 지팡이를 사납게 휘두르는 남자들의 치열한 싸움에 휘말리고 말았다. 홈즈는 그 여자를 보호하려고 난투 속으로 뛰어갔다. 그러나 옆에까지 달려간 순간 비명을 지르더니 얼굴에 피를 흘리며 쓰러졌다. 두 근위병은 그것을 보고 어딘가로 사라졌고, 부랑자들도 반대 방향으로 도망 갔다. 그러나 지금까지 싸움에 끼어들지 않고 구경만 하던 말쑥한 차

림의 청년들이 우르르 달려와 부인을 구하고 부상자의 상처를 돌보기 시작했다.

아이린 애들러는―결혼 전의 이름으로 부르기로 한다―서둘러 돌계단을 올라갔다. 그러나 맨 위 계단에서 현관 불빛에 그 아름다운 모습을 드러내며 멈추어 서더니, 조금 전의 그 난장판을 돌아보았다.

"그분은 많이 다쳤나요?" 여자가 물었다.

"죽었습니다." 몇 사람의 목소리가 대답했다.

"아냐, 아직 숨은 붙어 있어." 다른 남자가 소리쳤다.

"그러나 병원까지 갈 여유는 없을 것 같아."

"용감한 남자였어요." 여자가 말했다.

"이 사람이 아니었으면 부인은 지갑과 시계를 빼앗겼을 겁니다. 놈들은 강도였어요. 큰일 날 뻔했어요. 어, 숨을 쉬고 있어."

"이 상태로 길바닥에 누여 놓을 수는 없어. 부인, 댁으로 옮기면 안 될까요?"

"좋아요. 거실로 오세요. 소파가 있으니까요. 자, 이리로."

홈즈가 소란 속에서 천천히 브라이오니 로지로 운반되어 거실에 눕혀지는 것을 나는 창가의 정해진 장소에서 계속 지켜보았다. 방 안에는 램프가 켜져 있었고, 커튼이 내려져 있지 않아서 나는 홈즈가 소파에 누워 있는 모습을 볼 수 있었다. 그때 홈즈는 자기의 연기에 대해 양심의 가책을 느꼈는지 어떤지 모르지만, 나는 우리의 음모에 속아 넘어간 아름다운 여성을 보고, 그리고 그 여자가 부상자를 친절하게 보살피는 것을 보자 왠지 지금까지 한 번도 느껴 보지 못한 강렬한 죄책감에 사로잡혔다. 하지만 지금 내 역할을 포기한다면 홈즈에게 비열하기 짝이 없는 배신을 하는 것이 된다. 나는 마음을 독하게 먹고 긴 외투 속에서 발연통을 꺼냈다. 이것은 여자를 해치는 것은 아니다, 여자가 다른 사람을 해치는 것을 미연에 방지하려는 수단일 뿐이다, 하고 나는 내 자신에게 말했다.

홈즈가 소파 위에 일어나 숨이 답답한 듯한 몸짓을 하는 것이 보였다. 그러자 하녀가 달려와서 창문을 활짝 열었다. 그와 동시에 홈즈가 손을 올렸다. 그 신호로 나는 발연통을 방 안에 던지고 "불이야!" 하고 소리쳤다. 나의 입에서 그 외침이 나오자마자 신사도, 마부도, 하인도, 하녀도—옷차림이 좋고 나쁘고 관계없이—그 부근에 있던 사람들이 모두 합창하듯, "불이야!" 하고 악을 썼다. 연기가 방 안에 자욱하게 퍼지고 소용돌이치면서 창문으로 흘러나왔다. 연기 속에서 뛰어다니는 사람들의 모습이 보였으나, 조금 있으니 불이 아니다, 누가 거짓말을 한 거다, 하면서 사람들을 진정시키고 있는 홈즈의 소리가 들렸다. 나는 떠드는 사람들 틈에서 빠져나와 거리의 모퉁이로 몸을 감췄다. 10분 후에 홈즈가 내 손을 잡아끌어 소동이 일어난 현장에서 멀리 떠날 수 있었으므로 겨우 마음을 놓았다. 홈즈는 몇 분 동안 아무 말 없이 빠르게 걷다가 에지웨어 가로 나서는 조용한 골목으로 들어섰다.

"아주 잘했어, 왓슨. 나무랄 데 없었네. 모든 것이 뜻대로 되었어."

"사진을 찾았나?"

"감춘 장소를 알아냈네."

"어떻게?"

"내가 말한 대로 그 여자가 가르쳐 주었지."

"나는 모르겠는데."

"자네에게 숨길 생각은 없어." 홈즈는 웃으면서 설명했다. "일은 아주 간단해. 길거리에 있던 사람들이 우리의 한패란 것은 자네도 알았을 거야. 하룻밤 계약으로 고용한 사람들이지."

"그런 줄 알았어."

"싸움이 벌어졌을 때, 나는 손에 물감을 갖고 있었네. 소동 속에 뛰어들어 쓰러진 다음, 그 손으로 얼굴을 문지르고 처량한 구경꾼이 된 거지. 낡은 수법이야."

"대강 알고 있었어."

"그러고는 집 안으로 운반되었지. 그 여자도 거절할 수 없었던 거야. 그 방법 말고 또 무슨 방법이 있겠어? 그들은 내가 수상하다고 생각한 거실에다 날 옮겨 놓았어. 사진이 거실이나 침실에 있을 거라고 짐작한 나는 그 사진이 어디에 있는지 확인하고 싶었네. 소파에 눕혀졌으니 숨이 답답한 시늉을 해서 창문을 열게 한 뒤 자네에게 기회를 준 거야."

"그것이 어떻게 도움이 되었나?"

"크게 도움이 되었지. 여자는 집에 불이 난 것을 알면 제일 먼저 가장 소중한 것이 있는 곳으로 뛰어가기 마련이야. 이것은 여자의 어찌할 수 없는 본능으로, 나는 그 점을 적당히 이용해 오고 있지. 달링턴 바꿔치기 사건에서도 사용했고, 앤즈워스 성(城) 사건에서도 써먹었지. 부인이라면 아이를 보호하려 하고…… 미혼 여성은 보석 상자로 뛰어가네. 오늘의 그 여자에게 가장 소중한 물건은 아마 우리가 찾고 있는 사진일 거야. 그래서 그 여자는 먼저 그것을 감추어 둔 곳으로 달려갈 것이라 생각했지. 자네가 '불이야!' 하고 소리친 것은 박진감이 있었어. 연기가 솟아오르고 사람들이 떠들어 대면 아무리 침착한 여자라도 당황하게 되지. 그 여자도 아름답게 반응했지. 그 사진은 오른쪽 벨 끈 바로 위, 벽 판자 뒤의 오목한 곳에 감추어 두었더군. 그 여자가 반사적으로 그곳으로 가서 사진을 반쯤 꺼내는 것을 나는 확인했어. 그런 뒤 내가 불이 아니다, 누가 거짓말을 한 거다, 하고 소리치니까 그 여자는 사진을 제자리에 넣고 발연통을 흘깃 보더니 밖으로 뛰어나갔지. 그리고 다시 그 방에 나타나지 않았어. 나는 일어서서 그곳에서 빠져나왔네. 사진을 지금 갖고 나갈까 어쩔까 잠시 생각했는데, 마부가 방에 들어와서 집요하게 나를 보고 있어서 뒤로 미루는 게 안전하다고 생각했지. 너무 서두르면 일을 그르칠 수도 있으니까 말일세."

"앞으로 어떻게 할 건가?"

"조사는 끝난 거나 마찬가지야. 내일 폐하와 함께 그 여자를 방문하겠어. 자네도 괜찮으면 같이 가지. 우리는 거실에서 기다리게 되겠지만, 그 여자가 왔을 때는 우리도 사진과 함께 사라지고 없겠지. 폐하는 직접 사진을 찾으면 매우 만족해할 거네."

"몇 시에 방문할 생각인가?"

"오전 8시. 그때 그 여자는 일어나지 않았을 테니까 자유롭게 일을 할 수 있지. 게다가 이번 결혼으로 그 여자의 생활 습관이 바뀔 수 있으니 서두를 필요가 있어. 폐하께 전보를 쳐야겠군."

베이커 가까지 돌아가 입구 앞에 서서 홈즈가 열쇠를 찾고 있는데, 지나가던 사람이 말을 걸었다.

"셜록 홈즈 씨, 안녕하세요?"

그때 길에는 행인이 몇 명 있었는데, 말을 건 사람은 빠른 걸음으로 벌써 저만치 가고 있는 긴 외투를 입은 날씬해 보이는 젊은이인 듯했다.

"저 목소리는 들은 적이 있어." 홈즈는 가로등이 켜진 어스름한 길을 보면서 말했다. "누구지?"

그는 고개를 갸우뚱했다.

3

나는 그날 밤 베이커 가에서 잤다. 그리고 이튿날 아침에 토스트와 커피로 간단히 식사를 하고 있었는데, 보헤미아 왕이 방에 뛰어 들어 왔다.

"벌써 찾았소?"

왕은 홈즈의 어깨를 잡고 뚫어질 듯이 얼굴을 보면서 소리쳤다.

"아직 찾지 못했습니다."

"찾을 수 있겠지요?"

"그렇습니다."

"그럼 떠납시다. 나는 잠시도 가만히 있을 수 없소."

"마차를 부르겠습니다."

"아니오, 내 사륜마차를 대기시켜 놓았소."

"그것 참 다행입니다."

우리는 아래층으로 내려가 브라이오니 로지로 향했다.

"아이린 애들러는 결혼했습니다." 홈즈가 말했다.

"결혼? 언제?"

"어제입니다."

"상대는?"

"노튼이라는 영국인 변호사입니다."

"아이린은 그를 사랑하지 않을 거요."

"저는 그 여자가 사랑하기를 바랍니다."

"어째서 그걸 바라오?"

"만일 그렇다면 앞으로 폐하를 협박하지 않을 것이라 생각하기 때문입니다. 그 여자가 남편을 사랑한다면 폐하께는 이미 애정이 없을 것입니다. 폐하에 대하여 애정이 없으면 폐하가 어떤 일을 하든 방해하지 않을 겁니다."

"그건 맞는 얘기요. 그렇기는 하지만…… 아, 그 여자가 나와 신분이 비슷하기만 하다면 얼마나 훌륭한 왕비가 되었을까!"

왕은 다시 침울하게 입을 다물고 서펜타인 가에 닿을 때까지 말이 없었다. 브라이오니 로지의 문은 열려 있었고, 돌계단 위에 나이 든 여자가 서 있었다. 그 여자는 우리가 사륜마차에서 내리는 것을 비웃는 듯한 시선으로 지켜보고 있었다.

"셜록 홈즈 씨?" 여자가 물었다.

"맞습니다." 홈즈는 뜻밖이라는 듯이 약간 당황해서 여자를 보았다.

"역시! 당신이 올 거라고 부인이 말씀하셨습니다. 부인은 남편과 함께 오늘 아침 5시 15분 기차로 채링크로스 역에서 대륙으로 출발하셨습니다."

"뭐라고?"

홈즈는 놀라움과 분함으로 뒷걸음질 쳤다.

"그 사람은 영국을 떠났습니까?"

"다시는 돌아오지 않을 겁니다."

"그러면 편지는?" 왕이 짓눌린 음성으로 물었다. "모든 것이 사라졌군."

"조사해 보세."

홈즈가 여자를 밀고 거실에 뛰어들었으므로 왕과 나도 그 뒤를 따랐다. 가구가 방 안에 어지럽게 흩어져 있었다. 선반도 떨어지고 서랍은 열려 있는 채여서 아이린이 출발하기 전에 얼마나 서둘렀는가를 말해 주고 있었다. 홈즈는 벨 끈이 있는 곳으로 달려가 작은 미닫이를 열고 손을 넣더니 사진 한 장과 편지를 꺼냈다. 사진은 야회복 차림의 아이린 애들러를 찍은 것이고, 편지 봉투에는 '셜록 홈즈 씨가 방문하셨을 때 읽으시도록'이라고 쓰여 있었다. 홈즈가 곧 봉투를 뜯었으므로 우리의 시선은 모두 그 편지로 집중되었다. 날짜는 어젯밤 12시로 되어 있고, 내용은 다음과 같았다.

셜록 홈즈 씨. 멋진 솜씨였습니다. 나는 완전히 속았어요. "불이야!" 하는 소리를 들은 뒤에도 나는 전혀 눈치채지 못했습니다. 하지만 그 후 내가 너무 어수룩했다는 사실을 깨닫고 생각해 보았습니다. 폐하가 누군가에게 의뢰한다면, 당신에게 할 거라며, 몇 달 전에 당신을 경계하라는 주의를 받은 적이 있습니다. 그리고는 주소까지 알려 주었지요. 그랬는데도 당신이 궁금히 여기는 것을 나 스스로 밝히고 말았습니다. 수상하다고 생각한 다음에도, 그토록 친절하고 다정한 신부님이 나쁘게 생각되지는 않았습니다. 하지만 아시다시피 나도 한때는 여배우를 지망한 적이 있습니다. 남자로 변장하는 것쯤은 간단합니다. 지금까지도 가끔 그 방법을 이용했으니까요. 그래서 마부 존에게 당신을 감시하라고 하고, 위층에 올라가 남자 옷을 입고 아래로 내려오니 당신은 마침 돌아가는 길이더군요.

그 뒤 나는 당신을 미행하여 당신 집 앞에 가서야 비로소 내가 그 유명한 셜록 홈즈의 관심의 대상이 되었다는 사실을 확인할 수 있었습니다. 실례인 줄 알지만 인사를 하고, 남편을 만나러 변호사협회로 갔습니다. 이렇게 무서운 분이 노리고 있는 한 도망치는 것이 최선이라고 우리는 생각했습니다. 사진에 대해서는 안심하시라고 당신의 의뢰인에게 전해 주세요. 나는 지금 더 좋은 분을 만나 사랑하고, 사랑받고 있으니까요. 폐하는 옛날에 잠깐 향락의 대상으로 삼았던 여자가 방해할까 하는 염려는 더 이상 하지 마시고 원하시는 대로 행동하시면 됩니다. 그 사진을 나는 몸을 지키는 무기로 지니고 있겠습니다. 앞으로 폐하께서 어떤 행동을 해도 그 사진이 있는 한 나는 안심할 수 있습니다. 그리고 내 사진 한 장을 남겨 둡니다. 폐하가 원하신다면 드리세요. 그럼, 안녕히 계십시오. 진심으로 존경하는 셜록 홈즈 씨.

　　　　　　　　　　　　　　　　　　　　　—아이린 노튼, 애들러

"아, 정말 훌륭한 여자다. 정말 훌륭한 여자야." 세 사람이 편지를 다 읽고 나자 보헤미아 왕이 감격하여 소리쳤다. "내가 말한 대로 지혜롭고 의지가 굳은 여자다. 나와 신분 차이만 없었다면, 틀림없이 훌

륭한 왕비가 되었을 텐데! 정말 슬픈 일이오."

"저도 이 분은 폐하와 전혀 어울리지 않는다고 생각합니다. 의뢰하신 일을 만족스럽게 처리하지 못해 유감으로 생각합니다." 홈즈가 차갑게 말했다.

"아니, 천만에!" 왕이 말했다. "이렇게 된 것에 만족하고 있소. 나는 그 여자가 약속을 지키리라 믿소. 사진은 이미 불태운 것이나 마찬가지요."

"그 말씀을 들으니 마음이 놓입니다."

"당신에게는 뭐라고 감사의 말을 해야 좋을지 모를 만큼 신세를 졌소. 이 보답을 어떻게 해야 좋을지 말해 주시오. 이 반지를……."

보헤미아 왕은 뱀처럼 생긴 에메랄드 반지를 빼어 그것을 손바닥에 놓고 내밀었다.

"저에게 주시는 거라면 폐하께서는 이보다 더 귀중한 물건을 갖고 계시다고 생각합니다." 홈즈가 말했다.

"기탄없이 말하시오."

"이 사진입니다."

"아이린의 사진을!"

왕은 놀란 눈으로 홈즈를 보았다.

"좋소. 그대가 원한다면."

"고맙습니다. 그럼, 폐하와의 일은 이것으로 끝이 난 것으로 생각되므로 진심으로 행운을 빌겠습니다."

홈즈는 머리를 숙이고는 보헤미아 왕이 내미는 손도 깨닫지 못한 채 몸을 돌려 나를 데리고 자기 집으로 돌아갔다.

이상이 보헤미아 왕국을 위협한 꺼림칙한 사건으로, 셜록 홈즈의 계략도 한 여성의 지혜 앞에서 빛을 잃은 이야기다. 그는 전에는 여자의 위트를 곧잘 비웃고는 했었는데, 최근에는 그런 경멸의 말을 들은 적이 없다. 그리고 아이린에 대해서나 그 여자의 사진에 대한 이야기가 나올 때면 그는 언제나 '그 여성'이란 경칭을 사용한다.

붉은 머리 연맹

The Red – Headed League

1887년 10월 29일(토) ~10월 30일(일)

작년 가을의 어느 날, 나는 셜록 홈즈를 방문했다. 그때 홈즈는 혈색 좋은 얼굴에 타는 듯한 붉은 머리를 가진 아주 건강해 보이는 신사와 열심히 이야기하는 중이었다. 모르고 들어와 실례했다고 사과를 하면서 돌아서려고 하자, 홈즈는 갑자기 나의 팔을 잡아 방 안으로 끌고 들어가 문을 닫았다.

"왓슨, 마침 잘 왔어." 홈즈가 기분 좋게 말했다.

"나는 자네가 손님과 상담 중인 줄 알았어."

"상담 중이긴 하지. 아주 중요한 이야기를 하고 있었어."

"그럼 나는 옆방에서 기다릴게."

"그러지 않아도 되네. 윌슨 씨, 이 친구는 지금까지 내가 해결한 많은 사건 중에서 대개의 경우 나의 동료도 되고 협력자도 되어 준 사람입니다. 그러니 이번 당신의 문제에도 크게 활약해 주리라 생각합니다."

그 건장한 신사는 의자에서 엉거주춤 일어나더니, 두꺼운 눈두덩 밑의 작은 눈을 의심스러운 듯이 반짝이면서 나에게 고개를 가볍게 끄덕였다.

"소파에 앉게."

홈즈는 나에게 말하고 자기도 안락의자에 편하게 앉고 나서 양 손가락을 깍지 꼈다. 이것은 그가 무엇인가를 생각할 때 흔히 취하는 자세다.

"왓슨, 자네도 나처럼 따분한 일상생활의 반복이나 평범한 이야기가 아닌 기이한 일에 대해서 관심을 갖고 있지? 그런 점에서 나의 많은 사건을 기록해 주었고, 또 그것들을 조금이나마 장식까지 해 준 것을 보면 자네의 관심이 어느 정도인지를 알 수 있어."

"자네가 다루는 사건이 재미있었기 때문이네." 내가 말했다.

"언젠가 말했지. 자네도 기억하고 있을 거야. 메리 서덜랜드 양이 갖고 온 그다지 복잡하지 않은 사건에 손을 대기 전이라고 기억되는데, '색다른 감명이나 특별한 사건을 경험하고 싶다면, 우리는 그것을 생활에서 찾아야 한다. 생활이야말로 항상 어떤 상상력의 산물보다 더 분방하고 더 기이하기 때문이다.'라고 내가 말한 적이 있었지?"

"난 그 의견에는 찬성할 수 없다고 했네."

"그랬지, 왓슨. 하지만 결국 자네는 고집을 꺾고 내 의견에 찬성하게 될 거야. 왜냐하면 자네의 논거가 사실의 압력에 의해 깨지고, 내 의견이 옳다고 인정할 때까지 나는 자네 눈앞에 실제의 예를 산더미같이 쌓아 놓을 테니까 말이야. 그런데 오늘 아침 제이베스 윌슨 씨가 이렇게 친절하게 찾아오셔서 어떤 이야기를 했는데, 지금까지 들은 바로는 근래에 없는 기괴한 이야기가 될 듯하네. 자네도 들은 적이 있겠지만, 내 주장에 의하면, 이상하고 특이한 사건은 중대한 범죄보다는 오히려 작은 범죄에 관련되어 있는 경우가 많고, 실제로 간혹 범죄가 있었는지조차도 의심스럽게 여겨지는 곳에 숨어 있는 경우가 있지. 여기 찾아오신 윌슨 씨의 사건도 지금까지 들은 것으로는 범죄가 있는지 없는지 아직 단언하긴 어렵지만, 사건치고는 아주 특이하다네. 윌슨 씨, 실례지만 처음부터 다시 한 번 이야기해 주시겠습니까? 왓슨은 첫 부분을 듣지 못했고, 나 역시 이야기가 특이해서 사건의 사소한 점까지 자세히 듣고 싶군요. 저는 대개의 경우 사건의 경과를 일부만 들어도 나머지는 지금까지 경험해 온 사건들에 비추어 대충 짐작할 수 있지만 이번 사건만은 어느 대목도 유추할 수 있는 선례가 없습니다."

그 뚱뚱한 의뢰인은 약간 우쭐해서 가슴을 펴더니, 코트 안주머니에서 더럽고 구깃구깃한 신문을 한 장 꺼냈다. 그것을 무릎에 올려놓고 구겨진 주름을 펴면서 광고란을 들여다보았다. 그동안 나는 이 신사를 자세히 관찰했는데, 친구가 늘 하는 방법대로 복장과 태도 등에서 무엇인가를 알아내려고 노력했다.

그러나 관찰로 파악한 것은 별로 없었다. 그저 평범하고 비만해서 둔한 느낌이 드는 영국 상인이라는 점뿐이었다. 입고 있는 옷은 약간 헐렁한 회색 바둑무늬 바지에다, 결코 깨끗하다고 할 수 없는 검은 프록코트를 입고 있었는데, 앞 단추를 풀어 놓고 있었다. 옅은 갈색 조끼에 놋쇠 빛깔의 굵은 앨버트 시곗줄을 감았고, 그 끝에는 구멍이 나 있는 네모난 금속장식이 매달려 있었다. 옆의 의자에는 상당히 낡은

실크 모자와 옷깃에 붙인 벨벳이 주름투성이가 된 퇴색한 갈색 외투가 놓여 있었다. 아무리 보아도 눈에 들어오는 것은 타는 듯한 붉은 머리와 여전히 뭔가 못마땅한 듯한 불만스러운 표정뿐이었다.

홈즈의 빠른 시선이 나에게 쏠렸다. 그리고 물어보는 듯한 나의 눈길과 마주치자 그는 미소를 짓고 머리를 흔들었다.

"이분은 옛날에 노동에 종사한 적이 있고, 코담배를 애용하며, 프리메이슨 회원이고, 중국에 다녀온 적이 있고, 요즘에는 글씨를 많이 썼다는 것은 알 수 있지만 그 이상은 아는 게 없네."

제이베스 윌슨은 이 말을 듣고 의자에서 벌떡 일어날 정도로 놀랐다. 그러고는 한쪽 손가락으로 신문을 누른 채 홈즈를 보았다.

"도대체 그걸 어떻게 아셨습니까, 홈즈 씨? 예를 든다면 내가 노동에 종사했다는 것 말입니다. 사실 그랬습니다. 나는 배의 목수부터 시작했으니까요."

"당신의 손 말입니다. 오른손이 왼손보다 훨씬 크군요. 당신은 오른손을 주로 쓰는 일을 했어요. 그래서 근육이 발달한 겁니다."

"아, 그럼 코담배는? 프리메이슨 회원은?"

"그것을 자세하게 설명하는 것은 현명한 당신에게 실례되는 일이라 생각합니다. 당신은 프리메이슨의 엄격한 서열 규칙을 위반하고 호(弧)와 컴퍼스로 된 가슴 장식핀을 달고 있으니 말입니다."

"아, 그렇군요. 깜박 잊고 있었습니다. 그러나 글씨를 썼다는 것은?"

"오른쪽 소맷자락이 5인치쯤 아주 반질반질하고, 왼쪽 팔꿈치, 그러니까 책상에 닿는 부분이 다른 천으로 겹쳐 꿰매져 있는데, 그것이 뭘 말하는 거겠습니까?"

"알겠어요. 그럼 중국에 갔었다는 것은요?"

"오른손 손목 바로 위에 물고기 문신이 있는데, 그건 중국에서나 볼 수 있는 것입니다. 나는 문신 연구를 한 적이 있습니다. 그래서 많지는 않지만 그 방면의 문헌에 기여한 바도 있는데, 그와 같이 물고기 비늘을 아름다운 핑크색으로 물들이는 기술은 중국에만 있습니다. 그리고 시곗줄에 매달려 있는 중국 동전을 보면 해답은 더욱 간단히 나옵니다."

제이베스 윌슨은 크게 웃었다.

"정말 놀랐습니다. 처음에는 굉장한 기술인 줄 알았는데 알고 보니 별것 아니군요."

"왓슨, 설명을 한 것이 오히려 잘못이군." 홈즈가 말했다. "'모르는 것이 위대해 보인다.'는 말이 있는데, 이렇게 정직하게 털어놓기만 하면 별 볼 일 없는 얄팍한 내 명성이 그나마도 오래가지 못하고 사라지겠지? 윌슨 씨, 광고는 찾으셨습니까?"

"네, 여기 있습니다." 그는 굵고 붉은 손가락으로 광고란 중앙을 가리켰다. "여깁니다. 이것이 사건의 원인이 되었습니다. 직접 읽어 보세요."

나는 신문을 받아 들고 읽었다. 광고는 다음과 같았다.

붉은 머리 연맹에 알림―미국 펜실베이니아 주 레바논의 고 이제키아 홉킨스 씨의 뜻에 따라, 명목이 있는 봉사에 대해 주 4파운드를 지급받을 권리를 갖는다. 연맹원에 결원이 하나 생겼음. 몸과 마음이 건강한 21세 이상의 붉은 머리의 소유자는 응모 자격 있음. 월요일, 11시, 플리트 가 포프스 코트 7번지, 연맹 사무소의 던컨 로스 앞으로 직접 신청 바람.

"도대체 이게 뭐지?" 나는 이 기괴한 광고를 두 번이나 읽고 나서 소리쳤다.

홈즈는 킬킬거리며 기분이 좋을 때면 늘 하는 버릇대로 의자에 앉은 채 몸을 흔들었다.

"이건 흔한 이야기가 아냐. 윌슨 씨, 되도록 자세하게 당신의 사정과 가정 상황, 그리고 이 광고가 당신의 신상에 끼친 영향에 대해 이야기해 주세요. 왓슨, 자네는 그 신문 이름과 발행일을 메모하게."

"1890년 4월 27일. 〈모닝크로니클〉. 꼭 두 달 전이야."

"좋아, 그럼 윌슨 씨."

"홈즈 씨. 아까도 말했지만……." 제이베스 윌슨은 이마의 땀을 닦으며 말했다. "나는 도시의 중심부인 코벅 광장에서 작은 전당포를 하고 있습니다. 장사를 한다고는 했지만 장삿속도 없고, 게다가 요즘은 불경기여서 그날 벌어 그날 먹는 형편입니다. 전에는 그래도 종업원을 둘씩이나 데리고 있었는데, 지금은 한 사람뿐입니다. 그 한 사람에게 급료를 줄 만한 벌이도 못하고 있습니다만, 다행히 그 사람이 급료는 다른 곳의 반만 받아도 좋으니 일만 배우도록 해 달라고 해서……."

"그 기특한 젊은이의 이름은 뭡니까?" 홈즈가 물었다.

"빈센트 스폴딩입니다만, 젊지는 않습니다. 나이는 짐작을 못하겠습니다. 어쨌든 홈즈 씨, 직원으로 그 정도 훌륭한 사람은 흔치 않을 겁니다. 마음만 먹는다면 더 좋은 자리도 얻을 수 있고, 급료도 내가 주는 액수의 배는 더 받을 수 있을 겁니다. 그러나 본인이 만족해서 있는 거라면 구태여 내가 그렇게 하라고 말할 것까지는 없지요."

"맞는 말입니다. 표준 이하의 급료로 직원을 고용했으니 당신은 행운아입니다. 요즘은 사람을 고용하는 것도 쉬운 일이 아니니까요. 그 사람도 신문 광고 못지않게 특이한 데가 있군요."

"사실 그에게도 나쁜 버릇은 있습니다. 그렇게 사진에 미친 사람이 세상에 또 있을까요. 진지하게 근무해야 할 때에도 카메라를 들고 나와서 찍어 대는 겁니다. 그러고는 토끼가 굴속으로 들어가듯 지하실에 들어가 현상을 합니다. 그것이 그 친구의 결점이지요. 그러나 나쁜 사람은 아닙니다. 전반적으로 봐서는 일을 잘하는 편이니까요."

"지금도 당신 전당포에 있습니까?"

"있습니다. 그 친구와 간단한 집안일을 하는 열네 살 된 소녀, 저, 이렇게 세 사람뿐입니다. 아내는 일찍 죽었고 달리 가족도 없으니까요. 잘살지는 못하지만 이럭저럭 끼니 걱정은 하지 않고 빚을 갚을 정도는 됩니다. 그런 나를 골탕 먹인 것이 바로 이 광고입니다. 꼭 두 달 전이군요. 스폴딩이 이 신문을 들고 전당포에 와서 이상한 푸념을 늘어놓더군요.

　'사장님, 나도 머리색이 붉으면
얼마나 좋을까요?'

　그래서 제가 왜 그런 생각을 하는지 물었습니다.

　'그건 말입니다. 붉은 머리 연맹에 또 결원이 생겼거든요. 그곳에
가입하면 누구든지 한밑천 잡으니까요. 제가 들은 바로는, 이 연맹은
자격을 가진 사람이 얼마 없는 까닭에 결원이 많이 생겨 관리인은 돈
을 처분하는 데 애를 먹고 있는 형편이랍니다. 나도 붉은 머리였다면

꼭 응모했을 겁니다.'

'대체 그게 뭔데?' 내가 물었습니다.

그리고 홈즈 씨, 나는 온종일 집에만 있습니다. 하는 일이 밖으로 나도는 것이 아니고 집에서 손님을 받는 것이니까요. 나는 몇 주일씩 집을 나가지 않을 때도 있습니다. 그래서 세상 돌아가는 소식에 어두워 별것 아닌 뉴스에도 귀를 기울이곤 합니다.

'사장님, 아직 붉은 머리 연맹 이야기를 모르세요?' 스폴딩은 눈을 크게 뜨고 물었습니다.

'못 들어 봤는데.'

'이상하군요. 완전한 조건을 갖추신 분이 그걸 모르다니.'

'거기 들어가면 좋은 게 생기기라도 하나?'

'물론이죠. 1년에 200파운드밖에 안 되지만, 하는 일이 간단해 본 업에 지장이 없어요.'

이 말을 듣고 나는 귀가 솔깃해져서 마음이 움직였습니다. 요즘은 장사도 시원치 않은데, 1년에 200파운드나 부수입이 생긴다고 하니 마음이 움직이지 않을 수 있겠습니까?

'그 얘기를 자세히 해 주게.'

내가 말하자 직원은 광고를 보여 주었습니다.

'사장님이 직접 읽으시면 아실 테지만 연맹에 자리 하나가 비었는데, 자세한 내용을 문의할 곳이 여기 나와 있습니다. 제가 들은 바로는, 미국의 백만장자 이제키아 홉킨스라는 사람이 이 연맹을 만들었다고 하더군요. 이 사람은 어찌나 머리가 붉었는지, 그만 붉은 머리에 대해 깊은 동정심을 갖게 되었답니다. 그래서 죽을 때 유산 관리인에게 큰 재산을 맡기고는 거기서 나오는 이자로 자기처럼 붉은 머리를 가진 남자에게 간단한 일을 시키고 돈을 주라는 유언을 했답니다. 소문에 의하면 하는 일은 아주 간단한데 급료는 어김없이 나온다는 거예요.'

'하지만 연맹에 가입을 원하는 붉은 머리가 몇만 명은 될 게 아닌가?'

'사장님이 생각하시는 것만큼 많지는 않아요. 왜냐하면 응모자는 런던에 사는 사람이어야 하고, 게다가 어른이어야 하니까요. 이 미국인은 젊었을 때 런던이 출세의 발판이 되었기 때문에 이 그리운 도시에 은혜를 갚고 싶다는 겁니다. 그리고 붉은 머리라고는 했지만, 색이 좀 흐리거나 검은색이 들어간 붉은색은 낙제고, 정말 불타는 것처럼 반짝이는 붉은 머리라야 됩니다. 사장님, 만일 신청하신다면, 그곳에 얼굴을 내미는 것만으로 충분합니다. 돈이 몇 푼 안 된다면 몰라도 1년에 200파운드 이상이나 되잖아요. 떨어져도 밑져야 본전이니까요.'

보시는 바와 같이 제 머리는 이렇게 붉어서, 이 정도면 경쟁을 한다 해도 누구한테도 지지 않을 자신이 있었습니다. 빈센트 스폴딩은 연맹에 대해 아는 게 많은 듯싶어 도움이 될지도 모른다고 생각하고, 그날은 일찍 전당포 문을 닫고 함께 가자고 했지요. 그도 가게를 일찍 닫는다니까 아주 좋아했습니다. 우리는 문을 닫고 광고에 나와 있는 주소를 찾아갔습니다.

그런데 홈즈 씨, 그런 광경은 두 번 다시 볼 수 없을 겁니다. 북쪽, 남쪽, 동쪽, 서쪽에서 머리카락에 붉은 빛이 있는 사람이면 모두 광고를 보고 중심부로 모여들었지 뭡니까. 플리트 가는 붉은 머리의 인파로 숨이 막힐 듯했고, 포프스 코트는 마치 오렌지 장수 수레와 같았습니다. 단 한 번 낸 광고에 이렇게 많은 사람들이 모여들었으니 기가 막힐 노릇이었지요. 딸기색, 레몬색, 오렌지색, 벽돌색, 아이리시 세터색, 적갈색, 진흙색, 온갖 색의 붉은 머리가 총집합했더군요. 하지만 스폴딩도 말했듯이 정말 타는 듯한 붉은 머리는 그리 많지 않았어요. 이 많은 사람들이 차례를 기다리느라 줄을 서 있는 모습을 보았을 때, 만일 나 혼자였다면 기가 죽어 그냥 돌아갔을 겁니다. 하지만 스폴딩이 나를 잡아끌었습니다. 그때 어떻게 했는지 확실히 기억은 나지 않지만, 줄지어 있는 사람들을 밀치고 당기고 떠밀고 하면서 인파 속을 헤치고 연맹사무실이 있는 계단 앞까지 갔습니다. 거의 스폴딩에게 끌려 간 것이지요. 계단에는 희망을 안고 올라가는 사람과 맥이 풀려서 내려오는 사람들로 두 개의 줄이 이루어져 있었습니다. 우리는 요령 있게 그 줄 속에 끼어들어 마침내 사무실 안으로 들어갔지요."

"재미있는 경험이었군요." 의뢰인이 말을 중단하고 한 줌의 코담배를 맡으며 기억을 되살리고 있을 때 홈즈가 말했다. "정말 재미있습니다. 계속하세요."

"사무실 안에는 나무 의자 두 개와 소나무로 만든 테이블 외에는 아무것도 없었는데, 나보다 더 붉은 머리털을 가진 작은 남자가 테이블 맞은편에 앉아 있었습니다. 그는 응모자가 한 사람 한 사람 들어오면 판에 박은 듯이 두세 마디 말을 했는데, 응모한 사람을 낙제시킬 결점을 찾고 있었어요. 이런 상황이라면 통과되기는 어려울 듯싶더군요. 그런데 내 차례가 되었을 때, 그 작은 남자는 지금까지의 다른 응모자를 대할 때와는 전혀 다른 태도로 아주 상냥해지더니, 우리가 안에 들어서자 밀담을 할 수 있도록 입구의 문을 닫았습니다.

'제이베스 윌슨 씨입니다.' 스폴딩이 나를 소개했지요. '연맹에 가입하고 싶어서 오셨습니다.'

'훌륭한 적임자군요. 이분은 우리가 요구하는 모든 조건을 갖추셨군요. 지금까지 이렇게 훌륭한 머리색을 본 적이 없습니다.' 그러더니 남자는 한 걸음 뒤로 물러서서 고개를 기울이고는 내가 쑥스러워할 정도로 내 머리를 말끄러미 보더군요. 그러고는 성큼성큼 다가와서 내 손을 잡고 축하한다며 큰 소리로 말했습니다.

'이 머리라면 문제가 없습니다. 그러나 만일을 위해 한 가지 시험을 하겠습니다. 실례지만—' 그는 두 손으로 내 머리를 움켜잡고 힘껏 잡아당겼습니다. 나는 너무 아파서 비명을 질렀지요.

'눈물이 나왔군요.' 그는 손을 놓았습니다. '과연 나무랄 데가 없습니다. 그러나 우리는 이렇게 할 수밖에 없습니다. 왜냐하면 지금까지 가발이 두 번, 염색이 한 번, 이렇게 속았기 때문입니다. 구둣방의 납을 사용하는 사람도 있더군요. 그런 예를 말하면 끝이 없습니다. 정말 생각하면 인간에 대한 환멸만 생깁니다.'

그 남자는 창가로 가서 합격자가 결정되었다고 크게 소리쳤지요. 그러자 창문 밑에서는 한동안 낙담한 사람들의 웅성거림이 들리더니 이윽고 모두 사라졌고, 붉은 머리는 나와 그 관리인만 남았습니다.

'던컨 로스입니다.' 그 남자는 자기소개를 했습니다. '나도 우리의 거룩한 은인이 남기고 가신 기금에서 연금을 받고 있습니다. 그런데 윌슨 씨, 결혼은 하셨나요? 가족은 있습니까?'

　나는 가족이 없다고 말했지요. 그러자 갑자기 그의 안색이 변하더 군요.

　'난처하군!' 그가 심각하게 말했습니다. '사실 우리 연맹의 기금은 붉은 머리의 사람을 보호하는 것뿐 아니라 자손의 번영을 도모하기 위해 있습니다. 당신이 독신이라니 정말 유감입니다.'

　홈즈 씨, 이 말을 듣고 나는 결국은 떨어졌다고 생각해서 실망했답 니다. 그런데 그 사람은 2, 3분 정도 생각을 하더니 괜찮겠다고 말했 습니다.

'다른 사람이라면 이 결점이 어쩔 수 없는 결격 사유가 되겠지만, 당신처럼 훌륭한 머리를 갖고 계신 분에게는 우리도 양보하지 않을 수 없군요. 그럼, 언제부터 우리 일을 해 주시겠습니까?'

'그게 좀 곤란하거든요. 저는 가게가 있어서요.' 내가 말했습니다.

'아, 그런 것은 상관없어요. 사장님.' 빈센트 스폴딩이 옆에서 말했습니다. '제가 대신 하면 되지 않겠습니까?'

'근무 시간은 어떻게 됩니까?' 내가 물었습니다.

'12시부터 2시까지입니다.'

그런데 홈즈 씨, 전당포는 대개 초저녁 장사인데, 특히 급여일 전날인 목요일과 금요일이 바쁩니다. 그래서 12시부터 2시 사이라면 영업에 아무런 지장이 없는 시간입니다. 게다가 스폴딩은 착한 사람이라 가게를 맡겨도 안심이고요.

'그렇다면 좋습니다. 그런데 급료는 얼마입니까?' 내가 물었습니다.

'일주일에 4파운드입니다.'

'하는 일은요?'

'말이 일이지, 별것 아닙니다.'

'너무 막연해서 감이 잡히지 않는군요.'

'그렇군요. 근무 시간에는 사무실에, 적어도 이 건물 안에 있어야 합니다. 만일 장소를 이탈하면 당신은 영원히 이 지위를 잃게 됩니다. 유언장에 그렇게 명기되어 있습니다. 근무 시간 중에 한 걸음이라도 밖에 나가면 규칙 위반이 됩니다.'

'하루에 네 시간이니까 외출할 일은 없겠지요.' 내가 말했지요.

'어떤 이유도 용납되지 않습니다. 병이 나도, 급한 일이 있어도, 기타 어떤 급한 이유도 안 됩니다.' 던컨 로스 씨는 저에게 단단히 일러 두었습니다.

'사무실에 있느냐, 파면되느냐, 둘 중의 하나입니다.'

'할 일은요?'

'대영백과사전을 옮겨 쓰는 겁니다. 저기 책장에 한 권 있습니다. 잉크와 펜, 그리고 압지는 본인이 갖고 와야 합니다만, 이 테이블과 의자는 사용해도 좋습니다. 내일 오시겠습니까?'

'물론이죠.' 내가 대답했습니다.

'그럼, 제이베스 윌슨 씨. 오늘은 이만 돌아가십시오. 이 얻기 어려운 지위를 획득하신 행운을 다시 한 번 축하드립니다.'

로스 씨는 고개 숙여 인사하고 나를 배웅했습니다. 나는 스폴딩과 함께 집으로 돌아왔는데, 무슨 말을 해야 좋을지, 또 무엇을 해야 좋을지 모를 만큼 나의 행운을 기뻐했지요. 그러고는 온종일 그날 아침에 있었던 일만 생각했는데, 밤이 되자 다시 맥이 풀렸습니다. 어떤 목적으로 이런 짓을 하는지는 몰라도, 어쨌든 장난이 아니면 사기라는 생각이 들었기 때문입니다. 도대체 이런 유언을 할 사람이 있을까. 대영백과사전을 베끼는 따위의 어린애 장난 같은 일에 누가 그 많은 돈을 내놓는단 말인가. 나는 도저히 믿을 수 없었지요. 빈센트 스폴딩은 옆에서 나에게 용기를 주려고 애를 썼지만, 나는 잠자리에 들었을 때는 완전히 체념한 상태였습니다. 그러나 다음 날 아침이 되자 어쨌든 가 보자는 마음이 들었지요. 그래서 작은 잉크병과 거위 깃털 펜, 풀스캡 페이퍼 일곱 장을 구입해 포프스 코트에 갔습니다.

그런데 깜짝 놀랐습니다. 아니 기뻤지요. 모든 게 어제 이야기와 같앉거든요. 책상이 놓여 있고, 던컨 로스 씨는 내가 일을 시작하는 것을 확인하러 와 있었습니다. 그리고 나에게 A항목부터 베끼라고 하고는 나갔는데, 그 뒤에도 내 근무 상태를 보기 위해 가끔 돌아오고는 했습니다. 2시가 되자 그만 가도 좋다면서 내가 쓴 종이를 보고 친절하게 칭찬을 해 주었고, 내가 나오자 문에 자물쇠를 채웠습니다.

그런 뒤부터 매일 같은 일을 되풀이했지요, 홈즈 씨. 그리고 토요일이 되자 관리인 로스 씨가 와서 일주일 치 급료로 소블린 금화 네 개를 주었습니다. 그다음 주도, 또 그다음 주도 그러했습니다. 나는 매일 아침 10시에 출근해서 2시에 돌아왔습니다. 던컨 로스 씨는 나중엔 아침에 한 번밖에 얼굴을 내밀지 않더니, 얼마쯤 지나니까 아예 나타나지도 않았습니다. 하지만 언제 나타날지 모르니 나는 사무실에서 한 걸음도 나가지 않았지요. 생각해 보세요. 일은 쉽고 급료는 많고 하니 해고당할 서툰 짓을 할 수 있겠습니까?

이렇게 8주가 지나갔습니다. 나는 'Abbots, Archery, Armour, Architecture, Attica'의 순서로 열심히 써 가면서 조금만 더 쓰면 'B'로 들어가게 된다고 신이 나 있었습니다. 풀스캡 페이퍼 값으로도 적지 않은 돈이 나갔습니다. 내가 쓴 종이로 선반 하나가 가득 찼습니다. 그런데 갑자기 일이 끝나고 말았습니다."

"끝나다니요?"

"그렇습니다. 그것도 오늘 아침에 말입니다. 보통 때와 같이 10시에 출근해 보니 문은 닫혀 있고 자물쇠가 채워져 있었는데, 문 가운데 네모난 작은 종이가 핀으로 꽂혀 있었습니다. 이것이 그것입니다. 직접 읽어 보세요."

월슨은 편지지 크기의 하얀 판지를 내밀었다. 거기에는 다음과 같은 글이 쓰여 있었다.

붉은 머리 연맹을 해산합니다.

1890년 10월 9일

홈즈와 나는 이 쌀쌀맞은 성명서와 그 뒤에 도사리고 있는 분하다는 표정의 얼굴을 물끄러미 보고 여러 가지를 생각해야 한다는 사실도 잊고, 무엇보다도 이 사건의 우스꽝스러움으로 인해서 그만 폭소를 터뜨리고 말았다.

"뭐가 그렇게 우습죠?" 의뢰인의 얼굴은 불빛같은 머리털이 난 언저리까지 시뻘게졌다. "웃기만 할 뿐 아무것도 할 수 없다면 나는 다른 곳으로 가겠소."

"진정하세요." 홈즈는 반쯤 일어났다가 다시 앉으며 큰 소리로 말했다. "이런 사건은 절대로 놓치지 않겠습니다. 정말 진기하고 재미있는 사건

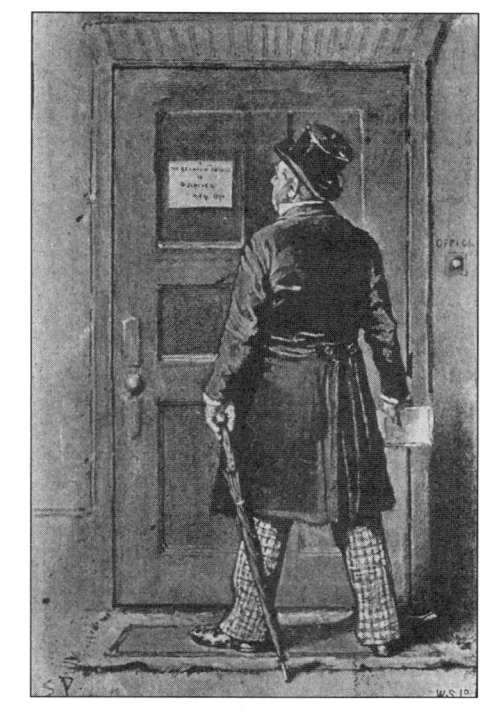

입니다. 그러나 실례지만 조금 우습기도 합니다. 이 종이가 문에 붙어 있는 것을 보고 당신은 어떻게 했습니까?"

"깜짝 놀랐지요. 어떻게 해야 좋을지 몰라 그 건물에 있는 다른 사무실에 이리저리 물어보고 다녔는데, 그것에 대해 알고 있는 사람은 한 명도 없었어요. 마지막으로 1층에 살고 있는 회계사인 집주인에게 가서 붉은 머리 연맹은 어떻게 되었느냐고 물었더니, 그런 연맹 이야기는 들어 본 일조차 없다고 대답하더군요. 그래서 던컨 로스 씨는 어떤 인물이냐고 물으니, 그런 이름도 처음 듣는다는 겁니다.

'4호실 남자입니다.'

'4호실? 그렇다면 머리가 붉은 사람 말이군요.'

'네.'

'그 사람은 윌리엄 모리스 변호사입니다. 새 사무실을 마련하는 동안 임시로 그 방을 쓰고 있었지요. 그런데 어제 이사했습니다만……'

'어디로 가면 만날 수 있습니까?'

'이사 간 사무실로 가 보시는 게 좋겠군요. 주소는 알고 있어요. 음, 세인트 폴 사원 근처에 있는 킹 에드워드 가 17번지입니다.'

홈즈 씨, 나는 곧장 킹 에드워드 가에 가 보았습니다. 그런데 가서 보니 의족이나 의수를 만드는 공장이 있을 뿐이고, 윌리엄 모리스나 던컨 로스라는 이름은 들어 본 일조차 없다는 대답이었습니다."

"흠, 그래서요?" 홈즈가 물었다.

"색스 코벅 광장의 집으로 돌아가 스폴딩과 의논을 했지요. 그러나 그는 도움이 되지 않았습니다. '사장님, 기다리고 있으면 분명히 편지가 올 겁니다.'라는 말뿐이었어요. 하지만 그런 일이 허사가 되려는 판인데, 그냥 우두커니 있을 수는 없는 일 아니겠습니까? 그래서 의논할 상대가 없는 딱한 사람을 친절하게 도와준다는 당신의 소문을 전부터 들어 왔기 때문에 곧장 이곳으로 달려온 겁니다."

"잘하셨습니다. 당신의 사건은 아주 보기 드문 케이스입니다. 나는 기꺼이 이 사건을 맡고 싶습니다. 말씀을 듣고 보니 이건 뜻밖의 중대한 결과가 될지도 모르겠습니다."

"그렇습니다. 중대합니다. 나는 1주에 4파운드 벌이를 날렸으니까요."

"아니, 당신이 개인적으로 이 기괴한 연맹에 항의할 이유는 없는 듯싶군요. 또한 내가 보기에 당신은 대영백과사전의 A항목에 대해 상세한 지식을 얻었고, 30파운드 정도의 돈을 벌었을 겁니다. 당신은 연맹과 관계한 이후 한 푼도 손해 보지 않았습니다."

"그건 그렇습니다. 하지만 나는 그것들을 조사해서 정체를 밝히고, 그리고 그것이 장난이었다면 어떤 목적이 있었는지 알고 싶은 겁니다. 게다가 장난치고는 돈을 너무 썼습니다. 무려 32파운드나 쓰지 않았습니까!"

"그런 점에 대해서는 우리가 조사해 드리죠. 그 전에 윌슨 씨, 몇 가지 물어볼 게 있습니다. 처음에 당신에게 그 광고를 보여 준 종업원은 언제부터 근무했습니까?"

"그런 일이 있기 한 달 전부터입니다."

"어떻게 왔습니까?"

"광고를 냈더니 찾아왔더군요."

"광고에 응모한 사람은 그 친구 한 명뿐이었습니까?"

"아뇨, 열두 명 정도는 됩니다."

"왜 그 사람을 채용했습니까?"

"싹싹하고, 급료를 조금 받겠다고 했으니까요."

"보통 급료의 반만 받겠다고 했죠?"

"그렇습니다."

"빈센트 스폴딩은 어떻게 생겼습니까?"

"작지만 단단한 체구에 절도가 있고, 나이는 서른이 넘은 듯싶은데 얼굴에 수염이 없습니다. 이마에는 산으로 화상을 입은 하얀 흉터가 있습니다."

홈즈는 어지간히 흥분한 듯 자세를 고쳐 앉았다.

"그럴 줄 알았습니다. 그 남자의 귀에 귀고리 구멍이 있는 걸 보셨습니까?"

"보았습니다. 어릴 때 집시가 뚫어 준 구멍이라고 하더군요."

"음." 홈즈는 신음하듯 숨을 내쉬고는 다시 깊은 생각에 잠겼다.

"그 남자는 지금도 전당포에 있습니까?"

"네. 내가 나올 때 있었으니까요."

"당신이 없을 때도 장사를 열심히 합니까?"

"장사랄 것도 없지요. 오전은 거의 할 일이 없으니까요."

"잘 알았습니다. 윌슨 씨. 지금 같아서는 며칠 안으로 해결이 될 듯싶군요. 오늘은 토요일이니까 월요일까지는 일의 전말을 밝혀 드리겠습니다."

"왓슨, 자네는 이 사건을 어떻게 생각하나?" 사건의 의뢰인이 나간 뒤 홈즈가 물었다.

"전혀 모르겠어. 정말 기괴한 사건이야."

"일반적으로 사건이 수수께끼 같을수록 그 성질은 단순하네. 평범한 얼굴이 기억하기 더 어렵듯이, 평범하고 특징이 없는 사건일수록 까다로운 법이지. 그러나 이 사건은 빨리 처리하지 않으면 안 되네."

"어떻게 처리할 생각인가?"

"담배를 피우겠네. 이건 담배 세 대를 피울 시간이 필요해. 50분 정도 말을 걸지 말아 줘."

홈즈는 의자 위에서 몸을 구부려 앙상한 무릎을 매부리코의 앞까지 들어 올리더니 검은 사기 파이프를 괴조의 부리처럼 입에다 물고는 눈을 감았다. 이윽고 나는 홈즈가 잠이 든 줄 알고 나도 꾸벅꾸벅 얕은 잠에 빠지기 시작했는데, 그 때 갑자기 그는 문제 해결의 열쇠를 얻은 듯이 의자에서 일어나 파이프를 벽난로 선반 위에 놓았다.

"오후부터 세인트 제임스 홀에서 사라사테(스페인의 바이올리니스트 겸 작곡가)의 연주가 있네. 왓슨, 진

료소가 바쁘지 않으면 같이 가겠나?"

"오늘은 한가해. 내 직업은 별로 시간에 쫓기지 않으니까."

"그럼 모자를 쓰고 오게. 먼저 시내에 들러서 갈 테니까. 어디 가서 점심을 먹지. 프로그램을 보니 독일 음악이 많은 것 같더군. 나는 이탈리아나 프랑스 음악보다 독일 음악이 더 좋아. 독일 음악은 사색적이거든. 나는 지금 조용히 사색을 하고 싶네. 왓슨, 가세."

우리는 올더스게이트까지는 지하철로 갔다. 거기서 내려 조금 더 걸으니, 오늘 아침에 우리가 들은 기괴한 이야기의 현장인 코벅 광장에 닿았다. 그곳은 좁고 너절하며 쓸쓸한 거리였다. 사방에서 퇴색한 이층 벽돌집들이 울타리에 에워싸인 작은 공터를 내려다보고 있는데, 그 울타리 안에는 잡초처럼 자란 잔디와 퇴색한 월계수 몇 그루가 자신을 더럽히고 있는 독한 공기에 대항하여 싸움을 하듯 초라한 모습으로 서 있었다. 모퉁이 집에 전당포의 표지인 도금한 구슬 세 개와 갈색 바탕에 흰 글씨로 '제이베스 윌슨'이라 쓰인 간판이 붙어 있었다. 그래서 그곳이 그 붉은 머리를 가진 의뢰인의 전당포임을 알 수 있었다. 홈즈는 그 앞에 서서 고개를 한쪽으로 숙이더니 눈을 가늘게 뜨고 주의 깊게 사방을 둘러보았다. 그러고는 큰길을 천천히 걷다가 다시 그 모퉁이로 돌아와 주위의 집들을 날카롭게 관찰했다. 마지막에 전당포 앞으로 돌아와 포장도로의 돌을 지팡이로 두세 번 힘껏 두드려 보고는 문으로 다가가 노크를 했다. 그러자 곧 문이 열리면서 말끔히 면도를 한, 날쌔 보이는 젊은이가 나타났다.

"어서 오십시오." 젊은이가 밝게 인사했다.

"고맙소. 스트랜드 가로 가려면 어떻게 가야 하죠?"

　　"세 번째 모퉁이에서 오른쪽으로 돌고, 거기서 네 번째에서 왼쪽으로 돌아가세요." 종업원은 시원스럽게 대답하고 문을 닫았다.

　　"싹싹한 놈이야. 내 생각에, 저 녀석은 이 런던에서 네 번째로 재빠른 놈일 거야. 그리고 대담무쌍한 점에서는 세 번째 아래로는 내려가지 않을 거야. 저 녀석에 대해서는 나도 조금 알고 있지.”

“틀림없이 윌슨의 종업원은 붉은 머리 연맹의 이상한 사건과 깊은 관계가 있어. 이제 알겠네. 자네가 일부러 길을 물어본 것은 놈의 얼굴을 확인하고 싶어서였던 거야.” 내가 말했다.

“그 녀석의 얼굴을 보고 싶었던 게 아냐.”

“그럼 뭔가?”

“그자의 바지 무릎 부분이야.”

“뭔가 보았나?”

“예상했던 대로.”

“왜 도로를 두드렸나?”

“왓슨, 지금은 이야기를 할 때가 아니라 살피고 관찰할 때야. 우리는 적지에 잠입한 스파이네. 색스 코벅 광장에 대해서는 대강 알았어. 이번에는 뒷길을 조사하세.”

뒷골목 거리인 색스 코벅 광장에서 모퉁이를 하나 돌아서 나온 길은, 그 광장에 비하면 그림의 안팎만큼이나 차이가 있었다. 그곳은 시내의 교통을 북부와 서부로 유도하는 대동맥과 같은 곳이다. 나가고 들어오는 마차와 두 줄로 흐르는 많은 승객과 화물 때문에 교통 체증이 잦았고, 보도는 보도대로 오가는 사람의 물결로 검어지고 있었다. 아름다운 상점과 훌륭한 사무실이 처마를 잇대고 있는 광경을 보고 있으면, 여기가 방금 우리가 다녀온 그 우중충하고 너절한 거리와 등을 맞대고 있는 곳이라고는 도저히 믿어지지가 않았다.

“자, 이 거리의 건물 배치 순서를 잘 기억해 두세. 런던에 대해 정확한 지식을 갖고자 하는 것이 나의 취미야. 어디 보자. 모티머 상점, 담배 가게, 신문 판매소, 시티 앤 서버밴 은행 코벅 지점, 채식 레스토랑, 맥파렌 마차 제조 창고라, 이것으로 이 구획은 끝나고 다음으로 이어지는군. 자, 왓슨. 우리 일은 끝났으니 이번에는 기분 풀이나 하러 갈까. 샌드위치에 커피 한 잔을 마시고 나서 바이올린의 나라로 가는 거야. 그곳에는 섬세한 감미로움과 조화가 있을 뿐, 붉은 머리 손님에게 붙들려서 기이한 질문에 시달림 당할 걱정 같은 건 하지 않아도 되네."

홈즈는 열렬한 음악 애호가다. 그 자신이 능숙한 연주 솜씨를 가지고 있을 뿐 아니라 뛰어난 작곡가이기도 하다. 그날 오후 내내 그는 맨 앞자리에 앉아 지극한 행복에 잠겨 음악의 멜로디에 맞추어서 길고 가느다란 손가락을 느긋하게 움직이고 있었다. 그러나 그 조용한 미소나 꿈꾸는 듯이 나른해 보이는 눈은 철저하게 훈련된 경찰견, 예리하기가 칼날같은 탐정 홈즈에게는 어울리지 않는 것이었다. 홈즈라는 특별한 개성 속에는 두 종류의 성질이 번갈아 우열을 다투고 있는데, 내가 보기에 그의 극단적인 엄격함이나 민첩함은 이따금 그의 정신 내부에 충만해 있는 시적, 명상적 성향에 대한 반동일 것이다. 그는 이와 같은 성향의 진동 때문에 극단적인 이완에서 싫증을 모르는 정력의 충만으로 변해 간다. 나는 잘 알고 있지만 며칠씩이나 안락의자에 맥없이 기대앉아 즉흥곡을 만들거나 오래된 서적을 읽거나 하고 있을 때야말로 그는 정말로 두려운 사나이가 된다. 그러면 갑자기 새로운 활동력이 샘솟아 그 멋진 추리력이 마치 직감이라 해도 좋을 정도로 작용하여, 익숙하지 못한 사람은 그가 인간 이상의 지능을 갖고 있는 게 아닌가 하는 의심을 품게 된다. 그날 오후도 나는 세인트 제임스 홀에서 그가 음악의 포로가 되어 있는 것을 보고, 바야흐로 그가 눈독을 들이는 놈들에게 크나큰 위기가 다가가고 있음을 느꼈다.

"왓슨, 집으로 갈 건가?"

"응, 그럴 거야."

"나는 잠시 할 일이 있네. 코벅 광장의 사건은 심각해."

"왜 심각하다는 건가?"

"엄청난 범죄를 꾸미는 놈이 있어. 그러나 그것을 막을 수 있는 시간적인 여유는 충분해. 그렇게 확신할 만한 근거가 있네. 하지만 오늘이 토요일이기 때문에 문제가 약간 복잡해지지 않을까 모르겠군. 오늘 밤 자네의 도움이 필요할지도 몰라."

"몇 시에?"

"10시쯤."

"그럼, 10시에 베이커 가에 가 있겠네."

"좋아. 왓슨, 위험할지도 모르니까 군용 권총을 주머니에 넣고 오게."

홈즈는 손을 흔들면서 몸을 빙글 돌리더니 금세 군중 속으로 자취를 감추었다. 나는 내가 결코 남들보다 둔하다고는 생각하지 않지만, 홈즈를 상대하고 있으면 언제나 나의 어리석음 때문에 환멸을 느끼게 된다. 이번 일만 하더라도 나는 그와 함께 이야기를 들었고 같은 것을 보았지만, 홈즈는 지금까지의 사건 경과뿐만 아니라 앞으로 일어날 일까지 분명하게 내다보는 듯했다. 이와 반대로 나에게는 사건의 전모가 지금까지도 아리송하기만 하고 수수께끼인 채로 남아 있다.

마차로 켄싱턴의 집으로 돌아가는 도중, 나는 대영백과사전을 베껴 쓴 붉은 머리 남자가 들려 준 이상한 이야기에서부터, 색스 코벅 광장으로 조사하러 간 것, 헤어질 때 홈즈가 한 불길한 말에 이르기까지의 모든 것을 다시 생각해 보았다. 오늘 밤의 모험은 무엇을 의미하며, 왜 권총을 준비해야 하는가. 어디로 가서 무엇을 하는가. 홈즈가 암시한 바로는 그 전당포의 멀쩡하게 생긴 종업원은 흉악한 음모를 꾸미는 것 같다. 나는 이러한 수수께끼들을 풀어 보려 했으나 결국 포기하고는 밤이 되어 만사가 분명해질 때까지 잊고 있기로 했다.

9시 15분에 집을 나선 나는 파크를 지나 옥스퍼드 가를 통과하여 베이커 가로 갔다. 홈즈의 집 현관 앞에는 이륜마차 두 대가 기다리고 있었다. 복도에 들어서자 위층에서 말소리가 들려왔다. 방에 들어가자 홈즈는 두 남자와 뭔가 진지하게 이야기하고 있었는데, 한 사람은 전부터 알고 있는 스코틀랜드 야드의 피터 존스였고, 또 한 사람은 마른 몸에 키가 크며 침울한 얼굴을 한 남자로, 반짝거리는 실크 모자를 들고 역겨울 정도의 고급 프록코트를 입고 있었다.

"아, 이제 다 모였군. 왓슨, 스코틀랜드 야드의 존스를 알지? 이분은 메리웨더 씨, 밤의 모험에 참가하신다네." 홈즈는 재킷의 단추를 채우고 선반에서 수렵용 채찍을 내리면서 말했다.

"왓슨 씨, 서로 힘을 모아 잘해 봅시다." 존스가 거만하게 말했다. "홈즈 씨는 짐승을 몰아 가두는 솜씨가 뛰어나죠. 남은 일은 잘 훈련된 개가 꼼짝 못하는 짐승을 물어 오듯 조수 노릇만 하면 됩니다."

"잡아 보니까 기러기 한 마리였다는 결과나 되지 않았으면 좋겠군요." 메리웨더가 무뚝뚝하게 말했다.

"안심하고 홈즈 씨를 믿어도 좋습니다. 이분에게는 남들이 생각하지 못하는 독특한 방법이 있습니다. 양해를 구하고 말씀 드린다면, 홈즈 씨는 다소 이론적이어서 공상에 쏠리는 면이 좀 있기는 하지만 훌륭한 재능을 가진 탐정인 것만은 틀림없습니다. 지금까지 한두 번, 예를 들면 숄토 살인 사건이나 아그라 보물 사건에서는 전문가인 경찰보다도 더 정확히 진상을 파악했다 해도 과언이 아니지요."

"오, 존스 씨. 당신이 그렇게 말씀하신다면 틀림없겠죠." 오늘 처음 만난 메리웨더는 존스의 말에 곧 동의했다. "하지만 전 카드 게임을 못하게 되어서 유감입니다. 토요일 밤에 카드 게임을 하지 않는 것은 27년 만에 처음입니다."

"어쨌든 두고 보십시오." 홈즈가 말했다. "오늘 밤에 있을 당신의 승부는 지금까지의 승부와는 달라서 많은 돈이 걸려 있습니다. 게다가 아슬아슬한 도박이지요. 메리웨더 씨, 당신이 건 돈은 3만 파운드입니다. 존스, 자네는 오랫동안 추적해 온 범인을 체포하게 될 거야."

"존 클레이는 살인, 절도, 화폐 위조, 위조 화폐 사용 등의 범인입니다. 메리웨더 씨, 놈은 아직 새파란 나이인데 범죄라면 뭐든지 전문가입니다. 나는 런던의 악당 중에서 우선 이놈에게 수갑을 채우고 싶습니다. 존 클레이는 무시무시한 놈입니다. 할아버지는 왕실 혈통의 공작이고, 그 자신도 이튼과 옥스퍼드 대학까지 다녔습니다. 손재주가 있고 머리도 좋아 놈의 범행 장소에는 언제나 흔적만 있을 뿐, 놈의 소재를 파악할 만한 단서는 전혀 찾을 수 없었죠. 이번 주에는 스코틀랜드에서 절도를 했는가 하면, 다음 주에는 콘월에서 고아원 건설을 미끼로 돈을 모으고 다니는 식입니다. 나도 오랫동안 뒤쫓아 다녔지만 아직 얼굴조차 본 일이 없어요."

"오늘 밤에야말로 자네에게 소개할 수 있으리라 믿네. 존 클레이는 나도 한두 번 관련을 가진 적이 있어. 자네 말처럼 그는 확실히 이 분야에서는 최고야. 벌써 10시가 넘었군. 출발을 서둘러야겠어. 두 분은 앞쪽 마차에 타세요. 나는 왓슨과 함께 뒤차에 타지요."

마차에 오르자 홈즈는 말없이 의자에 깊숙이 기대앉아, 그날 오후의 음악회에서 들은 곡을 흥얼거렸다. 우리는 가스등이 비치는 미궁과 같은 거리를 한참 달려 패링던 가로 나갔다.

"거의 다 왔어. 앞차에 있는 메리웨더는 은행 중역인데, 이 사건에 직접적인 관련이 있지. 그리고 나는 존스도 이 일에 참여하는 것이 좋다고 생각했네. 경찰관으로서의 능력은 신통치 않지만 나쁜 친구는 아냐. 커다란 장점이 한 가지 있다네. 용감하기로는 불도그 못지않아서, 한번 붙잡았다 하면 바닷가재처럼 놓치는 일이 없어. 자, 다 왔네.

앞차의 두 사람이 기다리고 있겠지.”

그곳은 오늘 아침에 우리가 왔던 번화가였다. 마차를 돌려보내고 우리는 메리웨더의 안내로 좁은 골목을 지나 그가 열어 준 문 안으로 들어갔다. 내부에는 짧은 복도가 있고, 그 끝에 튼튼하게 만든 철문이 있었다. 그 문을 열고 나선형 돌계단을 내려가자 막다른 곳에 또 단단한 울타리가 있었다. 메리웨더는 그곳에 멈추어 서서 랜턴을 켰다. 그는 우리를 안내하여 흙냄새가 나는 캄캄한 통로를 지나 세 번째 문을 열고, 지하실 같기도 하고 동굴 같기도 한 방에 들어갔다. 그 방의 벽면에는 나무 상자와 커다란 상자가 길게 쌓여 있었다.

“위에서 습격을 받을 염려는 없군요.” 홈즈는 랜턴을 높이 치켜들어 주위를 둘러보면서 말했다.

“밑에서 와도 끄떡없습니다.” 메리웨더는 대답하고 나서 지팡이로 바닥에 깔려 있는 돌을 두드리며 말을 계속했다. “어, 왠지 소리가 허전한 걸.”

그는 놀라는 얼굴이 되었다.

“조용히 하세요. 당신은 벌써 우리의 원정이 성공하는 데 상당한 상처를 주고 있습니다. 미안하지만 방해가 되지 않게 저 상자에 앉아 계십시오.”

메리웨더는 시무룩해져서 상자 위에 걸터앉았다. 자존심이 상한 못마땅한 표정이었다. 홈즈는 바닥에 무릎을 꿇고는 돌과 돌 사이의 틈새를 랜턴을 비추면서 돋보기로 자세히 살피기 시작했다. 그런데 불과 2, 3초로 만족했는지, 그는 일어서서 돋보기를 주머니에 넣었다.

“적어도 한 시간 여유는 있어. 그 사람 좋은 전당포 주인이 잠들 때

까지는 악당들은 아무 일도
할 수 없을 테니까. 그러나
잠이 들기만 하면 즉시 일을
시작할 겁니다. 작업을 빨리

하면 할수록 그만큼 도주 시간을 버는 거니까요. 왓슨, 여기는 자네도 이미 짐작했겠지만 런던에서 손꼽히는 큰 은행의 지점 지하실이야. 메리웨더 씨는 이사시니 런던 제일의 대담무쌍한 악당이 지금 왜 이 지하실에 눈독을 들이고 있는지 설명해 주실 거네."

"그것은 프랑스 금화 때문입니다. 그걸 노릴지도 모른다는 예감은 몇 번인가 들었습니다."

"프랑스 금화를 말입니까?"

"그렇습니다. 우리는 몇 달 전에 자본금을 늘리려고 프랑스 은행으로부터 나폴레옹 금화 3만 매를 차입했습니다. 그런데 그 금화가 봉합도 뜯지 않은 채 지금 이 지하실에 잠자고 있다고 소문이 난 겁니다. 내가 앉아 있는 상자 속에는 납 호일로 싼 나폴레옹 금화가 한 상자에 2,000매씩 들어 있습니다. 이만한 금화 보유량은 일개 지점으로서는 흔치 않은 일인데, 중역들도 이 문제로 골치를 앓고 있습니다."

"당연합니다. 자, 우리도 미리 작전을 짜 둡시다. 한 시간 안에 사건이 클라이맥스에 이르리라 생각합니다. 메리웨더 씨, 그때까지는 이 랜턴에 덮개를 씌워 두어야 합니다."

"어둠 속에 앉아 있는 겁니까?"

"어쩔 수 없습니다. 나는 카드 한 벌을 주머니에 넣어 갖고 왔습니다. 마침 우리는 두 사람씩 한 조가 되어 있으니 당신이 좋아하는 카드 게임을 오늘 밤에도 할 수 있겠군요. 그러나 적들의 음모가 꽤 많이 진행된 듯해서 불을 켜면 위험합니다. 먼저 우리의 위치를 정해 둡시다. 보통 대담한 놈들이 아니니 우리가 미리 잠복하고 있기는 하지만 각별히 조심하지 않으면 다칠 수도 있습니다. 나는 이 상자 뒤에 숨어 있을 테니 당신은 그쪽에 숨으세요. 그리고 내가 놈들에게 랜턴을 비추면 재빨리 뛰어나가세요. 왓슨, 만일 놈들이 총을 쏘면, 뒷일은 생각 말고 쏘아도 좋네."

나는 권총의 방아쇠를 세워, 몸을 숨기고 있는 나무 상자 위에 놓았다. 홈즈는 랜턴에 덮개를 씌워 주위를 캄캄하게 했는데, 나는 지금까지 그토록 깊은 암흑은 본 적이 없다. 금속이 달아오르는 냄새를 통해 우리는 바로 코앞에 등불이 있어서 유사시에는 그것이 즉시 빛을 낸다는 사실을 알고 있었다. 나는 강한 기대와 불안 때문에 신경이 날카로웠으므로 갑자기 캄캄해진 동굴의 차고 눅눅한 공기 속에 무언가 답답하고 위압적인 것이 숨어 있는 듯한 느낌이 들었다.

"도망갈 길은 한 군데뿐입니다. 건물 안을 지나 색스 코벅 광장으로 나가는 길뿐이지요. 존스, 부탁한 대로 수배해 두었나?"

"정문에 경사와 순경 둘을 잠복시켜 놓았소."

"그럼 구멍은 완전히 막은 셈이군. 이제 조용히 기다리기만 하면 됩니다."

정말로 길었다. 나중에 홈즈와 이야기를 하고서 알았지만, 그때 흘러간 시간은 한 시간에 불과했다. 그러나 나에게는 이미 밤이 지나고 아침 해가 뜰 만큼 시간이 흐른 것처럼 느껴졌다. 나는 최대한 움직임을 억제하고 있었기에 손발이 저리고 막대기처럼 감각이 없어져 버렸다. 그러나 신경은 극도로 긴장하여 청각이 아주 날카로운 상태였고, 네 사람의 조용한 숨소리가 들릴 뿐 아니라, 덩치가 큰 존스가 깊고 무겁게 들이마시는 소리와 은행 중역의 한숨 소리 같은 가냘픈 숨소리까지도 분간해서 들을 수 있었다.

내가 숨어 있는 곳은 상자 뒤로 지하실 바닥과 직선을 이루고 있었다. 갑자기 한 줄기의 빛이 들어왔다. 처음에는 돌바닥 위에 도깨비불같이 반짝거리는 정도였다. 그러나 차츰 크게 뻗어 나와 노란 빛줄기가 되고, 다시 아무런 기척도 없이 바닥에 틈새가 생기는 듯하더니 거기서 여자의 손 같은 하얀 손이 나타나 빛이 미치는 좁은 범위의 한복판을 더듬거렸다. 1분 아니면 그보다 몇 초 더 지났으리라. 그 손은 손가락을 꿈틀거리면서 바닥 위로 더 많이 솟아올랐다. 그러더니 갑자기 그 손이 사라지면서 돌바닥의 틈새를 나타내는 푸르스름한 광채만 남기고 주위는 다시 원래의 암흑으로 돌아왔다.

그러나 손이 사라진 것은 잠깐일 뿐이었다. 이윽고 물체가 부서지는 요란한 소리가 나면서 커다란 흰 돌 하나가 젖혀지더니 뻥 뚫린 네모난 구멍에서 랜턴의 불빛이 들어왔다. 그러더니 그 구멍에서 이목구비가 번듯한 젊은 얼굴이 떠올라 주위를 날카롭게 둘러보았다. 이어 구멍의 양쪽을 붙들고 어깨까지 나타나고, 다시 허리, 그리고 한쪽 무릎을 가장자리에 걸쳤다. 다음 순간, 마침내 구멍 밖으로 완전히 올라와서 뒤의 동료를 끌어 올렸다. 그도 먼저 남자처럼 몸매가 작고 날씬하며 얼굴이 창백했다. 붉은 머리는 헝클어져 있었다.

"괜찮아. 끌과 가방은 갖고 왔겠지. 어, 안되겠어. 아치, 뛰어내려. 빨리 하지 않으면 교수대에 매달리게 돼."

그때 홈즈가 뛰어나가 수상한 남자의 덜미를 잡았다. 또 한 놈은 구멍으로 뛰어들었으나 존스에게 상의 자락을 움켜잡혀 옷이 찢어지는 소리가 났다. 권총의 총신이 반짝 빛났으나 홈즈의 채찍이 세차게 손목을 때렸기 때문에 권총은 덜컥 하고 돌바닥에 떨어졌다.

"헛수고야. 존 클레이. 이젠 도망갈 구멍이 없어." 홈즈가 온화한 목소리로 말했다.

"그런 것 같군. 그러나 동료는 도망친 듯싶은데. 코트 조각만 남기고 말이야." 상대는 침착한 어조로 말했다.

"경관 세 명이 문 밖에서 기다리고 있지."

"오, 꽤 치밀하게 손을 썼군. 칭찬해 주겠어."

"우리야말로 자네에게 감탄하고 있다네." 홈즈가 말했다. "당신의 붉은 머리 연맹은 기발하고 효과적인 착상이었어."

"같은 패거리도 곧 만나게 될 거야." 존스가 말했다. "구멍에 떨어지는 것은 나보다 잘하는 것 같군. 수갑을 채우게 손을 내놔."

"네놈의 불결한 손으로 만지지 마." 수갑을 채우자 범인이 말했다. "네놈은 모르겠지만, 내 혈관에는 왕실의 피가 흐르고 있단 말이야.

그러니 나에게 말을 할 때는 '서(Sir)'라든가 '황공하옵니다' 하고 공대를 하라고."

"알았네." 존스는 눈을 크게 뜨고 킬킬 웃으면서 말했다. "황공하옵니다만 마차도 마련되었사오니 전하께서는 계단을 올라가시면 경찰까지 안내를 받으실 수 있습니다."

"좋아." 존 클레이는 침착한 태도로 말했다.

그리고 우리 세 사람에게 고개를 가볍게 끄덕이고는 형사의 호위를 받으며 조용히 걸어 나갔다.

"홈즈 씨, 저희 은행은 당신에게 어떻게 감사를 해야 할지, 또 무엇으로 보답을 해야 좋을지 모르겠습니다. 당신은 전대미문의 대담하기 짝이 없는 은행 강도 계획을 멋지게 탐지해서 그들을 일망타진했습니다." 메리웨더가 말했다.

"나는 존 클레이에게 한두 가지 갚아야 할 빚이 있었습니다." 홈즈가 말했다. "이번 사건 때문에 약간의 돈을 썼는데, 그 돈은 은행에서 갚아 주실 것으로 생각합니다. 그러나 그 밖의 것은 여러 가지 점에서 정말 귀한 경험이었고, 붉은 머리 연맹이라는 기발한 이야기도 들었으므로 보수는 이미 충분히 받은 셈입니다."

"왓슨." 홈즈는 새벽 무렵 베이커 가의 집에서 위스키소다를 마시며 설명했다. "처음부터 분명했던 것은, 붉은 머리 연맹의 기묘한 광고나 대영백과사전을 베끼게 한 목적이 그리 영리하지 못한 전당포 주인을 매일 몇 시간씩 점포에서 끌어내기 위한 것 이외에는 다른 어떤 것도 아닐 거라는 생각이었네. 그 방법이 정말 야단스럽기는 했지만, 실제로 그만한 방법은 생각해 내기 쉽지 않아. 물론 머리가 좋은 존 클레이가 공범의 머리카락 색을 보고 떠올린 아이디어였을 거야. 일주일에 4파운드가 전당포 주인을 유인해 내는 데 들어갔지만, 몇천 파운드라는 도박을 하는 판이니, 그 정도는 아무것도 아니지. 그래서 광고를 내고 악당 중 한 사람이 임시로 사무실을 빌리고 또 한 사람이 윌슨을 꼬드겨 응모하도록 해서, 매일 오전 전당포를 비우게 하는 데 성공한 것이네. 나는 종업원이 보통 급료의 반만 받기로 하고 왔다는 이야기를 들었을 때부터 그 자리를 얻지 않으면 안 될 어떤 강한 동기가 있다는 것을 알았네."

"그러나 그 동기가 은행 강도라는 건 어떻게 알아냈나?"

"전당포에 여자가 있으면 시시한 불륜 정도로 추측했겠지. 그러나 그것은 불가능했어. 또한 그 신사의 장사 규모가 작은 만큼 전당포에는 이렇게 신중하게 책략을 꾸미거나 그토록 돈을 걸 만한 가치 있는 물건이 없어. 그렇다면 문제는 전당포 밖이라고 생각할 수밖에. 그럼 대체 그것이 무엇일까. 나는 문득 종업원이 사진을 좋아해서 툭하면 현상을 한다며 지하실에 내려간다는 말이 떠올랐어. 지하실이다! 그곳에야말로 이 얽히고설킨 문제를 푸는 실마리의 한쪽 끝이 있다.

그래서 나는 그 수상한 종업원에 대해 질문을 해 보았는데, 내 상대가 런던에서 으뜸가는 침착하고 대담한 악당임을 알았지. 존 클레이가 지하실에서 무언가 음모를 꾸미고 있다. 몇 달을 계속해서 매일 몇 시간씩 그 일에 몰두하고 있다. 그것은 무엇일까. 여기서 또 한 번 생각했네. 어딘가 다른 곳으로 터널을 뚫고 있다고밖에는 해석할 길이 없었네. 자네와 함께 현장을 보러 갔을 때 나는 여기까지는 이미 추리했어. 그때 내가 지팡이로 보도를 두드려서 자네가 놀란 적이 있지? 터널이 전당포 앞쪽으로 뚫리고 있는지, 아니면 뒤쪽으로 뚫리고 있는지 확인하고 싶었던 거야.

그런데 앞쪽은 아니었어. 그래서 나는 벨을 울렸던 것인데, 내가 바랐던 대로 종업원이 나오더군. 나는 그와 전에 두세 번 작은 싸움을 한 적이 있지만, 서로 얼굴을 마주 대한 적은 없었어. 그때도 얼굴은 거의 쳐다보지 않았지. 알고 싶은 것은 무릎이었기 때문이지. 자네도 그의 무릎이 많이 닳았고 더러워져 있다는 점을 알았을 거야. 며칠씩 굴을 팠다는 증거지. 이제 남은 것은 단 하나, 그들이 무슨 목적으로 굴을 파느냐 하는 거였네. 나는 거리 모퉁이를 돌아가 보고, 시티 앤 서버밴 은행이 전당포와 등을 맞대고 있다는 사실을 발견하고는 문제를 해결했다고 생각했어. 음악회가 끝나고 자네는 마차로 돌아갔지만, 나는 스코틀랜드 야드에 들렀다가 은행의 중역을 방문했어. 그리고 결과는 자네가 본 대로네."

"그들이 오늘 밤에 작업한다는 것은 어떻게 알았나?"

"그건 말이지, 그들이 붉은 머리 연맹의 사무실을 닫았을 때, 그때가 제이베스 윌슨이 전당포에 있어도 방해가 안 된다는 신호였을 거야. 바꿔 말하면, 터널이 완성된 거야. 그러니 한시라도 빨리 일을 끝낼 필요가 있었겠지. 터널이 발견될 염려도 있고, 금화를 다른 곳으로 옮길 수도 있으니까. 그리고 토요일이 가장 유리하다는 점은 도망치는 데 이틀의 여유가 있다는 것이지. 이런 까닭으로 나는 오늘 밤에 틀림없이 결행할 것이라고 단정했네."

"멋진 추리야. 길고 긴 추리의 실이 처음부터 끝까지 정확하게 이어져 있어." 나는 진심으로 감탄했다.

"덕분에 심심풀이를 했네." 홈즈는 하품을 하고 나서 말했다. "아, 또 그것이 엄습해 온다! 내 일생은 평범한 단조로움에서 도망치려는 끊임없는 노력의 연속이야. 가끔 이런 조촐한 사건이 있기 때문에 다소 숨통이 트이지만 말이야."

"자네는 인류의 은인이네." 내가 말했다.

홈즈는 어깨를 으쓱했다.

"결국 그런지도 모르지만, 귀스타브 플로베르가 조르주 상드에게 써 보낸 말이 있네. 인간은 허무하고 예술이야말로 전부다."

Sherlock
Holmes

신랑의 정체

A Case of Identity

1887년 10월 18일 (화) ~10월 19일 (수)

베이커 가의 하숙집에서 두 사람이 난롯가에 앉아 있을 때, 셜록 홈즈가 말을 걸었다.

　"왓슨, 인생은 인간의 머리로는 도저히 생각할 수 없을 만큼 정말 이상해. 일상생활의 아주 평범한 사물도 우리가 상상할 수 없는 요소를 내포하고 있거든. 만일 지금 우리가 손을 잡고 저 창문을 빠져나가 이 대도시 위를 날아다니면서 이 집 저 집의 지붕을 살며시 벗겨 그 방에서 이루어지고 있는 기괴한 인생 드라마를 볼 수 있다고 가정해 봐, 그러면 우리는 거기서 놀랄 만한 우연의 일치와 갖가지 음모, 착각, 경이로운 인과 관계 등이 대를 이어 그 운동을 계속해서, 마침내는 더없이 괴이한 결과가 만들어지는 모습을 보게 될 거야. 그것에 비하면 소설 따위는 평범한 줄거리에 결과 또한 뻔히 내다보이기 때문에 진부하고 무의미하기 짝이 없지."

"나는 그렇게 생각하지 않아. 신문에 명백히 밝혀지는 사건을 보더라도 지독하게 황량하고 저속한 것들뿐이야. 또한 경찰 수사는 철저한 리얼리즘에 입각해 쓰여 있는데 결과는 솔직히 말해서 재미도 없고 예술적이지도 않아."

"리얼한 효과는 신중하게 일정한 취사선택을 하지 않으면 나오지 않아. 경찰 조사에는 그것이 결여되어 있거든. 판사의 잠꼬대에 비중을 두고 사건의 세세한 부분을 소홀히 하고 있어. 이 세세한 부분이야말로 사건을 규명하기 위한 열쇠인데도 말이야. 어쨌든 일상생활에서 일어나는 일이야말로 가장 초자연적인 양상을 띠고 있다고 봐야 해."

나는 웃으며 고개를 저었다.

"자네가 그렇게 생각하는 것은 잘 알아. 자네는 곤경에 빠져 있는 사람들을 구조하는 사립 탐정이니 신기하고 불가사의한 사건만 겪어 왔겠지. 그러나—"

나는 떨어져 있는 신문을 들었다.

"이것으로 실제 실험을 해 보세. 음, 가장 쉽게 눈에 띄는 제목은 '아내를 학대하는 남편'이야. 이 기사로 세로 난을 반이나 메우고 있는데 읽지 않아도 내용은 전부 짐작이 가. 역시 정부가 있고 지독한 술꾼이고 아내를 때리고 떼밀곤 해서 상처가 아물 날이 없어. 그 언니나 동생, 혹은 집주인 마누라가 그것을 동정해. 아무리 엉터리 작가라도 이런 엉터리 이야기는 쓰지 않지."

"그럴듯하네. 그러나 자네의 비유는 타당하지 않아."

홈즈는 신문을 받아들고 그것을 대충 훑어보았다.

"이건 던더스 부부의 별거에 대한 기사인데. 나는 우연히 이것에 관해 간단한 조사를 의뢰받았네. 남편은 절대 술을 마시지 않고 아내 이외의 여자관계는 없어. 재판을 하게 된 이유는 식사를 끝내고 나면 언제나 남편이 틀니를 뽑아서 아내에게 던졌다는 거였어. 이런 것은 평범한 소설가가 도저히 생각해 낼 수 없는 행위인데, 자네도 그 정도는 알 거야. 자, 왓슨. 코담배라도 한 대 하면서 자네가 꺼낸 예로 해서 오히려 역습을 당했다는 것을 인정하게."

홈즈는 뚜껑 중앙에 자수정을 박아 넣은 황금 코담뱃 갑을 내밀었다. 그 눈부신 아름다움은 그의 조촐하고 검소한 생활과는 너무나 대조적이었다.

"자네와는 몇 주 동안 만나지 못했지. 이건 아이린 애들러에게서 사진을 되찾으려 했던 보헤미아 왕이 사례로 준 기념품이야."

"그럼 그 반지는?" 나는 그의 손가락에서 반짝이고 있는 브릴리언트형(보석의 낭비를 가장 적게 하며 가장 빛나게 커팅 하는 방법, 보통 58면.) 다이아몬드를 보면서 물었다.

"이건 네덜란드 왕실에서 기증한 거야. 이것을 사례로 받게 된 사건은 비밀을 철저히 지켜야 해서 자네한테도 이야기할 수가 없네. 자네가 나의 몇몇 작은 사건을 기록해 주는 친절은 잊지 않겠지만."

"지금 손대고 있는 사건이 있나?" 나는 흥미를 갖고 물었다.

"열두 가지쯤 되는데 모두 재미없어. 물론 재미없다고 해서 중요하지 않다는 뜻은 아니지만 말이야. 내가 발견한 바로는, 자칫 하찮아 보이는 사건이 관찰을 해야 하는 경우가 많고, 원인과 결과에 대해 예리한 분석을 시도할 수 있어서 조사를 하면서 매력을 느끼게 되지. 큰 범죄일수록 양상이 단순해지기 쉬워. 그 이유는 대개의 경우 중대 범죄일수록 동기의 가닥이 간단히 잡히기 때문이네. 지금 조사하고 있는 것 중에 마르세유에서 의뢰받은 사건이 조금 복잡하고 다른 것은 재미없어. 그러나 곧 재미있는 사건이 들어올 것 같아. 저것 보게. 저기 보이는 사람은 나에게 오는 의뢰인일 거야. 틀림없네."

그는 의자에서 일어나 열려 있는 창문의 커튼 사이로, 잔뜩 찌푸린 런던 거리를 내려다보았다. 나도 그의 어깨 너머로 보니, 길 건너 보도에 묵직한 털목도리를 두르고, 끝이 말려 있는 붉고 멋진 깃털이 달린 챙이 넓은 모자를 '데번셔의 공작부인'처럼 요염하게 비스듬히 쓰고 있는 몸집이 큰 여자가 서 있었다. 여자는 화려하게 장식한 몸을 앞뒤로 흔들면서 장갑의 단추를 만지작거리며 이럴까 저럴까 망설이는 태도로 이쪽의 창문을 올려다보고 있었다. 어, 하고 생각했을 때, 그 여자는 수영하는 사람이 물에 뛰어들 때처럼 몸에 탄력을 주고 바삐 길을 건넜다. 이윽고 현관 벨이 요란하게 울렸다.

"이런 징조는 전에도 경험한 적이 있어." 홈즈는 담배를 불 속에 던지면서 말했다.

"보도에서 망설인 문제는 틀림없이 연애 문제야. 상담하고 싶지만 내용이 아주 미묘해서 상대가 이해해 줄지 어떨지 걱정스러운 모양이야. 그러나 두 가지 경우가 있지. 남자에게 학대를 받았거나 배신당한 여자라면 주저하지 않아. 그런 경우라면 벨 끈이 끊어지는 것이 보통이야. 그것으로 미루어 볼 때 오늘의 상담은 연애 문제인데, 여자는 남자에게 화를 내고 있다기보다는 오히려 망설이거나 비관하고 있어. 어쨌든 본인이 직접 온 것 같으니 어느 쪽인지 곧 알게 되겠지."

홈즈의 말이 끝나기도 전에 노크 소리가 들리고 급사가 들어와서 메리 서덜랜드의 방문을 알렸다. 그리고 검은 제복을 입은 급사의 작은 몸 뒤로 서덜랜드가, 작은 보트에 안내되어 온 커다란 배처럼 나타났다. 홈즈는 언제나 그렇듯이 상냥하게 맞아들이고는 문을 닫았다. 그러고 나서 안락의자에 앉으라고 한 다음, 그만이 지닌 세심한 관찰력으로 여자를 살폈다.

"열심히 타자를 치시는 듯한데, 근시라 피곤하지요?"

"처음에는 피곤했어요. 하지만 요즘은 자판을 보지 않아도 되니까요."

그러나 곧 홈즈 질문의 깊이를 비로소 깨닫고 흠칫하더니, 넓고 착해 보이는 얼굴에 두려움과 놀라움의 표정을 띠고 그를 올려다보았다.

"홈즈 씨. 저의 이야기를 이미 들어서 아시는군요. 그렇지 않고는 어떻게 그런 것을 아시죠?"

"걱정하지 마세요." 홈즈가 웃으며 말했다. "모든 것을 아는 것이 내가 하는 일이니까요. 다른 사람 같으면 지나칠 것도 오랫동안 주의 해서 관찰하는 훈련을 쌓아 왔기 때문입니다. 그렇지 않았다면 당신 도 내게 상담하러 오지 않았겠죠."

"에사릿지 부인에게서 들었어요. 부인의 남편이 행방불명이 되었을 때 모든 사람이, 심지어는 경찰까지도 이미 죽었다고 체념했지만, 당신이 쉽게 찾아 주셨다고 하더군요. 홈즈 씨, 제발 저를 도와주세요. 저는 부자는 아니지만 타자를 쳐서 버는 수입 외에 유산에서 들어오는 돈이 1년에 100파운드입니다. 호스머 엔젤 씨의 행방을 찾아 주신다면 그것을 모두 드리겠어요."

"이렇게 급하게 의논하러 오신 이유가 뭡니까?" 홈즈는 두 손의 손가락 끝을 맞대고 천장을 보면서 말했다.

어딘지 공허감이 감도는 메리 서덜랜드의 얼굴에 또다시 놀랍다는 표정이 떠올랐다.

"그래요, 전 집에서 뛰쳐나왔어요. 사실은 윈디뱅크 씨가…… 저, 저의 아버지입니다만…… 너무 태평스러워서 화가 났어요. 경찰에 신고도 하지 않고 당신에게 도움을 청하려 하지도 않아요. 정말 손가락 하나 까딱하지 않으면서 덮어놓고 걱정하지 말라고만 하는 거예요. 저는 더 이상 참을 수 없어 바삐 준비를 하고 이곳으로 왔어요."

"지금, 아버지라고 했나요?" 홈즈가 끼어들었다. "이름이 다른 것을 보니 의붓아버지입니까?"

"네. 아버지라고 부르지만 나이는 저하고 5년 2개월밖에 차이가 나지 않아요. 이상하게 여기시겠지만."

"어머니는 계십니까?"

"네, 아주 건강해요. 친아버지가 돌아가시자 어머니가 곧 열다섯 살 아래인 사람과 재혼을 했기 때문에 저는 불쾌했어요. 돌아가신 아버지는 생전에 토트넘코트 가에서 배관사업을 하셨는데 꽤 번창했어요. 아버지가 돌아가신 뒤로 어머니는 기술자 하디와 함께 사업을 이끌어 나갔는데, 윈디뱅크 씨가 와서 어머니를 구슬려 가게를 팔게 했어요. 그분은 와인 회사의 외무 담당이었는데 능력이 상당했어요. 가게의 권리와 거기에 이자까지 붙여서 4,700파운드에 내놓은 것 같아요. 아버지가 살아 계셨다면 정말 어림도 없는 금액이지요."

여자의 이야기는 핵심이 없고 줄거리도 일관성이 없었다. 나는 그런 이야기를 홈즈가 짜증스러워하지나 않을까 하고 염려했는데, 뜻밖에도 그는 열심히 귀를 기울이고 있었다.

"당신의 많지 않은 유산 수입은 그 가게에서 나오는 겁니까?"

"아니요. 그건 가게와 상관없는 전혀 다른 곳이에요. 뉴질랜드 오클랜드에 있는 네드 삼촌이 저에게 남겨 준 거죠. 이자 4부 5리의 뉴질랜드 공채예요. 액면가는 2,500파운드지만 저는 이자만 받도록 되어 있어요."

"아주 재미있는 이야기입니다. 그렇다면 당신은 1년에 이자가 100파운드나 들어오는 데다 돈벌이까지 하고 있으니, 조촐한 여행이나 그 밖에 하고 싶은 일을 할 수도 있겠군요. 독신 여성이라면 1년에 60파운드만 있어도 괜찮게 살 수 있을 겁니다."

"홈즈 씨, 더 적어도 살 수 있어요. 하지만 집에 있는 동안은 어머니의 부담이 되고 싶지 않아서 이자는 어머니에게 드리고 있어요. 물론 당분간이지만요. 윈디뱅크 씨가 석 달에 한 번씩 이자를 받아 와서 어머니에게 드려요. 저는 타자를 치는 수입만 갖고도 충분해요. 한 장에 2펜스인데, 어떤 날은 15매에서 20매를 치기도 하니까요."

"당신 환경은 잘 알았습니다. 그리고 이분은 왓슨 의사입니다. 내 친구이니 아무 염려 말고 이야기하세요. 그럼, 이번에는 호스머 엔젤 씨와의 관계를 들어 볼까요."

서덜랜드는 얼굴이 빨개져서 상의 테두리 장식을 만지작거렸다.

"가스공사 관계의 무도회에서 알게 되었어요. 그 사람들은 아버지가 살아 계실 때부터 티켓을 보냈는데, 아버지가 돌아가신 뒤에도 우리를 잊지 않고 어머니 앞으로 보내 주었어요. 하지만 윈디뱅크 씨는 우리가 나들이하는 것을 달갑게 여기지 않아요. 어딜 가든 언제나 반대하거든요. 일요학교 위안회에 가고 싶다고 해도 화를 낼 거예요. 하지만 그 무도회에는 꼭 가고 싶어서 어떤 일이 있어도 참가하리라 마음먹었어요. 생각해 보세요. 그에게 나를 못 가게 할 권리는 없지 않나요? 그가 말했어요. 아버지의 친구가 여러 명 올 텐데, 그런 수준의 사람들과 사귀는 것은 좋지 않다고요. 또 입고 갈 옷이나 있냐고 했어요. 그러나 천만의 말씀이지요. 제게는 서랍에서 한 번도 꺼낸 적이 없는 자주색 비단옷이 있었거든요. 아버지는 도저히 말릴 수 없다는 것을 알고, 회사일이 있다면서 프랑스로 떠났어요. 하지만 저는 어머니와 전에 저희 집 기술자였던 하디 씨와 함께 무도회에 갔어요. 그리고 거기서 호스머 엔젤 씨를 알게 되었어요."

"윈디뱅크 씨는 프랑스에서 돌아와 그 말을 듣고 몹시 언짢아했겠군요."

"아뇨, 기분이 좋아 보였어요. 어깨를 으쓱하고 웃으면서 '여자란 어차피 제멋대로니까 말려도 소용 없어.'라고 한 말을 기억하고 있습니다."

"알겠습니다. 그럼 당신은 그 가스공사 관계의 무도회에서 호스머 엔젤 씨를 만나게 된 거군요?"

"네, 그날 밤 처음 만났는데, 그분은 다음 날 우

리가 무사히 돌아왔는지 궁금하다면서 전화를 했어요. 그 후에도 만났죠. 홈즈 씨, 우리는 두 번쯤 산책을 했어요. 하지만 얼마 후 아버지가 돌아와서 호스머 엔젤 씨는 집에 올 수 없었지요."

"왜요?"

"아버지가 손님을 집에 들이는 것을 싫어하기 때문입니다. 여자는 가족과 즐기는 것만으로 충분하다고 늘 말해요. 하지만 그렇게 하려면 자신의 가정이 있어야 하는 것 아니겠어요. 그래서 저는 어머니에게 말했지요. 나는 아직 내 가정을 갖고 있지 않다고 말예요."

"호스머 엔젤 씨는 어땠습니까? 어떻게든 당신과 만나려고 하지 않았나요?"

"애를 썼지요. 그런데 아버지가 일주일 후에 또 프랑스로 가게 되어 있어서, 호스머는 편지로 그때까지는 서로 만나지 않는 것이 좋겠다고 했어요. 일주일쯤이라면 편지로 왕래해도 되니까요. 그래서 그 사람은 매일 편지를 보냈어요. 저는 매일 아침 직접 편지를 가지러 갔기 때문에 아버지가 눈치챌 염려는 없었어요."

"약혼했습니까?"

"네, 홈즈 씨. 저희가 처음 산책하고 돌아오던 날, 결혼하기로 약속했어요. 호스머는…… 엔젤 씨는…… 리든홀 가에 있는 회사의 경리 담당이고……, 그리고……."

"어떤 회사입니까?"

"그래서 난처했어요. 사실 저도 몰라요."

"사는 곳은 어디입니까?"

"그 사람은 회사에서 숙식하고 있었어요."

"주소도 모르는군요."

"네, 리든홀 가라는 것밖에는."

"그럼 편지를 보낼 때는 어디로?"

"리든홀 가 우체국으로 보냈어요. 회사로 여자 편지가 오면 사람들이 놀린다나요. 그렇다면 그 사람이 하듯 나도 타자기로 쳐 보내겠다고 했더니, 그 사람은 그것도 싫다고 했어요. 손으로 쓴 글씨라면 내 편지를 받았다는 실감이 나지만, 타자기로 친 것은 두 사람 사이에 기계가 끼어들었다는 기분이 든다는 거예요. 홈즈 씨, 그 사람은 그토록 저를 사랑했어요. 그리고 아주 자상했어요."

"정말 암시적인 이야기군요. 나는 예전부터 사소한 점이야말로 무엇보다도 중요하다는 말을 격언으로 삼아 왔습니다. 그러니 하찮것없는 것이라도 좋으니, 엔젤 씨에 대해 그 밖에 생각나는 것이 있으면 무엇이든 말씀해 주세요."

"홈즈 씨, 그 사람은 아주 부끄러워했어요. 두드러져 보이는 것이 싫다면서 산책을 해도 낮보다는 밤을 더 좋아했어요. 아주 내성적이고 얌전한 사람이었다고 할까요. 목소리까지 다정했어요. 어렸을 때 편도선과 경부 임파선이 붓는 병에 걸렸는데, 그 때문에 목이 약해져서 그 후로는 속삭이는 듯한 작은 소리로 말하는 버릇이 생겼다고 했어요. 그리고 옷차림은 늘 깔끔하고 소박했습니다. 하지만 저처럼 눈이 나빠서 햇빛을 피하기 위해 색안경을 쓰고 있었어요."

"알겠습니다. 아버지 윈디뱅크 씨가 프랑스로 떠난 후로는 어떻게 되었습니까?"

"호스머 엔젤 씨는 또 집으로 찾아와서 아버지가 돌아오기 전에 결혼하자고 했어요. 그 태도가 너무나도 진지해서 마침내 저는 성경에 손을 얹고 어떤 일이 있어도 마음이 변치 않겠다고 맹세했어요. 어머니는 그 사람이 맹세를 요구하는 것은, 그 사람의 애정이 그만큼 깊다는 증거이니 당연한 것이라고 말했지요. 어머니는 처음부터 엔젤 씨와 잘 맞아 마치 저보다도 그 사람을 더 좋아하는 것 같았어요. 그는 어머니에게 일주일 안으로 식을 올리고 싶다고 했지만, 저는 아버지가 마음에 걸렸어요. 그러나 두 사람은 아버지 문제는 신경 쓰지 않아도 된다, 나중에 이야기하면 된다고 하더군요. 어머니는 아버지가 마음에 걸린다면 당신이 설득하겠다고 했어요. 그러나 홈즈 씨, 저는 그래도 마음이 내키지 않았어요. 저보다 고작 다섯 살 많은 의부에게 결혼 승낙을 얻는다는 것이 조금 이상하긴 했지만, 저는 떳떳하지 않게 어물쩍 넘기는 것이 싫었기 때문에 프랑스의 보르도 지점으로 아버지에게 편지를 보냈어요. 그런데 그 편지는 공교롭게도 결혼식 날 아침에 그대로 돌아왔어요."

"배달되지 않았나요?"

"그게 아니라, 아버지가 영국으로 떠난 뒤에 편지가 도착한 거예요."

"그거 참 안됐군요. 그래서 지난 금요일 결혼식을 올리기로 한 거군요. 성당에서 올릴 예정이었습니까?"

"네, 집안끼리만 조촐하게. 킹스 크로스 역에서 가까운 세인트 세비아 성당에서 식을 올린 다음, 세인트 팬크라스 호텔에서 아침 식사를 할 예정이었어요. 그날 호스머는 이륜마차로 마중을 왔는데, 어머니와 저 둘뿐이라 우리가 그 마차에 탔고, 마침 길에 사륜마차밖에 없어서 그는 거기에 탔어요. 우리가 성당에 도착하자 곧 사륜마차도 뒤따라왔습니다. 그런데 이상하게도 아무리 기다려도 호스머가 마차에서 내리지 않는 거예요. 나중엔 마부가 내려와 안을 들여다보았는데, 글쎄 아무도 없지 뭡니까! 마부는 그 사람이 올라타는 것을 똑똑히 보았는데 도대체 어디에 갔는지 모르겠다고 했어요. 홈즈 씨, 이것이 지난 금요일에 일어난 일이에요. 그리고 오늘까지 아무 소식이 없으니 도대체 그 사람은 어떻게 된 걸까요. 저는 전혀 짐작도 할 수 없어요."

"기막힌 일을 당했군요." 홈즈가 말했다.

"그게 아니에요! 그는 다정하고 친절한 사람이에요. 저를 애먹일 사

람이 결코 아닙니다. 네, 그래요. 그날 아침에도 '어떤 일이 있어도 절대로 변심하지 말아요. 만일 뜻밖의 일이 생겨 서로 헤어지게 되더라도 약속한 것을 잊지 말아요. 언젠가 당신을 꼭 데리러 올 테니까.' 하고 거듭거듭 당부했어요. 결혼식 아침에 그런 말을 하는 것이 조금 이상하긴 했지만, 그 뒤에 일어난 일을 생각해 보면 틀림없이 무언가 사정이 있었던 거예요."

"확실히 무언가 있군요. 당신은 엔젤 씨에게 뜻밖의 불행이 닥쳐온 것이라고 생각하겠군요."

"네, 자기도 위험이 닥쳐오고 있다는 예감이 들었던 모양이에요. 그래서 저에게 그런 말을 한 겁니다. 그런데 그 예감이 이렇게 정확히 맞다니."

"하지만 어떤 일이 일어난 건지 당신은 전혀 모르는군요."

"네."

"그럼, 한 가지 더 묻겠습니다. 어머니는 이 사건을 어떻게 생각하고 계십니까?"

"어머니는 화를 내면서 그 사람 이야기는 두 번 다시 하지 말라고 했어요."

"아버지는? 그에게도 이야기했습니까?"

"했어요. 아버지도 저와 의견이 같아, '무언가 사정이 있겠지. 기다리다 보면 소식을 알게 되겠지.' 하고 생각하는 듯했어요. 아버지도 말했지만, 저를 성당 앞까지 데리고 가 내팽개친다 해서 대체 그에게 어떤 이득이 있을까요? 만일 저에게서 돈을 빌려 간 일이 있거나, 아니면 결혼을 해서 저의 재산이 그의 것이 된다든가 하면 그런 대로 이해가 가요. 하지만 호스머는 돈에 대해서만은 지나칠 정도로 결백해서 제 돈은 1실링도 쓰지 않았어요. 그런데 정말 어찌 된 일일까요? 왜 편지도 없는 걸까요? 저는 미칠 것만 같아요. 밤에도 잠을 잘 수 없어요."

여자는 품속에서 조그만 손수건을 꺼내 얼굴을 묻고 슬피 울었다.

"조사해 드리지요. 나는 정확한 사실을 밝혀 낼 자신이 있습니다. 모든 것을 나에게 맡기고, 당신은 더 이상 아무 생각도 하지 마세요. 특히 당신의 마음속에서 호스머 엔젤 씨에 관한 추억은 말끔히 지우세요. 그 사람은 당신 앞에서 사라졌으니까요."

"그 말씀은 다시는 그 사람을 만나지 못한다는 뜻인가요?"

"그렇게 생각하세요."

"그 사람은 어떻게 된 건가요?"

"그 문제는 나에게 맡기는 겁니다. 지금은 그런 것보다는 엔젤 씨의 정확한 인상을 말해 주세요. 그리고 그에게서 온 편지 중에 필요 없는 것이 있으면 주세요."

"지난 토요일 〈크로니클〉 신문에 사람 찾는 광고를 냈어요. 이것이 그건데, 오려서 갖고 왔어요. 그리고 편지는 네 통 갖고 왔어요."

"고맙습니다. 당신 주소는요?"

"캠버웰 라이언 플레이스 31번지입니다."

"엔젤 씨의 주소는 모른다고 했나요? 아버지 회사는 어디에 있습니까?"

"펜처치 가인데, 클라레 주를 대량 수입하고 있는 웨스트하우스 앤 마뱅크 상회의 외무담당입니다."

"잘 알았습니다. 그럼 편지와 신문 스크랩은 내가 맡아 두겠습니다. 그리고 아까 한 충고를 잊지 마세요. 이 사건은 수수께끼인 채로 내버려 두고, 이제는 관계없는 것으로 단념하는 겁니다."

"홈즈 씨, 친절한 조언에 감사드립니다. 그러나 저는 잊을 수 없어요. 호스머에게 저의 진심을 다 바치고 싶어요. 저는 언제까지라도 그가 다시 돌아오는 날을 기다리고 있겠어요."

우리의 고객은 지극히 사치스러운 화려한 모자를 쓰고 멍청한 얼굴을 하고 있었는데, 그 순진한 성실성 속에서 뭔가 거룩한 것이 느껴져 우리는 저절로 머리가 수그러지는 심정이 되었다. 여자는 편지와 신문 스크랩을 테이블 위에 놓고, 일이 있으면 언제든지 다시 오겠다는 말을 남기고 돌아갔다.

홈즈는 서덜랜드가 돌아간 뒤에도 여전히 손가락을 깍지 끼고 다리는 앞으로 뻗은 채 말없이 한동안 천장을 지그시 올려다보았다. 그리고 언제나 그의 의논 상대가 되는 담뱃진투성이 사기 파이프에 불을 붙여 물고는 의자에 깊숙이 앉아 푸른 연기 동그라미를 만들면서 몹시 나른한 듯한 표정을 지었다.

"그 여자는 정말 연구할 만한 가치가 있어. 사건보다도 오히려 그 여자가 훨씬 더 재미있었어. 그래, 사건은 평범하네. 내 색인을 찾아 보게. 동일한 예가 나와. 1877년에 햄프셔 주 앤도버에서도 같은 일이 있었고, 네덜란드의 헤이그에서도 작년에 비슷한 사건이 발생했지. 오늘 것도, 한두 가지 새로운 점은 있지만 역시 낡은 수법이야. 그러나 사건과는 달리 그 여자가 더 많은 것을 가르쳐 주고 있어."

"자네는 그 여자에 대해 내가 모르는 것을 간파했나?" 내가 물었다.

"자네가 모르는 게 아니라 부주의한 거야. 왓슨, 보아야 할 곳을 보지 않으니 중요한 것을 다 놓치지. 소맷자락이나 손톱이 얼마나 중요한 점을 시사하는지, 또 구두끈에서 어떤 멋진 결론이 나오는지 자네는 상상도 못할 거야. 그런데 자네는 그 여자의 겉모습에서 어떤 것을 알아냈나? 한번 들어 볼까?"

"그렇군, 챙이 넓은 회색 밀짚모자에 붉은 벽돌색 깃털로 장식하고 있었어. 그리고 상의는 검정색인데 까만 비즈 구슬이 달렸고, 테두리 장식으로는 조그마한 검은 구슬이 나란히 붙어 있었어. 그 밑의 옷은 커피보다 약간 검은 색이 도는 갈색이고, 깃 둘레와 소맷자락에는 자줏빛 플러시가 달려 있었어. 장갑은 회색 가까운 색상이고, 오른쪽 둘째손가락 부분이 조금 닳았더군. 구두는 보지 않았어. 그 밖에 자그마한 둥근 금귀고리를 하고 있었지. 전체적인 느낌은 태평스럽고 한가로운 서민풍이고, 생활은 풍족해 보이더군."

홈즈는 가볍게 박수를 보내고 피식 웃었다.

"허, 이거 놀랍게 발전했군. 정말 훌륭해. 중요한 것은 몽땅 빠뜨렸지만 관찰 방법만은 터득한 셈이야. 더욱이 색상에 대해서는 아주 예민했어. 그러나 왓슨, 전체적인 인상에 집착할 것이 아니라 세밀한 점에 주의하도록 하게. 나는 상대가 여성인 경우 먼저 소매 끝을 보네. 남자라면 바지의 무릎이 좋지. 자네도 느꼈겠지만, 그 여자는 소매 끝에 플러시를 달고 있었는데, 그곳은 가장 해지기 쉬운 부분이야. 타자기를 칠 때에는 손목 바로 위의 부분이 책상에 닿아 닳게 되는데, 그 여자의 소매 끝에는 두 가닥의 선이 뚜렷이 나 있었어. 수동식 재봉틀에서도 같은 흔적이 생기는데 그 경우에는 왼손에, 그것도 새끼손가락 가까운 부분에 생기지. 그런데 그 여자의 것은 오른손 쪽에 넓게 생겼더군. 그리고 그녀의 얼굴을 보면 코 양쪽에 코안경 자국이 있어.

그래서 근시의 눈으로 타자기를 쳐서 피곤하겠다고 말했더니 여자는 놀라는 눈치더군."

"그때는 나도 놀랐네."

"그러나 틀릴 리 없지. 하지만 그보다도 아래를 관찰하고, 여자가 신고 있는 구두가 아주 비슷하기는 하지만 사실은 짝짝이고, 한쪽 끝 가죽에는 장식이 있지만 다른 쪽에는 장식이 없다는 사실을 깨달았을 때에는 아주 놀랐고 또 흥미를 느꼈지. 게다가 구두 단추 다섯 개가 한쪽은 세 번째와 다섯 번째만 채워졌지 뭔가. 제대로 차려입은 젊은 여자가 짝짝이 구두를 신고, 또 구두 단추도 제대로 채우지 않고 집을 나왔다면, 이건 급히 서둘러서 달려 나온 것이라고 추측할 수 있지."

"그 밖에도 추측한 것이 또 있겠지?" 나는 여느 때와 같이 홈즈의 날카로운 추리에 큰 흥미를 느끼고 물었다.

"여자가 외출 준비를 다 하고 막 떠날 무렵에 편지를 썼다는 사실을 알았어. 오른쪽 장갑 둘째손가락에 구멍이 뚫려 있는 것은 자네도 본 모양인데, 장갑에도 손가락에도 자주색 잉크 얼룩이 묻어 있는 것은 못 본 듯싶더군. 쓸 때 급히 서둘렀기 때문에 펜을 잉크병에 너무 깊이 넣었던 모양이야. 손가락에까지 뚜렷하게 얼룩이 묻어 있는 것을 보면 틀림없이 오늘 아침에 쓴 거야. 초보적인 관찰법이지만, 이런 식으로 하나하나 생각해 보면 재미있지. 그러나 왓슨, 일을 해야겠어. 광고에 나온 호스머 엔젤의 인상착의를 읽어 주게."

나는 오려 낸 작은 쪽지의 인쇄물을 불빛에 비춰 보았다. 거기에는 '찾는 사람'의 다음과 같은 인적 사항이 적혀 있었다.

14일 오전, 호스머 엔젤이라는 신사가 행방불명됨. 신장 약 5피트 7인치, 뼈대가 굵으며 혈색이 나쁨. 머리는 검고 가운데에 약간 벗겨진 곳이 있음. 콧수염과 턱수염을 기르는데 검고 숱이 많음. 색안경을 끼고 말투가 약간 어눌함. 행방불명되기 직전의 복장은 비단 테두리가 있는 검은 프록코트에 검은 조끼를 입었고, 앨버트 금시곗줄을 매달고, 손으로 짠 회색 스코치 바지를 입었음. 구두는 고무창이고 그 위에 갈색 스패츠를 착용했음. 리든홀 가의 모 회사 사원이었다고 함. 위의 사람을 다음 장소에 데려다 주시는 분에게는—

"아, 그 정도면 됐어." 홈즈가 말을 이었다. "편지는 아주 평범해. 발자크의 말이 한 번 인용되어 있을 뿐이고, 그 밖에 엔젤에 대해 알 수 있는 말은 한마디도 없어. 단지 이상한 점이 하나 있네. 이것을 알면 자네도 틀림없이 놀랄 걸세."

"모두 타자기로 친 거군." 내가 말했다.

"서명까지도 타자기로 쳤어. 봐, 맨 끝에 호스머 엔젤이라고 쳐 있네. 이렇게 날짜도 있는데, 주소는 리든홀 가라고만 애매하게 되어 있어. 이 서명 문제는 매우 암시적이야. 결정적이라고 할 수 있지."

"뭐에 대해서 말인가?"

"왓슨, 이 서명이 이 사건에 있어서 얼마나 큰 단서가 되는지 모르나?"

"모르겠어. 혼인 불이행으로 피소되었을 때 자기의 서명이 아니라고 잡아떼기 위해서일까?"

"아니, 그런 문제는 아닐세. 이제부터 편지를 두 통 쓸 건데, 그것으로 사건은 해결될 거야. 한 통은 시내에 있는 회사로 보내는 것이고, 또 한 통은 서덜랜드의 아버지 윈디뱅크 앞으로, 내일 저녁 6시에 만나자는 내용이야. 남자끼리 결말을 짓는 게 좋을 것 같아서 말일세. 왓슨, 이제 답장이 올 때까지는 할 일도 없으니, 이 작은 문제는 당분간 잊어버리도록 하지.”

나는 홈즈의 뛰어난 추리력과 믿을 수 없을 정도의 행동력에 대해서는 여러 가지 이유로 깊이 믿고 있기 때문에, 이번에 의뢰받은 불가해한 사건에 대해서도 그가 이토록 여유 만만해 있는 만큼 나름대로 확고한 근거가 있을 것이라고 생각했다. 그가 실패한 것은, 내가 알기로는 보헤미아의 왕과 아이린 애들러의 사진 사건 하나뿐이다. 그러나 그 으스스한 ‘네 사람의 서명’ 사건이나 ‘주홍색 연구’ 사건의 이상한 환경을 생각하면, 만약 홈즈가 해결하지 못하는 사건이 있다면, 그것은 아주 기괴한 수수께끼일 것이다.

나는 검은 사기 파이프를 피워 대는 홈즈를 혼자 두고 돌아가면서, 내일 밤에 오면 메리 서덜랜드의 사라진 신랑의 정체를 밝히는 단서가 모두 그의 손에 있을 것임이 틀림없다고 확신했다.

그 무렵 나는 중증 환자 한 사람을 치료하고 있어서, 다음 날은 하루 종일 그 환자와 보냈다. 가까스로 시간이 난 것은 6시가 가까워서였다. 늦어서 이 신비로운 사건의 해결에 참여하지 못하는 게 아닌가 걱정하면서 지나가던 마차를 붙잡아 타고 베이커 가로 달려갔다. 하지만 내가 그곳에 도착했을 때, 홈즈는 마른 몸을 안락의자에 깊숙이 묻고 잠들어 있었다. 방 안에는 병과 시험관 따위가 발 디딜 틈도 없이 널려 있었고, 코를 톡 쏘는 염산 냄새가 떠돌고 있어, 그가 온종일

그토록 좋아하는 화학 실험에 몰두했다는 사실을 알 수 있었다.

"어때, 해결했나?" 방에 들어서며 내가 물었다.

"응, 산화바륨의 중유산염이었어."

"그게 아니라, 그 이상한 사건 말이야."

"아, 그거. 난 또 아까 실험한 염에 대해 물어보는 줄 알았지. 사건이라면 어제도 말했듯이 두세 가지 흥미로운 점도 있지만, 이 사건에 중요한 수수께끼는 없네. 다만 이 악당을 징벌할 만한 법이 없다는 것이 바로 유일한 결점이지."

"그럼 범인은 누구야? 왜 그 여자를 버렸나?"

내가 질문을 꺼내기가 무섭게, 그리고 홈즈가 뭐라고 대답하기도 전에 복도에서 무거운 발소리가 났고 곧이어 노크 소리가 들렸다.

"여자의 의붓아버지, 제임스 윈디뱅크야. 6시에 오겠다는 답장이 왔었어. 들어오세요."

들어온 사람은 보통 키에 서른쯤 되어 보이는 건장한 남자였다. 얼굴색이 그다지 좋지 않았지만 말끔하게 면도를 했고, 태도는 아첨을 하듯 매끄러웠으나 회색 눈이 쏘는 듯 날카로웠다. 그는 우리 두 사람을 의심의 눈초리로 흘끗 쳐다보고는, 손때가 묻은 실크 모자를 선반 위에 놓고 가볍게 고개를 숙여 인사했다. 그러고는 가까이 있는 의자에 앉았다.

"안녕하십니까, 윈디뱅크 씨?" 홈즈가 인사했다. "타자기로 친 이 편지는 당신이 보내신 거죠? 6시에 오겠다고 쓰여 있습니다만."

"그렇습니다. 조금 늦었습니다. 뜻대로 시간이 나지 않아서요. 이번 일로 딸이 상담하러 왔다는데, 죄송합니다. 집안의 이런 수치는 세상에 알려지지 않게 덮어 두는 편이 좋은데 말입니다. 딸이 찾아뵙겠다고 했을 때 나는 무조건 반대했습니다. 그러나 짐작하셨겠지만, 딸은 흥분을 잘하고 충동적인 성격이라 한번 마음먹으면 막무가내죠. 하기야 당신은 경찰 관계의 사람은 아니니 별로 신경은 쓰지 않습니다만, 그래도 역시 집안일이 외부로 나가는 것은 유쾌한 일은 아니지요. 게

다가 호스머 엔젤을 찾을 수 있다면 모르지만, 그렇지 않으면 쓸데없는 낭비일 뿐이니까요."

"그런데─" 홈즈가 조용히 말했다. "호스머 엔젤을 틀림없이 찾을 수 있습니다."

윈디뱅크가 몸을 꿈틀 움직이더니 장갑을 떨어뜨렸다.

"반가운 말이군요."

"이상하지요?" 홈즈가 이야기를 꺼냈다. "타자기에는 필적과 마찬가지로 독특한 특징이 있습니다. 방금 제작한 기계가 아닌 이상, 두 대의 기계가 같은 특징을 보일 수는 없습니다. 어떤 활자는 다른 활자보다 마모 정도가 심하거나, 한쪽만 닳게 마련입니다. 그런데 윈디뱅크 씨, 당신이 보낸 편지를 보면 'e'자는 모두 윗부분이 흐릿하고 'r'의 꼬리가 조금 떨어져 나갔군요. 그 외에도 열네 개의 특징이 있는데, 이 두 개는 그중에서도 가장 분명한 것입니다."

"회사의 편지는 모두 그 기계를 사용하니 좀 닳았겠지요." 손님은 빛나는 작은 눈으로 홈즈를 날카롭게 보면서 말했다.

"윈디뱅크 씨, 지금부터 아주 재미있는 연구를 보여 드리겠습니다. 나는 전부터 타자기와 범죄의 관계에 대해 관심이 있었기 때문에 조만간 이에 대해 논문을 쓰려고 합니다. 여기에 행방불명된 엔젤 씨가 보냈다는 편지가 네 통 있습니다. 모두 타자기로 친 것입니다. 그런데 어떤 편지를 보아도 'e'가 약간 흐릿하고 'r'의 꼬리는 귀가 떨어져 있을 뿐만 아니라, 돋보기로 보면 아까 당신의 편지에 대해서 말한 다른 열네 가지의 특징과 완전히 일치한다는 사실을 알 수 있습니다."

윈디뱅크는 의자에서 일어나 모자를 잡았다.

"홈즈 씨, 이런 시시한 이야기로 시간을 낭비할 여유가 없습니다. 그 남자를 잡을 수 있다면 잡아 주시오. 그리고 나에게 알려 주시오."

"알았습니다." 홈즈는 대답을 하고는 걸어가 문을 걸어잠갔다. "자,

잡았으니 알려 드립니다."

"뭐라고? 어디에?" 윈디뱅크는 입술까지 파래져서 덫에 걸린 쥐처럼 주위를 둘러보며 외쳤다.

"윈디뱅크 씨, 이제 소용없습니다. 당신은 절대로 도망칠 수 없습니다. 내가 모든 걸 알고 있으니까요. 그리고 아까는 나보고 이런 간단한 문제를 해결하지 못할 거라고 말씀하셨는데, 그건 좀 심하군요. 어쨌든 이제 됐습니다. 앉으세요. 천천히 이야기합시다."

손님은 핏기를 잃고 이마에 땀을 흘리면서 허물어지듯 의자에 주저앉았다.

"이, 이건 범죄가 안 돼."

"유감이지만 범죄는 안 될 거요. 그러나 윈디뱅크 씨, 우리끼리 하는 말인데 간단한 계략이긴 하지만 이토록 잔혹하고 이기적이고 비정한 것은 나도 처음입니다. 그럼 지금부터 사건의 줄거리를 대충 이야기할 테니 만일 틀리는 곳이 있으면 말해 주시오."

윈디뱅크는 의자 깊숙이 몸을 웅크리고 고개를 숙였다. 그 태도는 완전히 절망에 빠진 모습이었다. 홈즈는 벽난로 선반의 한 모퉁이에 두 다리를 얹고 손은 주머니에 넣은 채, 의자 등받이에 길게 기대앉아 혼잣말이라도 하듯 이야기를 시작했다.

"남자는 돈을 노리고 자기보다 훨씬 나이가 많은 여자와 결혼합니다. 딸의 돈도 딸이 함께 사는 동안은 남자의 마음대로 사용할 수 있으니까요. 딸의 돈은 그들의 신분에서는 상당한 액수여서, 그것이 들어오지 않으면 수입은 훨씬 줄어들지요. 고생을 해서라도 그것을 확보할 가치가 있었지요. 딸은 마음씨 착한 아가씨로 나름대로 애정이 깊고 친절하며 외모도 괜찮고 재산도 있으므로, 남자들이 언제까지나 그대로 놔둘 리 없습니다. 그러나 딸의 결혼은 그에게 1년에 100파운드의 손실을 의미합니다. 그래서 의붓아버지는 그것을 방해하기 위해 어떤 수단을 썼을까요? 처음에는 딸이 외출하지 못하게 하고 남자와 교제하는 것을 금지하는, 아버지가 할 수 있는 당연한 방법을 써 보았지요. 하지만 언제까지나 그렇게 할 수는 없지요. 딸은 차츰 반항적이 되고 자신의 권리를 주장하기 시작하더니, 결국 어느 무도회에 꼭 나가겠다고 고집을 부립니다. 그래서 교활한 의붓아버지는 어떤 수단을 썼을까요? 잔혹하지만 머리가 좋은 남자다운 계획을 구상합니다. 아내의 도움을 받아, 색안경으로 날카로운 눈을 감추고 콧수염과 숱이 많은 턱수염으로 변장한 다음, 맑은 목소리도 속삭이는 음성으로 바꿉니다. 그리고 딸이 근시라는 것도 계산에 넣어서 호스머 엔젤이 되어 딸 앞에 나타납니다. 그리고 딸에게 청혼해서는 자기 이외에 애인을 만들지 못하게 했지요."

"처음에는 장난삼아 한 일이오. 딸이 그렇게 진지하게 나올 줄은 두 사람 모두 몰랐소."

"그렇겠지요. 그러나 딸은 완전히 열을 올렸고, 게다가 아버지는 프랑스에 있다고 여겼기 때문에 그런 음모가 진행되고 있는 줄은 몰랐지요. 남자로부터 사랑을 받고 있다는 생각에 오직 기쁠 뿐이었고, 더욱이 어머니까지 남자를 입에 침이 마르게 칭찬하는 바람에 더욱더 깊이 빠졌습니다. 그런 뒤부터 엔젤 씨는 여자를 방문했지요. 목적을 달성하기 위해서는 가는 데까지 가 볼 필요가 있었으니까요. 데이트를 몇 번 한 다음 약혼했고, 여자가 다른 남자를 사랑하게 될 염려가 없는 데까지 몰고 갑니다. 그러나 언제까지 연극만 할 수는 없었지요. 프랑스에 가는 척하는 것도 번거로웠으니까요. 가장 바람직한 것은 이 연애를 극적인 형태로 끝내는 것이었죠. 그렇게 하면 딸의 마음에는 좀처럼 지워지지 않는 추억이 남을 것이므로 딸은 당분간 다른 남자와는 결혼하려 하지 않을 겁니다. 그래서 그는 딸에게 성경에 손을 얹고 변치 않는 사랑을 맹세하게 했고, 결혼식 날 아침에 무언가 사고가 있을지도 모른다는 암시를 줍니다. 즉, 제임스 윈디뱅크는 서덜랜드가 호스머 엔젤과 강하게 맺어져 있고 게다가 그의 생사를 알 수 없으니 적어도 앞으로 10년 정도는 다른 남자에게 마음을 주지 않으리라는 것을 기대한 겁니다. 그는 딸을 성당 앞까지 데려다 놓고 자기는 그 이상 갈 수 없었던 까닭에 사륜마차의 한쪽 문으로 탔다가 다른 문으로 내리는 낡은 수법으로 모습을 감춥니다. 윈디뱅크 씨, 어떻습니까? 이것이 줄거리죠?"

홈즈가 이야기하는 동안 손님은 얼마쯤 안정을 되찾아, 창백한 얼굴에 냉소를 띠고 일어섰다.

"홈즈 씨, 그대로인지도 모르고 또 그렇지 않을지도 모르겠소. 그러나 당신은 총명한 사람이니 지금 법률을 어기고 있는 사람은 내가 아니라 당신이라는 것쯤은 알고 있을 거요. 나는 처음부터 법을 어기는 일을 하지는 않았소. 그러나 당신은 이 문을 열지 않으면, 불법 감금과 협박죄를 범하는 거요."

"사실 법은 당신을 벌할 수는 없겠지."

홈즈는 빗장을 벗기고 문을 열었다.

"그러나 당신은 벌을 받아야 해. 만일 서덜랜드 양에게 오빠나 남자 친구가 있다면 틀림없이 당신의 등을 채찍으로 후려칠 거야. 그리고 또한—" 상대의 얼굴에 역겨운 비웃음이 떠오르는 것을 본 홈즈는 얼굴이 상기되어 말을 이었다. "나는 거기까지 부탁을 받지는 않았지만 여기에 사냥용 채찍이 있으니 덤을 주는 셈치고……."

그는 채찍이 있는 곳으로 재빨리 몇 걸음 다가갔다. 그러나 그가 그것을 집기도 전에 계단을 내려가는 소리가 나고 곧이어 현관의 무거운 문이 닫히는 소리가 들렸다. 창문으로 내다보니 제임스 윈디뱅크가 큰길을 달려가는 모습이 보였다.

"피도 눈물도 없는 악당이야. 저 남자는 나쁜 일을 거듭하다 마침내 교수대에 오르는 엄청난 죄를 저지를 거야. 어쨌든 이번 사건에는 재미있는 점도 약간 있었어."

"나는 자네의 추리 과정을 아직 확실히 파악하지 못했어." 내가 말했다.

"그럼 사건의 경과를 이야기하지. 호스머 엔젤이 확실히 목적이 있어서 그런 수상한 행동을 했을 거라는 것은 처음부터 짐작하고 있었네. 여자의 이야기를 종합해 볼 때, 이 사건에서 실제로 이익을 얻는 사람은 의붓아버지밖에 없다는 것도 확실했어. 또 이 두 사람은 절대로 동시에 나타나지 않아. 한쪽이 나타날 때에는 다른 한쪽은 반드시 어딘가에 가 있었다는 사실이 꽤 암시적이었어. 또 색안경을 쓰고 목소리가 이상하다는 점도 그렇고, 게다가 숱이 많은 턱수염까지 있다는 것을 보면 변장이라는 추측이 금세 머리에 떠오르지. 서명을 타자기로 친 것은 자기의 필적이 딸에게 알려져 있어서 그와 같은 사소한 것에서 일이 들통 나게 될까 염려했기 때문으로 해석되는데, 이 상식

에서 벗어난 점 등으로 미루어 나의 의심은 확신으로 바뀌었지. 이런 하나의 사실과 그 밖의 여러 가지 사소한 점들을 합쳐 볼 때, 그것이 하나의 방향을 가리키고 있음을 알 수 있지 않은가.”

　“그런데 어떻게 증거를 잡았나?”

　“일단 이 남자라고 찍은 이상, 증거를 수집하는 것은 어렵지 않아. 그가 근무하는 회사는 알고 있었지 않나. 그래서 신문광고에 나온 인상착의를 보고 턱수염과 색안경, 목소리 등 변장이라 생각되는 특징을 제외하고 나머지 인상을 자세히 써서 회사에 보내 영업사원 중에 이런 사람이 있느냐고 문의했지. 그 밖에 연애편지에 사용한 타자기의 특징을 알고 있어서, 별도로 회사에 있는 윈디뱅크에게 편지를 보내어, 여기에 언제쯤 올 수 있는지 그 대답을 해 달라고 했네. 그랬더니 아니나다를까 타자기로 친 답장이 왔는데, 그 활자에는 똑같은 특징이 있었어. 그와 동시에 펜처치 가의 웨스트하우스 앤 마뱅크 상회에서도 답장이 왔는데, ‘문의하신 인물은 모든 점에서 우리 회사의 고용인 제임스 윈디뱅크에 해당됩니다.’라고 쓰여 있었네. 그래서 만사가 해결되었지.”

　“서덜랜드 양은 어떻게 될까?”

　“진실을 가르쳐 줘도 믿지 않을 걸. 페르시아의 옛 속담에도 있지. ‘호랑이 새끼를 얻으려는 사람에게는 위험이 따르고, 여자로부터 환영을 뺏으려는 사람에게도 위험이 있다.’ 하피즈(페르시아의 서정시인. 1320(?)~1389년)는 호라티우스(로마의 시인. 기원전 65~기원전 8년) 못지않게 분별이 있어서 세상사를 알고 있군.”

Sherlock
Holmes

보스콤 계곡 미스터리

The Boscombe Valley Mystery

1889년 6월 8일(토) ~ 6월 9일(일)

어느 날 아침, 우리 부부가 식사를 하고 있는데 가정부가 전보를 들고 들어왔다. 발신인은 셜록 홈즈로 내용은 다음과 같았다.

이틀 정도 시간을 낼 수 있나? 보스콤 계곡의 사건에 대해 서부 잉글랜드로부터 전보를 받음. 동행해 준다면 기쁘겠음. 경치도 좋고 공기도 좋은 곳. 오전 11시 15분 패딩턴 역 출발.

"어떻게 하시겠어요? 가시겠어요?" 아내는 맞은편 자리에서 나의 얼굴을 바라보며 물었다. (왓슨 부인은 '네 사람의 서명' 사건을 의뢰한 메리 모스턴이다.)

"글쎄, 어떻게 할까. 요즘은 환자도 적지 않은데."

"어머, 환자는 앤스트루더 씨에게 맡겨도 되잖아요. 요즘 당신 얼굴이 좋지 않으니 여행이라도 하는 게 좋겠어요. 게다가 당신은 셜록 홈즈 씨의 일이라면 언제나 흥미를 가졌잖아요."

"내가 홈즈의 일 덕분에 무엇을 얻었는지를 생각하면, 흥미가 없다고 하면 벌을 받을 거야. 좋아, 가려면 서둘러야겠군. 출발까지 30분밖에 시간이 없어."

아프가니스탄에서 보낸 군대 경험은 나로 하여금 적어도 여행을 할 때는 아주 가볍게 떠날 수 있게 해 주었다. 휴대품이라고 해 봐야 아주 간단해서 30분도 지나지 않아 여행 가방을 들고 마차를 타고 패딩턴 역까지 갔다. 홈즈는 벌써 도착하여 플랫폼을 어슬렁거리고 있었다. 그는 긴 여행용 회색 외투를 입고 머리에는 꼭 맞는 모자를 쓰고 있어서, 그렇지 않아도 후리후리한 그의 모습이 더욱 크게 느껴졌다.

"왓슨, 와 줘서 고맙네. 믿을 수 있는 친구가 옆에 있으면 마음이 정말로 든든하지. 현지 경찰의 협조 따위는 별 보탬도 안 되고, 어떤 때는 일을 망쳐 놓기만 해. 구석진 곳의 자리를 둘 잡아 놓게. 차표는 내가 사 오지."

차 안은 우리 두 사람뿐이었는데, 홈즈는 가지고 온 신문 뭉치를 산더미같이 풀어 놓았다. 그리고 그는 닥치는 대로 읽고 가끔 메모를 하며 생각에 잠기기도 했는데, 레딩을 지날 무렵에는 갑자기 읽던 것을 둘둘 말아서 선반 위에 던졌다.

"이 사건에 대해 들은 것이 있나?"

"전혀 듣지 못했어. 며칠 동안 신문을 읽지 않았으니까."

"런던의 신문에는 자세히 나오지 않았어. 나는 자세히 알고 싶어서 최근 신문을 모두 읽었지. 내가 알아낸 것들로 판단하면, 이 사건은

단순하지만 아주 난해해."

　"모순된 이야기군."

　"아냐, 사실이 그래. 특이한 범죄는 바로 그 특이함이 문제를 푸는
열쇠가 된다네. 오히려 특징이 없는 평범한 범죄일수록 단서를 잡기

어렵지. 이번 사건에서는 피해자의 아들이 아주 불리한 입장에 놓여 있어."

"살인 사건인가?"

"그렇게 생각하고 있어. 하지만 나는 직접 조사할 때까지는 확실한 것은 아무것도 말할 수 없어. 그럼, 지금까지 내가 알아낸 범위 안에서 간단히 상황을 설명하지.

보스콤 계곡은 헤레포드의 로스에서 그리 멀지 않은 교외에 있어. 그 지방의 존 터너는 그곳에서는 최대의 지주인데, 오스트레일리아에서 돈을 벌어 몇 년 전에 고향으로 돌아왔다는 거야. 터너는 소유한 농장 중에 하더리 농장을 역시 오스트레일리아에서 돌아온 찰스 매카시에게 빌려 주고 있었어. 두 사람은 식민지에서 알게 된 사이여서, 고향에 돌아와서 자리를 잡자 서로 가깝게 지냈지. 조금도 이상할 것이 없는 일이야. 그런데 터너는 누가 보아도 부자이고, 매카시는 그 땅을 빌려 쓰고 있기는 하지만 친하게 사귀어 왔다고 하니, 관계는 예전처럼 대등했던 듯싶어. 두 사람 다 독신이지만, 매카시는 올해 열여덟 살이 되는 아들이 있고 터너는 같은 나이의 딸이 있어. 양쪽 모두 근처에 사는 영국인과의 교제는 싫었던 모양인지 바깥나들이가 없는 조용한 생활을 했네. 그래도 매카시 부자는 스포츠를 좋아해서 가까운 마을의 경마장에 가끔 나가곤 했어. 매카시의 집에는 남녀 하인이 한 명씩 있는데, 터너의 집은 꽤 커서 고용인이 여섯 명은 되네. 이것이 내가 수집한 그 두 집에 대한 정보야. 그럼 사건의 개요를 설명하지.

6월 3일 즉 지난 월요일, 매카시는 오후 3시경 하더리 농장의 집을 나와 보스콤 연못 쪽으로 내려갔어. 그 연못은 보스콤 계곡을 흐르는 개울이 넓어져서 생긴 것이지. 그날 아침, 그는 하인을 데리고 로스로 갔는데, 그때 하인에게 3시에 중요한 약속이 있으니 서둘러야 한다고 말했다는 거야. 그런데 그 약속에서 그는 살아 돌아오지 못한 거지.

하더리 농장의 집에서 보스콤 연못까지는 4분의 1마일인데, 매카시가 지나가는 것을 본 사람이 두 명이 있어. 한 사람은 노파인데, 신문에는 이름이 나오지 않았어. 또 한 사람은 터너가 고용한 사냥터지기 윌리엄 크로더야. 두 사람 모두 매카시가 혼자 걷고 있었다고 말했어. 그리고 크로더는 2, 3분도 되지 않아서 아들 제임스 매카시가 총을 옆에 끼고 같은 길을 가는 것을 보았다고 했네. 크로더 말로는, 그때 찰스 매카시의 모습을 똑똑히 보았으며, 아들 제임스가 뒤를 쫓아가는 것처럼 보였다는 거야. 그러나 크로더는 밤이 되어 사건이 일어났다는 이야기를 들을 때까지는 그 일을 까맣게 잊고 있었지.

윌리엄 크로더가 매카시 부자를 본 뒤에도 두 사람을 목격한 사람이 또 있어. 대체로 보스콤의 연못 주위는 숲에 에워싸여 있고, 연못 기슭을 끼고 풀과 갈대가 돋아난 곳이 있지. 때마침 보스콤 계곡 장원 감시원의 딸인 열네 살 된 페이션스 모런이 연못가에서 꽃을 따고 있었어. 그 소녀의 말에 의하면, 연못에서 멀지 않은 숲에 매카시 부자가 있었는데, 그들은 심하게 말다툼을 했다는 거야. 아버지가 아들에게 고함을 치는 듯한 소리를 들었고, 아들도 손을 들어 아버지를 때리려 했었던 것 같다는 거야. 그래서 그 아이는 겁이 나 그곳을 도망쳐 어머니한테 가서 지금 연못 근처에서 매카시 부자가 싸움을 하고 있는데, 당장이라도 치고 때릴 것 같다고 이야기를 했지. 그 딸의 말이 끝나기도 전에 아들 매카시가 달려와서 숲에서 아버지가 죽었으니 빨리 감시원 아저씨가 가서 도와줘야겠다고 숨넘어가듯 말했지. 제임스는 몹시 흥분하고 있었는데, 총도 갖고 있지 않았고 모자도 쓰지 않았어. 게다가 오른손과 소매 끝이 피에 얼룩져 있었어. 한 사람이 매카시의 뒤를 따라가 보니, 연못 기슭의 풀 위에 아버지 매카시의 시체가 있었지. 머리를 둔기에 맞은 흔적이 있고, 시체에서 몇 걸음 떨어진 풀숲에 제임스의 총이 놓여 있었지. 머리의 상처는 마치 그 총의 개머리판으로 맞은 듯한 모습이었네.

이러한 상황이어서 아들은 곧 체포되었는데, 다음 날 화요일 검시 재판에서 고의적 살인이란 평결이 내려졌지. 수요일에는 로스의 치안 판사의 취조를 받았고, 그 결과 사건은 다음 순회 재판에 회부하기로 결정되었지. 이상이 검시관과 경찰 재판소의 조사로 드러난 사실의 내용이야."

"이보다 더 확실한 사건은 없겠군. 상황 증거가 확실히 범인을 가리키는 사건이 있다고 한다면, 이것이 바로 그러한 사건의 전형적인 예야." 내가 말했다.

"그런데 그 상황 증거에 문제가 있네." 홈즈가 대답했다. "어느 한 점을 분명하게 가리키고 있는가 하면, 조금만 시각을 바꾸어 보면 또 확실히 반대 방향을 가리키고 있는 것을 알 수 있지. 솔직히 말해서 이 사건의 양상이 아들에게 매우 불리한 것은 사실이야. 실제로 그가 범인이라고 충분히 생각할 수 있어. 그런데 이웃 사람들 중에 그의 짓이 아니라고 믿고 있는 사람들이 몇 명 있는데, 이웃 지주의 딸, 터너도 그중 한 사람이야. 그들이 스코틀랜드 야드의 레스트레이드에게 입김을 넣어 많은 협조를 구하고 있어. '주홍색 연구' 사건에서 자네도 레스트레이드를 알았지? 그런데 레스트레이드가 사건이 약간 버거웠던지 나에게 도움을 청했어. 그래서 나이 먹은 두 신사가 아침에 먹은 밥을 집에서 천천히 소화시키지도 못하고, 50마일의 속도로 지금 서쪽으로 달리고 있는 것이지."

"하지만 이만큼 명백한 사실이 있다면 이 사건에서 자네가 활약할 기회는 거의 없겠군." 내가 말했다.

"아니, 명백한 사실만큼 오해를 불러일으키기 쉬운 것은 없어." 홈즈는 웃으며 대답한 뒤 계속해서 말했다. "그리고 레스트레이드가 놓친 명백한 사실이 또 있을지도 모르니까. 자네는 나를 잘 알고 있으니 이런 말을 해도 자만한다고 생각하지는 않겠지만, 나는 레스트레이드는 전혀 할 수 없는 아니, 이해마저 할 수 없는 방법으로 그의 이론을 확증할 수도 또는 무너뜨릴 수도 있어. 쉬운 예를 들면, 자네의 침실 창문이 오른쪽에 있다는 것을 나는 알지만 레스트레이드가 이런 명백한 사실조차 깨닫고 있는지 어떤지 의심스러워."

"뭐라고? 그걸 어떻게 알았나?"

"이봐. 나는 자네를 잘 알아. 예를 들어, 자네는 군대 생활을 했기 때문에 매사에 규칙과 절도가 있어. 그래서 매일 아침 면도를 하지. 그리고 요즘에는 햇빛이 잘 드는 곳에서 면도를 할 거야. 즉, 자네의 얼굴을 보면 왼쪽으로 갈수록 면도가 깨끗하지 못해. 턱밑은 아주 엉망이야. 이것은 왼쪽이 오른쪽보다 어두웠다는 증거네. 자네와 같은 습관을 가진 사람이 좌우가 똑같이 밝은 곳에서 면도를 했다면 그러한 면도를 할 리가 없지. 이런 것은 나의 관찰과 추리의 실제를 보여주는 가벼운 예에 지나지 않지만, 이런 점이 바로 내가 일을 할 때의 요령이야. 그리고 이번 사건을 조사하는 데도 나의 이런 점이 약간의 도움을 줄 것이네. 검시 재판 과정에서 판명된 사실 속에서도 사소하기는 하지만 주의해서 보아도 좋을 것이 두세 가지 있지."

"어떤 점인데?"

"아들을 체포한 것은 사건 직후가 아니라, 하더리 농장에 돌아간 뒤인 것 같아. 형사가 체포하겠다고 통고하자, 아들은 그 말을 듣고도 별로 놀라지도 않고 당연한 결과라고 한 모양이야. 검시 재판의 배심원들 마음속에 망설임이 희미하게 남아 있었다 해도 이 말로 완전히 사라지게 된 것이지."

"그건 자백을 한 거나 다름없군."

"그렇지 않아. 그 말을 한 후 즉시 범인이 아니라고 항변을 했네."

"하지만 불리한 사실만 드러나는 형편이니, 그의 말은 조금도 믿지 않았겠군."

"아니, 그 반대야." 홈즈가 말했다. "아들의 말은 지금 단계에서는 구름 사이로 나오는 가장 밝은 빛과 같아. 그가 아무리 철부지 젊은이라 해도 주위의 상황이 자기에게 몹시 불리하다는 것을 모를 정도는 아닐 거야. 자신이 체포되었다고 해서 놀라거나 화를 내는 척하면 오히려 수상하다고 생각했을 거야. 이와 같은 상황에서 새삼스럽게 놀라거나 화를 내는 것은 부자연스러운 일이기 때문이지. 뭔가 흑심이 있는 사람이나 그런 태도를 가장할 거야. 아들이 자신이 처한 불리한 입장을 순순히 받아들인 것은, 그가 무죄이거나 아니면 자제심과 확고한 신념을 가진 사람이라는 사실을 말해 주지. 또한 그는 그날 아버지의 시체 옆에 서 있었고, 아들로서의 본분을 잊고 아버지와 싸움을 했네. 더욱이 목격자 소녀의 중요한 증언에 따르면 아버지를 때리려고 손을 들었다고 하니까, 이런 것들을 감안해 보면 그가 당연한 결과라고 한 말도 결코 부자연스럽지 않아. 그의 말 속에 나타난 자책이나 회한의 마음은 떳떳하지 못한 심정에서 나온 것이 아니라, 그 마음의 혐의에 대해 아무 거리낌이 없음을 말하는 것이라고 생각해."

나는 고개를 저었다.

"지금까지 이보다 더 형편없는 증거 때문에 많은 사람이 교수대에 섰어."

"맞아. 부당한 처형을 받은 사람은 많아."

"그럼 아들은 뭐라고 변명하고 있나?"

"그것이 아무래도 그의 무죄를 믿는, 믿으려는 사람들에게는 자신을 줄 만한 것이 못 되는 듯하네. 다만 한두 가지 참고가 될 점은 있지. 자, 그것이 여기 있으니까 직접 읽어 보게."

홈즈는 신문 뭉치에서 헤레포드의 지방지를 뽑아 그것을 접으면서 불행한 젊은이의 진술을 보도한 기사를 가리켰다. 나는 구석 자리에 앉아서 그것을 꼼꼼히 읽었다. 그 기사는 다음과 같았다.

계속해서 피해자의 외아들 제임스 매카시가 불려 나와 다음과 같이 증언했다.

"나는 사흘 전부터 브리스틀 시에 나가 있어서 집에 없다가 6월 3일 월요일 아침에 돌아왔습니다. 하지만 아버지는 계시지 않았습니다. 하녀에게 물어보니, 마부 존 콥과 같이 로스에 가셨다는 것이었습니다. 그때 마당에서 이륜마차 소리가 들려 창문으로 내다보니, 아버지가 마차에서 내려 빠른 걸음으로 마당을 나가고 있었습니다. 나는 어디로 가시는지 몰랐습니다. 그 후 나는 연못 건너편에 있는 토끼가 많은 곳에 가려고 총을 들고 보스콤 연못 쪽으로 어슬렁어슬렁 걸어갔습니다. 가는 도중에 윌리엄 크로더를 만났는데, 이것은 그가 증언한 그대로입니다. 그러나 내가 아버지를 뒤쫓아 갔다는 크로더의 증언은 그의 오해입니다. 아버지가 앞에 가고 있었다는 건 그때는 전혀 몰랐습니다. 연못에서 100야드 정도 떨어진 곳에서 '쿠우이' 하고 부르는 목소리를 들었습니다. 쿠우이란 아버지와 내가 서로 부를 때 사용하는 신호입니다. 그래서 급히 가 보니 아버지가 연못가에 서 있었습니다. 아버지는 나를 보고는 대단히 놀라는 듯했습니다. 또 이런 곳에 무엇하러 왔느냐고 심하게 나무라는 거였습니다. 그러고는 몇 마디 이야기를 주고받다가 마침내 말다툼이 되었는데, 아버지는 원래 성격이 급해서 거의 주먹다짐을 하는 상황이 되었습니다. 아버지가 감정이 격해 있어서 도저히 가라앉힐 수 없을 것 같아, 나는 할 수 없이 아버지의 곁을 떠나 혼자 하더리 농장 쪽으로 발길을 돌렸습니다. 그러나 100야드도 채 가지 못했을 때 뒤에서 소름 끼치는 비명이 들렸습니다. 그래서 급히 달려갔지요. 아버지는 머리에 큰 상처를 입고 풀 위에 쓰러져 있었는데, 상처는 치명적이었습니다. 나는 총을 내던지고 아버지를 안았습니다만, 그 순간 아버지는 운명하셨습니다. 그런 뒤 2, 3분 동안 아버지의 시체 옆에서 무릎을 꿇고 있었는데, 가까이에 터너 씨의 감시원이 있다는 생각이 들어 그리로 도움을 청하러 달려갔습니다. 비명 소리를 듣고 돌아갔을 때 주위에는 아무도 보이지 않았습니다. 지금도 아버지가 어떻게 해서 그런 일을 당했는지 전혀 짐작도 할 수 없습니다. 아버지는 냉정하고 무뚝뚝한 분이었으므로 다른 사람들로부터 호감을 받지는 못했을 겁니다. 그러나 원한을 살 만한 행동을 한 적은 없다고 생각합니다. 내가 알고 있는 것은 이것뿐입니다."

검시관: 아버지가 죽기 전에 증인에게 한 말이 있습니까?

증 인: 몇 마디 했는데, 쥐(a rat)라는 말만 알아들었습니다.

검시관: 그 말을 증인은 어떻게 해석합니까?

증 인: 전혀 모르겠습니다. 헛소리라고 생각했습니다.

검시관: 연못가에서 부자가 싸움을 했다고 하는데, 무엇 때문에 다투었습니까?

증 인: 말하고 싶지 않습니다.

검시관: 대답해야 합니다.

증　인: 어떠한 일이 있어도 이것만은 대답할 수 없습니다. 다만 나중에
　　　　일어난 참사와 관계가 없다는 것만은 맹세합니다.

검시관: 그것은 재판소가 결정할 사항입니다. 굳이 주의를 환기시킬 것까

지는 없다고 생각하지만, 증인이 검시관의 질문에 대답하지 않으면 앞으로 기소되었을 경우에 증인의 입장은 매우 불리해집니다.

증　인: 그래도 말할 수 없습니다.

검시관: 아버지가 '쿠우이'라고 불렀다는데, 이것은 평소 증인과 아버지 사이에 사용하던 신호입니까?

증　인: 네.

검시관: 그럼 아버지가 증인의 모습을 본 것도 아니고, 더구나 증인이 브리스틀 시에서 집에 돌아온 것도 모르는 것으로 돼 있는데, 쿠우이라고 신호를 한 것은 어떻게 된 일입니까?

증　인: (몹시 당황해서)모르겠습니다.

검시관: 비명을 듣고 돌아가 아버지가 치명상을 입은 것을 알았을 때 수상한 점을 발견하지 못했습니까?

증　인: 이렇다 할 수상한 것은 발견하지 못했습니다.

검시관: 그건 무슨 뜻입니까?

증　인: 빈터로 달려갔을 때, 나는 제정신이 아니었습니다. 흥분해 있었기 때문에 아버지 외에는 아무것도 생각할 수 없었습니다. 그래도 달리면서 왼쪽 땅바닥에 무언가 떨어져 있는 것을 어렴풋이 깨달았습니다. 회색으로, 웃옷이나 체크무늬 숄인 것 같았습니다. 그러나 아버지의 옆에서 일어나 뒤를 돌아보았을 때는 그것은 이미 보이지 않았습니다.

검시관: 증인이 도움을 청하기 위해 달려가려고 했을 때는 그것이 이미 보이지 않았습니까?

증　인: 그렇습니다. 보이지 않았습니다.

검시관: 무엇이었는지 전혀 감이 잡히지 않습니까?

증   인: 네, 거기에 무엇이 있었다는 것만 느꼈을 뿐입니다.

검시관: 시체에서의 거리는?

증   인: 120야드 정도입니다.

검시관: 숲의 가장자리에서는?

증   인: 대체로 비슷합니다.

검시관: 그렇다면 그 물건을 누가 가져갔다고 한다면, 증인은 그자와는
　　　　12～130야드밖에 떨어져 있지 않았다는 이야기가 되는군요.

증   인: 그렇습니다. 그러나 나는 등을 돌리고 있었습니다.

이상으로 증인의 신문은 끝났다.

"흠. 검시관의 심문은 끝 부분으로 갈수록 매카시 청년에 대해 대단
히 신랄하군. 검시관은 아버지가 아들을 발견하기 전에 신호를 한 모
순 점, 제임스가 아버지와 말다툼을 한 내용에 관해 대답을 거부한
점, 아버지가 숨을 거두기 직전에 이상한 말을 한 점 등에 주의를 기
울이고 있는데, 이것은 당연해. 검시관의 말대로 주위 상황은 모두 젊
은이에게 불리하네."

홈즈는 혼자 조용히 웃고는 쿠션이 있는 좌석 위에 길게 몸을 뻗었다.

"자네도, 검시관도 젊은이에게 가장 유리한 증거만 일부러 버린 셈
이지. 자네들은 그를 상상력이 풍부한 사람으로 생각하는가 하면, 상
상력이 너무 없는 사람으로 생각하기도 하는 셈인데, 그걸 알겠나?
배심원의 동정을 받을 만한 싸움의 원인을 만들지 못했다면 그것은
상상력이 너무 없다는 이야기가 되고, 아버지가 죽기 직전에 쥐 어쩌

고 하는 말을 했다느니, 옷이 사라졌다느니 하는 있지도 않은 이야기를 마음속에서 만들어 냈다고 한다면, 상상력이 풍부하다는 결론이 되네. 그래서 나는 이 젊은이의 진술이 사실이라는 가정에서 출발하여 이 사건을 수사하고 싶네. 그리하여 이 가정으로 나가면 과연 어떻게 될까. 지금 단계에서는 이 포켓판 페트라르카(이탈리아의 시인) 시집을 읽기로 하고, 사건에 대해서는 현장에 도착할 때까지 한마디도 하지 않겠네. 점심은 스윈든에서 먹기로 하세. 20분이면 도착할 거야."

경치가 아름다운 스트라우드 계곡을 지나 넓게 빛나는 강을 세 번 건너서 아담하고 청결한 시골 도시 로스에 도착한 것은 4시 가까이가 되어서였다. 마르고 족제비처럼 약삭빠르며 만만찮게 생긴 남자가 플랫폼에서 기다리고 있었다. 주위의 시골 경치에 어울리게 연한 갈색 코트를 걸치고 가죽 각반을 두르고 있었는데, 스코틀랜드 야드의 레스트레이드임을 곧 알 수 있었다. 우리 셋은 함께 우리를 위해 방이 이미 준비되어 있는 헤레포드 암즈 호텔로 마차를 몰았다.

"마차도 준비해 놓았습니다." 호텔에 도착하여 차를 마시고 있을 때 레스트레이드가 말했다. "당신은 활동적인 분이기 때문에 사건 현장을 보지 않고서는 직성이 풀리지 않을 것 같군요, 홈즈 씨."

"고마운 말입니다." 홈즈가 말했다. "그러나 현장에 갈 수 있는지 없는지의 여부는 현재로서는 기압에 달려 있습니다."

"무슨 말인지 모르겠습니다."

"청우계의 눈금이 얼마를 가리키고 있나? 음, 29인치군. 바람도 없고 구름도 없다. 게다가 담배는 상자에 가득 담아서 갖고 왔으니 그것도 피워야 하고, 또 소파도 시골 호텔치고는 고급이니 아마도 오늘 밤은 마차가 필요 없을 듯하군요."

레스트레이드는 관대하게 웃었다.

"저런, 당신은 신문을 읽고 대강 결론을 내리셨군요. 이번 사건은 너무 명백해서 조사하면 할수록 의심할 여지가 없습니다. 아, 그러나 여자의 부탁을 받고 차마 거절하지 못하고 있는데, 그렇게 적극적인 아가씨가 성화를 부리는 데에는 도저히 못 당하겠더군요. 어디선가 당신의 이름을 듣고 와서 꼭 의견을 듣고 싶다지 뭡니까. 아무리 홈즈 씨라도 이 이상은 밝혀내지 못한다고 말했는데도 막무가내입니다. 어, 바로 그 아가씨가 마차를 타고 오는군요."

레스트레이드의 말이 미처 끝나기도 전에 지금까지 본 적이 없을 정도로 젊고 사랑스러운 여자가 방으로 달려 들어왔다. 보라색 눈을 반짝이며 두 뺨은 분홍으로 물들고 입술은 반쯤 열려 있었다. 이번 사건에 정신을 온통 뺏겨 흥분하고 있음을 곧 알 수 있었다.

"셜록 홈즈 씨!" 여자는 외치듯이 말하고는 우리 두 사람을 번갈아 보더니 여자의 직감력으로 마침내 내 친구를 알아보았다.

"와 주셔서 고맙습니다. 한시라도 빨리 뵙고 싶어서 이렇게 마차로 달려왔어요. 홈즈 씨, 제임스는 그런 끔찍한 짓을 저지르지 않았어요. 나는 알고 있어요. 그러니 홈즈 씨도 그걸 믿으시고 다시 조사해 주세요. 제발 그 사람을 의심하지 마세요. 우리는 어릴 때부터 친구였기 때문에 그 사람의 결점은 누구보다도 제가 잘 알아요. 정말 파리 한 마리도 죽이지 못하는 사람이에요. 그런데 이런 무서운 혐의를 받다니, 그를 알고 있는 사람이 볼 때는 정말 어처구니없는 노릇이에요."

"터너 양, 나도 그가 무죄라는 것을 입증해 드리고 싶습니다. 미력

하나마 전력을 다할 테니, 그 점에 대해서는 안심하세요."

"홈즈 씨, 진술서를 읽으셨지요? 그렇다면 어느 정도 짐작하셨나요? 무언가 모두가 놓친 것 같은 앞뒤가 안 맞는 점이 있습니까? 당신은 그가 죄가 없다는 것을 알고 계시죠?"

"아마 그럴 거라고 생각합니다."

"어머나! 들으셨죠? 홈즈 씨가 한 말." 여자는 머리를 뒤로 돌리고 레스트레이드를 보면서 격양된 음성으로 외쳤다.

레스트레이드는 어깨를 으쓱하면서 말했다. "홈즈 씨는 결론을 너무 빨리 내린 듯싶군요."

"아니에요, 홈즈 씨의 말은 틀림없어요. 그렇고말고요. 홈즈 씨가 말하는 대로예요. 절대로 제임스 짓이 아니에요. 그리고 그가 아버지와 말다툼한 원인을 이야기하지 않은 것도 어쩌면 저와의 관계 때문일 거예요."

"어떤 관계 말입니까?" 홈즈가 물었다.

"이렇게 된 이상 모두 다 말씀 드리겠어요. 사실, 제임스와 그의 아버지는 제 일로 언제나 의견이 맞지 않았어요. 제임스의 아버지는 우리가 결혼하기를 간절히 원하셨어요. 확실히 제임스와 저는 지금까지 늘 오누이처럼 다정하게 지냈어요. 그러나 제임스는 아직 젊고, 인생 경험도 그다지 많지 않아요. 그러니 제임스가 결혼할 생각을 하지 않았다고 해서 이상할 것은 없어요. 그래서 제임스는 아버지와 늘 말다툼을 했어요. 이번만 하더라도 분명 그것 때문에 다투었을 거예요."

"아가씨의 아버지는 어떠신가요?" 홈즈가 물었다. "당신 아버지는 그 결혼에 찬성했습니까?"

"아뇨, 아버지도 반대했어요. 찬성한 사람은 제임스의 아버지뿐이었습니다."

터너는 홈즈의 살피는 듯한 날카로운 시선을 정면으로 받자 천진스러운 두 뺨이 붉게 물들었다.

"잘 말해 주셨습니다." 홈즈가 말했다. "내일 댁을 방문하면 아버지를 만날 수 있을까요?"

"글쎄요. 의사 선생님이 허락하실지 모르겠어요."

"의사?"

"어머, 아직 모르세요? 아버지는 몇 년째 건강이 좋지 않았는데, 이번 사건으로 더욱 악화되어 몸져누우셨어요. 윌로스 선생님의 말씀으로는, 완전히 약해져서 신경이 극도로 쇠약해져 있다는 거예요. 그도 그럴 것이 매카시 씨는 빅토리아 주(오스트레일리아의 주)에 살던 때부터 아버지를 아는 유일한 친구였으니까요."

"빅토리아 주? 이건 중요합니다."

"광산에 계셨어요."

"알겠습니다. 금광이군요. 터너 씨는 거기서 재산을 모았다지요?"

"네, 그렇습니다."

"고맙습니다. 터너 양. 덕분에 크게 참고가 되었어요."

"내일 좋은 소식이 있으면 꼭 들려주세요. 그리고 구치소로 제임스를 면회해 주시겠어요? 만약 면회를 가신다면 저만은 그 사람의 결백을 믿고 있다고 꼭 전해 주세요."

"전하지요, 터너 양."

"그럼 이만 가 보겠습니다. 아버지가 상태가 심해서, 제가 없으면 허전해하세요. 안녕히 계세요. 하느님이 당신을 도와주시길!"

그녀는 올 때처럼 황망하게 빠른 걸음으로 방을 나갔다. 이윽고 마차 바퀴 소리가 멀어져 갔다.

"홈즈 씨, 당신의 말을 듣고 있으니 얼굴이 화끈해지는군요." 레스트레이드는 얼마 동안 잠자코 있더니 엄숙한 말투로 말했다. "나중에 실망을 줄 것이 뻔한데, 왜 그토록 희망을 갖게 하는 말을 하는 겁니까? 나도 다정한 사람은 아니지만 당신은 너무 잔혹합니다."

"나는 제임스 매카시의 무죄를 증명할 생각입니다." 홈즈가 말했다. "그런데 그를 면회할 수 있는 허가증은 있습니까?"

"있습니다만 면회는 당신과 나만 가능합니다."

"그럼, 생각을 바꿔 나가기로 할까. 지금 기차로 헤레포드에 가면 그 젊은이를 면회할 시간이 있을까요?"

"충분합니다."

"그럼 출발합시다. 왓슨, 좀 따분하겠지만 두 시간 후에 오겠어."

나는 두 사람을 역까지 전송하고 나서 이 작은 시골 도시를 이곳저 곳 걸어 다니다가 호텔로 돌아왔다. 그리고 소파에 누워 노란 표지의 책을 펼쳐 들었다. 그러나 책의 내용이 지금 우리가 직면하고 있는 수 수께끼의 깊이에 비해 너무나도 얄팍하게 느껴져 방구석에 책을 던지 고 말았다. 때대로 마음이 소설을 떠나 현실의 사건 쪽으로 향할 때가 있다.

오늘 일어난 일들을 곰곰이 생각해 보았다. 불행한 젊은이의 이야 기가 틀림없는 진실이라고 가정하면, 그가 아버지와 헤어졌다가 비명

을 듣고 현장에 달려가기까지의 사이에 어떤 생각지도 않은 기괴한 재난이 일어난 걸까. 그것은 가공할 정도로 잔인한 일이었으리라. 그럼 어떻게 그런 일이 행해졌을까. 상처를 보면 의사로서 무언가를 발견할 수 있을지도 모른다. 나는 벨을 울려 지방의 주간 신문을 가져오게 해서 읽어 보았는데, 거기에는 검시에 입회했던 사람의 증언이 그대로 실려 있었다. 외과 의사의 증언에 의하면, 피해자의 왼쪽 정수리 뼈 뒷부분 3분의 1과 후두골의 왼쪽 반이 둔기에 맞아 분쇄되었다고 한다. 나는 내 머리의 그 부분을 만져 보았다. 피해자는 뒤에서 맞은 것이 분명했다. 이것은 용의자가 아버지와 마주 보고 서서 말다툼을 했다고 하니 어느 정도 그에게는 유리한 증언이다. 그러나 그렇다고 해서 수사의 방향을 뒤엎을 만큼 힘이 있을 듯싶지는 않았다. 아버지가 몸을 돌렸을 때 뒤에서 때릴 수도 있으니까 말이다.

하지만 홈즈에게 일깨워 줄 만한 가치는 있을 듯하다. 다음은, 죽기 직전에 쥐가 어떻다고 말했다는 기묘한 사실이 있는데, 이것은 어떻게 해석해야 할까. 설마 헛소리는 아니겠지. 불시에 강타를 당해 죽어가는 사람이 헛소리를 한 것이라고 생각하기는 어렵다. 아니, 오히려 어떻게 습격을 받았는지를 설명하려고 한 것이 아닐까. 이렇게 생각하는 편이 진상에 가까울 것 같다. 그렇다면 그것은 무엇을 의미할까. 나는 해답을 얻으려고 머리를 쥐어짰다. 그리고 또 있다. 젊은 매카시가 보았다는 회색 옷이다. 그의 말이 진실이라면 범인은 도망칠 때 입고 있었던 것, 모르긴 하지만 외투를 떨어뜨렸다가 대담하게도 되돌아와서 12~13야드도 떨어지지 않은 곳에서 아들이 아버지 옆에 쭈그리고 앉아 등을 돌리고 있는 그 순간에 그것을 가지고 갔을 것이다.

생각해 보면, 사건 전체가 상식적으로는 생각할 수 없는 불가사의 덩어리로 구성되어 있는 듯하다. 나는 제임스를 진범이라고 단정하고 있는 레스트레이드의 의견에 공감한다. 그러나 그와 동시에 홈즈의 통찰력을 깊이 믿고 있기에 매카시 청년이 무죄라고 믿는 홈즈의 신념을 굳히는 새로운 사실이 계속 드러나기를 바란다. 그렇지 않는 한, 청년을 구하는 희망을 버리지 않을 수 없다.

홈즈는 밤이 깊어서 돌아왔다. 레스트레이드는 다른 호텔에 숙박하고 있어서 홈즈 혼자서 돌아왔다.

"청우계는 아직 높군. 현장에 가서 지면을 조사하기 전까지는 비가 오지 않아야 해. 또한 이런 세심한 주의가 필요한 일을 하려면 건강하고 두뇌가 맑은 상태여야 하지. 그러니 오랜 여행으로 피로해 있을 때는 하고 싶지 않아. 아, 그리고 매카시를 만나고 왔네."

"새로운 사실이라도 말하던가?"

"아무것도 없었어."

"단서가 될 만한 말도 하지 않던가?"

"응, 전혀. 한때는 그 젊은이가 진범을 알고 있는데 범인을 감싸 주기 위해 저러는 것이 아닌가 생각하기도 했는데, 지금은 그도 다른 사람들과 마찬가지로 진상에 대해서는 전혀 모른다는 사실을 알았네. 그는 잘생겼고 마음씨도 착하지만, 재치가 있는 편은 아니었어."

"터너 양 같이 매력적인 아가씨와 결혼을 바라지 않는 것이 사실이라면 그의 취미도 칭찬해 줄 수 없군."

"사실 거기에는 상당히 괴로운 이야기가 있지. 그도 터너 양을 깊이 사랑하지만, 2년 전에―그가 5년이나 기숙 학교에 가 있어서 터너 양을 잘 모르던 시절에—브리스틀에 있는 술집 여자에게 걸려서 지각없게도 등기소에 혼인신고를 했어. 이 사실을 아는 사람은 아무도 없네. 이런 까닭에 터너 양과의 결혼을 죽도록 열망해 오면서도 실현시키지 못한 거야. 이 사실을 모르는 아버지는 왜 결혼을 거부하느냐고 늘 닦아세웠으니, 머리가 이상해질 만도 하지. 자네도 그 입장은 상상할 수 있으리라 믿네. 그때 마지막으로 아버지와 만났을 때 터너 양과 결혼하라는 아버지의 강권을 받고 그만 손찌검까지 하게 된 데에는 이런 이유가 있어서지. 그렇지만 제임스는 자립할 능력은 없고 아버지는 고집불통이니, 만일 비밀로 결혼한 것이 탄로 나면 그야말로 쫓겨날 것이 뻔하지. 최근 브리스틀에 사흘 동안이나 가 있었다는 것도 이 술집 여자를 만나기 위해서였네. 물론 아버지는 이런 사실을 모르지. 여기가 중요한 부분이니 주의해서 듣게. 그러나 전화위복이 되었어. 왜냐하면 그 술집 여자는 신문을 통해 이번 사건을 알게 되었고, 그가 교수형에 처해질 것으로 생각되자 자기에게는 버뮤더 조선소에 옛날부터 남편으로 정한 사람이 있기 때문에 앞으로는 서로 아무 관계가 없었던 것으로 해 달라는 편지를 보냈어. 이것으로 고민하던 젊은 매카시도 조금 안심을 했을 거야.”

“만약 그가 하지 않았다면 누가 범인일까?”

“글쎄, 누굴까. 특히 두 가지 점에 주의하게. 하나는 피살된 아버지가 연못가에서 누군가와 만날 약속을 했는데, 상대가 아들 같지는 않네. 왜냐하면 아들은 그때 집에 없었고, 아버지는 아들이 언제 돌아오는지도 몰랐지. 둘째는, 아들이 돌아왔다는 것을 모르면서도 아버지가 ‘쿠우이’ 하고 외쳤다는 점이네. 이 두 가지 문제는 이 사건을 해결하는 결정적인 열쇠야. 자, 어떤가. 미묘한 문제는 내일 생각하기로 하고, 우리 조지 메러디스(영국의 소설가) 이야기나 해 볼까?"

홈즈가 예언한 대로 이튿날 아침은 비는 오지 않았고, 하늘에 구름 한 점 없는 맑은 날씨였다. 9시에 레스트레이드가 마차로 마중을 왔으므로 우리는 하더리 농장에서 보스콤 연못을 향해 떠났다.

"오늘 아침에 심각한 소식을 들었습니다." 레스트레이드가 말했다. "저택에 있는 터너 씨의 병세가 심각해서 어렵겠답니다."

"나이가 많지요?" 홈즈가 물었다.

"예순 정도입니다. 해외 생활로 건강을 많이 해쳐 요즘에는 눈에 보이게 약해진 것 같더군요. 특히 이번 사건으로 충격을 받았을 겁니다. 매카시와 친한 사이이고, 더구나 하더리 농장을 무상으로 빌려 주었다고 하니 매카시에게 큰 은인이기도 하지요."

"재미있군요."

"그것뿐만이 아닙니다. 터너는 매카시를 여러 가지로 원조하고 있었습니다. 이 근처의 사람이라면 그가 매카시에게 베푼 친절을 모르는 사람이 없습니다."

"호오! 하지만 조금 이상하지 않습니까? 재산이라고는 거의 없는 매카시가 터너의 도움을 받고 있으면서 터너의 유산을 상속할 딸과 자기 아들을 결혼시키려고 했다는 것이. 더군다나 그는 늘 자신의 아들이 구혼하기만 하면 혼담은 순조롭게 진행이 될 것처럼 큰소리를 쳤다고 하는데, 그 이유가 무엇일까요? 그와는 반대로 터너는 이 결혼을 반대했다고 하니 더욱 이상하지 않습니까? 이건 딸의 입에서 나온 말이지만, 이런 점을 놓고 무언가 추론이 나올 법도 한데 말입니다.”

“당신과 있으면 언제나 추리와 추론이군요.” 레스트레이드는 나에게 윙크하며 말했다. “그러나 홈즈 씨, 나는 사실을 규명하는 것만도 벅찹니다. 허황된 이론과 공상에 끌려갈 틈이 없습니다.”

“그 말은 맞아요.” 홈즈가 점잖게 말했다. “당신은 사실과 씨름하는 일도 벅찰 테니까요.”

“어쨌든 나는 어떤 사실을 하나 알아냈소. 이건 홈즈 씨는 좀처럼 알아낼 수 없는 사실입니다.” 레스트레이드가 흥분해서 말했다.

“그게 뭡니까?”

“매카시 노인이 아들 매카시에게 피살되었다는 사실입니다. 그리고 이것에 반대되는 이론은 모두 단순한 달빛에 지나지 않습니다.”

“그러나 달빛이라도 안개보다는 밝지요. 그건 그렇고 왼쪽에 보이는 것이 하더리 농장이지요?” 홈즈는 웃으며 말했다.

“네, 맞습니다.”

살기에 쾌적해 보이는 그 넓은 집은 슬레이트 지붕의 2층 건물로, 회색 벽에는 커다란 노란 이끼 얼룩이 군데군데 붙어 있었다. 그러나 지금은 덧문을 깊이 내리고 굴뚝에서는 연기도 피어오르지 않았다. 집 전체가 슬픔에 잠겨 있고 이번의 무서운 사건이 그 집을 무겁게 덮고 있는 듯이 보였다. 현관에서 방문을 알리자 가정부가 나왔다. 홈즈는 가정부에게 사건이 있었던 날 주인이 신었던 구두와 아들의 구두를 가져다 달라고 부탁했다. 아들의 구두는 그날 신었던 것이 아니었다. 홈즈는 두 켤레의 구두 치수를 여덟 군데나 여러 각도에서 면밀히 재더니 이윽고 정원으로 안내해 달라고 하여 우리와 함께 보스콤 연

못으로 통하는 꾸불꾸불한 길을 걸어갔다.

홈즈는 단서를 찾기 위해 이처럼 몰두해 있을 때는 전혀 다른 사람이 된다. 그를 베이커 가의 조용한 사색가, 이론가로만 알고 있는 사람은 이 사람이 홈즈임을 알아보지 못할 것이다. 얼굴은 붉게 상기되고 어두운 느낌을 준다. 눈썹은 바싹 당겨져 두 가닥의 검고 단단한 선이 되고, 불타는 듯이 빛나는 그 밑의 눈은 강철같은 인상을 준다. 얼굴은 약간 숙이고 어깨는 구부정하게 하고, 입술은 야무지게 다물고, 길고 다부진 목덜미에는 혈관이 굵직하게 두드러져 나온다. 콧구멍은 먹이를 추적하는 예리한 동물적 욕망으로 벌름거리는 듯하고, 마음은 눈앞의 문제에 완전히 집중되어 있어서 질문을 하거나 말을 걸어도 전혀 깨닫지 못하거나 아니면 신경질적으로 핀잔을 줄 뿐이다. 목장을 지나는 길을 그는 말없이 빠른 걸음으로 걸어, 다시 숲을 지나 보스콤 연못의 기슭으로 내려갔다. 이 일대의 땅이 다 그러하듯, 이곳도 습기가 차 있어 오솔길과 양옆의 나직한 풀 위에 발자국이 군데군데 남아 있었다. 홈즈는 가끔 걸음을 빨리 걷는가 하면 갑자기 멈추어 서기도 하고, 어느 때는 목장 쪽으로 다시 상당한 거리를 되돌아가기도 했다. 나와 레스트레이드는 그가 가는 대로 뒤를 따라서 걸었다. 레스트레이드는 무관심하고 냉소적인 태도였으나, 나는 친구의 일거일동이 확고한 신념에 의해 이루어지그 있다는 것을 믿기 때문에 깊은 흥미를 갖고 그의 움직임을 주시하고 있었다.

보스콤 연못은 폭이 50야드 정도이고, 사방이 갈대로 둘러싸인 작은 연못인데, 하더리 농장과 유복한 터너 씨의 전용 사냥터의 중간 지점에 위치하고 있다. 연못의 건너편 우거진 숲 위로 조그마한 빨간 뾰족탑이 솟아나 있는 것이 보이는데, 그곳이 지주의 저택이 있는 장소였다. 하더리 농장 쪽은 깊은 숲이었는데, 숲과 갈대가 우거진 늪 기슭과의 사이에 폭이 20걸음 정도 되는 질척질척한 초원이 늪을 에워싸고 있다. 레스트레이드는 시체가 발견돈 정확한 장소를 일러 주었다. 그곳의 흙이 아주 눅눅하고 물러서 피해자가 쓰러졌을 때 남긴 흔적을 나의 눈으로도 뚜렷하게 판별할 수 있을 정도였다. 홈즈의 팽팽하게 긴장된 표정과 찌르는 듯한 시선으로 미루어 보건대, 그는 나 따위는 짐작조차 못하는 많은 것들을 어지럽게 밟혀 있는 잡초 위에서 발견했음이 분명했다. 홈즈는 마치 냄새를 맡은 개처럼 이리저리 뛰어다니더니, 이윽고 레스트레이드를 돌아다보았다.

"당신은 무엇 때문에 연못 속까지 들어갔습니까?" 홈즈가 물었다.

"갈퀴로 연못 바닥을 훑어 보았소. 흉기나 그 밖의 단서가 될 만한 물건이 발견될지도 모르기 때문에. 그런데 당신은 어떻게 그걸 알았습니까?"

"지금 그걸 설명할 시간이 없어요. 당신의 그 안짱다리 왼발 자국이 사방에 어지럽게 나 있군요. 두더지 같은 장님이라도 알 수 있습니다. 그리고 이 발자국은 갈대 속으로 사라졌어. 이런 젠장, 다들 들소 떼처럼 몰려와서 이 연못의 진창 속을 짓이겨 엉망진창으로 만들어 놓았군. 이런 꼴이 되기 전에 내가 왔더라면 얼마나 일이 쉬웠을까. 이것은 로지 감시인과 그 친구들이 함께 걸어 다닌 곳이군. 이 친구들이 시체에서 6피트 내지 8피트 둘레의 땅바닥을 마구 짓밟아 놓았어. 그런데 여기에 같은 발자국이 세 개가 남아 있군."

홈즈는 돋보기를 꺼내어 발자국을 면밀히 조사하기 위해 땅바닥에 더스트 코트를 펼쳐 놓고 그 위에 배를 깔고 엎드렸다. 그리고 그렇게 하면서도 우리에게 말을 한다기보다는 독백처럼 계속 혼잣말을 했다.

"이건 젊은 매카시의 발자국인데 두 가지야. 하나는 뛰어간 발자국이라 발가락 쪽만 깊이 패어 있고, 뒤꿈치 쪽은 거의 보이지 않는군. 이건 그의 진술과 일치하는 현상이야. 아버지가 쓰러져 있는 것을 보고 달려온 거야. 그리고 여기에 아버지가 걸어 다닌 발자국이 있어. 어, 이건 뭘까? 살금살금 도둑걸음이군. 앞이 네모진 것이 모양이 이상한 구두인 걸. 왔다가 갔다가 또 왔어. 물론 외투를 가지러 온 거겠지. 자, 이건 어디서 왔을까?"

그는 그 근처를 돌아다니면서 발자국을 잃었다가 다시 찾았다가 하면서 마침내 숲 속 깊숙이 들어가 그 일대에서 가장 큰 떡갈나무 밑에 당도했다. 거기서 나무의 반대편으로 돌아가더니 나직하게 탄성을 지르고 다시 땅바닥에 배를 깔고 엎드렸다. 그리고 오랫동안 주위의 낙엽이며 가랑잎을 헤치고는 내 눈에는 티끌로 보이는 것을 모아서 봉투에 소중하게 담았다. 그런가 싶더니 이번에는 돋보기를 꺼내어 땅바닥뿐 아니라 나무줄기도 손이 닿는 높이까지 면밀히 조사했다. 이끼 틈새에 까칠까칠한 돌이 한 개 있었는데, 그는 그것도 자세히 조사하고 봉투에 담았다. 그다음에는 숲의 오솔길로 해서 도로로 나갔다. 그러나 그곳에는 어떤 발자국도 없었다.

"아주 재미있는 사건이군." 홈즈는 언제나 하는 말투로 돌아가면서 말했다. "오른쪽에 보이는 회색 집이 감시 초소겠지. 나는 저 집에 들

어가 모런과 이야기를 하겠어. 그리고 짤막한 편지 한 통을 쓸지도 몰라. 그 일이 끝나면 돌아가 점심을 먹지. 미안하지만 자네들은 먼저 마차에 가 있게. 나는 나중에 갈 테니까."

10분 후, 우리는 마차를 타고 로스로 돌아갔다. 홈즈는 아까 숲 속에서 주운 돌을 아직도 갖고 있었다.

"레스트레이드, 재미있는 것을 발견했어요." 홈즈가 말했다. "이걸로 죽였을 겁니다."

"하지만 그런 흔적이 없지 않습니까?"

"물론 없지요."

"그런데 어떻게 안단 말입니까?"

"돌 밑에 풀이 깔려 약간 시들어 있었소. 즉, 그곳에 돌이 놓인 것은 불과 2, 3일 전이라는 얘기요. 또한 돌이 처음 있었던 곳도 발견되지 않을뿐더러 피해자의 상처와 딱 들어맞기도 해요. 이것 말고는 흉기가 될 만한 것은 아무것도 없었어요."

"그렇다면 범인은?"

"키가 크고 왼손잡이이고 오른발을 저는데, 바닥 가죽이 두꺼운 수렵용 구두를 신었소. 회색 외투를 입었고, 홀더를 사용해 인도산 시가를 피우는 남자. 그리고 주머니에는 예리하지 않은 나이프를 갖고 있습니다. 그 밖에도 두세 가지 특징이 있지만, 수사에는 이 정도면 충분할 것입니다."

레스트레이드는 웃음을 터뜨렸다.

"글쎄요, 아무래도 납득하기 어렵군요. 추리로서는 이야기의 줄거리가 그럴듯하지만 뭐니 뭐니 해도 우리는 실제적인 영국의 배심원단을 상대하고 있습니다."

"곧 밝혀집니다." 홈즈는 냉정하게 대답했다. "당신은 당신 방법대로 하세요. 나는 내 생각대로 나갈 테니까요. 오후는 꽤 바빠질 것 같지만, 아마 저녁 기차로 런던에 돌아가게 될 겁니다."

"그럼 사건을 포기하고요?"

"아니오. 끝을 내야지요."

"그러나 미스터리는?"

"벌써 해결했습니다."

"그럼 범인은 누구입니까?"

"내가 방금 말한 인물입니다."

"그러나 누구입니까?"

"범인을 찾기는 쉬울 것입니다. 왜냐하면 이 고장 인구가 그리 많지 않으니까요."

레스트레이드는 어깨를 으쓱했다.

"나는 현실적인 사람입니다. 절름발이에다 왼손잡이인 남자가 누구입니까 하고 이 근처를 다 물어보며 다닐 수는 없는 노릇입니다. 만일 그랬다가는 스코틀랜드 야드 친구들의 웃음거리가 될 겁니다."

"좋습니다." 홈즈는 조용히 말했다. "어쨌든 기회를 주었을 뿐입니다. 자, 당신의 호텔 앞에 왔군요. 그럼 안녕히. 출발하기 전에 편지를 남겨 놓겠습니다."

레스트레이드와 헤어져 호텔에 돌아와 보니 방의 테이블 위에 식사가 준비되어 있었다. 홈즈는 생각을 하는 듯 잠자코 있었다. 얼굴이 긴장된 표정으로 굳어 있는 것이 매우 곤란한 처지에 놓여 있는 사람처럼 보였다.

"왓슨." 식사를 끝낸 후 홈즈가 말했다. "의자에 앉아서 잠시 내 이야기를 들어 주었으면 하네. 나는 지금 어떻게 해야 좋을지 갈피를 못 잡고 있어. 자네의 의견을 참고하고 싶은데, 담배라도 피우면서 들어 주겠나?"

"듣겠네."

"그럼 시작하지. 이 사건을 생각해 볼 때, 젊은 매카시의 진술에서 우리의 주의를 끈 점이 두 가지가 있었네. 나는 그에게 유리하게 해석했고, 자네는 불리하게 해석했다는 차이는 있지만 말일세. 하나는 제임스의 진술에 따르면 아버지가 아들을 보지 않고 '쿠우이' 하고 외쳤다는 것, 또 하나는 아버지가 죽기 직전에 쥐(a rat)가 어떻고 하는 기묘한 말을 했다는 것이네. 물론 아버지는 무슨 말인가 더 했지만, 아들의 귀에 들린 것은 '랫'이란 말뿐이었어. 그래서 우리는 이 두 가지 점부터 먼저 해결해야 하는데, 그렇게 하자면 이 젊은이가 한 말은 절대로 진실이었다는 가정을 세워야 하지."

"그럼 '쿠우이'라고 부른 것은 어떻게 해석을 해야 하나?"

"물론 그것은 아들을 향해 외친 것이 아냐. 아버지는 그때 아들이 브리스틀 시에 가 있는 줄만 알고 있었으니까. 그런데 아들이 가까운 곳에서 우연히 들었을 뿐이야. 이렇게 볼 때 아버지가 '쿠우이'라고 부른 것은, 누군지 모르지만 어쨌든 그와 만날 약속을 한 사람의 주의를 끌기 위해서였지. 그런데 '쿠우이'란 말은 보통 오스트레일리아의 원주민들이 부를 때 사용하는 말이야. 그렇다면 매카시 노인이 보스콤 연못가에서 만나기로 한 상대는 옛날 오스트레일리아에서 살았다는 강력한 추정이 나오게 되네."

"그럼 쥐는?"

홈즈는 주머니에서 접은 종이를 꺼내 그것을 테이블 위에 펼쳤다.

"이건 오스트레일리아의 빅토리아 주 지도야. 어젯밤에 브리스틀로 전보를 쳐서 가져오게 했네." 그는 한 손으로 지도의 일부를 가리키며 말했다. "이건 어떻게 읽나?"

"ARAT(쥐 한 마리)." 내가 읽었다.

"그럼 이렇게 하면?" 그는 지도에서 손을 들었다.

"BALLARAT."

"맞아, 이것이 그 피살된 남자가 한 마지막 말인데, 아들은 그 마지막 부분만 알아들은 거야. 매카시는 범인의 이름을 말하려 했어. 밸러랫의 누구라고 말이야."

"훌륭해!" 나는 소리쳤다.

"여기까지는 틀림없어. 자, 이것으로 수사의 범위는 아주 많이 좁혀졌어. 다음, 아들의 진술을 믿는다고 하면 범인은 회색 외투를 입고 있었네. 우리는 지금 막연한 암중모색에서 벗어나 옛날 오스트레일리아의 밸러랫에서 있었던 회색 외투를 입은 남자라고 하는 상당히 확실한 범인의 모습을 떠올릴 수 있지."

"그럴듯해."

"그와 동시에 범인은 이 근처의 지리에 밝은 사람일 거야. 왜냐하면 보스콤 연못으로 나가는 길은 농장 쪽에서든지 아니면 터너의 소유지를 지나야 하니까. 다른 곳 사람은 도저히 갈 수 없어."

"정말."

"이번에는 오늘의 답사 결과를 생각해 보세. 현장의 지면을 조사해 본 결과, 범인의 특징에 관해서 저 바보 같은 레스트레이드에게 가르쳐 준 두세 가지 점을 알아냈지."

"어떻게 그런 걸 알아냈나?"

"내 방법을 알고 있지 않나. 자세하게 관찰한 결과지."

"범인의 키는 보폭을 보고 대강 짐작한 모양이군. 구두도 발자국을 보고 판단했겠지?"

"맞아. 좀 별난 구두였어."

"그럼, 다리를 저는 것은 어떻게 알았나?"

"오른쪽 발자국이 왼쪽만큼 뚜렷하지가 않아. 즉, 왼발에 체중이 덜 들어가 있다는 얘기지. 왜? 다리를 절기 때문에. 즉, 다리가 불편해."

"왼손잡이라는 것은?"

"의사의 검시 보고에 있던 상처의 상태에 대해 주목하지 않았나? 등 뒤에서 습격당했는데도 상처는 머리 왼쪽에 있어. 그렇다면 이것은 왼손잡이의 짓이라고 생각할 수 있지. 범인은 그들 부자가 다투고 있는 동안 나무 뒤에 숨어 있었는데, 시가까지 피웠어. 나는 현장에서 시가의 재를 발견했네. 담뱃재에 관한 나의 특수한 지식으로 감정하건대, 그건 인도산 시가야. 자네도 알다시피, 나는 담뱃재에 흥미를 갖고 있어서 파이프 담배, 시가, 궐련의 재 등 140종의 재에 대해 논문을 쓴 적도 있네. 재가 떨어져 있어 주위를 둘러보니, 이끼 사이에 꽁초가 버려져 있더군. 로테르담에서 감은 인도산 시가였네."

"시가 홀더를 사용했다는 것은?"

"그 꽁초를 보니 입에 물었던 흔적이 없었어. 그러므로 홀더를 사용

한 거야. 이로 물어서 끊지 않고 나이프로 잘랐는데, 자른 면이 깨끗하지 않아. 그래서 예리하지 않은 나이프를 사용했다고 추리한 거네."

"홈즈, 거기까지 그물을 쳐 놓았다면, 그 남자는 이제 도망갈 구멍이 막힌 셈이군. 자네는 죄 없이 벌을 받을 뻔한 무고한 사람을 구했어. 글자 그대로 교수대의 밧줄을 잘라 끊듯이 아슬아슬한 순간에 말일세. 거기까지 들어 보니 나도 어렴풋하게나마 짐작이 가네. 범인은……."

"존 터너 씨가 오셨습니다."

호텔 보이가 문을 열고 한 손님을 안내했다.

들어온 사람은 별난 인상을 주는 인물이었다. 절룩거리며 천천히 걷고, 몸을 앞으로 구부린 자세에서 이미 노쇠했다는 느낌을 받지만,

깊은 주름이며 딱딱한 얼굴, 이상할 정도로 큰 손발은 이 인물이 뛰어난 체력과 강한 정신력의 소유자임을 느낄 수 있게 했다. 더부룩한 수염, 백발이 섞인 머리, 남의 시선을 끄는 처진 눈썹 등이 하나가 되어 이 사람의 모습에 일종의 위엄과 힘을 더해 주었다. 그러나 얼굴에는 핏기가 없고 입술과 코끝 언저리에는 검푸른 기미가 끼어 있었다. 그가 불치의 중병에 걸렸다는 사실을 나는 한눈에 알아보았다.

"어서 이 소파에 앉으십시오. 내 편지를 받으셨습니까?" 홈즈가 부드럽게 말했다.

"네, 감시 초소 경비원이 갖고 왔습니다. 묘한 소문이 나는 것을 피하기 위해 여기서 만나자는 편지더군요."

"내가 당신을 방문하면 이웃 사람들이 잠자코 있지 않을 테니까요."

"그런데 무슨 용건으로 만나자고 하셨습니까?"

그는 대답을 듣지 않아도 이미 다 알고 있기나 한 듯,

피로한 눈에 절망의 빛을 띠고 내 친구를 바라보았다.

"네." 홈즈는 남자의 말보다 오히려 그 눈에 대답해 말했다. "실은 매카시에 대해 모든 것을 알고 있습니다."

노인은 두 손으로 얼굴을 감쌌다.

"오, 하느님! 하지만 나는 그 젊은이를 괴롭힐 마음은 추호도 없었소. 순회 재판에서 그 젊은이가 유죄 판결이라도 받는다면 나는 모든 것을 고백할 생각이었습니다. 이것만은 믿어 주시오."

"그 말씀을 듣고 안심했습니다." 홈즈가 엄숙하게 말했다.

"귀여운 딸만 없었다면 벌써 자수를 했겠지만, 내가 체포되었다는 것을 알면 딸의 마음이 슬픔을 이기지 못하여…… 아니, 보나마나 슬픔으로 해서……."

"그렇게 되지 않을지도 모릅니다."

"네?"

"나는 경찰은 아닙니다. 내가 여기에 온 것도 당신 딸이 희망했기 때문이며, 나는 지금도 딸을 위해 애쓰고 행동하고 있습니다. 아무튼 제임스가 석방되도록 다 같이 노력해야 할 겁니다."

"나는 앞날이 멀지 않은 몸입니다." 터너가 말했다. "오랜 세월 당뇨를 앓아서 의사로부터 앞으로 한 달을 더 견딜 수 있을지 의심스럽다는 말을 들었습니다. 기왕에 죽을 바에는 감옥에서 죽느니 내 집에서 죽고 싶습니다."

홈즈는 일어나서 테이블 앞에 다시 앉더니 펜과 종이를 한 묶음 펼쳐 놓았다.

"진상을 말해 주시겠습니까? 그것을 여기에 기록하고 싶습니다. 당신은 여기에 서명만 하시면 됩니다. 여기 있는 왓슨이 증인이 되어 줄 것입니다. 이렇게 해 놓으면 제임스가 최악의 경우에 이르렀을 때 당신의 진술서가 그를 구할 수 있을 겁니다. 필요한 때가 아니고는 어떤 일이 있어도 공개하지 않겠다고 약속합니다."

"그것도 좋겠지요." 노인이 말했다. "난 순회 재판 때까지는 도저히 살지 못할 듯싶으니 아무래도 좋습니다. 다만 앨리스에게는 충격을 주고 싶지 않습니다. 그럼 이야기하지요. 실행하기까지는 오랜 세월이 걸렸지만, 이야기로 하면 간단하니까요.

당신은 죽은 매카시를 모르지만, 그놈은 악마의 화신입니다. 정말 그렇습니다. 당신도 그런 놈에게 걸려들지 않도록 조심해야 합니다. 나는 20년이라는 긴 세월 동안 그놈이 마음먹는 대로 이용만 당해 결국은 생명의 핵까지 시들어 버렸습니다. 그럼 먼저, 내가 어떻게 해서 놈의 마수에 걸려들게 되었는지 그 내력부터 이야기하지요.

1860년대 초, 오스트레일리아의 금광에서였습니다. 나는 그 무렵 혈기 왕성하고 겁을 모르는 젊은이여서 뭐든지 해 보고 싶었습니다. 그런데 어쩌다가 좋지 않은 무리들과 어울리게 되어 술을 많이 마셨고, 내 광구에서 운이 다되어서 결국 산속으로 도망치게 되었습니다. 이곳 말로 표현하면 산적이 된 것입니다. 패거리 여섯 명과 함께 목장을 습격하기도 하고, 금광을 오가는 마차를 털기도 하는 등, 온갖 못된 짓을 다 했습니다. 밸러랫의 블랙잭이 내 별명이었는데, 밸러랫 갱단이라면 지금도 그 식민지에서는 모르는 사람이 없을 정도입니다.

어느 날, 밸러랫에서 멜버른으로 가는 금괴 수송대가 있어 우리는 그것을 기다렸다가 습격했습니다. 수송대 기마병과 우리는 모두 똑같이 여섯 명으로 쌍방이 대등한 상황이었습니다. 그러나 최초의 일제 사격으로 수송대 기병을 네 명이나 말에서 떨어뜨렸습니다. 하지만 우리도 금괴를 탈취하기까지는 세 사람이 목숨을 잃었지요. 나는 마부의 머리에 권총을 들이대었는데, 그 마부가 바로 매카시였습니다. 그때 그를 죽였더라면 얼마나 좋았을까. 그것을 생각하면 유감입니다. 하지만 나는 그를 살려 주었습니다. 그때 놈의 사악한 작은 눈이 내 얼굴 구석구석까지도 완전히 머리에 새겨 두려는 듯이 내 얼굴을 쳐다보았습니다. 그리고 우리는 금괴를 빼앗아 부자가 되었고, 그 후 누구의 의심도 받지 않고 영국으로 무사히 돌아왔습니다.

돌아온 후로 나는 그 친구들과 손을 끊고 착실하고 정직한 생활을 하겠다고 결심했습니다. 마침 이 땅이 매물로 나와 있어서 나는 땅을 사들이고, 과거를 속죄하는 뜻에서 갖고 있는 돈으로 조금이라도 선행을 하려고 노력했습니다. 그리고 결혼도 했습니다. 아내는 젊어서 죽었는데, 대신 귀여운 앨리스를 남겨 주었습니다. 갓난아이 때부터 앨리스의 귀엽고 조그만 손은 다른 무엇보다도 나를 올바른 길로 인도해 주었습니다. 한마디로 말하면, 나는 완전히 개과천선해서 과거를 속죄하기 위해서라면 뭐든지 다 했습니다. 모든 일이 이렇듯 순조롭게 돼 가고 있을 때, 생각지도 않은 매카시를 만나게 된 것입니다.

어느 날, 투자할 일이 있어서 런던에 갔는데, 리젠트 가에서 매카시와 마주쳤습니다. 입고 있는 옷이나 신고 있는 신발이 정말 처량한 몰골이었습니다.

'이봐, 잭.' 그는 내 팔을 잡고 말했습니다. '이제부터는 가족처럼 지내야겠어. 나는 아들놈과 둘뿐이니까 신세 좀 져도 되겠지. 만일 자네

가 싫다면…… 그래, 영국은 훌륭한 법치국가이니 조금만 큰 소리로 불러도 즉시 경찰이 달려오거든.'

　이렇게 해서 매카시 부자는 이 웨스트 컨트리로 돌아왔습니다. 그리고 오늘날까지 그는 내게서 떨어지지 않고, 내 땅에서 가장 좋은 농장에서 공짜로 살았던 것입니다. 나는 그동안 단 한순간도 마음의 평화를 누려 본 적이 없었고, 끊임없이 과거의 망령에 사로잡혀 있었습니다. 어디를 가도 그의 히죽히죽 웃는 교활한 얼굴이 나를 보고 있는 것 같았습니다. 앨리스가 성장해 감에 따라 그런 현상은 더욱 심해졌습니다. 왜냐하면 내가 경찰보다도 딸에게 나의 과거가 알려지는 것을 더 두려워하고 있다는 사실을 그놈이 눈치챘기 때문입니다. 그가 원하는 것이면 무엇이든 해 주었고, 땅이며 돈이며 뭐든지 달라는 대로 주었습니다. 그러다 끝내 그놈은 내 눈에 흙이 들어가도 줄 수 없는 것을 탐내게 되었습니다. 앨리스를 며느리로 달라는 것이었습니다.

　그의 아들은 이미 성인이 되었고, 내 딸도 어엿한 처녀가 되었지요. 그리고 내 건강이 좋지 않은 것을 알기 때문에, 자기의 아들이 내 재산의 상속자가 되면 자기는 앉아서 큰 재산을 얻게 된다고 생각한 것입니다. 그러나 나는 이것만은 들어줄 수 없었습니다. 그의 저주받은 피가 나의 가계에 섞이다니, 그것은 있을 수 없는 일입니다. 그의 아들이 싫은 것은 아니지만 그의 피가 흐르고 있는 것은 확실하니 그것만으로도 나는 싫습니다. 나는 완강히 거절했습니다. 그러자 매카시는 협박하기 시작했고, 나는 어떤 일을 당해도 여기에는 따를 수 없다고 버텼습니다. 그래서 이야기의 결말을 짓기 위해 그자의 집과 우리 집 중간에 있는 연못가에서 만날 약속을 했던 것입니다.

약속한 날, 그 연못에 가 보니 그는 아들과 이야기를 하고 있더군요. 나는 나무 그늘 아래에서 시가를 피우며 그가 혼자 남기를 기다리고 있었습니다. 그런데 그들의 이야기를 엿듣고 있다 보니, 나도 모르는 사이에 무서운 분노가 마음 밑바닥에서 부글부글 끓어오르는 것을 느꼈습니다. 그놈은 아들에게 내 딸과 결혼하라고 강요했는데, 딸의 의향 따위는 조금도 생각지 않고, 마치 거리의 여자라도 상대하는 듯한 말투였습니다. 나뿐만 아니라 사랑하는 딸까지 이 남자의 손아귀에 들어간다고 생각하니, 그만 가슴이 터질 것만 같았습니다. 어떠한 방법을 써서라도 이 저주스러운 사슬을 끊어야 한다는 생각이 들었습니다. 나는 언제 죽을지 모르는 몸입니다. 아무런 희망도 없는 몸입니다. 지금은 정신도 멀쩡하고 손발도 그런대로 제구실을 하고 있지만, 앞날이 뻔한 수명입니다. 이대로 죽으면 죽은 후에 어떤 나쁜 소문이 나돌지도 모르고, 딸의 장래도 걱정이 됩니다. 만일, 지금 저 가증스런 남자의 입을 틀어막을 수만 있다면 나는 모든 근심과 걱정에서 풀려나게 됩니다. 그래서 나는 해치웠습니다.

홈즈 씨, 이와 같은 궁지에 몰린다면 나는 몇 번이고 해치웠을 것입니다. 하긴 옛날에는 큰 죄를 범한 몸이지만, 그것을 속죄하기 위해 순교자 같은 생활을 해 왔습니다. 그러나 왜 내 딸까지 내가 걸려든 그물에 말려들어야만 하는지, 아무리 생각을 해도 견딜 수 없었습니다. 그래서 저놈은 인간이 아니라 가증스럽고 표독스런 짐승이다라고 생각을 하고 양심의 고통 따위는 저만치 내던지고 때려죽이고 만 것입니다. 비명을 듣고 그놈 아들이 달려왔을 때는 숲의 나무 그늘에 몸을 숨길 수 있었지만, 도망칠 때 떨어뜨린 외투를 가지러 돌아가야 했습니다. 이것이 이 사건의 진상입니다."

"알겠습니다. 당신을 심판하는 것이 내 임무는 아닙니다." 홈즈는 노인이 진술서에 서명하자 말했다. "그러나 사람을 죽이고 싶은 유혹에 걸려들면 안 됩니다."

"정말 그렇습니다. 그런데 어떻게 처리하시렵니까?"

"당신의 건강 상태를 볼 때 나는 아무런 조치도 하지 않겠습니다. 내가 말하지 않아도 잘 알고 있으리라 생각합니다만, 당신은 머지않아 순회 재판보다 훨씬 높은 법정에서 과거에 저지른 죄를 보상할 각

오를 하고 있어야 할 겁니다. 나는 이 진술서를 보관만 하겠습니다. 그러나 만일 매카시가 유죄 판결이라도 받게 된다면, 그때는 어쩔 수 없이 세상에 공표하겠습니다. 그런 경우가 아니라면 이건 절대로 남에게 보이지 않겠습니다. 당신이 살아 있든 죽어서 없든 이 비밀은 우리만 간직하겠습니다."

"그러면 안녕히 계십시오." 노인은 엄숙하게 말했다. "당신 덕분에 나는 마음 편히 죽을 수 있겠습니다. 언젠가 당신들에게도 목숨이 끝나는 날이 오겠지만, 그때 이 늙은이한테 편안하게 죽을 수 있게 해주었다는 생각이 들면 당신들의 죽음은 저절로 평화로워질 것입니다."

노인은 커다란 몸을 벌벌 떨며 곧 쓰러질 듯이 비틀거리는 걸음으로 천천히 방에서 나갔다.

"기가 막힌 일이다!" 홈즈는 한동안 잠자코 있다가 갑자기 말했다. "운명은 약하고 가엾은 인간에게 왜 이와 같은 장난을 하는 것일까. 나는 이번 사건 같은 가슴 아픈 이야기를 들을 때면, 언제나 신학자 백스터(리처드 백스터, 영국의 청교도 신학자.)의 말이 떠올라 이렇게 말하고 싶어. 신의 은총이 없다면 셜록 홈즈도 같은 꼴이 되고 말리라."

홈즈가 작성해서 변호사에게 의뢰한 많은 항목에 걸친 이의 신청서에 힘입어, 제임스 매카시는 순회 재판에서 무죄가 되었다. 터너 노인은 고인이 되었다. 그리고 양가의 아들과 딸은 그들 가정에 덮여 있던 검은 구름에 대해서는 전혀 모르는 채, 머지않아 행복하게 맺어지리라는 소문이 들려왔다.

다섯 개의 오렌지 씨

The Five Orange Pips

1887년 9월 29일 (목) ~ 9월 30일 (금)

1882년부터 1890년까지 셜록 홈즈가 다룬 사건에 대한 나의 노트나 기록을 보면 기괴하고 재미있는 사건이 너무 많아, 막상 그중에서 선택하려고 하면 여간 어렵지 않다. 그러나 그것들 중에는 이미 신문에 보도되어 세상에 널리 알려진 사건도 있고, 또 홈즈의 고도의 특수 능력을 발휘할 필요가 없는 사건도 있었다. 또 그의 분석으로도 해결하지 못하고 이야기로는 시작되어도 결말이 없는 사건도 있었고, 한편 아주 부분적으로밖에 해결되지 않아 그가 그렇게도 중요하게 생각하는 절대 논리적인 증거가 아니고 억측이나 추측으로 설명할 수밖에 없는 사건도 있었다. 그러나 맨 마지막 부류에 속하는 것들 중에는 내용이 너무나 진기해서 뜻하지 않은 결과에 도달한 사건이 딱 하나 있다. 이 사건 속에 있는 두세 가지 문제는 도저히 설명할 방법이 없어 영원한 수수께끼로 남을 것이라 생각되는데, 그래도 여기에 기록해 두려고 한다.

1887년 우리는 많은 사건에 손을 댔다. 흥미가 덜한 것도 있었고 흥미진진한 것도 있었지만, 나는 그것들을 모두 기록했다. 그 열두 달 동안의 목록 중에서 찾아보니, 파라돌의 방 사건, 가구점 지하 창고에 호화로운 본부를 꾸며 놓고 있던 아마추어 거지 집단 사건, 돛대가 세 개 있는 영국 범선 소피 앤더슨 호의 실종 사건, 우파 섬의 그라이스 패터슨 일가의 기괴한 사건, 캠버웰 독살 사건 등이 있다. 이 마지막 사건에 대해서는 지금까지도 기억하는 사람이 있을 줄로 아는데, 홈즈는 죽은 사람의 시계태엽을 감아 보고 그 시계가 두 시간 전에 태엽을 감았다는 사실을 추리하여 사건 해결에 최대의 공헌을 했다. 이러한 모든 사건에 대해서 기회가 있으면 집필하게 될지도 모르지만, 그 어느 것을 놓고 보아도 지금 여기에 쓰려고 하는 일련의 기괴한 상황만큼 이상한 양상을 띤 사건은 없었다.

그것은 9월 하순, 추분의 폭풍이 예년보다 더 사납게 몰아치던 어느 날이었다. 온종일 바람이 사납고 비는 세차게 창문을 두드려서 우리는 인공의 대도시 런던의 한복판에 있으면서도 잠시 동안 일상생활의 감각을 잃고 말았다. 자연의 맹위가 우리 속에 갇힌 야수처럼 문명의 쇠창살을 통해 인류에게 짖어대고 쫓아오는 것을 새삼스럽게 인식하지 않을 수 없었다. 저녁때가 되자 폭풍우는 더욱 사나워져서 바람은 굴뚝 속에서 어린애처럼 울부짖기도 하고 흐느껴 울기도 했다. 홈즈는 시무룩한 얼굴로 난로 옆에 앉아 범죄 기록의 대조 색인을 뽑고 있었고, 나는 홈즈의 맞은편에 앉아서 클라크 러셀(영국의 해양 소설가)의 걸작 해양 소설을 탐독하고 있었다. 그런데 마지막에는 집 밖에서 포효하는 폭풍우가 책 속으로 끼어들어, 사나워진 빗소리가 마치 몰려와 부서지는 파도 소리처럼 생각되었다. 나는 아내가 숙모 집에 4, 5일간 다니러 가서 아내가 없는 동안 다시 베이커 가의 옛 보금자리에 돌아와 있었다.

"어?" 나는 문득 얼굴을 들어 친구를 보며 말을 걸었다. "분명히 벨이 울리고 있어. 이런 밤에 누가 왔을까? 자네 친구?"

"내 친구는 자네 한 명 뿐이야." 홈즈가 대답했다. "그리고 오라고 한 사람도 없어."

"그럼 의뢰인인가?"

"그렇다면 심각한 사건이야. 이렇게 비바람이 몰아치는 날에, 그것도 이런 시간에 찾아온다는 것은 여간한 일이 아니고는 어렵지. 하지만 이 집의 안주인에게 놀러 온 사람일지도 몰라."

그러나 홈즈의 예상은 빗나갔다. 복도에 발소리가 나고, 문을 노크하는 소리가 들렸다. 홈즈는 긴 팔을 뻗어 자기 옆에서 손님이 앉을 의자 쪽으로 램프를 돌려놓으면서, 들어오라고 대답했다.

들어온 사람은 고작해야 스물두 살이 될까 말까 해 보이는 젊은 남자였다. 몸가짐이 단정하고 세련된 옷차림에 태도도 우아했다. 그가 지니고 온 물건, 물이 떨어지는 우산과 젖어서 번들거리는 레인코트로 보아, 그가 걸어온 바깥의 폭풍우가 얼마나 대단한지 짐작할 수 있었다. 그는 램프가 비치는 방 안을 조심스레 둘러보았는데, 창백한 얼굴과 근심이 완연한 눈은 무언가 커다란 걱정에 휩싸여 있는 듯했다.

"미안합니다. 방해가 되지 않았으면 좋겠습니다. 이렇게 조용한 시간을 보내고 계시는 때에 폭풍을 몰고 왔습니다."

"우산과 레인코트를 주세요." 홈즈가 말했다. "여기에 걸어 두면 곧 마를 겁니다. 남서부 쪽에서 오셨군요."

"그렇습니다. 서식스의 호샴에서 왔습니다."

"구두에 묻어 있는 점토와 백아토의 혼합물은 그곳 특유의 것이죠."

"상담을 하려고 왔습니다."

"얼마든지요."

"그리고 도움도 받고 싶습니다만."

"글쎄요, 그건 지금 장담할 수 없군요."

"명성은 익히 들었습니다, 홈즈 씨. 탱커빌 클럽 스캔들 사건에서 도움을 받은 프렌더개스트 소령이 당신 솜씨를 말씀해 주셨습니다."

"아, 소령은 카드에서 속임수를 썼다는 누명을 썼지요."

"당신이 손을 대기만 하면 해결되지 않는 사건이 없다고 소령은 말씀하셨습니다."

"지나친 말씀입니다."

"실패한 적이 없다고 들었습니다."

"아니오, 난 네 번이나 실패했습니다. 남자를 상대로 세 번, 여자를 상대로 한 번."

"성공하신 사건에 비하면 문제도 안 됩니다."

"하긴 대체적으로 성공했다고 할 수 있지요."

"그럼 저의 경우도 성공하리라 믿습니다."

"거기 의자를 난로 가까이 끌어다 앉고, 사건을 말씀하세요."

"아주 이상한 사건입니다."

"이곳에 오는 사건은 다 그렇습니다. 최종 상고 재판소 비슷한 곳이니까요."

"아무리 그렇다 해도, 나에게 일어난 사건만큼 기괴하고 설명하기 어려운 사건은 지금까지 겪어 보지 못하셨을 겁니다."

"호기심이 발동하는군요." 홈즈가 말했다. "그럼, 처음부터 차근차근 중요한 사실을 말하세요. 그렇게 하면 가장 중요하다고 여기는 점을 나중에 질문할 수 있으니까요."

젊은이는 의자를 당겨 앉더니 젖은 발을 불쪽으로 뻗었다.

"내 이름은 존 오픈쇼입니다. 내가 판단하기로는, 이 무서운 사건은 나와 별로 관계가 없는 곳에서부터 일어났습니다. 이것은 전대 때부터 이어져 온 사건이기 때문입니다. 그러니 사정을 보다 잘 알려 드리기 위해서는 옛날로 거슬러 올라가서 이야기를 시작해야 합니다.

먼저 말씀 드립니다만, 할아버지에게는 아들이 둘 있었는데, 형은 일라이어스, 제 아버지 되는 동생은 조셉이었습니다. 아버지는 코벤트리에 작은 공장을 갖고 있었는데, 자전거가 발명되자 공장을 확장했습니다. 오픈쇼 내구 타이어 특허를 받고 나중에 그 특허권을 팔아 많은 돈을 벌고 여생을 편하게 지낼 수 있을 만큼 성공하셨습니다.

큰아버지 일라이어스는 젊은 시절에 미국에 건너가 플로리다에서 농장을 경영했는데, 큰아버지도 나름대로 꽤 성공했다는 소문입니다. 그러다가 남북 전쟁이 일어났는데, 큰아버지는 남군의 잭슨 장군 밑에 들어가 종군했고, 그 후 후드 장군 밑에서 대령까지 진급했습니다. 그러나 1865년 남군 총사령관 리 장군이 항복하자 다시 농장으로 돌아가 3, 4년을 그곳에서 살았습니다. 그 후 1869년인지 70년인지, 유럽에 돌아와 호샴에서 가까운 서식스에서 작은 땅을 매입해 그곳에서 살았습니다. 큰아버지가 미국에서 상당한 재산을 마련했음에도 영국에 돌아온 이유는, 흑인을 몹시 싫어하여 그들에게 선거권을 주는 공화당의 정책이 비위에 맞지 않았기 때문이라고 합니다. 큰아버지는 유별난 데가 많았습니다. 성미가 급하고 거칠어서 화가 나면 독설을 퍼부어 댔습니다. 그리고 사교를 몹시 싫어했습니다. 호샴에서도 몇 해나 살았지만, 그동안 단 한 번이라도 거리에 나간 적이 있는지 의심스러울 정도입니다. 집 주위에는 정원도 있고 밭도 있으며, 그곳에서 가끔 운동도 하곤 했지만, 몇 주일 계속해서 방에 처박혀 나오지 않는 때도 있었습니다. 브랜디를 많이 마셨고 담배도 골초입니다만, 사람과 만나는 것은 질색으로 여겨서 친구가 없어도 개의치 않았습니다. 동생에게까지 친밀감을 갖지 않는 정도였으니까요.

　그러나 나만은 예외였습니다. 나는 큰아버지의 사랑을 받았습니다. 처음 만난 것이 내가 열두어 살 때이니까 그 때문이 아닌가 생각됩니다. 아마도 1878년으로 기억합니다만, 큰아버지가 영국으로 돌아와 8, 9년이 지났을 때입니다. 큰아버지는 아버지의 승낙을 받고 나를 자기 집에 데려다 놓았는데, 큰아버지 나름으로 나에게는 퍽 다정하게 대해 주었습니다. 술을 마시지 않을 때는 나를 데리고 주사위나 체스 놀이 하는 것을 좋아했고, 또 하인이나 드나드는 상인에 대해서는 나를 대리인으로 내세웠으므로 나는 열여섯 살 때부터 집안일을 처리할 수 있었습니다. 열쇠도 모두 내가 맡았고, 큰아버지의 조용한 은둔 생활을 시끄럽게 하지 않는 한, 어디에 가서 무엇을 하든 탓하지 않았습니다. 그러나 한 가지 이상한 예외가 있었습니다. 큰아버지는 잡동사니를 쌓아 둔 지붕 밑 다락방에는 늘 자물쇠를 걸어 놓고 있었는데 거기에는 나뿐 아니라 어느 누구도 들어가는 것을 절대로 허락하지 않았습니다. 어린 나는 호기심에 열쇠 구멍으로 들여다본 일이 있는데, 그런 방은 으레 그렇듯이 헌 트렁크와 올망졸망한 보따리 등 너절한 것들이 뒤섞여 있는 것이 보일 뿐이었습니다.

1883년 3월의 어느 날 아침, 외국 우표가 붙은 편지 한 통이 '대령님' 식탁의 접시 앞에 놓여 있었습니다. 큰아버지의 집은 모든 것을 현금으로 지불했고, 교제하는 사람도 없었기 때문에 편지가 오는 것은 드문 일이었습니다. '인도에서 왔겠군' 하고 말하면서 큰아버지는 그것을 집어 들었습니다. '폰디체리 우체국의 소인이 찍혔어. 대체 뭘까?'라고 말하고 큰아버지는 급히 봉투를 뜯었습니다. 그러자 봉투 속에서 작은 오렌지 씨 다섯 개가 후드득 접시 위로 떨어졌습니다. 나는 웃음이 나왔습니다만, 큰아버지의 얼굴을 보는 순간 웃음은 쏙 들어가고 말았습니다. 큰아버지는 입술이 아래로 축 처지고 눈은 부릅떴으며 얼굴은 잿빛이 되었습니다. 그리고 떨리는 손으로 봉투를 든 채 가만히 노려보고 있는 것입니다. 'KKK다!' 큰아버지는 쥐어짜는 듯한 목소리로 외쳤습니다. '아, 드디어 나도 죗값을 치러야 할 날이 왔는가!' 큰아버지의 표정을 보고 왜 그러는지 물어보자 '얘야, 이것은 죽음이다!'라는 말만 내뱉고는 식탁을 떠나 방으로 들어갔습니다.

그 자리에 남아 있는 나는 두려움으로 떨 뿐이었습니다. 봉투를 들고 보니까 봉함을 하기 위해 풀칠을 하는 곳 바로 위에 'K'자가 빨간 잉크로 휘갈겨 쓰여 있었습니다. 그 외에는 마른 오렌지 씨가 다섯 개 들어 있을 뿐 아무것도 없었습니다. 큰아버지의 그 소름끼치는 듯한 공포의 원인은 무엇일까. 식사를 중단하고 위층으로 올라가려고 했는데, 한 손엔 그 다락방의 것이 틀림없는 녹슨 열쇠를 들고, 다른 한 손에는 돈 상자인 듯한 작은 놋쇠 상자를 들고 내려오는 큰아버지와 계단 중간에서 마주쳤습니다. '멋대로 하라지! 난 절대로 지지 않아.' 큰아버지는 혼자 저주의 말을 중얼거리더니 나를 보고 말했습니다. '메리에게 내 방에 불을 넣으라고 해라. 그리고 호샴의 포덤 변호사를 불러.' 시키는 대로 해서 변호사가 오자 저도 같이 방에 불려 들어갔습니다. 방에는 난롯불이 활활 타고 있었는데, 종이를 불태운 자리에는 푸시시한 검은 재가 떨어져 있었습니다. 그 옆에는 아까의 놋쇠 상자가 뚜껑이 열린 채 있었는데, 속에는 아무것도 없었습니다. 보니까 놀랍게도 그 뚜껑에는 아침에 봉투에서 본 것과 똑같은 'K'자 세 개가 나란히 쓰여 있었습니다.

'존, 내 유언장의 증인이 되어라. 나는 이곳의 땅을 모두 동생인 너의 아버지에게 물려주려고 한다. 따라서 그다음에는 네가 상속받게 된다. 이 땅을 무사히 유지할 수만 있다면 그보다 더 큰 다행은 없다. 그러나 만일 그렇게 할 수 없을 경우에는 너를 위해서 하는 말이니,

악마 같은 적에게 시원스럽게 주어야 한다. 결과적으로 이득이 될지 손해가 될지 알 수 없는 재산을 물려주게 되어 나로서도 유감이지만, 현 단계에선 사태가 어떻게 변할지 알 수 없다. 자, 포덤 씨가 가리키는 곳에 서명해라.'

지시하는 곳에 내가 서명을 하자 변호사는 그 종이를 갖고 갔습니다. 물론 나는 이 일이 이상스럽기도 했지만, 왠지 마음속에서 떠나지를 않아 이리저리 생각해 보았습니다만, 도무지 영문을 알 수 없었습니다. 그러다 보니, 남은 건 정체를 알 수 없는 공포감뿐이었는데, 그것도 날이 지나감에 따라 점점 흐려져 나중에는 아무 일 없이 평범하게 보내게 되었습니다. 다만 큰아버지는 옛날의 큰아버지가 아니었습니다. 술은 더욱 늘었고 다른 사람과의 접촉은 전보다도 더 꺼리게 되었습니다. 거의 하루 종일 방에 틀어박혀 안에서 문을 잠그고 있었는데, 어쩌다 밖에 나오면 엉망으로 술에 취해서 권총을 들고 집 밖으로 뛰쳐나가 정원을 미친 듯이 뛰어다니면서 '나는 그 무엇도 두렵지 않다. 악마가 아니라 그보다 더한 것이 온다 해도 양처럼 우리에 갇히지 않는다.' 등등을 외치는 것이었습니다. 그러나 이 광란의 발작도 진정이 되면 허겁지겁 방 안으로 도망쳐 들어가 빗장을 내리고 자물쇠를 걸어 마음 밑바닥에 도사리고 있는 공포에 대해 더는 대항할 여력이 없는 듯이 녹초가 돼 버렸습니다. 나는 그런 순간의 큰아버지의 얼굴을 본 적이 있는데, 추운 날에도 마치 세면기에서 막 얼굴을 치켜든 것처럼 땀으로 젖어 있었습니다.

홈즈 씨, 매우 지루했겠지만 이 긴 이야기도 끝날 때가 되었습니다. 어느 날 밤, 큰아버지는 여느 때처럼 술에 취해 집을 뛰쳐나가 돌아오지 않았습니다. 결국은 제가 찾아 나섰고, 정원 저편에 있는 푸른 물이끼가 떠 있는 작은 연못에 큰아버지는 그만 엎어진 채 죽어 있었습니다. 폭행을 당한 흔적도 없고 연못이라고는 하지만 깊이가 고작 2피트밖에 되지 않아, 배심원은 그의 소문난 일상생활을 고려해서 자살이라는 평결을 내렸습니다. 그러나 나는 큰아버지가 못 견딜 정도로 죽음을 두려워했다는 사실을 알고 있었기 때문에 자살을 하기 위해 거기까지 일부러 갔다고는 도저히 믿어지지 않았습니다. 그러나 이 사건은 배심원의 평결로 종결되어 제 아버지는 땅과 은행에 예치한 약 1만 4,000파운드의 돈을 명의를 바꾸어 상속했습니다."

"잠깐. 당신의 이야기는 지금까지 내가 들어 온 것 중에서 가장 기괴한 것이 될 것 같소. 큰아버지가 편지를 받은 것은 언제이며, 자살이라 추정된 최후를 맞이한 날은 언제입니까?"

"편지가 온 것은 1883년 3월 10일이고, 돌아가신 것은 그로부터 7주가 지난 5월 2일 밤입니다."

"알겠습니다. 계속하세요."

"아버지는 호샴의 저택을 상속하자 나의 요구를 받아들여서 늘 잠겨 있는 지붕 밑 다락방을 샅샅이 조사했습니다. 그 놋쇠 상자가 있었지만 속에는 아무것도 없었습니다. 뚜껑 안쪽에는 종이가 붙어 있었는데 그 종이 위에는 'K'자가 셋, 밑에는 '편지. 비고. 영수증. 명부.'라고 쓰여 있었습니다. 큰아버지가 태워 없앤 서류는 그것으로 대충 짐작이 갑니다. 지붕 밑 다락방에는 이것 외에는 이렇다 할 물건이 없었는데, 다만 큰아버지의 미국 생활과 관련이 있는 서류와 수첩 따위가 수두룩하게 나왔습니다. 그중에는 남북 전쟁 당시의 것도 있어서 큰아버지가 의무에 충실한 용감한 군인이었음을 나타내는 것도 있었습니다. 또한 남부 여러 주의 재건 시대 무렵의 것으로 주로 정치에 관계된 것도 있었습니다만, 이것은 전쟁 후의 혼란기를 틈타 북부에서 온 정치 모리배들에 대항하여 큰아버지가 커다란 활동을 했기 때문입니다.

아버지가 호샴에 살게 된 것은 1884년 초인데, 이듬해 1월까지는 평온한 나날이 계속되었습니다. 그러나 새해를 맞이한 1월 4일 아침에 여럿이 함께 식사를 하는데, 아버지가 갑자기 큰 소리를 질렀습니다. 보니까, 한 손에는 방금 뜯은 봉투를 들었고 다른 한 손은 활짝 벌리고 있는데, 손바닥에는 마른 오렌지 씨 다섯 개가 얹혀 있는 겁니다. 아버지는 평소에 내가 큰아버지의 이야기를 하면 터무니없는 이야기라면서 웃곤 했는데, 같은 일이 자신에게 일어나자 웃기는커녕 겁이 더럭 나는 듯싶었습니다.

'존, 이 이건 어찌 된 일이냐?' 아버지는 말을 더듬었습니다. 내 마음은 납덩어리처럼 무거워졌습니다. 'KKK예요.' 아버지는 봉투 속을 살펴보았습니다. 그러고는 '음, 그렇구나.'라고 외쳤습니다. '여기에 그렇게 쓰여 있어. 그런데 그 위에 있는 이것은 무슨 뜻일까? 서류를 해시계 위에 놓아라.' 저는 아버지의 어깨 너머로 들여다보며 읽었습니다. '서류는 뭐야? 해시계는 또 뭐고?' 아버지가 물었습니다. '정원에 있는 해시계 말이겠죠. 그것 말고 또 있겠어요.' 내가 대답했습니다. '그러나 서류는 큰아버지가 태워 없애지 않았을까요?'

'음!' 아버지는 간신히 신음하듯 말했습니다. '여기는 문명국이다. 이런 돼먹지 않은 장난이 어디 있어. 도대체 어디서 이따위 편지를 보냈을까?'

내가 소인을 보고는 '스코틀랜드의 던디에서 온 겁니다.'라고 대답했습니다.

'정말 돼먹지 않은 장난이다. 내가 서류나 해시계 따위와 무슨 관계가 있단 말인가. 이런 시시한 일에 신경 쓸

필요는 없다.'

'저 같으면 경찰에 신고하겠어요, 아버지.' 내가 말했습니다.

'경찰에? 그래 일부러 경찰에까지 가서 웃음거리가 되라는 말이냐? 난 싫다.'

'그럼, 저에게 맡겨 주세요.'

'그것도 안 된다. 이런 장난에 말려들어서는 안 된다.'

아버지가 한 번 안 된다고 하면 그 말이 다시 번복된 예는 일찍이 없었습니다. 그러나 나는 불길한 예감으로 겁이 나서 어찌할 바를 몰랐습니다. 편지가 온 지 사흘째가 되는 날에 아버지는 포츠다운 힐의 요새 사령관으로 있는 옛 친구 프리바디 스령을 찾아갔습니다. 집에 안 계시면 그만큼 위험이 적을 것 같아 나는 아버지의 외출에는 찬성이었습니다. 그런데 사실은 그것이 잘못이었습니다. 아버지가 떠나고 이틀 후 소령으로부터 곧 오라는 전보가 왔습니다. 아버지는 그 부근 일대에 파여 있는 백악갱 하나에 추락하여 두개골이 깨져 인사불성으로 쓰러져 있었던 것입니다. 나는 즉시 달려갔지만, 아버지는 한 번도 의식을 회복하지 못한 채 그대로 숨을 거두고 말았습니다. 아버지는 그곳 지리에 어두운 데다 백악갱에는 울타리가 없어서, 검시 재판의 배심원은 크게 조사해 볼 것도 없이 쉽게 사고사라는 판정을 내렸습니다. 나는 아버지가 죽었을 때의 상황을 세밀하게 조사해 보았지만, 타살이라 생각할 만한 점은 하나도 발견하지 못했습니다. 폭행을 당한 흔적도 발자국도 없고, 또한 도난당한 사실도 없으며, 부근을 낯선 사람이 걸어 다니는 것을 본 사람도 없었습니다. 하지만 내 마음에는 그래도 불안이 남았습니다. 무시무시한 음모와 계략이 아버지를 에워싸고 있었다고 99퍼센트까지 확신했습니다.

이러한 석연치 않은 일로 하여 내가 유산 상속인이 되었습니다. 왜 집을 처분하지 않았느냐고 물으시겠지요. 그 이유는 우리에게 닥친 재난은 큰아버지의 일신상에 일어난 모종의 사건에 얽힌 것이므로 집을 옮긴다고 해서 위험이 줄어들지는 않을 거라 생각했기 때문입니다.

아버지가 돌아가신 것은 1885년 1월인데, 그로부터 2년 8개월이 무사히 지나갔습니다. 나는 그동안 호샴에서 행복한 생활을 했으므로, 이렇게 나간다면 우리 집안에 내린 저주도 큰아버지와 아버지 대에서 끝난다고 생각하기 시작했습니다. 그러나 나의 이러한 낙관적인 생각은 너무 일렀던 것 같습니다. 왜냐하면 바로 어제 아침에 아버지의 일신에 닥쳤던 것과 같은 형태로 나에게도 무서운 조짐이 찾아왔기 때문입니다."

젊은이는 조끼 주머니에서 구겨진 봉투를 꺼내더니 테이블 위에 오렌지 씨 다섯 개를 쏟아 놓았다.

"이것이 그 봉투입니다. 소인은 런던 동부로 되어 있습니다. 봉투 속에는 아버지가 받은 것과 똑같은 내용의 글이 들어 있습니다. 'KKK' 그리고 그 밑에 '서류를 해시계 위에 놓아라.'라고 쓰여 있습니다."

"그래서 당신은 어떻게 했습니까?"

"아무것도 하지 않았습니다."

"아무것도 하지 않았다니요?"

"사실은 어떻게 해야 좋을지 모르겠습니다. 마치 뱀의 놀림을 받은 토끼가 된 기분입니다. 저항할 길이 없는 무자비한 악마의 손에 붙잡혀서, 아무리 앞을 내다보고 조심을 해도 살아나지 못할 것 같은 예감이 듭니다."

"아니오, 아니오! 당신
은 신속하게 행동하
지 않으면 당합니다.
당신을 구하는 것은 활
동력뿐입니다. 절망만
하고 있을 때가 아닙니
다."

"경찰에 신고했
습니다."

"그래서요?"

"사정을 이야기했더니 웃
더군요. 편지가 모두 장난이고, 큰아
버지와 아버지의 죽음은 배심원이 평결했

듯이 완전한 사고로, 편지하고는 아무 관계가 없다고 생각하는 모양
입니다."

"어처구니없도록 어리석은 사람들!"

"그래도 저의 집을 보호하기 위해 경관 한 명을 보냈습니다."

"오늘 밤에도 당신과 함께 왔습니까?"

"아뇨, 집을 지키라는 명령이니까요."

홈즈는 미친 사람 같이 주먹을 휘둘렀다.

"당신은 왜 이곳에 왔습니까? 아니, 왜 즉시 오지 않았습니까?"

"몰랐으니까요. 사실은 오늘 처음 프렌더개스트 소령에게 털어놓고 이야기를 했더니 당신을 찾아가 보라고 권하더군요."

"편지가 온 지 벌써 이틀이나 지났습니다. 더 일찍 손을 써야 했소. 지금 보여 주신 것 외에 다른 자료는 없습니까? 단서가 될 만한 아주 사소한 거라도."

"하나 있습니다. 큰아버지가 서류를 태운 날, 타다 남은 종이쪽지가 이것과 똑같은 색이었습니다. 이 한 장은 바닥에 떨어져 있었는데, 많은 종이 중에서 한 장만 빠져서 타지 않고 남은 것이 아닐까요. '씨'라는 글씨가 보이는데, 다른 문구는 별로 도움이 될 것 같지 않습니다. 제가 보기에는 비밀 일기의 한 부분인 듯합니다. 필적은 틀림없이 큰아버지의 것입니다."

홈즈가 램프를 움직였으므로 나도 함께 들여다보았는데, 종이의 한쪽이 톱날 모양으로 노트에서 뜯어낸 것임을 알 수 있었다. 위쪽에 1869년 3월이라 적혀 있고, 그 밑에 다음과 같은 묘한 말들이 나열되어 있었다.

  4일, 허드슨 옴. 태도는 변함없음.
  7일, 매콜리, 파라모어, 세인트 오거스틴의 스웨인에게 씨를 발송.
  9일, 매콜리 떠남.
  10일, 존 스웨인 떠남.
  12일, 파라모어 방문. 만사 순조로움.

"고맙습니다." 홈즈는 종이를 접어서 손님에게 돌려주며 말했다. "자, 이제 잠시도 우물쭈물하고 있을 수 없습니다. 이야기 내용을 여기서 검토하고 있을 여유도 없습니다. 즉시 돌아가서 행동을 개시하시오."

"뭘 해야 합니까?"

"할 일은 한 가지입니다. 그것도 즉시 해야 합니다. 먼저, 이 종이를 말한 놋쇠 상자에 넣어야 합니다. 그리고 다른 서류는 큰아버지가 모두 태우고 이것 한 장밖에 남지 않았다고 써서 그 노트도 함께 상자에 넣어요. 상대가 납득할 수 있도록 잘 써야 합니다. 그러고 나서 편지에 지시한 대로 즉시 해시계 위에 상자를 내놓으시오. 알았습니까?"

"네."

"지금은 복수를 하느니 하는 따위의 생각을 해서는 안 됩니다. 그것은 법률의 힘이라야 가능하다고 생각하세요. 그러나 지금은 적이 이미 그물을 쳐 놓고 있으니, 우리도 그물을 쳐야 합니다. 그렇게 하려면 당신에게 닥쳐올지도 모르는 눈앞의 위험을 먼저 제거하는 것이 첫째입니다. 수수께끼를 풀고 악인을 징계하는 것은 그다음 일입니다."

"고맙습니다."

젊은이는 일어서서 코트를 입었다.

"당신은 저에게 재생의 희망을 주셨습니다. 꼭 말씀하신 대로 실행하겠습니다."

"1분 1초라도 헛되이 할 수 없습니다. 그리고 무엇보다도 몸조심해야 합니다. 당신 신변에 무서운 위험이 닥쳐오고 있는 것은 확실한데 어떻게 가실 생각입니까?"

"워털루 역에서 기차로 갈 겁니다."

"아직 9시 전이오. 사람의 왕래가 꽤 있을 테니 별 염려는 없을 겁니다. 그래도 충분히 주의는 해야 합니다."

"저는 무기를 갖고 있습니다."

"좋습니다. 내일부터 조사에 착수하겠습니다."

"그럼 호샴에 오시겠습니까?"

"아닙니다. 수수께끼의 근본은 런던에 있습니다. 나는 이곳에서 그 것을 규명하겠소."

"그럼, 상자를 해시계 위에 올려놓고 결과를 알려 드릴 겸해서 2, 3일 안으로 다시 방문하겠습니다. 충고는 꼭 지키겠습니다."

젊은이는 악수를 하고 문밖으로 나갔다. 집 밖에는 여전히 바람이 휘몰아치고 빗줄기는 세차게 창문을 두드리고 있었다. 이 이상하고 흉포한 이야기는 미쳐 날뛰는 자연 속에서 우리 앞으로 다가왔다가 지금 다시 폭풍우에 휘말려 간 것처럼 느껴졌다.

홈즈는 한동안 말없이 고개를 숙이고 난로의 불을 바라보고 있었 다. 그러더니 파이프에 불을 붙이고, 의자 등받이에 몸을 기대어 천장 으로 올라가는 푸른 담배 연기를 올려다보았다.

"왓슨. 우리의 경험으로 이런 기괴한 이야기는 처음인 것 같네."

"그래. '네 사람의 서명'에 버금가는 사건이야."

"정말 그래. 그건 특별했어. 하지만 이번의 존 오픈쇼라는 젊은이 가 그때의 숄토 일가보다도 더 무서운 위험 속을 걷고 있는 듯싶어."

"그렇다면 위험이 어떤 내용인지 알고 있다는 말인가?"

"위험의 성질은 알고 있어."

"그러면 어떤 사건인가? KKK는 뭔가? 그리고 왜 그 불행한 일가 만 노리는 것일까?"

홈즈는 눈을 감은 채 양쪽 팔꿈치를 의자의 팔걸이에 얹고 손가락 끝을 맞붙였다.

"이상적인 추리가는 갖가지 의미를 내포하는 사실이 하나 제시되면, 거기에 이르기까지의 일련의 사물을 빠짐없이 추찰할 뿐 아니라, 다시 그 사실에서 발전해 나가는 장래의 결과도 다 내다보는 거라네. 퀴비에(프랑스의 박물학자)가 뼈 하나를 관찰하는 것만으로 그 동물의 전체 모습을 정확히 그릴 수 있듯이, 연속된 사건의 한 고리를 충분히 이해할 수 있는 관찰자는 그 앞뒤에 연결되는 고리들도 모두 정확히 설명할 수 있지. 결과는 아직 잡지 못했지만, 그것은 추리만으로 도달할 수 있지. 사람들이 감각으로

해결하려다 번번이 실패한 사건도, 서재에 앉아서 추리로 해결할수도 있다는 말이네. 그러나 이 추리술을 완전하게 발휘하기 위해서는 추리가가 알고 있는 사실을 전부 활용할 수 있어야 해. 그렇게 하면 자네도 금세 알게 되겠지만. 모든 지식을 알고 있지 않으면 안 돼.

이것은 지금처럼 무료로 교육을 받고 백과사전이 보급된 시대에도 흔치 않은 소양이네. 그러나 자기가 하는 일에 필요하다고 생각되는 범위 내에서 모든 지식을 몸에 지니는 것은 불가능하지 않아. 나는 그 노력을 했어. 우리가 처음 알게 된 무렵에 자네는 나의 지식의 한계를 매우 정확하게 판정한 적이 있었지."

"있었지." 나는 웃으며 대답했다. "재미있는 표를 만들었지. 나의 기억으로는 철학, 천문학, 정치에 대한 지식은 제로였어. 식물학은 확실치 않고, 지리학은 런던 주변 50마일 이내의 흙이나 먼지를 식별할 수 있고, 화학은 한쪽에 쏠려 있고, 해부학은 체계적이지 않았지. 선정 문학이나 범죄 기록에 대해서는 타의 추종을 불허했고, 그 밖에 바이올린, 권투, 검술에 능하고, 법률에 밝고 코카인과 담배 중독자. 내가 분석한 중요한 내용은 대체로 이런 정도였지."

홈즈는 마지막 항을 말했을 때 씩 웃었다.

"그래서 말인데 그때도 말했듯이, 두뇌라고 하는 조그만 다락방에는 즉시 꺼내어 쓸 수 있는 도구만 넣어 두고, 나머지는 필요할 때 언제든지 꺼낼 수 있는 서재라는 이름의 창고에 던져두면 되네. 자, 이제 오늘 밤에 들은 사건에 대해 이야기하지. 이런 문제에는 우리가 축적해 둔 것을 모두 꺼내야 할 필요가 있어. 미안하지만 그 선반에서 미국 백과사전의 K 항목을 꺼내 주게. 고마워. 이제부터 상황 판단에 의해 어떤 것이 추출되어 나오는지를 보세. 먼저, 오픈쇼 대령이 미국을 떠난 것은 무언가 분명한 이유가 있어서였다는, 지극히 당연한 추정에서부터 출발해 보세. 사람은 그 나이가 되면 습관을 좀처럼 바꾸기 어려워. 더구나 대령은 기후가 좋은 플로리다를 버리고 일부러 영국의 시골구석으로 들어가 고독한 생활을 시작했지. 영국에 돌아온 후부터는 다른 사람과의 교제를 피해 온 것을 보면, 그가 누군가를 혹은 무엇인가를 두려워하고 있었다는 암시를 받네. 이로써 그가 미국을 떠난 것은 그 누군가 아니면 그 무엇을 두려워했기 때문이라는 가정이 성립되네. 그렇다면 그가 무엇을 두려워했는가는 그 자신이나 상속인들이 받은 무서운 편지를 가지고 추측할 수밖에 없어. 자네는 세 통의 편지에 찍힌 소인을 주의해서 보았나?"

"처음 것은 인도의 폰디체리, 다음 것은 스코틀랜드의 던디, 마지막 것은 런던이었어."

"런던의 동부야. 거기서 생각나는 것이 없나?"

"모두 항구야. 보낸 사람은 배를 타고 있겠지."

"훌륭해! 이미 하나의 단서를 잡은 거야. 보낸 사람이 배를 타고 있는 남자라는 점은 틀림없을 듯싶어. 커다란 가능성이 있어. 다음은 다른 방향에서 생각해 보세. 폰디체리에서 편지를 보낸 경우는 협박장을 내고 참극이 일어나기까지 7주가 걸렸어. 던디의 경우는 불과 3, 4일이야. 이것에서 뭐 떠오르는 것 없나?"

"그만큼 장거리 여행이라는 것이지."

"그러나 편지도 그만큼 장거리 여행을 하고 있네."

"그 말을 들으니까 또 모르겠군."

"적어도 그…… 또는 그들이 타고 있는 배가 범선이라는 추정은 할 수 있어. 그들은 사명을 띠고 출발하기 전에 그들의 기묘한 경고문이나 씨를 보낸 모양이야. 던디에서 보냈을 때는 암호 뒤에 곧 실행을 했으니까. 만약 그들이 폰디체리에서 기선으로 왔다고 하면 편지는 거의 동시에 도착했을 거야. 그러나 실제로는 7주나 늦게 왔어. 이 7주는 편지를 운반한 우편선과 발송인이 타고 있는 범선과의 속도 차이를 의미한다고 생각해."

"그럴지도 모르지."

"그럴지도 모르지가 아니라 그게 확실해. 그러므로 이번 경우는 사태가 매우 절박하다는 것을 알 수 있네. 그래서 오픈쇼에게 조심하라고 주의를 준 거야. 참극은 두 번 다 발송인이 발송지에서 이쪽으로 여행에 걸리는 날짜의 간격을 두고, 그 뒤 즉시 일어났어. 그런데 이번에는 발신지가 런던이라 1초도 지체할 수 없어."

"그렇다면 큰일이군. 이 잔인한 박해는 대체 무엇을 의미하지?"

"오픈쇼 대령이 갖고 있던 서류는 범선에 타고 있는 한 사람 내지 몇 사람들에게는 생명에 관계될 만큼 중요한 것이겠지. 나는 아무리 봐도 몇 사람은 된다고 믿어. 혼자서는 검시 재판의 배심원들을 속일 수 있을 정도로 교묘하게 두 번이나 살인을 하지 못해. 적어도 세 사람이나 네 사람은 되며, 모두 계략에 뛰어나고 대담한 놈들이야. 그리고 그들이 찾는 서류가 누구의 손에 있더라도 반드시 빼앗을 생각이야. 여기까지 오면 KKK란 개인의 머리글자가 아니라 어떤 단체의 칭호라는 것을 자네도 알 거야."

"그렇다면 어떤 단체일까?"

"자네는?" 홈즈는 몸을 내밀며 말소리를 낮추었다. "쿠 클럭스 클랜이라는 말을 들어본 적이 있나?"

"없어."

홈즈는 무릎 위의 백과사전의 페이지를 넘겼다.

"여기 있네."

그는 읽기 시작했다.

쿠 클럭스 클랜─총의 격철을 세울 때의 소리와 비슷하게 만든 기묘한 이름으로, 이 무서운 비밀 결사는 남북 전쟁 후 남부 여러 주의 일부 군인들로 조직된 것이다. 이것은 순식간에 전국에 퍼져 각지, 특히 테네시, 루이지애나, 남북 캐롤라이나, 조지아, 플로리다의 각 주에서 지부가 결성되었다. 정치적인 목적, 주로 흑인 유권자를 위협하고 반대 의견을 가진 인물을 살해하거나 거주지에서 추방하는 것을 일삼았다. 일반적으로 폭력 행사에 앞서 노리는 인물에게 경고를 했는데, 그것이 어느 지방에서는 작은 참나무 가지, 다른 지방에서는 멜론이나 오렌지 씨 등을 보내는 기괴하지만 일반인에게 널리 알려진 도구를 사용한 방법을 썼다. 이 경고를 받은 사람은 공개적으로 자신의 언행에 대한 수정을 하거나 도망을 간다. 만일 이것에 도전을 하면 반드시 죽음의 사자의 방문을 받게 되는데, 그 방법은 기발하고도 예측하기 어려운 것이었다. 결사의 조직이 완벽하고 또한 실행 방법이 조직적이어서 경고에 거역하고도 죽음을 모면한 기록이나 범죄가 검거되었다는 기록은 찾아볼 수 없다. 이 결사는 미국 정부나 남부 사회의 선량한 사람들의 노력에도 불구하고 수년 동안 전성기를 구가했으나, 1869년에 갑자기 활동을 중지했다. 그러나 그 후에도 같은 종류의 단체가 산발적으로 나타났다.

"이것으로 알 수 있듯이─" 홈즈는 사전을 밑에 놓으면서 계속해서 말했다. "결사가 갑자기 활동을 중지한 것이 오픈쇼 대령이 미국에서 서류를 가지고 귀국한 시기와 일치하고 있어. 여기에 인과 관계가 있는지도 몰라. 대령과 그 일족이 집념 강한 잔당이 해치려 하는 대상이 되었던 점도 이상하지 않지. 기록이나 일기가 남부의 일부 지도자와 관계가 있는 것일지도 모르고, 그것을 찾을 때까지는 편안하게 잠을 자지 못하는 사람이 많을 지도 모른다는 것은 쉽게 짐작할 수 있지."

"그러면 아까 본 그 종이는."

"우리가 상상한 그런 거겠지. 'A.B.C에 씨를 보냈다'고 쓰여 있던 걸로 기억하는데, 그건 즉 조직의 협박장을 보냈다는 뜻이네. 다음에는 'A와 B가 떠났다'로 돼 있는데, 그것은 도망갔다는 것이고, 끝으로 'C가 방문을 받았다'는 것은 틀림없이 불길한 것을 의미하네. 왓슨, 우리는 어쩌면 암흑세계에 약간이나마 메스를 가하게 될지도 모르겠어. 그리고 존 오픈쇼는 내가 말한 방법 말고는 달리 살길이 없을 거야. 자, 이제 오늘 밤에 할 이야기는 다한 셈이니 거기 바이올린이나 집어 줘. 이 지독한 날씨와 그보다 더 지독한 인간 세상을 30분 정도 잊도록 하지."

다음 날 아침은 날씨가 활짝 개었다. 태양은 대도시 위에 덮인 옅은 안개를 통과해 부드러운 햇빛을 내리고 있었다. 내가 내려가 보니, 홈즈는 벌써 아침 식사를 하고 있었다.

"미안, 자네를 기다리지 않았네." 홈즈가 말했다. "오늘은 오픈쇼 사건으로 매우 바쁠 것 같아서 말이야."

"어떤 조치를 하려나?"

"처음 조사한 결과에 달렸어. 결국은 호샴에 가게 되겠지만."

"먼저 거기부터 가는 게 아니고?"

"시내에서부터 시작하겠어. 벨 좀 울려 주게. 하녀가 자네의 커피를 갖고 올 거야."

커피를 기다리는 동안 나는 테이블에서 아직도 접힌 채로 있는 신문을 들어 읽기 시작했다. 문득 어떤 제목이 눈에 들어와서 나는 오한을 느꼈다.

"이봐, 홈즈. 이미 늦었어!" 내가 외쳤다.

"뭐야!" 홈즈는 커피 잔을 놓으면서 말했다. "혹시나 하고 있었는데, 어떤 방법으로 당했나?"

그의 음성은 조용했으나 강한 충격을 받은 것만은 분명했다.

"오픈쇼라는 이름이 눈에 띄었지. '워털루 다리 부근의 참극'이라는 제목이야. 읽어 보겠네."

어젯밤, 9시에서 10시 사이에 H서의 쿡 순경은 워털루 다리 부근에서 근무 중, 사람 살리라는 외침과 물이 튀는 소리를 들었다. 행인이 몇 명 달려와 협력했으나, 심한 비바람과 어둠 때문에 구조는 엄두도 낼 수 없었다. 그러나 경보를 듣고 수상 경찰이 출동, 시체 인양에는 성공했다. 신원은 주머니에 들어 있던 봉투를 통해 호샴 부근에 사는 존 오픈쇼라는 신사로 판명되었다. 그는 막차를 타기 위해 역으로 급히 가던 중, 칠흑같은 어둠 때문에 길을 잘못 들어 증기선 선착장에서 실족한 것으로 추정된다. 시체에는 폭행의 흔적이 발견되지 않아 사고사가 틀림없다. 이 결과 선착장의 상태에 대해 앞으로 당국이 주의를 해야 할 것이다.

우리는 잠시 말을 잊었다. 나는 지금까지 홈즈의 그런 침울하고 실망한 표정을 본 적이 없다.

"왓슨, 나는 자존심에 상처를 입었어. 물론 이것은 하찮은 개인감정이지만, 나의 자존심은 상처를 입었네. 이렇게 되면 나도 모른 체할 수 없는 문제야. 이 목숨이 붙어 있는 한 반드시 그 악당들을 체포하고 말겠어. 생각다 못해 나에게 의지하려고 찾아왔다가 돌아가는 길에 무참히 죽음을 당하다니!"

그는 의자에서 일어섰다. 얼굴은 붉게 상기되어 있었지만 창백했고, 가늘고 긴 두 손을 신경질적으로 맞잡았다 놓았다 하면서 흥분을 누르지 못하고 방 안을 왔다 갔다 했다.

"간교한 악마들 같으니! 어떤 방법으로 그곳까지 유인했을까? 강변 길은 역으로 가는 길이 아니야. 다리 위에는 그런 폭풍우 몰아치는 밤이라도 사람의 왕래가 많으므로 범행을 하기에는 적합하지 않았던 거야. 좋아, 왓슨, 누가 최후의 승리자가 되는지 지켜보게. 나는 이제부터 시작이야."

"경찰서에 가려고?"

"아니, 내가 경찰이 되겠어. 내가 그물을 쳐 놓으면 경찰이 파리 정도는 잡겠지만, 그렇지 않으면 그들은 아무것도 못해."

그날 나는 온종일 본업인 의사 일로 바빠서 베이커 가에 돌아간 것은 밤이 되어서였다. 홈즈는 아직도 돌아오지 않았다가 10시 가까이 되어 지쳐서 창백한 얼굴로 돌아왔는데, 들어오자마자 찬장 문을 열더니 빵을 꺼내 물을 마셔 가며 허겁지겁 먹기 시작했다.

"배가 고팠나?" 내가 말했다.

"배고파 죽을 것 같았네. 먹는 것을 잊고 있었어. 아침부터 아무것도 먹지 않았어."

"아무것도?"

"그래. 먹어야 한다는 생각을 할 겨를이 없었어."

"그래, 일은 잘 되었나?"

"응."

"단서를 잡았군."

"놈들은 내 손안에 있어. 오픈쇼의 원수를 갚을 날도 멀지 않네. 왓슨, 이번에는 우리가 놈들에게 악마적인 암호를 보내는 거야. 이건 멋진 착상이지."

"뭐라고?"

홈즈는 찬장에서 오렌지를 꺼내더니, 잘게 쪼개어 테이블 위에 씨를 발라냈다. 그리고 그 가운데 다섯 개를 봉투에 넣고, 봉투의 접혀진 안쪽에 'J. O.의 대리 S. H.(존 오픈쇼의 대리 셜록 홈즈)'라고 썼다. 봉함을 하고 겉에다 '미국 조지아 주 사반나 항 세 돛대 범선 론스타 호 선장 제임스 캘하운 씨'라고 수신인의 이름을 썼다.

"배가 항구에 들어가면 이것이 기다리고 있을 거야. 놈은 이것을 보고 밤잠도 설치게 될 거야. 오픈쇼가 떠밀려 죽었을 때와 같이, 편지를 보면 피할 수 없는 운명이 예고되었다고 느낄 걸세."

"그 캘하운 선장은 누구야?"

"일당의 두목. 다른 놈들도 해치우겠지만, 우선 두목부터야."

"어떤 방법으로 알아냈나?"

홈즈는 주머니에서 날짜와 이름이 적힌 종이를 꺼냈다.

"나는 오늘 하루 종일 로이드 선박 등록부와 옛 신문을 조사해서 1883년 1월부터 3월까지 폰디체리에 기항한 배의 그 후의 동정을 조사했어. 지난 두 달 동안의 보고에 의하면 톤수가 큰 배는 36척이었네. 그중에서 론스타 호라는 배가 나의 관심을 끌었지. 왜냐하면 런던에서 출항한 것으로 되어 있지만, 이 배의 이름은 미국 어느 주의 별명이거든."

"텍사스지?"

"글쎄, 거기까지는 기억하지 못했고, 지금도 자신이 없어. 아무튼 미국 선박은 틀림없다고 단정했지."

"그래서 어떻게 했나?"

"다음에 던디 항의 기록을 조사해 보니, 론스타 호가 1885년 1월에 기항했다는 사실을 알았어. 그래서 혐의는 확신으로 변했지. 그다음에는 현재 런던 항에 정박해 있는 배를 조사했지."

"그랬더니?"

"론스타 호는 지난주에 들어와 있었어. 즉시 템스 강의 앨버트독으로 달려갔는데, 아침에 썰물을 타고 사반나 항을 향해 귀항길에 올랐다는 것을 알았어. 강어귀인 그레이브스엔드에 전보로 문의했더니 조금 전에 그곳을 통과했다는 대답이 왔네. 바람은 동풍이니 지금쯤은 굿윈의 여울목을 지나 와이트 섬 근처를 통과하고 있을 걸세."

"앞으로 어떻게 할 건가?"

"체포한 거나 다름없네. 내가 조사한 바로는, 선원 중 순수한 미국인은 선장과 두 항해사뿐이었어. 그 외에는 핀란드인과 독일인이야. 배에 짐을 실었던 항만 노동자의 말에 의하면, 이 미국인 세 사람은 어젯밤 모두 상륙했다더군. 자, 그 범선이 사반나 항구에 입항할 무렵에는 이미 이 편지가 도착해 있을 것이고, 그곳의 경찰한테는 이곳에서 살인 혐의를 받고 있으니 미국인 세 명을 체포해 주기 바란다는 연락이 해저 전신으로 전달되었을 거야."

그러나 인간이 세운 계획은, 비록 최선을 다한 것이라 해도 어딘가에 실수가 있게 마련이다. 존 오픈쇼를 살해한 범인들은 오렌지 씨를 받지 못했다. 따라서 그들 못지않게 간교한 지혜와 뛰어난 결단력을 지닌 홈즈가 그들의 뒤를 추적하고 있다는 것을 영원히 모를 운명이 되고 말았다.

그해의 가을 폭풍은 근래에 없는 대단한 것이었다. 우리는 사반나 항으로부터 론스타 호의 소식이 들어오기를 내내 기다렸으나 끝내 소식이 없었다. 그 후 가까스로 알아낸 사실은 대서양 건너의 아득히 먼 어딘가에서 보트의 부서진 선미재 한 장이 물결에 떠다니고 있었는데, 거기에는 L. S.(론스타의 머리글자)라고 새겨져 있더라는 것이다. 론스타 호의 운명에 대해서 이 이상 알려지는 건 영원히 없을 것이다

입술이 비뚤어진 남자

The Man with the Twisted Lip

1887년 6월 18일(목)~6월 19일(금)

아이자 휘트니는, 세인트 조지 신학교의 교장이었던 고 일라이어스 휘트니 신학 박사의 동생으로 아편에 깊이 중독되어 있었다. 내가 들은 소문에 의하면, 그의 이 나쁜 습관은 학생시절의 어리석은 호기심에서 비롯되었다고 한다. 그는 유명한 드퀸시(영국의 유명한 문인. 1785~1859년)가 묘사한 꿈과 감각의 세계를 읽고, 그와 똑같은 흥분 상태를 맛보기 위해 담배를 아편 용액에 담갔다가 피우곤 했던 것이다. 하지만 아편 중독자가 다 그렇듯이, 그도 역시 그 나쁜 습관에서 쉽게 벗어나지 못했다. 그리고 오랫동안 이 마약의 노예가 된 탓에, 친구나 친척들은 그를 측은하게 생각하면서도 가까이하기를 꺼렸다. 요즘 그는 얼굴이 누렇게 뜨고 눈꺼풀이 힘없이 처져, 눈은 겨우 바늘처럼 가늘게 뜨고 있을 뿐이고, 언제나 의자에 몸을 웅크리고 앉아 있다. 그래도 한때 고상했던 인물이 완전히 폐인이 된 것이다.

1887년 6월의 어느 날 밤, 하품을 하면서 시계를 올려다보는데 현관의 벨이 울렸다. 나는 기대었던 의자의 등받이에서 상체를 일으켰고 아내도 무릎 위에 뜨개질거리를 놓고 약간 언짢아하는 표정을 지었다.

"환자예요. 또 왕진을 가야겠군요." 아내가 말했다.

나는 하루의 피곤한 일과에서 막 해방되려는 참이었으므로 젠장, 하고 혀를 찼다.

현관문 열리는 소리가 나고 몇 마디 다급한 말소리가 들리는가 싶더니, 누군가 리놀륨 바닥을 급하게 지나 이쪽으로 오는 듯했다. 이윽고 우리 방의 문이 열리고 검은 옷에 검은 베일을 쓴 부인이 들어왔다.

"밤늦게 찾아와서 죄송합니다."

부인은 인사를 했으나, 갑자기 자제심을 잃고 아내 곁으로 달려가 그 목에 손을 얹고 어깨에 얼굴을 파묻고는 흐느껴 울기 시작했다.

"어떻게 하면 좋을지 모르겠어. 날 좀 도와줘."

"어머나! 케이트 휘트니 아니야. 깜짝 놀랐어. 들어올 때 누군지 몰랐어."

"난 어떻게 해야 좋을지 몰라서 곧장 여기로 달려왔어."

나는 이와 같은 광경에는 익숙해져 있다. 슬픔과 비탄에 젖은 사람들은 마치 등대에 모여드는 새처럼 조언을 구하기 위해 아내를 찾아왔다.

"잘 왔어. 포도주에 물을 타 줄게 마셔. 그리고 의자에 편히 앉아 사정을 이야기해 봐. 말하기 거북하면 제임스(존 왓슨을 제임스라고 부르고 있다)에게 자리를 피해 달라고 할까?"

"아니. 선생님도 들으시고 충고와 도움을 주셨으면 합니다. 실은 아이자에 대해서입니다만 벌써 이틀째 집을 비웠어요. 걱정이 돼서 견딜 수 없어요."

휘트니 부인이 남편 일로 상담하러 온 것은 이번이 처음은 아니다. 나는 의사로서 아내는 여학교 때부터의 오랜 친구로서 그녀의 상담역이 되어 왔다. 우리 부부는 그때마다 케이트에게 힘닿는 데까지는 도와주고, 위로도 해 주었다. 그런데 부인은 남편의 행방은 알고 있을까. 그래서 우리에게 데려와 달라고 부탁하는 걸까?

이야기를 듣고 보니, 역시 그랬다. 휘트니가 요즘 발작이 일어나면 런던 시내 이스트엔드에 있는 아편굴에 간다는 확실한 소문을 부인은 들었다는 것이다. 몸속에서 약의 마력이 작용하는 기간은 단 하루뿐으로, 그는 밤이 되면 몸을 실룩거리면서 비틀걸음으로 돌아오곤 했다. 그런데 이번에는 어찌된 일인지 약 기운이 48시간이나 계속되는 듯싶다. 보나마나 그는 하역장의 상습자들 틈에 끼어 아편 담배를 피우고 있거나, 아니면 약 기운이 사라질 때까지 죽은 듯이 잠들어 있을 것이다. 그 장소는 어퍼스완덤 길에 있는 '황금 막대기'라는 아편굴로, 그곳에 가면 반드시 남편을 만날 수 있다는 사실을 부인은 알고 있다. 그러나 부인은 망설여진다는 것이다. 그런 무시무시한 곳에 여자가 혼자 찾아가 뒹굴고 있는 건달들 틈에서 남편을 데리고 올 수 있을 듯싶지 않다고 했다.

이런 형편이어서 방법은 하나밖에 없다. 내가 부인을 호위하여 그 집까지 따라가는 게 좋지 않을까. 그러나 다시 생각해 볼 때, 부인이 그곳까지 간다고 해서 안 되는 건 없겠지만, 나도 아이자 휘트니의 주치의인 만큼, 그를 움직일 만한 힘이 있다. 그리고 여자와 함께 가느니 나 혼자 가는 편이 여러 가지로 편리할 것이다. 이렇게 생각한 나는 아이자가 그 못된 아편굴에 있기만 하면 두 시간 안에 마차에 태워 틀림없이 댁에 데려다 놓겠습니다, 하고 부인과 굳은 약속을 했다. 10분 후, 나는 쾌적한 우리 집 안락의자를 뒤로하고 마차를 동쪽으로 달리면서 '정말 이상한 일을 다 맡았군.' 하고 생각했다. 그런데 훗날 다시 돌이켜보았을 때, 그것이 정말 얼마나 이상한 일이었는가를 뼈저리게 느꼈다.

그러나 처음에는 이렇다 할 어려움은 없었다. 어퍼스완덤 길은 런던다리 동쪽에 있고, 템스 강의 북쪽 기슭에 길게 이어진 하역장 뒤에 있는 더럽고 지저분한 골목이다. 싸구려 옷가지를 주렁주렁 매단 가게와 선술집 사이의 가파른 돌계단을 동굴 속과 같은 어두운 틈새를 향해 내려가면 거기에 바로 아편굴이 있다. 마차를 대기시켜 놓고, 사시사철 주정꾼의 구두에 밟혀서 가운데가 닳은 계단을 내려가, 문 앞에 매달려 희미하게 흔들리는 석유램프를 보고 문의 걸쇠를 벗기고 안으로 들어갔다. 내부는 천장이 낮은 길쭉한 방인데, 이민선의 선실처럼 나무 침대가 층층으로 설치되어 있고, 갈색 아편 연기가 방 안 가득히 자욱하게 끼어 있었다.

어두컴컴한 방 안을 살펴보니, 침대 위에 괴이한 모습으로 누워 있는 사람의 모습이 어렴풋이 보인다. 몸을 웅크리고 있는 사람, 무릎을 구부리고 있는 사람, 머리를 뒤로 젖히고 턱은 위로 내밀고 있는 사람 등등 각양각색이었다. 그런가 하면, 흐리멍덩한 눈으로 방금 들어온 나를 올려다보는 사람도 있다. 사람의 검은 그림자가 보이는 곳에 불그스름한 작은 불이 금속 파이프의 담배통 속 약을 빨 때마다 반딧불처럼 보였다 안 보였다 했다. 대부분 말없이 연기만 빨고 있으나, 그 중에는 뭐라고 중얼거리는 사람도 있고, 단조로운 나직한 목소리로 옆 사람에게 말을 하는 사람도 있다. 그 말소리는 갑자기 흘러나왔다가 갑자기 사라져 다시 침묵 속에 잠긴다. 서로 옆 사람의 대화 따위는 아랑곳하지 않고, 각자 제멋대로 자기 생각을 지껄일 뿐이다. 가게 안쪽의 벌건 화로 옆에는 키가 큰 비쩍 마른 노인이 세 발 의자에 앉아서, 두 팔꿈치를 무릎 위에 얹고 두 주먹으로 턱을 괸 채 숯불을 멀거니 바라보고 있다.

내가 들어가자, 심부름하는 말레이시아인이 아편 담뱃대와 1회분 약을 들고 잰걸음으로 다가와 비어 있는 침대로 안내하려 했다.

"고맙지만 나는 약을 피우러 온 것이 아니라 아이

자 휘트니란 친구에게 할 말이 있어서 왔네."

그때였다. 사람이 움직이는 기척이 나고 나의 바로 오른쪽에서 부르는 소리가 들렸다. 그래서 어두컴컴한 속을 살펴보니, 여위고 창백한 휘트니의 얼굴이 헝클어진 머리를 하고 나를 지켜보고 있었다.

"어, 왓슨 씨!" 그는 큰 소리로 말했다.

지금 막 마약의 약효가 떨어져 그 처절한 금단 증상에 빠진 듯 온몸을 떨고 있었다.

"왓슨 씨, 지금 몇 시입니까?"

"11시가 다 되어 갑니다."

"날짜는?"

"6월 19일, 금요일입니다."

"네? 수요일이 아닙니까. 아냐, 수요일이야. 놀리지 마시오."

휘트니는 두 팔에 얼굴을 묻고 큰 소리로 울었다.

"이봐요, 오늘은 금요일이요. 지난 이틀 동안 부인이 얼마나 걱정했는지 아시오? 조금은 부끄러워할 줄도 아시오."

"물론 부끄럽게 생각합니다. 그러나 당신은 착각하고 있어요. 내가 여기 들어온 지는 불과 두세 시간 정도입니다. 그동안 나는 세 대 피웠나. 아니, 네 댄가…… 잘 생각나지 않는군. 어쨌든 당신과 함께 돌아가겠어요. 나는 케이트를 애태우고 싶지는 않으니까…… 불쌍한 케이트…… 용서해 주오. 자, 나 좀 부축해 주시오. 마차는 있습니까?"

"바깥에 대기시켜 놓았소."

"그럼 그 마차로 돌아갑시다. 하지만 먼저 계산을 해야 하는데 모두 얼마인가. 나는 몸이 휘청거려서 움직일 수 없군요."

나는 양옆에 나란히 누워 있는 사람들 사이의 좁은 통로를 지나 이 집의 주인을 찾으면서 안쪽으로 걸어갔는데, 머리가 멍해지는 마약의 그 역겨운 연기를 맡지 않으려고 가급적 숨을 참았다. 그리고 화로 옆에 버티고 있는 키가 큰 노인 옆을 지나치려 할 때 갑자기 옷자락이 당겨지며 "이봐!"하고 나직하게 하는 말을 들은 듯했다. 그래서 나는 그 노인을 돌아보았다. 그 말은 옆에 있는 노인이 했다고밖에는 달리 생각할 수 없었는데, 마른 데다 주름이 많고 허리가 굽은 그 노인은, 힘 없는 손가락으로 무릎 사이에 낀 아편을 당장이라도 떨어뜨릴 것처럼 간신히 쥔 채 여전히 꿈과 현실 사이를 방황하고 있었다. 나는 두 걸음 더 다가가서 살펴보았다. 그 순간 앗 하고 소리를 지를 뻔했으나 가까스로 억눌렀다. 그는 나에게만 보이도록 몸을 내 쪽으로 돌렸는데, 이상하게도 몸에는 힘이 넘치고 얼굴에는 주름살도 하나 없으며 방금까지 흐리멍덩하던 눈도 광채를 되찾고 있었다. 화로 옆에 앉아서 놀라는 나를 씩 웃는 얼굴로 바라본 노인은 바로 셜록 홈즈였다. 그는 가까이 오라고 나에게 신호를 하고는 다시 저쪽으로 얼굴을 돌렸다. 그때는 입을 멀거니 벌리고 있는 늙은이의 모습으로 변해 있었다.

　"홈즈! 이런 인간 지옥에서 뭣하고 있나?" 내가 낮은 소리로 물었다.

　"작은 목소리로 말해. 내 귀는 잘 들리니까. 미안하지만 자네의 친구는 혼자 돌려보낼 수 없을까? 의논할 일이 있어."

　"바깥에 마차를 대기시켜 놓았어."

　"그렇다면 그 마차에 친구를 태워 보내지. 아무 일 없을 거야. 그렇게 제 몸도 지탱하지 못하는 사람이 오히려 아무 사고도 일으키지 않

는 법이지. 자네 부인한테는 홈즈와 같이 있다고 쪽지를 적어 마부에게 부탁하여 전하도록 하게. 밖에서 기다려. 5분쯤 후에 나갈 테니."

홈즈가 나에게 무언가를 청할 때는 언제나 자신만만하고 여유 있는 태도로 단정적으로 말해서 나는 거절하지 못했다. 그러나 오늘 밤은 싫지 않았다. 휘트니를 마차에 태워 돌려보내기만 하면 그것으로 내 임무는 완수한 셈이다. 그리고 내 친구와 함께 어울려서 그에게는 일상적인 평범한 일이겠지만 나에게는 불가사의한 모험에 참가할 수 있게 된다면 이보다 더 멋진 일은 없을 것이다. 나는 2, 3분 만에 편지를 쓰고 휘트니의 계산을 마친 뒤, 그를 마차에 밀어 넣고는 그 마차가 어둠 속으로 사라져 가는 모습을 지켜보았다. 이윽고 노인이 아편굴에서 나왔다. 홈즈와 나는 거리를 걷기 시작했다. 그는 두 블록 정도는 허리를 굽히고 비실비실 걸었다. 그러고 나서 재빨리 주위를 둘러보고는 몸을 똑바로 세우더니 껄껄 웃었다.

"왓슨. 자네는 내가 코카인 주사로는 성이 차지 않아서 아편까지 시작…… 아니, 그 외에 자네의 의학적 견지에서 보아 한심스러운 여러 악습에 빠지고 있다고 생각하겠지?"

"그런 곳에서 자네를 만나 깜짝 놀랐어."

"나도 마찬가지야."

"나는 친구를 찾으러 갔지만, 자네는……."

"나는 적을 찾으러 갔었어."

"적?"

"그래. 숙명의 원수라고나 할까. 아니, 나의 먹이가 되어야 할 놈이라고 말하는 게 옳겠군. 왓슨, 간단히 말하면, 나는 정말 놀랄 만한 사건을 조사하기 시작했어. 전에도 자주 그렇게 했지만, 그런 곳의 마약 환자들이 횡설수설 지껄이는 말에서 단서를 잡을 수 있을지도 모른다고 생각해서 거기에 가 본 거야. 물론 거기서 내 정체가 드러나면 나는 한 시간도 버티지 못하고 목숨을 잃겠지. 전에도 그곳을 이용한 적이 있어서, 그 집의 경영자인 마도로스 출신 인도인은 복수를 하려고 벼르고 있으니까. 그 집의 뒤꼍 쪽, 폴 하역장 가까운 곳에 비밀 문이 있는데, 그 문에 입이 있다면, 달이 없는 날 밤에 무엇이 운반되어 나갔는지 그 기괴한 이야기를 들을 수 있겠지."

"뭐라고? 설마 시체를 말하는 건 아니겠지?"

"바로 시체야, 왓슨. 그 아편굴에서 사람이 하나씩 살해될 때마다 1,000파운드씩 받는다면 큰 부자가 될 거야. 그곳은 강가의 아편굴 가운데서 가장 더럽고 저주받은 곳이야. 그러므로 네빌 세인트클레어도 그 집에 들어갔다가 살아 나오지 못한 게 아닌가 하고 근심하는 거라네. 그런데 이 근처에 마차가 기다리고 있을 텐데."

홈즈는 입에 두 손가락을 대고 휘익 날카롭게 휘파람을 불었다. 그러자 멀리서 대답이라도 하듯 같은 휘파람 소리가 들려오는가 싶더니 바퀴 소리와 말발굽 소리를 울리면서 마차 한 대가 다가왔다.

"어떤가, 왓슨?" 홈즈가 말했다.

어둠 속에서 등이 높은 이륜마차가 나타났는데, 그 양쪽 등불에서 두 줄기 노란 불빛이 흘러나왔다.

"같이 가겠나?"

"도움이 된다면."

"믿을 수 있는 친구는 언제나 도움이 되지. 게다가 나의 기록 담당이기도 하니 더욱 그렇지. 지금 가려고 하는 시더스 저택에 방을 하나 마련해 놓았는데, 거기 마침 침대가 둘 있어."

"시더스 저택?"

"세인트클레어 씨의 집이네. 이번 조사 기간 동안 나는 그곳에서 머물고 있어."

"장소는?"

"켄트 주의 리 부근이야. 여기서 7마일쯤 될까."

"대체 무슨 일인지 전혀 알 수가 없군."

"물론 그렇겠지. 그러나 곧 알게 돼. 어서 타게. 존, 그만 돌아가도 좋아. 여기 반 크라운 있네. 그리고 내일 낮 11시쯤에 또 부탁해. 고삐를 이리 주게. 수고했네."

홈즈가 말에 채찍을 가하자 마차는 어둡고 쓸쓸한 거리를 힘차게 달렸다. 그런데 앞으로 나아감에 따라 길 폭이 점점 넓어지더니, 이윽고 난간이 있는 커다란 다리가 나타났다. 강물은 아주 천천히 흐르고 있었다. 다리를 건너자 또다시 벽돌과 모르타르의 건물들이 조용히 잠들어 있는 거리가 나왔다. 야경을 도는 경관의 규칙적인 무거운 구두 소리, 술 취한 사람들의 노랫소리와 고함 소리만이 이따금 주위의 정적을 깨뜨릴 뿐이었다. 하늘에는 구름이 해초처럼 떠 있고, 구름 사이로 별이 몇 개 반짝이고 있었다. 홈즈는 말이 없다. 턱을 가슴에 묻고 깊은 생각에 잠긴 모습으로 고삐를 쥐고 있다. 옆에 나란히 앉아 있는 나는 그로 하여금 이토록 심혈을 기울이게 하는 이번 사건이 도대체 어떤 건지 궁금해서 견딜 수 없었지만, 깊이 생각하고 있는 그의 모습에서 어떤 엄숙함이 느껴져 입을 열 수 없었다. 어느덧 몇 마일을 달려 마차가 교외 별장 지대 초입에 들어섰을 때 그는 갑자기 몸을 움직였다. 자기가 지금 하고 있는 모든 행동에 충분한 자신이 섰다는 듯 어깨를 으쓱거리면서 파이프에 불을 붙였다.

"왓슨, 자네는 침묵이라는 훌륭한 천품을 갖고 있어. 그래서 자네는 내 친구가 될 수 있는 거야. 사실 나는 이야기하고 싶을 때 말상대가 되어 주는 친구가 있다는 것이 얼마나 고마운지 몰라. 내가 생각하는

것이 별로 유쾌한 것은 아니니까. 오늘 밤도 나는 그 집에서 마중을 나오는 사랑스런 부인에게 뭐라고 말해야 좋을지 모르겠네."

"자네가 무슨 말을 하는지 전혀 모르겠어."

"리에 도착하기까지 사건의 대강을 이야기할 시간은 있겠지. 이번 사건은 매우 간단해 보이지만, 어디서부터 손을 대야 할지 지금까지도 감을 못 잡고 있어. 사건은 실처럼 얽혀 있는데, 나는 그 실이 어디가 처음인지 단서조차 얻지 못했네. 그럼 왓슨, 지금부터 사건의 줄거리를 알기 쉽게 종합하여 이야기하지. 그렇게 하면 내가 전혀 생각하지 못했던 것이 자네의 머리에 번득여 빛이 보일지도 모르니까."

"이야기해 보게."

"몇 년 전, 정확하게 말하면 1884년 5월인데 네빌 세인트클레어라는 돈이 많아 보이는 신사가 리에 나타나 커다란 빌라를 사서 정원을 아름답게 꾸미는 등 호화로운 생활을 시작했어. 그리고 이웃 사람들과 교제를 하여 1887년에 근처 양조자의 딸과 결혼, 지금은 두 아이가 있어. 세인트클레어는 일정한 직업은 없지만, 회사 몇 군데와 관계를 맺고 있어서, 매일 아침 규칙적으로 런던으로 출근했다가 오후 5시 14분 캐논발 기차로 돌아오는 것이 일과야. 서른일곱 살이고 품행도 좋네. 다정한 남편, 애정이 깊은 아버지일 뿐 아니라, 어떤 사람을 상대해도 곧 호감을 주지. 덧붙여 내가 아는 바를 말한다면, 현재 빚이 88파운드 10실링 있고, 한편 캐피탈 언 카운티 은행에 220파운드의 예금이 있으니, 금전 문제로 고민하고 있다고는 생각되지 않아.

지난 월요일에 네빌 세인트클레어는 평소보다 약간 일찍 런던에 갔는데, 집을 나갈 때, 그날 두 가지 중요한 일을 마쳐야 한다는 것과 그 일이 끝나면 아이에게 집짓기 놀이 나무 한 상자를 선물로 사다 주겠다고 말했다는 거야. 그런데 공교롭게도 그가 집을 나간 후 곧 전보한 통이 도착했는데, 내용은 부인 앞으로 오기로 되어 있는 중요한 소포가 애버딘 선박 회사 사무실에 도착해 있으니 와서 수령해 가라는 것이었다고 해. 런던 지리에 밝은 사람이라면 다 알 테지만, 그 선박 회사가 있는 곳은 오늘 밤에 자네와 만난 어퍼스완덤 길에서 갈라지는 프레스노 가에 있어. 세인트클레어 부인은 점심 식사를 끝내고 시내로 가서 가게 몇 군데를 들러 쇼핑한 다음 사무실로 가서 소포를 찾아 정거장으로 돌아가기 위해 스완덤 길을 걸어갔어. 그때가 4시 35

분이었다는 거야. 여기까지는 알겠지?"

"그래."

"자네도 기억하겠지만, 지난 월요일은 굉장히 무더웠어. 부인은 그런 곳을 걸어가기가 싫어서 마차라도 있었으면 하고 앞뒤를 둘러보며 천천히 걸었지. 이렇게 스완덤 길을 걷고 있는데, 갑자기 외치는 소리가 들려 고개가 그쪽으로 돌아갔지. 순간 온몸이 굳어질 정도로 놀랐어. 왜냐하면 바로 눈앞의 3층 창문에서 남편이 내려다보며 손을 흔드는 듯이 보였던 거야. 창문이 열려 있어서 남편의 얼굴이 뚜렷하게 보였는데, 나중에 말한 바에 의하면 그 얼굴은 공포에 떨고 있는 표정이었다는 거야. 그는 미친 듯이 손을 흔들더니 갑자기 무서운 힘으로 뒤에서 낚아챈 것처럼 사라졌어. 다만 그때 여자의 직감으로 이상하다고 느낀 것이 하나 있지. 그것은 집에서 나갈 때 입었던 검은 코트는 그대로였지만 어찌된 일인지 칼라도 넥타이도 없었다는 거야.

뭔지는 모르지만 남편이 크게 잘못 되었다고 생각한 세인트클레어 부인은 돌계단을 뛰어 내려와—그 집이 바로 오늘 밤에 자네와 만난 그 아편굴이었네—바깥의 방을 지나 3층으로 통하는 계단을 올라가려 했지. 그런데 거기에 아까 이야기한 인도인 무뢰한이 계단 입구에서 덴마크인 부하와 함께 그녀를 바깥의 큰길로 밀어냈어. 부인은 형용할 수도 없는, 미칠 것 같은 의혹과 공포에 휩싸여서 길을 달려가다가, 프레스노 가에서 운 좋게도 경감이 인솔하는 순경을 몇 명 만났지. 그들은 순찰을 도는 순경이었어. 경감과 두 순경은 그녀와 함께 아편굴에 가서 한사코 가로막는 주인을 떠밀고 세인트클레어가 창문 밖으로 모습을 보였던 방으로 뛰어들어갔지. 하지만 아무도 없었어. 그곳

에는 단지 흉하게 생긴 앉은
뱅이가 하나 있을 뿐이었지.
이 앉은뱅이는 인도인과 똑같
이 오늘 오후에는 바깥방에
아무도 들어오지 않았다고 주
장했어. 그들이 너무나 강력
하게 잡아떼는 바람에 경감도
혹시 세인트클레어 부인이 착
각한 것이 아닌가 하고 마음
이 흔들리고 있었지. 그 순간
부인은 소나무로 만든 작은
상자 하나가 테이블 위에 놓
여 있는 것을 발견하고는 소
리를 지르며 달려가서는 뚜껑
을 열었지. 그러자 상자 안에
서 집짓기 놀이 나무조각들이 와르르 쏟아져 나왔던 거야. 그것은 세
인트클레어가 아침에 나갈 때 선물로 사 오겠다고 말한 물건이었어.

이 발견도 있고 또 앉은뱅이의 얼굴에 역력히 낭패의 빛이 떠오르
는 모습을 본 경감은 사건이 꽤 까다롭다고 생각했네. 그래서 각 방을
모두 철저히 수색했는데 방마다 범죄의 흔적이 눈에 띄었어. 바깥방
은 가구는 허술했으나 거실로 사용되고 있고, 안에 작은 침실이 있는
데 그 방의 창문으로는 하역장 뒤쪽이 내려다보였어. 하역장과 침실
창문 사이에는 좁고 긴 공터가 있고 썰물 떠는 물이 빠지지만 밀물 때

는 적어도 4피트 반쯤 물이 차오르는 모양이야. 창문은 위로 밀어 올리는 식인데 자세히 조사해 보니, 창틀에 피가 묻어 있고 방바닥 판자에도 여기저기 핏자국이 있었지. 다음에 방의 커튼 뒤를 살펴보니, 그곳에 세인트클레어의 옷이 상의만 빼고 고스란히 다 싸여 있는 거야. 구두, 양말, 모자, 시계에 이르기까지 뭐 한 가지 빠진 것 없이. 그러나 발견된 옷가지에서는 세인트클레어가 폭행을 당했다고 생각할 만한 흔적은 전혀 없었어. 물론 달리 출입구가 없으니 사라졌다면 그 창문을 통해서일 수밖에 없겠지. 그러나 창틀에 피가 묻어 있을 정도라면 비록 도망쳐서 밑의 강을 헤엄쳐 건너려 해도, 범행이 있던 시각이 마침 만조 시에 해당되므로 도저히 살아날 가망은 없다고 봐야 해.

다음엔, 사건에 직접 관계가 있다고 생각되는 악당들에 대해 생각해 볼까. 먼저, 인도인은 흉악하기 이를 데 없는 전과자로 알려져 있으나 세인트클레어 부인의 진술에 따르면, 부인의 남편이 창문에 나타난 몇 초 후 벌써 계단 입구에 나와 있었으니 이 범죄에서는 그다지 중요한 역할은 하지 않았을 거야. 그는 이 사건에 대해 아무것도 모른다고 주장하며 방에 세들어 있는 앉은뱅이 휴 분의 행위에 대해서도 아는 게 없을 뿐 아니라, 행방불명된 신사의 옷이 그 방에서 나온 이유에 대해서도 알지 못한다고 했어.

이상이 인도인에 관한 대강의 이야기지. 다음은 아편굴 3층에 사는 앉은뱅이인데, 이 사람은 네빌 세인트클레어의 마지막 모습을 보았을 것이 틀림없어. 이름은 휴 분인데 그 추한 얼굴은 그 일대 시내를 오가는 사람들에게 잘 알려져 있어. 경찰의 눈을 피하기 위해 표면적으로는 성냥 장사를 한다고 하지만 본업은 거지야. 자네도 알고 있겠지만, 스레드니들 가를 조금 가면 왼쪽어 담 모퉁이가 있네. 그곳이 이 앉은뱅이가 구걸하는 장소인데, 보도에 앉아 무릎 위에 성냥 몇 통을 놓고 성냥팔이 시늉을 하고 있지. 그런데 그 모습이 너무 처량해서 무릎 앞에 놓은 기름때 묻은 가죽 모자에 한 푼 두 푼 동정의 비가 내린다네. 나는 이 사건과 관련해서 그와 친구가 된다는 생각은 해 보지도 않았지만, 전에도 두세 번 그의 얼굴을 본 적이 있어서 알고는 있지. 그런데 성냥 몇 통 놓고 그저 쭈그려 앉아 있는 것인데도 돈벌이가 잘 돼. 얼굴 생김새가 지독해서 길 가는 사람들의 눈에 띄지 않을 수 없지. 헝클어진 오렌지색 머리, 창백한 얼굴에는 무시무시한 상처가 나 있고, 거기다 윗입술의 끝이 위로 치켜 올라갔고 턱은 불도그처럼 생겼지. 그리고 섬뜩하

도록 날카로운 검은 눈은 머리카락의 색과 묘하게 대조를 이루고 있어. 이런 것이 보통 거지와는 다른 유별난 특징이지. 한데 그는 머리도 좋아서 행인들이 조롱하면 재미있게 받아넘기기도 하네. 그는 아편굴에 살고 있어서 우리가 수색하고 있는 세인트클레어를 마지막으로 본

남자로 지목되고 있어."

"그러나 그는 장애인이야! 한창 원기 왕성한 남자를 상대로 그런 장애인이 뭘 할 수 있지?"

"아니, 장애인이지만 절룩거리며 걸을 수 있어. 다리만 나쁠 뿐이지 영양상태도 불량하지 않아 힘깨나 쓸 수 있을 것 같은 남자네. 자네는 의사니까 잘 알 테지만, 한쪽 다리가 불구면 그 대신 몸의 다른 부분이 그것을 보충하는 수단으로 특별히 강해지는 수가 있어."

"그건 그렇다 치고 다음을 계속하게."

"세인트클레어 부인이 창문의 피를 보고 기절했기 때문에, 경찰은 부인이 있다고 해서 수사에 큰 도움이 되는 것도 아니므로 그녀를 마차에 태워 집으로 보냈어. 나중에 이 사건을 담당한 바튼 경감이 집안을 철저하게 조사했는데, 단서가 될 만한 것은 하나도 나오지 않았네. 나는 앉은뱅이 휴 분을 그 자리에서 체포하지 않은 것이 큰 실책이었다고 생각해. 불과 몇 분이기는 하지만 그동안 그를 자유롭게 해주었으니, 한패인 인도인과 말을 맞출 기회를 준 셈이지. 그러나 실패만 한 것은 아니었어. 앉은뱅이를 체포하여 신체검사를 했는데, 그가 범죄를 저질렀다는 증거를 찾아내지 못했어. 셔츠의 소매 끝에 피가 묻어 있긴 했지만, 그는 약지 손톱 근처에 있는 상처를 보이면서 거기서 나온 피가 자기도 모르는 사이에 묻은 모양이라는 주장과 함께 창문의 피도 자기가 창가에 갔을 때 떨어진 피라고 우기고 있어. 그리고 네빌 세인트클레어라는 사람은 본 적도 없다고 완강히 부인했네. 그의 옷이 자기 방에서 발견되기는 했지만 그 일에 대해서는 자기도 모른다고 딱 잡아떼는 거야. 세인트클레어 부인이 창문에서 남편의 모습을 보았다고 말했다는데, 미쳤거나 꿈이라도 꾼 모양이라고 일축했어. 그리고 소리소리 지르면서 저항했지만 결국 경찰에 연행되었지. 경찰은 썰물이 되면 혹시 단서가 될 만한 것이 발견될지도 모른다 싶어 그 집에 머물러 있었어.

기다린 보람이 있어서 단서가 나오긴 나왔는데, 바닥의 진흙 속에 있지 않을까 기대했던 것은 나오지 않았어. 물이 빠지면서 나타난 것은, 세인트클레어의 시체가 아니라 상의뿐이었지. 게다가 그 주머니에 무엇이 들어 있었을 것 같은가?"

"상상도 할 수 없군."

"그렇겠지. 아마 도저히 모를 거야. 어쨌든 주머니라고 생긴 곳에서는 어느 곳에서나 1펜스와 반 펜스짜리 동전이 나왔어. 1펜스 동전이 421개, 반 펜스 동전이 270개나 되었다네. 이러니 상의가 물결에 떠내려가지 않고 가라앉을 만도 하지. 그러나 시체는 경우가 달라. 하역장과 아편굴의 사이에는 조수가 빠질 때 대단한 힘으로 물이 흐르기 때문에, 무거운 상의만 남고 시체는 알몸이 되어 강의 한복판으로 흘러갔다는 추리를 해 볼 수 있네."

"그러나 상의 말고 다른 것은 방에서 고스란히 발견되었다고 하지 않았나. 그렇다면 시체에 상의만 입혔을까?"

"그렇지는 않아. 하지만 사태를 이해할 수 있을 정도로 설명할 수는 있어. 휴 분이 네빌 세인트클레어를 창문에서 떠밀어 떨어뜨렸다 해도 현장을 본 사람은 아무도 없을 거야. 그리고 어떻게 했을까? 맨 먼저 머리에 떠오른 것은, 증거가 되는 옷을 처분해야 하겠지. 그는 상의를 집어 들고 창문에서 그것을 버리려고 했는데, 던진다 해도 그것은 가라앉지 않고 떠내려간다고 생각했을 거야. 우물쭈물할 시간이 없었지. 부인이 계단을 올라오려고 아래층에서 옥신각신하는 소리도 들려오고, 게다가 그때 이미 경찰이 달려왔다는 것을 인도인에게서 들었을지도 몰라. 어쨌든 촌각을 다투는 순간이었을 거야. 그는 비밀 장소로 달려가 그동안 구걸해서 모았던 동전을 닥치는 대로 상의 주머니에 넣었어. 그것을 창문에서 던지고 다시 다른 옷도 같은 방법으로 처분하려는데 벌써 계단을 올라오는 발소리가 들리고 경찰이 방에 나타나자, 어쩔 수 없이 허겁지겁 창문을 닫을 수밖에 없었지."

"그런 추측도 가능하군."

"달리 좋은 설명도 없으니까. 당분간 이것을 가설로 해 두지. 앞에서도 말했듯이, 휴 분은 체포되어 경찰에 끌려갔는데, 지금까지 그의 경력 중에서 그에게 불리한 점은 좀처럼 나타나지 않고 있어. 오랜 세월 구걸은 해 왔을망정, 얌전한 남자여서 나쁜 짓은 하지 않았던 것 같아. 현재까지 알려진 것은 이

정도이고, 앞으로 해결해야 할 문제는…… 네빌 세인트클레어는 대체 아편굴에는 왜 갔을까? 거기서 어떤 일을 겪은 건가? 지금 어디에 있는가? 휴 분은 그의 실종과 어떤 관계를 갖고 있나? 등등이지만, 이 중에서 단서가 잡힌 것은 한 가지도 없어. 내 경험에 비추어 말하면, 언뜻 간단한 사건처럼 보이지만 이토록 어려운 사건은 처음이네."

홈즈가 이런 기괴한 사건 이야기를 하는 동안에도 마차는 대도시의 교외를 쉼 없이 달려, 듬성듬성 있는 집들을 뒤로하고 양쪽에 산울타리가 있는 시골길로 들어서고 있었다. 그리고 그의 이야기가 거의 끝났을 때에는 창문에서 아직 불빛이 새어 나오고 있는 두 마을을 양쪽에 둔 사잇길을 달리고 있었다.

"리 거리에 거의 다 온 것 같군. 마차로 잠깐 달려왔지만, 그 사이 세 주를 통과한 셈이지. 미들섹스에서 출발하여 서리 주의 일부를 지나 켄트에 닿았어. 저기 나무 사이로 불빛이 보이지? 저것이 시더스 저택이야. 아마 지금쯤 남편의 신상을 걱정하는 한 여성이 램프 옆에 앉아 기다리고 있겠지. 부인의 귀에는 우리가 타고 있는 마차의 말발굽 소리가 들릴 거야."

"이봐, 이번 사건은 왜 베이커 가에 앉아서 처리하지 않나?" 내가 물었다.

"이곳에 와서 조사해야 할 것들이 많기 때문이야. 세인트클레어 부인은 친절하게도 방 두 개를 자유롭게 쓰라고 제공했어. 뿐만 아니라 자네가 나의 친구이며 협력자라는 걸 알면 틀림없이 환영할 테니 안심하게. 그러나 나는 부인이 기대하는 좋은 소식을 갖고 가는 것이 아니어서 괴로워. 자, 도착했어. 워, 워어."

마차는 정원에 에워싸인 커다란 별장 앞에서 멎었다. 마부가 달려와 말의 콧등을 눌렀다. 나는 마차에서 내려 홈즈를 따라 현관 쪽으로 난 꾸불꾸불한 좁은 자갈길을 걸어갔다. 현관에 가까워지자 안에서 문이 열리며, 목과 소매에 연한 핑크 색의 얇고 부드러운 장식이 달린 가벼운 비단 모슬린 옷을 입은 자그마한 금발 부인이 나타났다. 그 부인의 윤곽은 등 뒤 실내에서 새어 나오는 불빛에 의해 드러났는데, 한 손은 문에 얹고 다른 한 손은 무척 기다렸다는 듯 약간 들고 있었다. 몸을 앞으로 굽혀 얼굴을 내밀었는데, 눈은 반짝이고 입은 약간 벌려 있었다. 그것은 영락없이 근심으로 애태우고 있는 여인의 그림 같은 모습이었다.

"어머!" 그녀는 홈즈가 혼자가 아닌 것을 보고 남편이 돌아온 줄로 오해했는지 환성을 올렸는데, 그 환성은 곧 실망의 신음 소리로 변했다.

"좋은 소식은 없나요?"

"없습니다."

"그렇다면 나쁜 소식이라도?"

"그것도 없습니다."

"나쁜 소식이 없는 것만도 하느님께 감사해야겠어요. 들어오세요. 이렇게 늦도록 애를 써 주시니, 피곤하시죠?"

"이 사람은 제 친구 왓슨 의사입니다. 지금까지 저는 이 친구한테서 많은 도움을 받았습니다. 이번에도 우연히 이 친구를 만나 남편에 대한 수사에 도움을 받게 되었습니다."

"잘 오셨어요. 매사에 부족한 점이 정말 많지만, 이처럼 뜻밖의 변을 당해 경황이 없어서 그러니, 그 점은 이해해 주세요."

"부인, 저는 군대 경험이 있으니 염려하지 마세요. 설령 그렇지 않다 해도 그렇게 죄송해하실 필요는 없습니다. 저는 다만 부인을 위해, 또 이 친구를 위해 조금이라도 도움이 될 수 있다면 만족합니다."

"그럼, 셜록 홈즈 씨. 몇 가지 여쭈어 보아도 될까요. 솔직하게 대답해 주세요."

부인은 테이블 위에 냉육 등 야식 준비가 되어 있는 밝은 식당으로 우리를 안내하고 나서 물었다.

"좋습니다. 부인."

"제 감정 같은 것은 개의치 마세요. 저는 히스테리도 부리지 않을 거고, 기절하는 일도 없을 겁니다. 당신의 솔직한 의견을 들려주세요."

"어떤 점에 대해서 말입니까?"

"당신은 진심으로 네빌이 아직도 살아 있다고 믿고 계세요?"

이런 질문을 받자 홈즈는 곤혹스러운 표정이 되었다.

"제발 진심을 말씀해 주세요!" 부인은 난로 옆의 카펫 위에 서서 등의자에 앉아 있는 홈즈를 진지하게 내려다보면서 말했다.

"그렇다면 부인, 솔직하게 대답하지요. 그럴 가능성은 희박하다고 생각합니다."

"죽었다고 생각하는군요."

"그렇습니다."

"살해되었을까요?"

"꼭 그렇다고는 단언할 수 없지만, 그럴 수도 있다는 가정을 배제할 수는 없습니다."

"언제 그렇게 되었을까요?"

"월요일이 아닌가 합니다."

"그렇다면 홈즈 씨, 오늘 남편으로부터 이런 편지가 왔는데, 어찌된 일인지 설명이 가능할까요?"

홈즈는 감전이라도 된 듯이 의자에서 벌떡 일어났다.

"뭐라고요?"

"네, 오늘이에요."

부인은 작은 종이쪽지를 들어 보이면서 미소지었다.

"봐도 괜찮겠습니까?"

"네."

홈즈는 부인의 손에서 빼앗듯이 그 쪽지를 받아 테이블 위에 펼쳐 놓고 구겨진 주름을 편 다음 램프를 당겨 열심히 들여다보았다. 나도 의자에서 일어나 그의 어깨 너머로 보았다. 봉투는 아주 값싼 저급 제품이었는데, 그레이브센드 우체국 소인이 찍혔고, 날짜는 오늘 아니, 자정이 벌써 지났으니 어제라는 표현이 정확할 것이다.

"형편없는 글씨군. 부인, 이 봉투의 글씨는 남편의 필적이 아니지요?"

"네, 그러나 속의 편지는 남편 글씨입니다."

"누군가 이 봉투에 주소를 쓸 때 쓰다 말고 다른 사람에게 물어봤군요."

"어떻게 그걸 아시나요?"

"보세요. 부인의 이름은 완전히 검은 잉크 색 그대로입니다. 그것은 잉크가 저절로 말랐기 때문입니다. 하지만 주소는 회색에 가깝지요? 이것은 압지를 사용했다는 증거입니다. 만일 단숨에 쓴 것이라면, 압지로 눌렀다 해도 이름 부분만 더 검을 리는 없습니다. 그 남자는 이름을 쓴 다음 주소를 쓰기 위해 잠시 펜을 놓은 겁니다. 즉, 그 남자는 주소를 몰랐다는 해석이 가능합니다. 이건 물론 사소한 문제지만 사소한 것일수록 많은 암시를 내포하고 있습니다. 그럼, 편지를 볼까요. 어, 이 편지에는 다른 물건이 동봉되어 있었군요."

"네, 반지가 들어 있었어요. 그이의 이름이 새겨진 반지입니다."

"그리고 이건 분명히 남편의 필적이겠지요?"

"남편의 필적의 하나입니다."

"하나? 무슨 뜻입니까?"

"급히 썼을 때의 필적이에요. 평소의 필적과는 차이가 많지만, 나는 잘 압니다."

아무것도 걱정할 것 없소. 곧 모든 것이 잘 될 거요. 예기치 않은 차질이 생겨 시간이 좀 걸릴 거요. 잠시만 참고 기다리시오.

― 네빌

"책의 면지를 뜯어서 거기에 연필로 썼어. 흥, 오늘 그레이브센드에서 엄지가 더러운 남자가 부쳤군. 저런! 그는 씹는담배를 질겅거리면서 혀로 침을 칠해 봉함을 한 듯해. 부인, 그런데도 이것이 남편의 편지가 분명하다는 겁니까?"

"네, 그이의 글씨가 틀림없어요."

"그렇다면 남편은 오늘 그레이브센드에 있었다는 얘기가 되는군요. 자, 부인, 약간 희망을 가질 수 있게 되었습니다. 그렇다고 위험이 사라졌다고는 할 수 없지만."

"하지만 홈즈 씨, 그이는 틀림없이 살아 있을 거예요."

"이 편지가 우리를 속이기 위해 교묘하게 쓰여진 가짜 편지가 아니라면 말입니다. 특히, 반지 따위에 안심을 해서는 안 됩니다. 남이 뽑아서 부친 것인지도 모르니까요."

"아니요. 그럴 리가 없어요. 이 편지는 그이가 직접 쓴 거에요."

"월요일에 쓴 것을 오늘 부쳤는지도 모르지요."

"그럴 수도 있겠군요."

"그렇다면, 그 사이에 여러 가지 일이 일어났다고 생각해 볼 수도 있습니다."

"어머나, 불길한 말은 하지 마세요. 저는 남편이 아무 일 없다고 믿고 있습니다. 우리 사이에는 아주 강하게 통하는 게 있어서, 남편의 신상에 무슨 일이 있으면 즉시 느낄 수 있어요. 그날만 하더라도 남편은 아침에 침실에서 가벼운 상처를 입었는데, 그때 아래층 식당에 있던 저는 무슨 일이 일어났구나 하는 육감이 들어 즉시 위층으로 올라갔어요. 그런 사소한 일에도 느낌이 있었는데, 만일 그이가 죽기라도 했다면 왜 느끼지 못하겠습니까."

"저는 여러 가지 경험을 해 왔기 때문에, 분석적인 추리에 의한 결론보다 오히려 여성의 직관이 훨씬 정확한 경우가 있다는 걸 모르지는 않습니다. 부인은 이 편지가 부인의 확신을 뒷받침하는 매우 유력한 증거가 된다고 믿는다 그 말씀이군요. 그럼, 만일 남편이 살아 계시고 편지까지 쓸 수 있다면, 왜 부인에게 돌아오지 않는 걸까요?"

"이상해요. 도저히 이해할 수 없어요."

"다시 월요일 이야기로 돌아갑니다만, 그날 아침에 집을 나가실 때 아무 말씀도 없었지요?"

"네."

"그리고 부인은 스완뎀 길에서 남편의 얼굴을 보고 놀라셨지요?"

"네, 몹시."

"창문은 열려 있었습니까?"

"네."

"그럼, 남편은 부인을 부르려고 마음만 먹는다면 부를 수 있었군요."

"그렇게 생각해요."

"그때 의미를 알 수 없는 묘한 소리를 질렀다고 말씀하셨는데."

"네."

"구원을 청하는 외침이라고 생각하셨습니까?"

"네, 손을 흔들었거든요."

"하지만 생각을 조금만 바꿔 본다면, 그것은 놀라서 지른 소리라고 볼 수는 없을까요? 생각지도 않은 부인의 모습을 보고 놀란 나머지 두 손을 들었다고요."

"있을 수 있는 일이지요."

"그리고 그는 뒤에서 누군가에게 끌려간 것처럼 보였다고 하셨지요?"

"네, 눈 깜짝할 사이에 그이가 사라졌기 때문에……."

"자기 스스로 급히 피했다고도 생각할 수 있습니다. 그때 창문으로 다른 사람은 보이지 않았나요?"

"보이지는 않았지만 그 무서운 앉은뱅이가 그곳에 있었다고 자백했고, 인도 사람은 계단 입구에 서 있었어요."

"그렇게 말씀하셨지요. 부인이 보신 바로는, 남편의 옷은 여느 때와 같았습니까?"

"칼라와 넥타이가 없었고, 목이 훤히 드러나 있는 것을 분명히 봤어요."

"남편은 지금까지 스완덤 길에 대해 말씀하신 적이 있었습니까?"

"아뇨, 한 번도."

"아편을 한 것 같은 모습은 보지 못했습니까?"

"네."

"고맙습니다. 세인트클레어 부인. 대강 이런 것들이 제가 꼭 짚고 넘어가고 싶었던 중요한 문제였습니다. 그럼 이제는 야식이나 들고 쉬기로 하겠습니다. 내일은 아주 바빠질 것 같군요."

세인트클레어 부인이 마련해 준 방은 크고 쾌적했으며 침대가 둘 있었다. 나는 그 하룻밤 동안 몹시 지쳐 있었기 때문에 즉시 시트 속으로 기어들었다. 하지만 홈즈는 해결되지 않는 문제가 마음에 계속 걸려 있으면 며칠씩이나 아니, 몇 주라도 쉬지 않고 그 문제를 생각하고 또 생각한다. 사실의 순서를 바꿔 보기도 하고 모든 각도에서 숙고해 보기도 하여 마침내 규명하거나, 아니면 자료가 부족한 부분을 스스로 이해할 때까지 무서운 노력을 기울인다. 그날 밤도 그가 밤을 샐 각오를 하고 있다는 것을 알았다. 코트와 조끼를 벗고 그 위에 큰 파란 가운을 걸치고는, 침대에서 베개를 가져오고 소파와 안락의자에서 쿠션을 모았다. 그리고 그것들로 동양식 긴 의자를 만들어 그 위에 책상다리로 앉고 무릎 앞에 1온스들이 독한 섀그담배와 성냥갑을 놓았다. 램프의 희미한 불빛 속에서 애용하는 브라이어 파이프를 입에 문 그는 멍청히 천장의 한 구석에 시선을 고정시킨 채 푸른 연기를 뿜어 올리고 있었다. 말도 없고 움직이지도 않았으며, 불빛에 비친 그의 얼굴은 독수리처럼 날카롭게 긴장되어 있었다. 내가 잠들 무렵에 그는 그와 같은 모습으로 앉아 있었는데, 갑자기 큰 소리가 나서 잠에서 깨어나 여름의 아침 해가 온 방 안에 비쳐드는 것을 보았을 때에도 그는 그 모습으로 있었다. 여전히 파이프를 입에 물고 있어 방 안은 담배 연기가 자욱했다. 지난 밤에 본 담배 무더기는 바

닥이 나 있었다.

　"왓슨, 일어났나?"

　"응."

　"아침에 한 바퀴 돌까?"

　"물론."

　"그럼 옷을 입게. 아직 아무도 일어나지 않았지만, 마부가 자는 곳을 알고 있으니까 마차는 금방 끌어낼 수 있어."

그는 기분이 좋은지 얼굴에는 웃음이 떠오르고 눈에서는 광채가 빛나, 간밤에 그토록 시무룩하게 생각에 잠겼던 남자라고는 생각되지 않을 정도였다.

옷을 갈아입으면서 시계를 보니 아무도 일어나지 않을 만도 했다. 4시 25분이었다. 내가 준비를 마치기가 무섭게 홈즈는 벌써 돌아와서 마부가 마차에 말을 매고 있다고 말했다.

"나의 사소한 이론을 시험해 보고 싶어." 그는 구두를 신으며 말했다. "왓슨, 자네는 지금 유럽 제일의 멍청이를 앞에 두고 있어. 나는 여기서 런던 한복판에 있는 채링크로스 역까지 발길로 채여 간대도 마땅해. 그러나 이제 비로소 사건을 결말지을 열쇠를 발견한 것 같네."

"그건 어디 있었지?" 내가 웃으며 물었다.

"욕실에 있었어. 아냐, 농담이 아니야." 그는 어처구니없다는 얼굴이 된 나를 보고 계속 말했다. "아까 욕실에 갔을 때 갖고 왔지. 지금 이 글래드스톤 가방에 넣어 두었는데 그것이 과연 열쇠 구멍에 꼭 들어맞는지 어떤지는 실제 끼워 봐야 알겠어. 자, 떠나세."

되도록 발소리를 내지 않고 계단을 내려가 아침 해가 빛나고 있는 집 밖에 나가 보니 문 앞에 마차가 기다리고 있었고, 옷도 미처 제대로 갖춰 입지 못한 마부가 앞에 서 있었다. 부랴부랴 마차에 올라타고는 런던 거리를 속력을 내어 달렸다. 도중에 수도의 시장으로 야채를 싣고 가는 농가의 수레 몇 대를 지나쳤지만, 길 양쪽에 별장이 늘어선 거리는 마치 꿈속처럼 정적 속에 잠겨 있었다.

"어떤 점에서 이번 사건은 꽤 이색적이야. 고백하지만, 나는 진짜

두더지처럼 장님이었어. 그러나 뒤늦게라도 안 것은 전혀 모르는 것보다는 조금 나은 거지."

런던 시내에 들어가 템스 강의 서리 주 쪽의 여러 거리를 지날 때 비로소 일찍 일어난 사람들의 잠이 덜 깬 얼굴이 창문에 비치고 있었다. 워털루 다리 길을 지나 웰링턴 가를 곧장 달려 오른쪽으로 돌면 바우 가다. 홈즈는 중앙 경찰재판소에도 얼굴이 알려져 있는 듯 우리가 도착하자 수위실에 있던 두 경관이 즉시 경례를 했고, 한 사람이 말고삐를 잡고 있는 동안 또 한 사람은 우리를 안으로 안내했다.

"누가 있습니까?"

"브랫스트리트 경감입니다."

"아. 브랫스트리트, 안녕하십니까?"

마침 그때 키가 큰 뚱뚱한 경감이 끝이 뾰족한 모자를 쓰고 늑골 장식이 있는 제복 차림으로 돌바닥 복도를 걸어왔다.

"브랫스트리트, 잠깐 할 말이 있는데."

"좋습니다, 홈즈 씨. 내 방으로 갑시다."

그곳은 사무실처럼 꾸며진 작은 방으로 책상 위에 커다란 장부가 있고 벽에는 전화기가 달려 있었다. 경감은 자기 자리에 앉았다.

"무슨 일입니까, 홈즈 씨?"

"거지 휴 분의 일로 왔습니다. 리의 네빌 세인트클레어 실종 사건 용의자로 기소되어 있는 사람 말입니다."

"아직도 조사할 것이 있어서 그는 다시 구속되어 수감돼 있습니다."

"그런 줄 알고 왔습니다. 아직 여기 있습니까?"

"구치소에 있습니다."

"얌전히 있습니까?"

"네, 말썽은 부리지 않아요. 그러나 지저분한 놈이더군요."

"지저분합니까?"

"말할 수 없이 지저분해요. 손만은 어떻게 해서 겨우 씻게 했지만, 얼굴은 검기가 갱 속의 광부는 저리 가라더군요. 조사가 끝나고 형량이 결정되면 규칙대로 구치소 내의 욕탕에 처넣어 줄 겁니다. 어쨌든 직접 가서 보시면 내 말이 거짓이 아니라는 걸 알게 될 겁니다."

"꼭 만나 보고 싶습니다."

"당신이? 그야 뭐 어렵지 않습니다. 안내하지요. 가방은 여기에 두고 가셔도 됩니다."

"아니오, 갖고 가겠습니다."

"그럼 이리 오세요."

경감을 따라 복도를 지나 빗장이 걸린 문을 열고 나선계단을 내려가자 양쪽에 문이 있는 회반죽을 바른 복도가 나왔다.

"오른쪽 세 번째입니다. 여기입니다."

그리고 문의 위쪽에 붙어 있는 널빤지로 된 작은 창문을 열고 안을 들여다보았다.

"지금 자고 있어요." 그가 말했다. "잘 보일 겁니다."

우리 두 사람은 격자 가까이 눈을 가져갔다. 거지는 얼굴을 이쪽으로 향하고 누워 무거운 숨을 느리게 내쉬면서 깊이 잠들어 있었다. 보통 키의 남자인데 그야말로 거지 직업에 어울리는 누더기 옷을 입고 있었고, 너덜너덜하게 터진 상의 사이로 색이 있는 셔츠가 보였다. 경감이 말했듯이 무척이나 더러운 거지로, 얼굴에 두껍게 낀 때로도 섬

뜩한 추악함을 감추지는 못했다. 눈에서 턱까지 굵은 지렁이가 꿈틀거리는 듯한 오래되어 보이는 상처가 있고, 그 상처로 인해 입술의 한쪽이 말려 올라가 이 세 개가 당장이라도 물어뜯으려고 덤빌 듯이 튀어나와 있다. 또한 헝클어진 붉은 머리가 이마에서 눈언저리까지 늘어져 있다.

"참 잘생겼지요?" 경감이 말했다.

"이건 씻어 줘야 하겠군. 이럴 줄 알고 내가 미리 도구를 갖고 왔지요."

홈즈가 여행 가방을 열자 놀랍게도 가방에서 커다란 목욕용 스펀지가 나왔다.

"헤헤! 당신은 이상한 취미가 있군요." 경감이 웃었다.

"미안하지만 그 문을 소리 나지 않게 가만히 열어 주세요. 여러분이 보는 앞에서 저 사람을 훨씬 품위 있는 남자로 바꾸어 놓고 싶습니다."

"나는 잘 모르겠군요." 경감이 말했다.

"이렇게 더러운 거지는 보 경찰

구치소의 명예에 맞지 않으니까요."

그가 열쇠를 꺼내 살며시 문을 열자, 우리는 소리 내지 않고 안으로 들어갈 수 있었다. 거지는 몸을 약간 뒤척였으나 다시 그대로 깊은 잠에 떨어졌다. 홈즈는 물통에 스펀지를 집어 넣어 잔뜩 물을 먹이더니, 잠자고 있는 남자의 얼굴을 가로 세로로 두 번 힘차게 문질렀다.

"여러분, 켄트 주 리의 네빌 세인트클레어 씨를 소개합니다."

나는 지금까지 그런 광경은 본 적이 없다. 잠들어 있는 남자의 얼굴은 스펀지에 의해 나무껍질 벗겨지듯이 씻겼다. 피부의 누추한 갈색은 사라지고 얼굴에 비스듬히 뻗어 있던 징그러운 상처도, 흉물스럽게 비웃는 듯이 비뚤어진 입술도 모두 사라졌다. 한 번 잡아당기자 헝클어진 붉은 머리는 훌렁 벗겨지고, 그 침대에는 머리가 검고 피부가 매끄러우며 창백하고 슬픈 듯한, 품위 있는 얼굴의 남자가 일어나 앉았다. 그는 눈을 비비면서 잠결에 얼떨떨한 표정으로 주위를 둘러보았다. 그러다가 곧 정체가 드러난 것을 깨닫고는 악 하고 소리를 지르면서 베개에 얼굴을 묻고 엎드렸다.

"아니, 이럴 수가 있나! 이건 실종된 사람이 아닌가. 사진에서 본 그대로야." 경감이 소리쳤다.

죄수는 자포자기한 인간의 무분별한 태도로 덤벼들었다.

"그렇다 해도, 내가 무슨 죄를 졌다고 끌고 온 거요?"

"네빌 세인트클레어 씨 살해…… 어허, 이런 어처구니없는 일이. 자살 미수죄라는 것이 있는가. 그렇지 않다면 기소할 수 없지. 나는 27년이나 경찰에서 밥을 먹고 있지만, 이런 경우는 처음이오."

"내가 네빌 세인트클레어라면, 범죄가 전혀 성립되지 않으니 구류

는 불법이오.”

“맞소. 범죄가 되지 않소. 그러나 당신은 정말 덜 떨어진 사람이오.” 홈즈가 말했다. “부인을 믿었다면 이런 결과는 생기지 않았을 거요.”

“문제는 아내가 아닙니다. 아이들입니다. 어떤 일이 있더라도, 이런 아버지를 가졌다는 것이 알려져 아이들 마음에 부끄러움을 심어 주고 싶지 않았습니다. 그러나 이제는 정체가 드러났어! 어쩌면 좋지?”

홈즈는 그와 나란히 침대에 앉아 다정하게 어깨를 두드렸다.

“이 문제의 흑백을 밝히는 일을 법에 맡기면, 물론 이 비밀이 세상에 공개되지 않을 수 없겠지요. 하지만 당신이 어떤 위법행위도 하지 않았다는 것을 경찰당국이 인정하기만 하면, 이 사실이 신문에 발표

될 염려는 없다고 생각합니다. 브랫스트리트 경감이 당신의 진술을 받아 담당 상관에게 그것을 제출하겠지요. 그러면 사건은 법정까지 가지 않아도 될 겁니다."

"고맙습니다."

그는 감동해서 울음을 터뜨렸다.

"부끄럽기 짝이 없는 나의 비밀이 가문을 더럽히고 아이들에게까지 수치를 안겨 줄 정도라면, 나는 차라리 감옥에 들어가는 편이 낫습니다. 아니, 사형도 마다하지 않겠습니다. 나는 지금 처음으로 당신들에게 내 신상 이야기를 하는 겁니다.

아버지는 체스터필드에서 교장을 하셨기 때문에, 나는 그곳에서 좋은 교육을 받았습니다. 젊은 시절부터 여러 곳을 여행했고, 연극배우도 한 적이 있지요. 나중에는 런던의 어느 석간지 기자가 되었습니다. 그런데 어느 날, 편집장이 런던에 있는 거지들의 실상을 소재로 하여 연재 기사를 싣고 싶다고 하기에 나는 자청해서 그 일을 맡았지요. 그리고 그때부터 이상야릇한 모험생활이 시작되었습니다. 왜냐하면 나 스스로 거지가 되지 않고서는 생생한 취재가 불가능했기 때문입니다. 무대생활을 할 때 나는 모든 분장기술을 배웠는데, 그것이 매우 능숙해서 분장실에서도 꽤 유명했지요. 그래서 당장 이 특기를 이용했습니다. 얼굴의 피부색을 고치고, 되도록 처량하게 보이도록 하기 위해 커다란 상처를 만들었고, 피부색과 같은 반창고로 입술 한쪽을 위로 당겼습니다. 그러고는 붉은 가발을 쓰고 거지에 어울리는 누더기 옷을 입었지요. 번화한 거리로 나가 구걸 장소를 만들고, 성냥팔이를 겸해서 거지 행세를 했습니다. 일곱 시간 구걸하고 저녁때 돌아와서 보니, 글쎄 얻은 돈이 26실링 4펜스나 되더군요.

나는 이 경험을 살려서 기사를 쓴 다음 한동안 그 일을 잊고 있었는데, 그 후 친구의 부탁으로 어음에 이서를 했다가 불운하게도 25파운드의 지급명령을 받았지요. 돈을 어떻게 마련할까 고심하던 중 문득 취재할 당시가 생각났습니다. 그래서 나는 채권자에게 간청하여 지불 날짜를 2주일 연기하고, 회사에서는 휴가를 얻었습니다. 그러고는 변장을 하고 시내에 나가 구걸을 시작했습니다. 결국 열흘 동안에 필요한 돈을 전부 모아 빚을 깨끗이 청산했지요.

그렇게 되고 보니, 그때까지 일주일에 고작 2파운드쯤 받고 아등바등하는 직장으로 돌아가기가 망설여졌습니다. 왜냐하면 얼굴에 약간 흙칠을 하고 길바닥에 모자를 놓고 그냥 앉아 있기만 해도 일주일 급여를 하루에 벌 수 있다는 사실을 알았기 때문이지요. 그 뒤 오랫동안 마음의 긍지와 돈과의 싸움이 계속되다가 마침내 돈 쪽이 승리를 거두어, 나는 기자라는 직업을 버리고 매일 거지 일터로 나가게 되었습니다. 그리하여 처량한 얼굴로 웅크리고 앉아 행인들이 동정하여 던져 주는 동전으로 주머니가 제법 불룩해졌습니다. 그 비밀을 알고 있는 사람은, 중간 숙소로 이용하고 있던 스완덤 길의 아편굴 주인뿐이었지요. 그곳에서 아침마다 새까맣게 때에 절은 거지 차림으로 변장하고 나갔다가, 밤이 되면 말쑥한 도시인으로 바뀌는 것이었죠. 인도인 주인에게는 사례비로 넉넉하게 돈을 쥐여 주었기 때문에, 그의 입에서 비밀이 새어 나갈 염려는 없었습니다.

순식간에 저금이 늘어 갔습니다. 1년에 700파운드, 이 금액은 런던 거리에서 구걸하는 거지라고 해서 누구나 다 벌 수 있는 금액은 결코 아닙니다. 그러나 제 평균 수입은 그것을 웃돌았습니다. 저에게는 메이크업이란 특수기술이 있고, 행인이 농담을 걸어오면 적절하게 응답해 줄 수 있는 재능도 있기 때문이겠지요. 그 응답 기술은 경험을 쌓을수록 더욱 능란해져서, 요즘에는 시내의 명물이 되었습니다. 아침부터 밤까지 은화도 섞인 동전의 비가 쏟아져, 벌이가 2파운드 이하로 내려가는 날은 재수 없는 날일 정도였습니다.

돈이 모이자 이번에는 야심이 생겨서 시골에다 집도 사고 드디어 결혼까지 했지만, 제 진짜 직업을 아는 사람은 아무도 없었습니다. 제가 런던의 한복판에서 장사를 하고 있다는 것은 알고 있었지만, 그것이 어떤 장사인지는 알지 못했습니다.

지난 월요일, 나는 하루 일을 마치고 아편굴 3층에서 옷을 갈아입다가 문득 창밖을 내다보았는데, 아내가 큰길에 서서 나를 빤히 올려다보고 있지 뭡니까. 그렇게 놀라고 당황한 적은 없었지요. 나도 모르는 사이에 소리를 지르고 팔로 얼굴을 가렸습니다. 그리고 곧바로 비밀을 다 알고 있는 인도인에게 허둥지둥 달려가, 누가 와도 3층 방에는 절대로 들여보내지 말라고 당부했습니다. 아래층에서 아내의 목소리가 들려오기는 했지만, 올라온 것 같지는 않았습니다. 나는 부랴부랴 거지의 누더기 옷으로 갈아입은 다음, 분장을 하고 가발을 썼지요. 아내의 눈으로도 알아보지 못할 정도로 완전한 변장이었습니다. 그러나 그때, 곧 경찰이 들이닥칠 것이고 가택 수색을 받을 거라는 사실을 깨달았지요. 가장 마음에 걸린 것은 바로 방에 있는 옷이었습니다. 나는 급히 창문을 열었는데, 너무 거칠게 열었기 때문에 그날 아침 침실에서 다친 손가락의 상처가 또 터지고 말았습니다. 나는 윗도리를 집어 들었지요. 주머니에는 구걸해서 모아 둔 돈이 들어 있는 가죽 주머니와 아무렇게나 넣어 둔 동전이 가득 들어 있었습니다. 창문 밖으로 던지자 상의는 금세 템스 강에 가라앉았습니다. 다른 옷도 던지려고 했는데, 그때 경찰이 우르르 계단을 올라왔습니다. 사실 나는 이제 됐다 하고 안도의 숨을 내쉬었지요. 왜냐하면 나는 네빌 세인트클레어로 탄로 난 것이 아니라, 그를 살해한 자로서 체포되었기 때문입니다.

이제 더 설명할 사실이 없어요. 나는 끝까지 변장한 모습으로 버틸 작정이었으므로 얼굴 씻는 걸 완강히 거부했습니다. 다만 아내가 몹시 걱정할 것이 염려되어 감시하는 경관의 눈을 피해 아내에게 걱정하지 말라고 몇 자 쓰고 반지를 뽑아 편지에 동봉, 인도인에게 몰래 주고는 부쳐 달라고 당부했지요."

"그 편지는 어제 부인에게 배달되었습니다."

"오! 아내에게는 정말 끔찍한 일주일이었을 겁니다."

"그 후 인도인은 우리 경찰에서 계속 엄중하게 감시했습니다. 그러므로 그 사람은 편지를 부칠 기회가 없었을 거요. 때문에 단골로 오는 마도로스나 다른 누구에게 부탁했을 테지만, 부탁받은 남자는 그걸 깜빡 잊었을 겁니다."

"사실 그렇소. 틀림없습니다. 그런데 당신은 지금까지 구걸을 하다가 처벌을 받은 적은 없었습니까?"

"몇 번 있었습니다. 그러나 과태료는 문제가 되지 않았지요."

"앞으로는 절대로 이런 짓을 하지 말아야 하오. 경찰에서 이 사건을 덮어 주기를 원한다면 휴 분이 세상에 다시 나타나서는 안 되오."

"인간으로서 더 이상 할 수 없는 맹세로 약속하겠습니다."

"그렇다면 이 사건은 앞으로 더 이상 추궁하지 않겠어요. 하지만 만일 언제고 다시 그 추잡한 짓을 되풀이한다면, 그때는 용서 없이 모든 걸 공표하겠소. 홈즈 씨, 이로써 이번 사건도 진상이 밝혀지게 되었는데, 모두 당신 덕분입니다. 그런데 어떻게 해서 확증을 얻었는지, 그것을 알고 싶군요."

"베개 다섯 개 위에 앉아서 담배 1온스를 다 태운 끝에 확신을 얻었습니다. 왓슨, 이제부터 베이커 가로 달려가면 아침 식사에 늦지 않겠지."

블루 카번클

The Blue Carbuncle

1887년 12월 27일 (화)

크리스마스가 지나고 이틀째 되는 날 아침, 나는 축하의 말을 하기 위해 친구 셜록 홈즈를 찾아갔다. 그는 보라색 가운을 입고 소파에 기대앉아 있었는데, 오른손이 닿는 곳에 파이프 걸이가 놓여 있었다. 바로 옆에는 지금까지 읽은 듯한 신문들이 수북이 쌓여 있었다. 소파 옆에는 나무의자가 있는데, 의자 등받이 모서리에는 손때가 묻고 낡아 볼품없는 펠트 모자가 걸려 있었다. 의자 위에 돋보기와 핀셋이 놓여 있는 것으로 보아, 그 모자는 분명히 검사하려고 의자 등받이에 걸어둔 듯했다.

"일하는 중이야? 방해한 것 같군." 내가 말했다.

"천만에. 연구 결과에 대해 의논할 상대가 와서 기쁘네." 홈즈는 낡은 모자를 가리키며 말했다. "대단한 사건은 아니지만 이런 것이라도 조사해 보면 흥밋거리도 나오고 배울 만한 것도 있지."

　나는 홈즈가 애용하는 안락의자에 앉아 타오르는 난롯불에 손을 내밀었다. 혹독한 추위로 인해 유리창에 성에가 두껍게 끼어 있었다.

　"어느 집에나 있음 직한 이 모자에 뭔가 무서운 비밀이 숨겨져 있는 모양이군. 그리고 자네는 이 모자를 단서로 미스터리를 풀어서 어떤 범죄를 해결하겠다는 거겠지."

　"그게 아냐. 범죄와는 관계가 없어. 몇 제곱마일밖에 안 되는 땅에 400만 명이 북적대면서 살고 있으니 기묘한 사건이 끊이지 않는 것도 무리는 아닌데, 이것도 그중 하나야. 이렇게 많은 사람이 한곳에 모여 살면서 서로의 행동에 영향을 주면 어떤 일이라도 일어날 수 있네. 그래서 범죄와는 관계가 없지만 정말 기괴한 사건이 많이 생기는 걸세. 우리도 지금까지 그런 사건을 다루어 왔고."

"그렇게 말하면 그렇군. 내가 최근 노트에 기록한 여섯 건의 사건도 반은 범죄와 전혀 관계가 없었으니까." 내가 말했다.

"맞아. 자네의 말은 아이린 애들러에게서 사진을 찾으려던 사건, 메리 서덜랜드의 기묘한 사건, 입술이 비뚤어진 남자의 사건을 가리키는 것이겠지. 그래, 이번에 맡은 작은 사건도 분명히 범죄와 관계가 없어. 자네, 피터슨을 알지?"

"알아."

"피터슨이 이 모자를 갖고 왔어."

"그의 것인가?"

"아니, 그가 주워 온 거야. 주인은 모르네. 왓슨, 이 모자를 단순히 낡은 모자로만 보지 말고, 하나의 지적인 문제로 생각해 보게. 먼저 이 모자가 어떻게 여기에 오게 되었는지 그 과정을 이야기하지. 이 모자는 크리스마스 아침에 살이 토실토실하게 찐 거위 한 마리와 함께 이곳에 왔어. 거위는 아마도 피터슨의 집에서 요리되었겠지. 이유는 다음과 같아. 피터슨은 자네도 알다시피 정직하고 착한 사람인데, 크리스마스 새벽 4시경, 어디에서 놀다가 집으로 돌아가는 길에 토트넘 코트를 지나게 되었어. 그런데 가스등 불빛 아래로 하얀 거위를 어깨에 멘 키 큰 남자가 비틀거리며 걷고 있는 모습이 보였어. 그리고 굿지 가의 모퉁이에 이르렀을 때, 술 취한 그 남자와 건달 몇 명이 싸움을 했어. 건달 한 명이 남자의 모자를 쳐서 모자가 땅에 떨어졌지. 남자는 지팡이를 휘둘러 자신을 지키려 했는데, 그 순간 등 뒤의 쇼윈도를 깨고 말았어.

피터슨은 그 낯선 남자를 구하려고 뛰어갔지. 남자는 유리가 깨지자 깜짝 놀란 듯했는데, 마침 경관 비슷한 제복을 입은 사람이 달려오는 것을 보고는 거위를 내팽개치고 토트넘코트 거리 뒤로 이어진 미로 같은 좁은 골목으로 도망갔어.

건달들도 피터슨을 보고는 모두 흩어졌기에 피터슨은 혼자 싸움터를 점령한 꼴이 되었고, 거기에 이 낡아 빠진 모자와 크리스마스용으로는 나무랄 데 없는 거위까지 전리품으로 얻게 되었지."

"물론 주인에게 돌려줬겠지?"

"아니. 그 점이 문제야. 분명히 '헨리 베이커 부인에게'라고 쓰인 작은 카드가 거위 왼발에 매어져 있었고, 모자 안쪽에도 'H. B.'라는 머리글자가 있었어. 그러나 런던에는 '베이커'라는 사람이 몇천 명이나 있고, 이름이 헨리 베이커인 사람이 몇백 명은 될 텐데, 그 많은 사람 중에서 주인을 찾아내 분실물을 돌려주는 것은 결코 쉬운 일이 아냐."

"그럼 피터슨은 어떻게 했나?"

"그는 내가 아무리 사소한 사건이라 해도 흥미를 가진다는 사실을 알기 때문에, 크리스마스 아침에 모자와 거위를 갖고 이곳으로 왔지. 거위는 오늘 아침까지 이곳에 있었지만, 상당히 추워진다고 하니 한시바삐 먹어 치우는 편이 좋을 것 같아서 피터슨이 거위의 사명을 완수시키고자 갖고 갔고, 크리스마스 요리를 먹지 못한 낯선 신사의 모자는 지금 내가 이렇게 보관하고 있지."

"신문 광고도 나지 않았나?"

"나지 않았어."

"그럼, 어디 사는 누군지 알 길이 없군."

"추리로 짐작할 뿐이지."

"이 모자로 말인가?"

"그래."

"농담하지 마. 이런 낡은 모자로 대체 뭘 알아낼 수 있단 말인가?"

"여기에 돋보기가 있고, 자네는 내가 추리하는 방법을 알고 있네. 자네라면 이 모자를 썼던 신사의 특징에 대해 어떤 추리를 할 수 있나?"

나는 그 낡은 모자를 들고 약간 막막한 심정으로 이리저리 살펴보았다. 흔히 볼 수 있는 검은색 펠트 모자였는데, 빳빳한 데다 오래 사용해서 몹시 낡아 있었다. 안감인 붉은 실크는 색이 완전히 바래 있었고, 제조회사 이름은 없지만 홈즈가 말했듯이 한쪽에 'H. B.'라는 머리글자가 쓰여 있었다. 챙에는 고정 끈을 꿰는 구멍이 있었는데 고무줄은 없었다. 그 밖에 먼지가 많이 끼어 있고 몇 군데 얼룩이 있었다. 또 잉크를 칠해 퇴색한 부분을 숨기려고 한 흔적도 보였다.

"아무것도 모르겠어." 나는 홈즈에게 모자를 돌려주면서 말했다.

"왓슨, 모를 것이 없어. 자네는 모두 봤다고. 다만 본 것을 추리하지 않을 뿐이야. 너무 조심스러워서 추리를 하지 못하는 거지."

"그렇다면 자네는 이 모자에서 어떤 것을 추리했나?"

홈즈는 모자를 들고 그의 독특한 관조적 태도로 자세히 바라보았다.

"단서로는 그다지 확실하지 않지만, 그래도 두세 가지 점에서는 명확한 추론을 할 수 있고, 그 밖에도 거의 확실하다고 할 수 있는 몇 가지 추측을 할 수 있네. 우선 언뜻 보아도 알 수 있듯이, 이 모자의 주인은 지성이 아주 뛰어난 남자로 2, 3년 전까지는 꽤 부유했지만 지금은 상황이 어려워. 예전에는 생각이 깊었지만 지금은 그렇지 못하고, 도의심도 떨어지기 시작했지. 그것과 경제 상황이 어려운 것으로 미루어 생각해 보면 어떤 나쁜 습관, 이를테면 음주벽이라도 생긴 모양이야. 아내가 그를 사랑하지 않게 된 사실도 더불어 설명할 수 있겠군."

"홈즈, 적당히 하게!"

"그래도 아직 조금은 자존심이 남아 있어." 홈즈는 내 말을 무시하고 계속했다. "그는 앉아서 하는 일을 하기 때문에 좀처럼 외출하지 않아. 완전히 운동 부족이지. 중년으로 흰머리가 있어. 며칠 전에 머리를 깎았고 라임 향 헤어크림을 바르지. 이 모자에서 추리할 수 있는 분명한 사실은 이런 거야. 그리고 이 남자의 집에는 가스가 들어오지 않는 것도 확실하네."

"농담이겠지, 홈즈."

"농담이 아니야. 이 정도로 말했는데도 왜 그렇게 되는지 아직 모르겠나?"

"확실히 나는 머리가 좋지 않아. 자네가 한 말을 이해할 수 없어. 예를 들면 이 남자가 지성이 뛰어나다는 것을 어떻게 알았어?"

홈즈는 대답 대신 모자를 자기 머리에 슬쩍 얹었다. 모자는 그의 이마를 덮고도 콧등까지 내려왔다.

"용적 문제야. 이렇게 머리가 큰 남자라면 알맹이도 상당할 거야."

"그렇다면 상황이 어렵다는 것은?"

"이 모자는 3년 전에 샀어. 챙이 넓고 끝이 이렇게 말려 있는 것을 보면 알 수 있지. 당시 이런 모자가 유행했거든. 이 모자는 고급품이야. 리본은 무늬가 있는 비단으로 만들었고 안감도 고급이야. 3년 전에 이런 고급 모자를 샀지만 그 이후로는 모자를 사지 않았으니 내리막길에 들어선 것이 분명하지."

"듣고 보니 그럴듯하군. 그러나 생각이 깊었다느니, 도의심이 떨어지기 시작했다느니 하는 것은?"

홈즈는 웃으면서 손가락으로 고정끈을 꿰는 작은 고리를 건드렸다.

"생각이 깊다는 것은 바로 이것 때문이야. 이 고리는 처음부터 모자에 달려 있지 않았어. 남자가 모자를 사고 나서 바람에 날리지 않도록 단 거니까 꽤 생각이 깊다고 추측했지. 그러나 이렇게 끈이 끊어졌는데도 다시 달지 않은 것을 보면, 최근에는 자포자기의 심정이 되었고 의지도 약해졌다는 확실한 증거라고 할 수 있지. 하지만 잉크를 칠해서 모자의 얼룩을 감추려 한 것을 보면, 자존심까지 완전히 없어졌다고 생각하기는 어렵네."

"그럴듯한 설명이군."

"그가 중년에 흰머리가 있고 최근에 머리를 깎았으며 라임 향 헤어 크림을 사용한다는 점은 안감 아래를 잘 살펴보면 알 수 있지. 돋보기로 보면, 이발소 가위로 곱게 다듬은 짧은 머리카락이 많이 붙어 있어. 게다가 끈적끈적하고 라임이 함유된 크림 특유의 냄새가 나. 그리고 이 먼지는, 자세히 보면 길에서 묻은 거친 회색 모래 먼지가 아니라, 집 안에서 볼 수 있는 미세한 갈색 먼지야. 그렇다면 이 모자는 온종일 집 안에만 걸어두었다는 얘기지. 그리고 안쪽 얼룩에 대해서인데, 이 남자는 땀을 많이 흘리는 체질인 동시에 평소 몸을 잘 단련하는 편이 아니라고 할 수 있어."

"그러나 아내…… 자네는 이 모자 주인의 부인이 남편을 사랑하지 않게 되었다고 했어."

"벌써 몇 주 동안 이 모자를 솔질하지 않았어. 만일 자네 모자에 일주일분의 먼지가 쌓여 있고, 부인이 그런 상태로 자네를 외출시켰다고 한다면, 자네는 부인의 미움을 받기 시작했다고 볼 수 있지."

"하지만 이 남자는 독신인지도 몰라."

"아니. 이 남자는 화해하기 위해 아내에게 거위를 선물하려고 했어. 거위 다리에 카드가 달려 있었다고 말한 걸 기억하지?"

"자네는 모르는 게 없군. 그럼 이 남자 집에 가스가 들어오지 않는다고 추측한 근거는 무엇이지?"

"동물 기름 얼룩도 한두 군데라면 우연히 묻었다고 생각하겠지만, 이와 같이 다섯 군데도 넘으면 이 모자 주인은 늘 동물 기름 양초 신세를 지는 남자, 즉 밤에 한 손에는 모자를, 다른 한 손에는 촛농이 떨어지는 촛불을 들고서 계단을 오르는 남자라고 보아도 틀리지 않을 거야. 어쨌든 가스관에서는 촛농이 떨어지지 않으니까, 그렇지?"

"과연 멋진 추리일세." 나는 한번 웃은 뒤 이야기를 이어나갔다. "하지만 자네가 말한 것처럼 범죄와 관계가 없고 피해가 거위 한 마리뿐이라면, 자네의 그 훌륭한 추리도 결국 에너지만 낭비한 것 아닌가?"

홈즈가 대답하려는 순간, 문이 열리면서 피터슨이 상기된 얼굴로 허둥지둥 방으로 뛰어들어왔다.

"거위가! 홈즈 선생님, 거위가!"

"왜 그래? 죽은 거위가 살아나 주방 창문으로 날아가기라도 했나?"

홈즈는 흥분한 남자의 얼굴을 살피기 위해 소파에서 몸을 돌렸다.

"이걸 보세요! 집사람이 거위 모이주머니에서 발견했어요."

피터슨이 손을 내밀자 손바닥 위에는 파란 돌이 눈부시게 빛나고 있었다. 크기는 콩보다 조금 작지만 우묵한 손바닥의 어두운 곳에서 반짝이는 순수한 빛이 마치 전광처럼 보였다. 홈즈는 휘파람을 불고는 앉은 자세를 바꾸었다.

"피터슨, 보물을 발견했군. 이게 뭔지 알겠지?"

"다이아몬드입니다. 값비싼 보석이죠. 유리가 퍼티처럼 잘리니까요."

"이것은 보통 보석이 아냐. 문제의 보석이지."

"모카 백작 부인의 블루 카번클(가닛, 마그네슘, 철, 망간, 칼슘, 알루미늄 등을 함유한 광물로, 아름다운 것은 보석으로 쓰인다.) 아닌가?"

"맞아. 요즘 매일 타임스 광고에 나오니 실물을 보지 않았어도 크기와 모양이 저절로 머리에 떠오를 정도야. 둘도 없는 명품으로 진짜가격은 아무도 몰라. 1,000파운드라는 사례금은 가격의 20분의 1도안 되는 액수야."

"1,000파운드! 이것이!"

피터슨은 의자에 털썩 앉으면서 우리를 번갈아 보았다.

"사례금이 1,000파운드지. 그리고 이 보석에는 깊은 사연이 있어.

백작 부인은 이것을 찾기 위해서라면 재산의 반이라도 내놓을걸세."

"코즈모폴리턴 호텔에서 분실했다고 했나?" 내가 말했다.

"그래. 12월 22일이었으니 꼭 닷새 전이야. 배관공 존 호너가 부인의 보석 상자에서 훔쳤다는 혐의로 체포됐어. 더구나 그에게 불리한 증거까지 나와 사건은 지금 순회 재판에 회부되어 있네. 여기에도 그 기사가 나왔을 텐데."

홈즈는 날짜를 보면서 신문을 뒤지더니 그 가운데서 한 장을 찾아 냈다. 그는 신문의 구겨진 주름을 편 다음 반으로 접어 다음과 같은 기사를 읽었다.

코즈모폴리턴 호텔 보석 도난 사건—배관공 존 호너(26세)는 이달 22일 모카 백작 부인의 보석 상자에서 블루 카번클로 알려진 값비싼 보석을 훔친 혐의로 체포되었다. 호텔 매니저 제읍스 라이더의 증언에 의하면, 그는 부인 방에 있는 난로의 두 번째 쇠살대가 떨어져 그것을 납땜하기 위해 당일 호너를 백작 부인의 드레스룸으로 데리고 갔다. 그러고는 그곳에 있다가 볼일이 있어 잠시 나갔다 돌아와 보니, 호너는 보이지 않고 옷장 문이 열려 있었다. 나중에 밝혀진 일인데, 부인이 평소에 보석 상자로 사용해 왔다는 작은 모로코가죽 상자가 텅 빈 채 화장대 위에 있었다. 라이더는 즉시 경찰에 신고했고, 그날 오후에 호너는 체포되었다. 그러나 호너는 보석을 갖고 있지 않았고, 그의 방에 숨긴 흔적도 없었다. 라이더는 방에 들어온 순간 당황하여 큰 소리를 질렀는데, 그 소리를 듣고 백작 부인의 하녀 캐서린 쿠색이 방으로 달려왔다. 당시 실내는 라이더가 진술한 대로였다고 하녀는 증언했다. 또 B구역 경찰서의 브랫스트리트 경감의 증언에 의하면, 호너는 체포될 때 격렬히 저항하면서 보석 도난에 대해 자기는 아무것도 모른다고 항변했다고 한다. 하지만 그에게 절도 전과가 있다는 사실이 드러나 혐의는 더욱 굳어졌고, 치안판사는 즉결 재판을 거부하고 이 사건을 순회 재판에 회부했다. 호너는 조사를 받는 동안 몹시 흥분한 듯, 조사가 끝남과 동시에 정신을 잃고 쓰러져 법정 밖으로 실려 나갔다.

"흠! 경찰 재판소에 대한 기사는 이것뿐이야." 홈즈는 신문을 던지고 생각에 잠기면서 말했다. "지금 우리가 해결해야 할 문제는, 도난 당한 보석 상자에서 토트넘코트에 있던 거위의 모이주머니에 이르기까지 사건이 어떻게 연결되어 있느냐를 알아내는 거야. 왓슨, 우리의 별것 아닌 추리가 갑자기 범죄와 깊은 관계를 맺어 가는군. 여기 보석이 있어. 이것은 거위 모이주머니에서 나왔어. 그리고 그 거위는 헨리 베이커라는, 이 더러운 모자를 쓰고 아까 자네가 싫증 나도록 들었던 특징이 있는 남자가 갖고 왔어. 그러므로 우선 그를 찾아서 그가 이 사소한 사건에 어떤 역할을 했는지 확인해야 해. 그러려면 먼저 가장 간단한 방법부터 실천에 옮겨 볼 필요가 있네. 석간에 광고를 내야 해. 실패한다면 그때 또 다른 방법을 생각하고."

"어떤 내용으로 말인가?"

"연필과 종이를 준비하게. 잘 들어. '굿지 가에서 거위와 검은 펠트 모자 습득. 헨리 베이커 씨는 오늘 오후 6시 30분까지 베이커 가 221B 번지로 찾으러 오시오.' 간단명료하지."

"응. 그런데 그 남자가 이 광고를 볼까?"

"볼 거야. 신문에 신경을 쓰고 있을 테니까. 가난한 사람에게는 상당한 손해지. 실수로 유리창을 깨고 피터슨이 나타나는 바람에 황급히 도망가기는 했지만, 지금쯤은 당황해서 거위까지 버리고 온 것을 몹시 후회하겠지. 그리고 이렇게 이름까지 밝혀 놓으면, 친지들이 귀띔을 해 주어서라도 보게 될 거야. 피터슨, 빨리 광고 취급소에 가서 이 내용이 석간에 실리도록 해 주게."

"어떤 신문에 내야 합니까?"

"음, 글로브, 스타, 펠멜, 세인트 제임스, 이브닝 뉴스, 스탠더드, 에코, 그 밖에 자네가 알고 있는 모든 신문에 내게."

"알았습니다. 그럼 이 보석은?"

"아, 그건 내가 보관하지. 수고했어. 피터슨, 집에 돌아갈 때 거위를 한 마리 사도록 하게. 습득한 거위를 자네 집에서 먹는 중이니까, 다른 거위라도 주인에게 돌려줘야지."

피터슨이 나가자 홈즈는 보석을 들고 불빛에 비춰 보았다.

"훌륭해. 멋지게 반짝이는군. 범죄의 핵심이자 초점이 될 만도 해. 좋은 보석은 모두 그래. 악마가 먹이로 즐겨 사용하지. 이것보다 더 크고 오래된 보석이라면 피비린내 나는 사건이 그 면수만큼은 일어날 거야. 이 돌은 발견된 지 20년이 되지 않았어. 남차이나의 아모이 강 기슭에서 채굴되었는데, 유명해진 이유는 색이 카번클처럼 빨간색이 아니라 파란색인데 그것을 제외하면 여러 점에서 붉은 루비의 특징을 그대로 갖추고 있기 때문이지. 발견된 지 얼마 안 되는데도 이미 끔찍한 역사가 있어. 살인이 두 번, 황산을 끼얹은 사건이 한 번, 자살 한 번 그리고 절도 몇 번. 모두 이 40그레인의 탄소 결정 때문에 일어났어. 이렇게 예쁜 장난감이 사람을 감옥이나 교수대로 보내다니, 정말 놀랍지 않나? 자, 이것을 금고에 넣고 백작 부인에게 편지로 알려 주자고."

"호너는 죄가 없을까?"

"글쎄, 확실히 단정지을 수 없어."

"그렇다면 헨리 베이커는 사건과 관계가 있을까?"

"헨리 베이커는 자기가 갖고 있던 거위가 금으로 만든 새보다 더 값지다는 사실을 모르고 있었으니, 범죄와 관련이 없는 듯해. 광고를 보고 찾아온다면 그 점은 아주 간단한 테스트로 밝혀낼 수 있네."

"그렇다면 그때까지 우두커니 기다리고 있어야 하나?"

"그래."

"그럼 나는 잠깐 왕진을 다녀올게. 이렇게 복잡한 사건은 결과가 몹시 궁금하니, 저녁때 다시 오겠네."

"기다리지. 7시에 식사를 할 거야. 아마 도요새 요리가 나올 걸. 그렇군. 이런 사건도 있고 하니 허드슨 부인에게 도요새의 모이주머니를 잘 살펴보라고 할까."

환자를 보느라고 다소 시간이 걸린 까닭에 내가 베이커 가에 돌아간 것은 6시 30분이 조금 지나서였다. 홈즈의 집에 도착했을 때 챙이 없는 스코틀랜드 모자(털로 짠 작은 모자)를 쓴 키 큰 남자가 현관 유리에서 새어 나오는 반원형 불빛 속에 서 있었다. 남자는 외투의 단추를 턱 밑까지 채우고 있었다. 내가 그의 옆으로 갔을 때 문이 열려서 우리는 함께 홈즈의 방으로 들어갔다.

"헨리 베이커 씨죠? 자, 난로 옆으로 오세요. 추운 밤이군요. 얼굴을 보니 여름은 괜찮지만 겨울에 약하신 것 같군요. 왓슨, 제때에 왔군. 베이커 씨, 여기 있는 모자가 당신 겁니까?"

"그렇습니다. 분명히 내 모자입니다."

그는 등이 굽고 머리와 몸집이 큰 남자였다. 얼굴은 폭이 넓고 지적으로 생겼으나, 끝이 뾰족하고 흰 털이 섞인 갈색 턱수염 쪽으로 아래턱이 빠져 있었다. 코끝과 두 뺨이 약간 붉으며, 내미는 손이 가늘게 떨리는 것으로 보아, 홈즈가 말한 것처럼 음주벽이 있는 것이 분명했다. 그는 빛바랜 검은 프록코트의 깃을 세우고 앞단추를 모두 잠그고 있었다. 가느다란 손목이 나와 있는 옷소매에는 칼라도 커프스도 없었다. 한 마디 한 마디 신중하고 나직한 목소리로 침착하게 말하는 것을 보면, 교육도 받고 교양도 있는 듯했지만 왠지 운명의 손에 희롱당해 온 남자처럼 보였다.

"우린 이것을 며칠 맡아 놓고 있었습니다. 당신이 광고를 내리라 생각했으니까요. 그런데 왜 광고를 내지 않았는지 이유를 설명할 수 있습니까?"

홈즈가 이렇게 말하자 베이커는 약간 겸연쩍은 듯이 웃었다.

"옛날과 달리 돈이 궁해서요. 게다가 모자와 거위는 내게 덤벼든 건달들이 갖고 간 줄 알았지요. 그래서 찾을 가망도 없는데 쓸데없이 광고를 내서 헛돈을 쓸 필요가 없다고 생각했습니다."

"당연한 말입니다. 그런데 거위는…… 하는 수 없이 먹었습니다."

"먹었다고요!" 베이커는 흥분한 나머지 의자에서 벌떡 일어섰다.

"그렇습니다. 먹지 않으면 그야말로 모두 헛수고만 하는 꼴이 되니까요. 그러나 저 찬장에 다른 거위가 있습니다. 무게도 비슷하고 고기도 훨씬 연할 겁니다. 그러니 대신 저걸 갖고 가시면 안 될까요?"

"오, 좋고말고요. 좋습니다."

베이커는 마음이 놓인다는 듯이 안도의 한숨을 내쉬었다.

"당신 거위의 깃털이며 다리며 모이주머니 따위는 아직 남아 있습니다. 뭣하면……."

베이커는 그런 싱거운 소리가 어디 있냐는 듯이 웃음을 터뜨렸다.

"사건의 기념품이 될지는 모르지만 지금은 죽고 없는 친구의 유해를 어디에 쓰겠습니까? 그보다 호의를 감사히 받아들여 저 찬장에 있는 훌륭한 거위를 얻어 가겠습니다."

홈즈는 내게 날카로운 눈빛을 보내며 어깨를 으쓱했다.

"그럼 이 모자와 거위를 갖고 가세요. 그런데 먼저 거위를 어디에서 샀는지 가르쳐 주세요. 나는 거위를 좋아하는데 저 거위는 아무 곳에서나 살 수 있는 게 아니더군요." 홈즈가 말했다.

"좋습니다." 베이커는 이미 일어나 거위를 들고 말을 이었다. "내 친구 중에 박물관에서 가까운 알파인 술집에 자주 드나드는 사람이 네다섯 명 있어요. 우리는 낮에는 박물관에서 일합니다. 알파인 술집 주인 윈디게이트가 올해 거위 클럽을 만들었는데, 매주 몇 펜스씩 돈을 적립하면 크리스마스에 거위를 한 마리 타게 됩니다. 나는 회비를 꼬박꼬박 낸 덕분에 거위를 탈 수 있었죠. 그리고 모자를 찾아 주셔서 정말 고맙습니다. 지금 쓰고 온 스코틀랜드 모자는 내 나이에 어울리지도 않고 품위를 높여주지도 않으니까요."

그는 우스꽝스러울 정도로 점잔을 빼며 우리에게 공손히 인사하고 성큼성큼 걸어서 돌아갔다.

베이커를 보낸 뒤 홈즈는 문을 닫았다.

"헨리 베이커는 이것으로 끝이야. 그는 사건과 관계가 없어. 자네, 배고픈가?"

"아니, 별로."

"그럼 저녁 식사는 야식 때까지 보류하기로 하고, 열기가 식기 전에 이 사건의 실마리를 더듬어 볼까?"

"좋아."

몹시 추운 밤이었으므로 우리는 긴 외투를 입고 목도리를 둘렀다. 바깥은 하늘에 별이 차갑게 빛나고, 오가는 사람들의 입김이 하얀 연기가 되어 마치 모두 권총을 쏘는 것처럼 보였다. 우리는 얼어붙은 길을 뚜벅뚜벅 크게 발소리를 울리면서 병원 거리인 윔폴 가, 할리 가를 빠져나간 뒤 위그모어 가를 지나 옥스퍼드 가로 갔다. 그리고 15분 후에는 블룸즈버리의 알파인에 도착했는데, 그곳은 홀번으로 통하는 거리 모퉁이에 있는 술집이었다. 홈즈는 가게에 들어서더니 안쪽에 있는 작은 방에 자리를 잡고, 하얀 에이프런을 두른 얼굴이 붉은 주인에게 맥주 두 잔을 주문했다.

"이 집 맥주가 거위만큼 고급이라면 정말 훌륭하겠는데."

"거위라고요?"

남자는 흠칫 놀라는 눈치였다.

"그렇소. 30분 전에 헨리 베이커 씨와 이야기했는데, 그는 이곳 거위 클럽의 회원이죠?"

"아, 알겠어요. 그런데 손님, 그것은 우리 가게의 물건이 아닙니다."

"아니라고요? 그럼 어디서 구입했지요?"

"코벤트 가든의 세일즈맨에게서 스물네 마리 구입했어요."

"그렇군요. 거기라면 나도 몇 군데 알고 있는데, 어떤 가게지요?"

"브레킨리지가 하는 가게요."

"그 사람은 모르겠군요. 자, 당신의 건강과 가게의 번영을 위해 건배! 안녕."

추운 거리로 나오자 홈즈는 외투 단추를 채우면서 말했다. "이번에는 브레킨리지야. 왓슨, 이 사건의 한쪽 끝에는 지극히 평범한 거위가 있지만, 다른 한쪽 끝에는 우리가 무죄를 입증 해주지 않으면 징역 7년의 중형에 처해질 남자가 있어. 어쩌면 그의 유죄를 확증하는 결과로 이어질지도 모르지만, 어쨌든 우리는 묘한 우연으로 경찰이 놓친 수사의 실마리를 잡고 있네. 이것을 끝까지 추적해야지. 자, 남쪽으로! 빠른 걸음으로 출발!"

홀번을 지나고 엔델 가를 지나 꼬불꼬불한 빈민가를 통과해 코벤트 가든 마켓으로 갔다. 어떤 커다란 가게에 브레킨리지라는 간판이 붙어 있었는데, 날카로운 느낌이 드는 외모어 턱수염을 멋지게 기른, 경마를 좋아할 것처럼 보이는 주인이 소년과 덧문을 닫고 있었다.

"안녕하세요, 춥군요." 홈즈가 말했다.

주인은 고개를 끄덕이고는 수상하다는 듯한 눈초리로 홈즈를 보았다.

"거위는 다 팔렸군요." 홈즈는 텅 빈 대리석 판매대를 손으로 가리키며 말했다.

"내일 아침이면 500마리라도 준비할 수 있습니다."

"하는 수 없군."

"저 가스등이 켜 있는 가게에 가면 몇 마리는 있을 겁니다."

"하지만 당신 가게의 물건이 좋다는 얘기를 들었거든요."

"그래요? 어디서요?"

"알파인 주인한테서요."

"그렇군요. 그곳에 스물네 마리 배달했으니까요."

"좋은 거위던데 어디서 구입했죠?"

뜻밖에도 가게 주인은 이 질문에 몹시 화를 냈다. 그러더니 고개를 번쩍 치켜들고는 허리에 두 손을 얹고 소리쳤다. "손님, 용건이 뭔지 분명히 말하세요."

"분명하게 말했지 않소. 당신이 알파인에 판 거위를 어디서 구입했는지 알고 싶은 거요."

"흥, 그것은 말할 수 없어요. 당장 돌아가세요!"

"왜 이래요? 별것 아닌 일에 화를 내는 이유를 모르겠군요."

"화를 낸다고? 당신도 누가 이렇게 캐물으면 화가 나지 않을 것 같아요? 맘에 드는 상품을 사고 정당하게 돈을 지불하면 그것으로 거래는 끝이야. 그런데 젠장, '거위는 어디 있어?' '어디에 팔았어?' '얼마에 팔았지?' 하는 식으로 파고드니 그 소리를 남이 들으면 우리 집에서만 거위를 파는 줄 알겠소."

"나는 앞서 거위에 대해 물어보러 온 사람들과 전혀 관계가 없어요. 만일 당신이 가르쳐 주지 않는다면 내기가 깨질 뿐이오. 나는 식용 조류에 대해 내기하는 것을 좋아하거든. 요전에 먹은 것도 시골에서 기른 거위 맛이 나서 5파운드를 걸고 내기를 했단 말이오."

"흥, 그렇다면 당신은 5파운드를 날렸소. 그 거위는 도시에서 기른 것이니까." 가게 주인이 소리쳤다.

"설마."

"틀림없소."

"아니, 그렇지 않을 거야."

"코흘리개 시절부터 거위를 다루어 온 나보다 당신이 거위에 대해 더 잘 안다는 거요? 이봐요, 알파인에 보낸 거위는 모두 도시에서 기른 거요."

"아무리 그래도 내 주장은 변함없어요."

"그럼 내기하겠소?"

"보나마나 내가 이길 테니 당신은 손해를 볼 뿐이에요. 그러나 당신의 고집을 꺾는 의미에서 1파운드 걸어 볼까요."

"빌, 장부 갖고 와." 가게 주인은 약삭빠른 미소를 지으며 말했다.

소년이 얇고 작은 장부와 표지에 검은 때가 묻어 있는 장부를 갖고 와서 벽에 매단 램프 밑에 나란히 놓았다.

"거위를 다 판 줄 알았는데 가게 문을 닫는 순간에 또 한 마리 날아들었군. 자, 보세요, 자신만만한 손님. 이 작은 장부를 말이오."

"흥, 그 작은 장부가 어떻다는 거요."

"우리 가게에 물건을 납품하는 농장의 일람표요, 알겠어요? 이 페이지에는 우리에게 납품한 시골 농장들이 쓰여 있는데, 이름 다음에 있는 숫자는 큰 장부의 페이지요. 거길 찾으면 자세히 나와 있소. 그럼 이번에는 이쪽 페이지의 빨간 잉크로 쓴 글씨를 보시오. 이것은 도시에서 우리 가게에 납품한 사람의 명부요. 거기서 세 번째 이름을 읽어보시지요."

"옥숏 부인, 브릭스턴 가 117-249." 홈즈가 읽었다.

"맞소. 이번에는 249페이지를 들춰 보시오."

홈즈는 시키는 대로 페이지를 들추었다.

"이거군. 옥숏 부인, 브릭스턴 가 117. 계란, 가금 구입처."

"그럼 손님, 마지막에는 어떻게 쓰여 있죠?"

"12월 22일, 거위 24마리, 7실링 6펜스."

"그것 봐요. 그 밑에 뭐라고 쓰여 있소?"

"알파인의 윈디게이트에게 12실링에 판매."

"이래도 할 말이 있소?"

홈즈는 몹시 분한 표정을 지었다. 그는 주머니에서 소블린 금화 한 개를 꺼내 판매대 위에 던지고, 말하는 것조차 약이 오른다는 듯이 몸을 홱 돌렸다. 그리고 점포에서 몇 야드 떨어진 가스등 밑에서 걸음을 멈추고, 소리를 내지 않는 특유의 제스처로 우스워 죽겠다는 듯 배를 잡고 웃었다.

"턱수염을 그렇게 기르고 경마 신문을 꺼내는 남자를 보면, 내기를 걸어 이길 자신이 있다고 생각해도 틀림없어. 비록 그 앞에 100파운드를 쌓아 놓는다 해도 이렇게 자세히 가르쳐 주지는 않았을 거야. 그 친구, 내 돈을 따먹는 것이 기분 좋아서 모조리 지껄였어. 왓슨, 이쯤 되면 수사도 막바지에 접어든 것 같군. 이제 남은 문제는 지금부터 옥숏 부인을 찾아가느냐, 아니면 내일로 미루느냐를 결정하는 일이야. 그 퉁명스러운 가게 주인의 말을 분석해 보면 이 사건에 신경 쓰는 사람이 또 있는 것 같으니 가능하면……."

홈즈의 말이 갑자기 중단된 이유는 방금 다녀온 그 가게에서 욕지거리가 시끄럽게 들려왔기 때문이다. 돌아보니 램프 불빛 아래 얼굴이 쥐처럼 생긴 몸집 작은 남자가 서 있고, 주인 브레킨리지는 입구에 버티고 서서 굽실거리는 상대를 향해 사납게 삿대질을 하고 있었다.

"당신도 거위도 이제는 넌더리가 나. 모두 지옥에나 떨어져! 더 이상 시시껄렁한 말을 씨부렁거리면 개를 끌고 와서 물어뜯게 할 테야. 옥숏 부인을 데리고 와. 그 부인이라면 가르쳐 주겠어. 그러나 당신은 아무 관계도 없잖아. 당신이 그 거위를 팔았어?"

"아니요. 그중에 내 거위가 한 마리 섞여 있어서요." 작은 남자는 울음 섞인 목소리로 호소했다.

"흥, 그렇다면 옥숏 부인에게 그렇게 말해."

"그렇게 했지요. 그랬더니 댁으로 찾아가라고 해서……."

"그런 걸 내가 알게 뭐야. 프러시아 왕한테나 가서 물어봐. 나는 이제 넌더리가 나. 썩 꺼져!"

가게 주인이 맹렬한 기세로 으르렁대자 작은 남자는 몸을 돌려 어둠 속으로 도망쳤다.

"이젠 브릭스턴 가까지 가지 않아도 될 것 같군. 자, 가서 저 남자에게 좀 더 알아볼까."

홈즈는 아직도 불이 켜져 있는 가게 앞에서 서성거리는 사람들 사이를 성큼성큼 빠져나가더니 곧 그 작은 남자한테 다가갔다. 그리고는 그의 어깨에 손을 얹었다. 남자는 움찔 놀라며 돌아보았는데, 가스등 불빛에 해쓱하니 핏기를 잃은 얼굴이 드러났다.

"누구죠? 왜 이러십니까?" 남자가 떨리는 소리로 물었다.

"실례입니다만, 방금 당신이 거위 장수와 주고받는 이야기를 우연히 들었습니다. 어쩌면 도움이 될 수 있을지도 모르겠군요." 홈즈가 말했다.

"대체 누구시죠? 내 용무를 어떻게 알았습니까?"

"나는 셜록 홈즈입니다. 남들이 모르는 일을 아는 것이 직업이죠."

"내 일을 안다고요?"

"실례지만 다 알고 있습니다. 당신이 찾고 있는 것은 브릭스턴 가의 옥숏 부인이 브레킨리지라는 세일즈맨에게 팔았다가 거기서 다시 알파인의 주인 윈디게이트에게 팔렸고, 그다음엔 거위 클럽 회원에게 넘어간 거위의 행방이지요? 그 클럽에는 헨리 베이커라는 회원이 있습니다만."

"아, 당신이야말로 내가 만나고 싶었던 사람입니다." 작은 남자는 두 손을 내밀며 소리쳤다. 흥분한 탓인지 손가락을 덜덜 떨며 말했다. "내가 이번 일로 얼마나 애를 태우는지 아무도 모릅니다."

홈즈는 지나가는 사륜마차를 불러 세웠다.

"바람이 몰아치는 을씨년스러운 시장 바닥에서 이럴 것이 아니라 따뜻한 방으로 들어가 이야기합시다. 하지만 어차피 도와 드릴 테니

그 전에 이름이나 알았으면 좋겠군요."

남자는 잠깐 망설이다가 곁눈질을 하면서 말했다. "존 로빈슨입니다."

"본명을 말해요." 홈즈가 부드럽게 말했다.

"그럼 말하죠. 내 진짜 이름은 제임스 라이더입니다."

"그럴 겁니다. 코즈모폴리턴 호텔의 매니저. 자, 마차에 타세요. 당신이 알고 싶어 하는 것을 알려 드리지요."

남자는 생각지도 않은 행운을 만난 건지 아니면 파멸의 불행을 만난 것인지 재빨리 판단할 수 없어 어리둥절해하며 불안과 희망이 뒤섞인 시선으로 우리를 번갈아 바라보았다. 그리고 마차에 탔다. 30분 후에 우리는 베이커 가의 거실에 있었다. 오는 도중에는 아무도 말을 하지 않았다. 다만 우리의 새로운 친구가 가쁜 숨을 나직이 몰아쉬면서 손을 폈다 오므렸다 했는데, 그것으로 보아 그가 어느 정도로 초조와 긴장에 싸여 있는지 알 수 있었다.

"비로소 돌아왔군. 이런 밤은 불이 아쉽네. 라이더 씨, 춥지요? 이 등의자에 앉아요. 당신 문제를 의논하기 전에 잠깐 슬리퍼를 신겠습니다. 이제 됐어요. 거위의 행방을 알고 싶다고 했지요?"

"네."

"특히 그 거위겠죠. 당신이 관심을 갖고 있는 거위는 아마도…… 희고 꼬리에 검은 줄이 있을 겁니다."

라이더는 흥분으로 온몸을 떨기 시작했다. "그렇습니다! 그 거위가 어떻게 되었는지 아십니까?"

"여기에 왔습니다."

"여기에?"

"그래요. 정말 훌륭하더군요. 그 거위에 관심을 가질 만도 합니다. 죽은 뒤에 알을 낳았지요. 지금까지 본 적이 없을 만큼 아름답고 광채가 나는 푸른 알을 말입니다. 지금 내 박물관에 보관돼 있습니다."

우리의 손님은 비틀거리며 일어서더니 오른손으로 벽난로 선반을 붙잡았다. 홈즈는 금고를 열고 블루 카번클을 꺼냈다. 그러자 카번클의 결정면에서 눈부신 광채가 사방으로 퍼져 별처럼 빛났다. 라이더는 그 보석의 소유권을 주장해야 할지 포기해야 할지 순간적으로 판단이 서지 않는 듯 얼굴을 찌푸리고 보석을 지켜보았다.

"게임은 끝났어, 라이더." 홈즈가 재빨리 말했다. "정신 차려, 불 속에 쓰러지겠어. 왓슨, 의자에 앉혀. 이 사람은 엄청난 범죄를 성공시키기에는 혈기가 모자라. 브랜디를 조금 따라 주게. 옳지, 이제야 정신이 돌아온 것 같군. 정말 시시한 친구야!"

라이더는 잠깐 동안 쓰러질 듯이 비틀거렸지만, 브랜디 덕에 기운을 차리고 의자에 앉았다. 그는 자기의 죄를 비난하는 홈즈를 겁에 질린 눈으로 바라보았다.

"나는 사건의 줄거리를 대강 알고 있고 필요한 증거도 갖고 있어. 그래서 당신한테서 더 들을 건 없어. 하지만 두세 가지 석연치 않은 점을 분명하게 밝히는 것은 괜찮겠지. 라이더, 자네는 모카 백작 부인의 블루 카번클을 알고 있었지?"

"쿠색에게서 들었습니다." 그가 날카롭게 말했다.

"그렇군. 부인의 하녀 말이지. 알 만해. 당신보다 더 훌륭한 사람이라도 큰돈을 쉽게 손에 넣을 수 있다는 유혹에는 약한 법이니 넘어갈 만도 해. 하지만 방법에 허점이 너무 많았어. 라이더, 당신에게는 악인의 소질이 꽤 있었던 것 같군. 배관공 호너가 절도 전과자여서 쉽게 혐의를 받을 것이라고 생각했지. 그래서 부인의 방에 약간의 손재간을 부렸어. 공범 쿠색과 모의해 호너를 부르도록 만들었겠지. 그리고 그가 돌아간 다음 보석 상자에서 블루 카번클을 훔치고 온통 소란을 피워서 호너를 경찰에 잡혀가게 했어. 그다음에는……."

순간, 라이더는 갑자기 카펫 위에 주저앉아 홈즈의 무릎을 얼싸안고는 자지러질 듯이 소리쳤다. "부탁입니다! 제발 살려 주세요. 아버지를 생각해 주세요! 어머니를 생각해 주세요! 얼마나 슬퍼하시겠습니까! 지금까지 나쁜 짓은 한 번도 하지 않았습니다. 앞으로 다시는 이런 짓을 하지 않겠습니다. 맹세합니다. 성경에 손을 얹고 맹세하겠습니다. 경찰에 고발하지 마세요. 부탁입니다!"

"의자에 앉게. 지금이라도 죄를 뉘우치고 반성하니 다행이지만, 죄 없이 법정에 끌려가 있는 불쌍한 호너를 생각해 봐."

"저는 외국으로 도망가겠습니다. 그렇게 하면 호너의 혐의는 풀릴 겁니다."

"그것은 나중에 의논하지. 지금은 당신이 그다음에 어떻게 했는지 솔직히 이야기해야 해. 왜 보석이 거위의 모이주머니 속으로 들어갔으며, 그 거위가 어떻게 시장에 나갔는가에 대해. 만일 조금이라도 거짓말을 하면 큰코다칠 거야."

라이더는 바짝 마른 입술에 침을 바르고 나서 말했다. "호너가 체포되었을 때, 경찰이 저에게도 혐의를 둬 제 몸과 방 안을 수색할지도 모른다는 생각이 들었습니다. 그래서 당장 보석을 숨겨야 한다고 생각했어요. 그러나 호텔에는 안전하게 숨겨 둘 장소가 없었어요. 그래서 볼일이 있는 것처럼 외출해서 누나 집으로 갔지요. 누나는 옥숏 부인인데, 브릭스턴 가에 살면서 시장에 내다 파는 동물을 기르고 있어요.

몹시 추운 밤이었지만 도중에 만나는 사람이 모두 경관이나 형사처럼 느껴져서, 누나 집에 도착하기까지 땀을 비 오듯 흘렸지요. 누나가 왜 얼굴이 창백하냐고 묻기에, 호텔에서 보석 도난 사건이 일어나 너무 당황했기 때문이라고 대답했어요. 그리고 뒷마당으로 가서 파이프 담배를 피우면서 대책을 강구했지요.

이전에 저는 '모즐리'라는 남자와 알고 지낸 적이 있는데, 그는 나쁜 길로 빠지는 바람에 최근까지 펜튼빌 감옥에서 복역했지요. 언젠가 우연히 그를 만났는데 그는 도둑질하는 방법과 훔친 물건을 처분하는 방법을 이야기해 주었어요. 그라면, 나도 그의 약점을 쥐고 있는 터라 안심할 수 있을 듯싶었지요. 그래서 곧 킬번에 있는 그에게 가서 사정을 털어놓기로 결심했어요. 그라면 보석을 돈으로 바꾸는 방법도 알고 있을 테니까요. 그런데 어떻게 해야 무사히 그에게 갈 수 있을지 고민이 되었어요. 호텔에서 여기까지 오는데도 간이 졸아붙는 것 같았는데 말입니다. 어디서 붙들려 몸수색을 받고 조끼 주머니에 들어 있는 보석이 탄로 날지 모르는 상황이었으니까요. 벽에 기대어 뒤뚱뒤뚱 걷는 거위를 보면서 이런 생각을 하다가 문득 묘안이 떠올랐어요. 그 방법이라면 어떤 탐정도 속일 수 있을 듯싶었습니다.

한참 전에 누나가 크리스마스 때 나에게 가장 좋은 거위를 한 마리 선물하겠다고 했던 말이 떠올랐어요. 누나는 그 약속을 틀림없이 지킬 사람이죠. 그래서 지금 그 거위를 미리 받아, 거위에게 보석을 삼키게 해 킬번까지 갖고 가면 안전하리라 생각했어요.

나는 희고 꼬리에 검은 줄이 있는 통통하게 살찐 거위 한 마리를 뒷마당에 있는 작은 오두막 뒤쪽으로 몰고 갔어요. 그 거위를 잡아 억지로 부리를 열어 손가락으로 최대한 목구멍 깊숙이 보석을 밀어 넣었어요. 거위가 보석을 삼킨 뒤에 만져보니, 보석은 식도에서 모이주머니로 내려가고 있었어요. 그런데 그때 거위가 몸부림치며 날갯짓을 하는 바람에 누나가 무슨 일이 있느냐며 달려왔지요. 누나에게 거위를 달라고 이야기하려고 돌아보는데 거위가 도망쳐서 무리 속으로 끼어들었어요.

'저 거위가 왜 저러지, 젬?'

'크리스마스 때 한 마리 주겠다고 했잖아. 어떤 거위가 가장 살이 많이 쪘는지 조사하고 있었어.'

'어머. 네게 줄 것은 따로 있어. 내가 젬의 거위라고 부르고 있지. 저기 희고 큰 놈 있지? 지금 모두 스물여섯 마리인데 네 몫으로 한 마리, 우리 집 몫으로 한 마리 정해 놨고, 나머지는 시장에 팔 거야.'

'고마워, 매기 누나. 그런데 괜찮다면 지금 내가 잡았던 거위를 주면 좋겠어.'

'하지만 네 것으로 정해 놓은 거위가 3파운드 더 무거워. 너에게 주려고 특별히 살을 찌웠으니까.'

'상관없어. 아까 그 거위도 맘에 들어. 지금 갖고 갈게.'

'그렇다면 좋을 대로 해.' 누나는 약간 시무룩해했지만 '그래, 원하는 거위가 어떤 거지?' 하고 물었습니다.

'저거야. 가운데 있는 희고 꼬리에 검은 줄이 있는 놈.'

'좋아. 지금 죽여서 갖고 가.'

그래서 나는 누나가 시키는 대로 그 거위의 목을 졸라 죽인 뒤 킬번까지 갖고 갔습니다. 그리고 모즐리에게 이러저러한 일이 있다고 털어놓았죠. 그는 이런 의논을 하는 데는 안성맞춤인 상대였거든요. 그는 너무 웃어서 흑흑 흐느낄 정도였는데, 어쨌든 칼을 들고 와 둘이서 거위의 배를 갈라 펼쳤습니다.

그런데 홈즈 씨, 나는 하얗게 질리고 말았습니다. 보석은 고사하고 모래알 하나도 없었으니 잘못되어도 이만저만 잘못된 게 아니었습니다. 나는 거위를 그대로 팽개치고 부리나케 누나 집으로 달려가 뒷마당으로 갔지요. 그런데 거위는 한 마리도 없었어요.

'누나, 거위는 다 어디 갔어?'

'도매상에 넘겼다.'

'어느 도매상에?'

'코벤트 가든의 브레킨리지.'

'그중에서 꼬리에 검은 줄이 있는 거위가 또 한 마리 있었지? 내가 얻어 간 것과 똑같은.'

'그래, 있었어. 꼬리에 검은 줄이 있는 것이 두 마리라 우리도 가끔 혼동했지.'

바로 이렇게 된 겁니다. 나는 부리나케 달려서 브레킨리지에게 갔지요. 그러나 벌써 여러 마리가 팔린 뒤였고 그는 어디에 팔았는지 가르쳐 주지 않았어요.

오늘 밤 이야기를 들으셨지요? 언제나 그런 식이에요. 누나는 내가 미쳤나 하고 걱정했지요. 사실 나도 가끔 그런 생각이 들어요. 아, 게다가…… 이젠 꼼짝없이 도둑놈입니다. 원하던 보석은 갖지도 못한 채 인격을 팔고 말았어요. 아, 하느님, 저를 살려 주세요!"

그는 두 손으로 얼굴을 감싸고 울음을 터뜨렸다.

오랫동안 침묵이 계속되었다. 그의 가쁜 숨소리, 홈즈가 테이블 가장자리를 손가락으로 톡톡 두드리는 소리만 들렸다.

잠시 후 홈즈는 일어나서 문을 활짝 연 뒤 말했다. "나가!"

"네? 아, 고맙습니다."

"여러 말 하지 말고 나가!"

그 이상은 더 말할 필요도 없었다. 출입구로 돌진하는 소리, 계단을 뛰어내려가는 소리, 문이 닫히는 소리가 들리고, 곧이어 얼어붙은 길을 부지런히 달리는 발소리가 멀어져 갔다.

"다시 말하지만 왓슨, 나는 경찰의 서툰 솜씨를 보충하기 위해 고용된 게 아니야. 호너가 유죄 판결을 받는다면 모르지만 라이더도 법정에서 더 이상 그에게 불리한 증언을 하지 않을 것 같으니, 사건은 별일 없이 끝날 거야. 내가 중범을 감형해 준 격이 되었지만, 이로써 영혼 하나가 구제받은 것이 아닐까? 그는 혼쭐이 났으니 다시는 나쁜 짓을 하지 않겠지. 지금 여기서 교도소로 보내면 그는 오히려 상습범이 될 거야. 게다가 지금은 크리스마스 시즌이야. 죄를 용서하는 계절이지. 우연한 기회에 아주 진기한 사건을 만났지만 해결되었으니 이것으로 됐네. 왓슨, 미안하지만 벨을 울려 주게. 이제부터 다른 것을 맛보도록 할까. 이것도 새 요리네. 도요새지만."

얼룩끈

The Speckled Band

1883년 4월 6일 (금)

지난 8년 동안 내가 셜록 홈즈의 탐정 방법을 관찰해서 기록해 온 70건이 넘는 사건 노트를 들여다보면, 비극도 많지만 희극도 몇 건 있고, 기이하다고 표현할 수밖에 없는 사건도 적지 않다. 평범한 것은 하나도 없었다. 그 원인은 홈즈가 많은 보수를 바라고 활동한 것이 아니라, 자신의 재능 자체에 열정을 품고 활동했고, 희귀한 사건이나 기괴한 사건만 손을 댔기 때문이다. 그러나 이러한 많은 사건 중에서도 서리 주 스톡 모런의 유명한 로일롯 가 사건만큼 기괴한 양상을 띤 사건은 다시없을 것이다. 이 사건은 내가 홈즈와 알게 되어 베이커 가에서 함께 방을 빌려 독신생활을 하던 시절에 일어났다. 따라서 이 사건을 다른 것보다 먼저 발표할 수도 있었지만, 이 사건을 비밀에 부쳐 두겠다고 한 약속 때문에 그럴 수 없었다. 그런데 그 약속을 했던 부인이 지난달 갑자기 세상을 떠나 이제야 비로소 그 약속에서 해방되었다. 늦게나마 사건의 진상을 공개하는 것도 결코 헛된 일은 아니라고 생각한다. 왜냐하면 그림스비 로일롯 의사의 죽음에 관한 이야기가 진상 이상으로 무섭고 선정적인 사건으로 세상에 널리 퍼져 있기 때문이다.

1883년 4월 초의 어느 날 아침, 잠에서 깨어나 보니 홈즈가 정장을 하고 내 침대 옆에 서 있었다. 그는 평소에 늦잠을 자는 습관이 있었고, 또 벽난로 선반 위의 시계는 겨우 7시 15분밖에 되지 않아 나는 이상한 생각이 들어 눈을 깜박이면서 그를 올려다보았다. 게다가 나는 규칙적인 생활을 좋아하기 때문에 약간은 시무룩한 표정이 되어 있었는지도 모른다.

"왓슨, 이렇게 일찍 깨워서 미안하지만 오늘 아침은 모두 이런 운명이야. 허드슨 부인이 먼저 본의 아니게 일어나야 했고, 부인은 그 분풀이로 나를 깨웠고, 나는 자네를 깨우게 된 거야."

"무슨 일이야? 불이라도 났어?"

"아니, 의뢰인이야. 젊은 여자가 아주 흥분한 모습으로 와서 나를 꼭 만나고 싶다는 거야. 거실에서 기다리라고 했어. 젊은 여자가 이런 이른 아침에 런던 거리를 헤매고 아직 잠들어 있는 사람을 두드려 깨우는 것은, 상당히 절박한 사정이 있어서 상담을 하고 싶기 때문이겠지. 만약 이것이 재미있는 사건이라면, 자네는 틀림없이 처음부터 듣고 싶어 할 것 같아서. 어쨌든 자네를 깨워서 일단 알려 주려고 한 것뿐이야."

"그런 일이라면 자고 있을 수 없지."

홈즈의 전문적인 조사를 자세히 관찰하고, 그 직관적이며 신속하고 그것도 언제나 확실한 이론에 근거한 추리로 의뢰받은 어려운 사건을 멋지게 해결하는 것을 보는 것만큼 나를 기쁘게 하는 일은 없다. 나는 서둘러 옷을 입고, 몇 분 후에는 몸단장을 하고 홈즈와 함께 거실로 내려갔다. 검은 옷을 입고 두꺼운 베일을 쓴 여자가 우리를 보고는 창가 의자에서 일어섰다.

"안녕하십니까?" 홈즈가 밝은 목소리로 말했다. "제가 셜록 홈즈입니다. 이분은 친구이며 협력자인 왓슨 의사입니다. 왓슨 앞에서는 나와 마찬가지로 어떤 것도 망설이지 말고 이야기하십시오. 허드슨 부인이 벌써 다 알고 불까지 피워 놓았군요. 여기 불 앞으로 오십시오. 추워서 떨고 계시는 것 같은데, 곧 뜨거운 커피를 가져오도록 하겠습니다."

"추워서 떠는 것은 아니에요." 여자는 말한 대로 자리를 옮기면서 작은 소리로 말했다.

"그럼 무엇 때문이죠?"

"무서워요, 홈즈 씨. 무서워요."

여자는 말하면서 베일을 올렸는데, 확실히 불쌍할 정도로 흐트러진 모습이었다. 얼굴은 창백하게 일그러져 있었고, 눈은 쫓기는 짐승처럼 불안에 떨고 있었다. 얼굴이나 모습은 서른 정도로 보이는데, 머리에는 이미 흰머리가 섞여 있고, 지쳐서 힘들어하는 모습이 역력했다. 홈즈는 모든 것을 꿰뚫어 보는 날카로운 눈초리로 여자를 재빠르게 관찰했다.

"걱정하실 것 없습니다." 홈즈는 허리를 굽혀 여자의 팔을 가볍게 토닥이면서 위로해 주었다. "곧 모두 해결될 겁니다. 오늘 아침 기차

로 오셨군요."

"어머, 저를 아시나요?"

"아닙니다. 부인의 왼쪽 장갑 손바닥에 왕복표 중 돌아가는 표가 들어 있어서죠. 아침 일찍 집에서 나와 이륜마차에 흔들리면서 진흙 길을 지나 역으로 가는 것도 힘들었겠군요."

여자는 아주 놀란 모습으로 눈을 크게 뜨고 홈즈를 바라보았다.

"그렇게 이상한 얼굴을 하지 마십시오." 홈즈는 싱긋 웃고 말했다. "부인의 옷 왼쪽 팔에 흙이 튄 자국이 일곱 군데나 있습니다. 그것도 아직 말라붙지 않은 채로 말이죠. 팔에 흙이 튄 것은 부인이 이륜마차를 탔고, 또 마부 왼쪽에 앉았기 때문입니다."

"어떻게 그렇게 아시는지 몰라도 모두 말씀대로예요. 저는 오늘 아침 6시 전에 집을 나와 6시 20분에 레더헤드에 도착해서 첫차로 워털루 역에 왔어요. 홈즈 씨, 저는 더 이상 불안을 견딜 수 없습니다. 이대로 가면 미치고 말 거예요. 의지할 사람도 없고…… 아니, 저한테 마음을 써 주는 사람이 한 사람 있기는 하지만, 안타깝게도 도움은 되지 못한답니다. 그런데 홈즈 씨, 당신의 소문을 들었어요. 패린토시 부인이 곤경에 빠졌을 때 당신이 도와주셨다고 말씀하시기에 그분한테 이곳 주소를 물어 찾아왔습니다. 부탁 드립니다. 저를 이 불안에서 구해 주세요. 저를 에워싸고 있는 이 암흑 속에 한 줄기라도 좋으니 빛이 들어오게 해 주세요. 지금 당장 보답할 수는 없지만, 앞으로 두어 달 후 결혼을 하게 되면 자유롭게 쓸 수 있는 돈이 들어와요. 그렇게 되면 꼭 은혜를 갚겠습니다."

홈즈는 책상 쪽으로 몸을 돌려 열쇠로 서랍을 열고 작은 비망록을 꺼냈다.

"패린토시 부인……. 아, 생각났어. 오팔 머리 장식에 관한 사건이었어. 왓슨, 이건 자네와 알기 전에 있었던 사건이네. 그럼 패린토시 부인 때와 마찬가지로 부인에게도 기꺼이 도움이 돼 드리겠습니다. 보수 걱정은 하지 마세요. 나에게는 일 자체가 보수입니다. 형편이 좋을 때 실비를 지불하시면 됩니다. 그럼 조사하는 데 참고가 되는 일을 자세히 설명해 주세요."

"제가 가장 무서워하는 것은 제 불안이 아주 막연해서, 의혹이라고 말해도 사람들의 눈에는 틀림없이 사소한 것으로밖에 비치지 않는 정말 하찮은 것이 원인입니다. 그런 상태여서 당연히 저를 도와주어야 할 약혼자까지도 저의 이야기를 모두 신경질적인 여자의 망상이라고만 생각해요. 물론 그가 그런 말을 하지는 않았지만, 저를 위로할 때의 말이나 눈빛을 보면 알 수 있습니다. 하지만 홈즈 씨, 당신은 사람의 마음속에 들어 있는 복잡한 사악함을 꿰뚫어 보는 힘을 가지신 분이라고 들었어요. 제발 저에게 닥치고 있는 이 위험을 물리칠 수 있는 방법을 가르쳐 주세요."

"어쨌든 들어 봅시다."

"저는 헬렌 스토너입니다. 지금은 의붓아버지와 함께 살고 있는데, 의부는 잉글랜드에서 가장 유서 깊은 색슨계 가문의 하나인 스톡 모런의 로일롯 가의 마지막 혈통입니다. 우리는 서리 주의 서쪽 경계 지역에 살고 있습니다."

"이름은 잘 알고 있습니다." 홈즈가 크게 끄덕였다.

"그 집안은 한때 잉글랜드에서 손꼽히던 부호로, 영지는 서리 주의 경계를 넘어 북쪽은 버크셔, 서쪽은 햄프셔까지 이어져 있었습니다. 그러던 것이 지난 세기에 연달아 4대에 걸쳐 가장들이 낭비와 방탕에 빠진 데다가 섭정 시대에는 도박에 미친 사람까지 나와서 집안은 완전히 몰락했어요. 남은 것이라고는 몇 에이커의 땅과 200년 전에 지은 낡은 저택뿐인데, 그것도 온전치 못해 저당에서 풀릴 때가 없어요. 전대의 주인은 그 집에서 가난한 귀족의 비참한 생활을 하면서 일생을 마쳤는데, 그 외아들, 즉 저의 의부는 이 불행한 환경을 타개해야 한다고 결심을 하고, 친척에게서 빚을 내어 의학 학위를 따고 인도의 캘커타로 건너갔습니다. 거기서 의사로서의 실력과 자신의 능력으로 꽤 성공했지요. 그런데 집 안에서 가끔 물건이 없어지는 것에 신경을 곤두세우다가 그만 홧김에 인도인 집사를 때려 죽였어요. 그래서 사형에 처해질 위기까지 몰리다가 다행히 극형만은 면했는데, 그래도 오랜 기간 감옥살이를 하다 보니 우울증에 걸려 아무런 희망도 없는 사람이 되어 영국으로 돌아왔습니다.

저의 어머니는 로일롯 의사가 인도에 있을 때 그와 결혼했는데, 그 전에는 뱅골 포병대 스토너 소장의 젊은 미망인이었어요. 저와 언니 줄리아는 쌍둥이로, 어머니가 재혼할 때는 두 살이었습니다. 어머니의 재산은 1년에 1,000파운드가 넘었는데, 돌아가실 때 유언으로 그 것을 모두 의부에게 양도했어요. 그러나 이것은 저희들 자매가 의부와 함께 살고 있는 동안만이고, 결혼을 하는 경우에는 매년 일정한 액수가 저희한테도 돌아오도록 되어 있습니다. 어머니는 영국으로 돌아와 얼마 안 되어 세상을 떠나셨지요. 8년 전 크류에서 일어난 철도 사고로 갑자기 돌아가신 것입니다. 의부는 런던에서 개업하려는 계획을 취소하고, 저희를 데리고 스톡 모런의 조상 대대로 전해 오는 저택으로 옮겼습니다. 어머니의 유산 덕분에 저희는 넉넉한 생활을 할 수 있었어요. 그리고 그 무엇으로도 행복을 방해받는 일은 없을 것처럼 보였습니다.

그런데 얼마 전부터 의붓아버지가 갑자기 무서운 사람으로 변했습니다. 이웃 사람들은 스톡 모런의 로일롯 가의 가장이 옛 저택에 돌아왔다고 처음에는 크게 기뻐했지요. 하지만 의부는 친구를 사귀지도, 가족끼리 이야기를 나누지도 않고 언제나 집에 틀어박혀 있을 뿐이고, 이따금 외출을 하면 길에서 만나는 사람마다 붙들고 큰 싸움을 했습니다. 로일롯 집안의 남자들한테는 본래부터 광적일 정도로 격렬한 피가 흐르고 있는데, 의붓아버지의 경우는 오랫동안 열대 지방에 있었기 때문에 더욱 거칠어졌을 거예요. 부끄러운 싸움을 해서 두 번이나 경찰에 끌려가기도 했고, 결국에는 마을에서 공포의 대상이 되어 사람들은 의붓아버지를 보기만 해도 도망갔어요. 그도 그럴 것이, 아버지는 무섭게 힘이 세고 한번 화를 내면 절대로 자제하지 못하기 때문입니다.

지난주에도 의부는 마을의 대장간 주인을 다리의 난간 너머 개울로 던지는 행패를 부렸습니다. 또다시 동네가 시끄러워지게 될 것을, 제가 갖고 있는 돈을 모두 털어 가까스로 막았습니다. 의부는 친구라고는 떠돌아다니는 집시밖에 없어요. 그 떠돌이들에게 의붓아버지는 얼마 되지 않는 몇 에이커의 땅 중에서 가시덤불이 무성한 곳에 천막을 치도록 허락을 했습니다. 그래서 그에 대한 보답인지 그들은 의부를 천막으로 초대해 음식 대접을 하곤 했는데, 때때로 의부는 그들과 한패가 되어 몇 주일씩 떠돌아다니기도 했어요. 의붓아버지는 또한 인도의 동물을 아주 좋아해서 그곳의 대리인에게 의뢰하여 동물들을 들여오고 있습니다. 지금 있는 것은 치타와 비비입니다만, 이 동물들이 저택 안을 자유롭게 돌아다니는 바람에 마을 사람들은 주인과 함께 짐승까지도 두려워하고 있습니다.

　이런 상황이기 때문에 언니 줄리아와 저의 생활은 결코 즐겁지만은 않았어요. 하녀도 붙어 있지 못해서, 오래전부터 집안일은 저희가 직접 했습니다. 언니는 서른 살에 죽었는데, 지금의 저처럼 이미 흰머리가 났었어요."

　"그럼 언니는 돌아가셨군요?"

　"벌써 2년 전입니다. 언니의 죽음에 대해 말씀 드리고 싶습니다. 짐작하시겠지만, 저희는 생활이 이런 형편이었기 때문에 같은 또래나 비슷한 신분을 가진 사람과 접촉할 기회가 거의 없었어요. 하지만 어머니의 여동생, 오노리아 웨스트페일이란 미혼의 이모가 하로 근처에 살고 있어서 저희는 이따금 그 이모 댁에 잠깐 머물다 오곤 했습니다. 2년 전 크리스마스 때, 줄리아 언니는 이모 댁에 갔다가 명령 대기 중인 한 해병대 소령을 만나 약혼을 했어요. 언니는 돌아와서 의붓아버지에게 이 사실을 알렸는데, 아버지는 반대하지 않았어요. 그런데 결혼식을 2주일 남겨 놓고 무서운 사건이 일어나, 저의 하나밖에 없는 말벗인 언니는 세상을 떠나고 말았어요.”

홈즈는 눈을 감고 쿠션에 머리를 기댄 자세로 의자에 몸을 깊이 묻고 있었는데, 이때 눈을 가늘게 뜨고 손님을 흘낏 쳐다보았다.

“그때의 상황을 되도록 자세하고 정확하게 말씀해 주십시오.”

“네, 그 무서운 사건은 하나도 빠짐없이 기억하고 있기 때문에 조금도 틀리지 않고 이야기할 수 있습니다. 아까도 말씀 드렸듯이, 저택은 몹시 낡아서 지금은 건물 하나만 쓰고 있습니다. 이 건물 1층이 침실인데, 거실은 건물 중앙에 있어요. 침실은 앞쪽이 의붓아버지, 중앙이 언니, 그다음을 제가 쓰고 있었어요. 세 개의 방은 벽으로 가려 있어 왕래할 수 없지만, 문은 모두 같은 복도에 있어요. 이것으로 설명이 되었을까요?”

“잘 알겠습니다.”

“세 방 모두 창밖은 잔디밭입니다. 그 무서운 사건이 일어난 날 밤, 의붓아버지는 일찍 침실에 들어갔지만 잠을 자는 것 같지는 않았어요. 왜냐하면 의부가 애용하는 인도산 담배 냄새에 언니가 질색을 했으니까요. 그래서 언니는 저의 방으로 와 보름 남짓 다가온 자신의 결혼 이야기며 그 밖의 이런저런 이야기를 했습니다. 11시가 되자 언니는 돌아가려고 문 앞까지 걸어가다가 나를 돌아보며 물었어요.

‘헬렌, 밤에 누군가 휘파람 부는 소리를 들었니?’

‘아니.’

'설마 네가 자면서 휘파람을 불 리는 없고.'

'그걸 말이라고 해, 언니. 그런데 갑자기 웬 휘파람 소리라니?'

'며칠 전부터 매일 밤 3시쯤 되면 어김없이 낮은 휘파람 소리가 들려. 나는 잠귀가 밝아서 그 소리에 잠이 깨거든. 어디서 들려오는지 알 수 없지만…… 옆방 같기도 하고, 잔디밭 같기도 해. 그래서 너도 들었는지 물어본 거야.'

'난 듣지 못했어. 하지만 틀림없이 그 기분 나쁜 집시가 정원 어딘가에서 부는 걸 거야.'

'그런지도 몰라. 그러나 정원 쪽에서 부는 것이라면 네가 듣지 못했다는 게 이상하구나.'

'난 언니보다 깊이 잠들잖아.'

'어쨌든 중요한 일은 아니야.'

언니는 미소를 보이고는 제 방을 나갔습니다. 그리고 곧 언니 방의 열쇠를 채우는 소리가 들렸어요."

"두 분 다 밤마다 방문을 잠그고 주무셨군요?"

"네, 언제나 그렇게 했어요."

"왜 그랬습니까?"

"아까도 말씀 드렸지만, 의붓아버지가 기르는 치타와 비비가 있어서요. 방문을 잠그지 않으면 마음이 놓이지 않았어요."

"그렇겠군요. 계속하세요."

"저는 그날 밤, 잠을 이루지 못했습니다. 뭔가 나쁜 일이 일어날 것만 같은 막연한 불안감을 느꼈어요. 아까도 말씀 드렸듯이, 언니와 저는 쌍둥이입니다. 이렇게 밀접한 관계에 있는 두 영혼이 얼마나 미묘하게 반응하는지는 알고 계실 거예요. 그날 밤은 폭풍이 심해서, 바람이 불고 비가 거세게 창문을 두드렸어요. 갑자기 폭풍우가 몰아치는 소리 사이로 여자의 무시무시한 비명이 들렸어요. 틀림없이 그것은 언니였습니다. 저는 침대에서 일어나 숄을 두르고 복도로 뛰어나갔어요. 문을 연 순간, 언니가 말하던 낮은 휘파람 소리가 들리고 이어서 무거운 금속이 떨어지는 듯한 '덜컥' 하는 소리가 들린 것 같았어요. 복도를 달려가니까 언니 방문의 열쇠 돌리는 소리가 나고 천천히 문이 열렸습니다. 무엇이 나올지 무서워 벌벌 떨며 방문을 지켜보니, 복도에 켜져 있는 램프의 불빛을 받으며 언니가 나왔습니다. 얼굴은 공포로 인해 창백했고, 두 손은 구조를 청하는 듯 앞으로 내밀고 있었는데, 술에 취한 것처럼 비틀거렸어요. 저는 달려가서 언니를 두 팔로 안았는데, 언니는 그 순간 다리에 힘이 빠졌는지 힘없이 주저앉고 말았습니다. 심한 고통을 견디고 있는 듯 몸부림을 쳤고, 손발도 격렬하게 경련을 일으켰습니다. 처음에는 저를 알아보지 못하는 듯했습니다. 제가 그 위에 몸을 굽히니까 그때서야 '오! 헬렌! 끈! 얼룩 끈!' 하고 무서운 소리를 질렀어요. 그 소리는 일생 잊을 수 없을 거예요. 언니는 그 밖에도 하고 싶은 말이 있는 듯 손가락으로 찌르는 것처럼 하면서 계속 의부의 방을 가리켰지만, 그때 다시 경련이 일어나 말을 하지 못했습니다. 전 큰 소리로 의부를 부르면서 달려갔는데, 마침 의부가 가운을 입고 방에서 나왔어요. 언니는 이미 의식을 잃었습니다. 의부는 언니의 입에 브랜디를 흘려 넣기도 하고, 의사를 불러오라고 마을로 사람을 보내기도 했습니다. 하지만 보람도 없이 언니는 그대로 의식을 되찾지 못한 채 차츰 기력을 잃더니 마침내 숨을 거두었습니다. 이것이 언니의 무서운 최후였어요."

　"잠깐, 휘파람 소리와 금속 떨어지는 소리를 들었다고 했는데, 그건 틀림없습니까?" 홈즈가 물었다.

　"네, 그것은 검시 때, 주의 검시관도 그 점을 물었어요. 저는 분명히 들었다고 생각하지만, 폭풍우가 심하게 몰아치는 밤이었고, 집이 낡아서 삐거덕거리기 때문에 착각일지도 모릅니다."

　"언니는 옷을 입고 있던가요?"

　"아뇨, 잠옷 바람이었어요. 오른손에는 불을 켰던 성냥을, 왼손엔 성냥갑을 쥐고 있었습니다."

　"그렇다면 언니는 무언가 이상한 점을 느끼고, 성냥을 켜서 주위를 살펴보았군요. 이건 중요한 점입니다. 검시관은 어떤 결론을 내렸습

니까?"

"의붓아버지의 행동은 전부터 인근에 평판이 나 있었기 때문에 검시관은 특히 주의 깊게 조사를 했지만, 사인은 끝내 정확히 밝혀내지 못했습니다. 언니 방의 문이 안에서 걸려 있었다는 것은 제가 알고 있었고, 창문에는 굵은 쇠막대가 달린 구식 덧문이 있어서 밤마다 그것으로 문단속을 했지요. 벽도 구석구석 자세히 살펴보았지만 이상이 없었고, 바닥도 철저히 조사했지만 마찬가지였습니다. 굴뚝은 상당히 크지만 굵은 못이 네 개나 박혀 있어요. 그렇기 때문에 그때 언니가 방에 혼자 있었다는 것은 틀림없습니다. 게다가 언니의 몸에는 상처도 없었어요."

"독살되었을지도 모르겠군요?"

"몇몇 의사가 조사했지만, 확실한 것은 알아내지 못했어요."

"그렇다면 당신은 언니가 무엇 때문에 죽었다고 생각하십니까?"

"너무나 큰 공포 때문에 신경에 강한 쇼크를 받아 죽었다고 생각합니다. 무엇을 그렇게 무서워했는지 알 수 없지만."

"그 당시 정원에 집시는 있었나요?"

"네, 몇 사람은 언제나 거기 있으니까요."

"알겠습니다. 그리고 언니가 말했다는 끈(밴드)…… 얼룩 끈에 대해서 생각나는 것이 있습니까?"

"착란을 일으켜서 헛소리를 한 듯싶기도 하고, 또 사람들의 무리를 뜻하는 밴드, 숲 속의 집시들을 가리킨 말 같기도 해요. 언니는 '얼룩'이란 이상한 형용사를 사용했는데, 집시가 곧잘 머리에 감고 있는 물방울무늬의 손수건과 관계가 있는 게 아닐까요? 저도 잘 모르겠어요."

홈즈는 이해할 수 없다는 듯이 고개를 저었다.

"이것은 아주 깊은 뜻이 있을 것 같군요. 계속하세요."

"그리고 2년이 지났는데, 바로 얼마 전까지만 해도 저의 생활은 정말 쓸쓸했어요. 그러다가 한 달쯤 전에 오랫동안 사귀어 온 친한 분으로부터 결혼 신청을 받았습니다. 아미티지⋯⋯ 퍼시 아미티지라는 분인데, 레딩에서 가까운 크레인 워터에 사는 아미티지 씨의 둘째 아들입니다. 의붓아버지도 이 결혼에 반대하지 않아서 돌아오는 봄에 식을 올리기로 했어요. 그런데 이틀 전부터 건물의 서쪽 부분을 수리하기 시작해 저의 침실 벽에 구멍이 났어요. 그래서 저는 할 수 없이 언니 방으로 옮겨 언니가 자던 침대에서 자게 되었어요. 그런데 어젯밤의 일입니다. 잠이 오지 않아 언니가 세상을 떠났을 때의 일을 이것저것 생각하고 있는데, 갑자기 밤의 정적 속에서 언니의 죽음을 예고라도 했던 것 같은 그 나직한 휘파람 소리가 들려오는 게 아니겠습니까. 그때의 공포가 어떠했는지를 아시겠지요? 저는 벌떡 일어나 램프에 불을 켜고 살펴보았는데, 방에는 아무런 이상이 없었습니다. 하지만 겁에 질려서 잠이 오질 않았어요. 그래서 옷을 입고 기다리다가 날이 밝자마자 몰래 빠져나와 맞은편에 있는 크라운 호텔에서 이륜마차를 불러 타고 레더헤드로 달려가 기차를 탔어요. 오직 빨리 찾아뵙고 도움을 받고자 하는 마음으로 이렇게 이른 아침에 방문하게 된 거예요."

"정말 잘 판단하셨습니다. 더 하실 말씀이 있습니까?" 홈즈가 말했다.

"아니에요. 모두 말씀 드렸습니다."

"그렇지 않습니다, 스토너 양. 더 있을 겁니다. 당신은 의붓아버지를 감싸고 계시는군요."

"어머, 어떻게 그런 말씀을?"

홈즈는 대답 대신 스토너가 무릎에 얹고 있는 손목 위의 검은 레이스 소매 장식을 걷어 올렸다. 작은 회색 반점 다섯 개—엄지손가락과 네 개의 손가락 자국—가 하얀 손목에 선명하게 남아 있었다.

"심하게 손찌검을 당하셨군요." 홈즈가 말했다.

스토너는 얼굴을 붉히며 자국이 나 있는 손목을 얼른 감추었다.

"의부는 무서운 분입니다. 자기 힘이 얼마나 센지 모르는 것 같아요."

오랜 침묵이 흘렀다. 그동안 홈즈는 두 손으로 턱을 괴고, 소리를 내면서 타고 있는 불을 지그시 바라보고 있었다.

"이것은 아주 어려운 사건입니다." 홈즈가 말했다. "행동을 하기 전에 여러 가지 알고 싶은 것이 있습니다. 그러나 조금도 지체할 수 없어요. 오늘 당장 스톡 모런에 간다면 의붓아버지 모르게 방을 조사해 볼 수 있을까요?"

"다행히 의부는 오늘 중요한 일이 있어 런던에 간다고 했어요. 아마 하루 종일 집을 비울 거예요. 가정부 한 사람이 있지만, 나이도 많고 조금 흐리멍덩해서 방을 조사하는 데 방해는 되지 않을 겁니다."

"잘됐군요. 왓슨, 자네도 함께 가겠지?"

"물론."

"그럼 두 사람이 가겠습니다. 당신은 이제부터 어떻게 하시겠습니까?"

"모처럼 런던에 왔으니 몇 가지 일을 보고 가겠어요. 하지만 두 분이 오시는 시간에 맞춰 2시 기차로 돌아가겠어요."

"그럼 오후에 뵙겠습니다. 나는 그때까지 두세 가지 간단한 일을 마쳐야 합니다. 잠깐 기다렸다가 아침 식사나 함께 하시지요."

"아니에요. 가야 해요. 걱정거리를 털어놓으니 마음이 가벼워지는군요. 즐거운 마음으로 다시 만날 때를 기다리겠어요."

여자는 두꺼운 검은 베일로 얼굴을 가리고 조용히 방에서 나갔다.

"왓슨, 지금 들은 이야기를 어떻게 생각하나?" 홈즈가 의자에 기대며 물었다.

"아주 어둡고 으스스한 사건 같군."

"정말 어둡고 으스스한 사건이지."

"더구나 스토너 양이 말했듯이, 바닥이나 벽에 아무런 이상이 없고, 문이나 굴뚝으로도 출입할 수 없다면, 혼자 있던 언니가 죽은 것은 정말 불가사의한 일이라고 생각할 수밖에 없겠군."

"그 말이 사실이라면, 밤마다 들려왔다는 휘파람 소리와 언니가 죽을 때 했다는 이상한 말은 무엇을 뜻하는 걸까?"

"모르겠어."

"밤에 휘파람 소리가 들렸고, 의사와 친한 집시의 무리가 정원에 와 있었다는 것, 의사는 딸의 결혼을 방해할 충분한 이유가 있다는 것, 언니가 죽을 때 밴드라는 말을 했다는 것, 마지막으로 헬렌 스토너가 무거운 금속이 떨어지는 듯한 소리를 들었다고 했는데, 이것은 덧문의 쇠막대기가 원위치에 떨어지는 소리인지도 몰라. 이런 사실들을 연결해 보면, 이 방향에서 수수께끼 해명의 단서를 잡을 수 있을 듯싶군."

"그렇다면 집시는 도대체 무엇을 했을까?"

"그건 모르겠어."

"지금 한 설명으로는 이해할 수 없는 점이 많아."

"나도 마찬가지야. 그래서 오늘 둘이서 스톡 모런에 가겠다는 게 아닌가. 이해할 수 없는 점이 정말 불가사의해서 아리송하기만 한 것인지, 아니면 설명이 가능한 것인지 확인하고 싶네. 어, 이건 뭐야!"

홈즈가 갑자기 소리친 이유는 그때 갑자기 문이 거칠게 열리며 굉장히 큰 남자 하나가 나타났기 때문이다. 남자는 검은 중산모에 검은 프록코트를 입었고, 무릎까지 각반을 감았으며, 손에는 사냥용 채찍을 들고 있어 의사처럼 보이기도 하고 농부처럼 보이기도 한 기묘한 모습이었다. 키가 아주 커서 쓰고 있는 모자가 문틀에 닿고, 체구도 커서 몸이 문에 꽉 끼일 정도였다. 누렇게 볕에 그을렸고, 주름살이 많으며, 온갖 사악한 마음이 아로새겨진 듯한 커다란 얼굴이 우리를 번갈아 보았다. 노기 띤 움푹 팬 눈과 높고 가는 코는 비록 늙기는 했지만 어딘지 모르게 사나운 맹금을 연상케 했다.

"누가 홈즈야?" 갑자기 나타난 사람이 물었다.

"내가 홈즈입니다. 그런데 누구십니까?" 홈즈가 조용히 말했다.

"나는 스톡 모런의 로일롯 의사다."

"오, 의사시군요. 어서 앉으십시오."

"앉기는 왜 앉아. 내 딸이 여기 왔었지? 나는 미행을 했지. 딸이 무슨 말을 지껄였지?"

"계절에 어울리지 않게 약간 추운 것 같군요." 홈즈가 말했다.

"딸이 무슨 말을 했느냐고 묻고 있잖아!" 노인은 사납게 소리쳤다.

"그런데 이렇게 추워도 크로커스 꽃이 잘 핀다지요?" 홈즈는 여전히

침착하게 말했다.

"흥, 우물쭈물 넘어갈 속셈이군. 알고 있어, 이
놈팡이야! 네놈의 소문은 전부터 들었어. 네놈은 주제넘은
짓을 하고 있단 말이야."

홈즈는 미소를 지었다.

"이 참견 잘하는 놈아!"

홈즈는 크게 미소 지었다.

"경찰의 심부름꾼, 홈즈!"

홈즈는 유쾌한 듯이 키들키들 웃었다.

"정말 재미있는 말을 하는군요. 나갈 때는 문을 꼭 닫아 주십시오. 문틈으로 바람이 들어오니까요."

"하고 싶은 말만 하고 가겠다. 잘 들어. 우리 집 문제에 쓸데없는 참견은 하지 마라. 내 딸 스토너가 여기 왔었다는 것은 이미 다 알고 있어. 계속 미행을 했으니까. 내가 얼마나 위험한 상대인가 가르쳐 주지. 자, 봐라."

그는 재빨리 앞으로 나와 쇠 부젓가락을 움켜쥐는가 싶더니 볕에 그을린 커다란 손으로 구부려 놓았다.

"봤지? 가까이 다가와 나한테 붙잡히지 않는 게 좋아."

로일롯 의사는 소리치고는 구부린 부젓가락을 난로에 던지고 성큼성큼 방을 나갔다.

"꽤 유쾌한 노인이로군." 홈즈는 웃으며 말했다. "나는 노인만큼 크지는 않지만 조금만 더 있었다면, 팔 힘은 뒤지지 않는다는 것을 보여 줬을 텐데."

홈즈는 말하면서 부젓가락을 들고 힘을 주어 원래의 모양대로 펴 놓았다.

"나를 스코틀랜드 야드의 형사 나부랭이로 잘못 본 것은 실례 아닌가? 하지만 덕분에 조사에 흥미가 솟는군. 그 아가씨가 미행당한 것은 조금 조심성이 없기는 했지만 걱정할 필요는 없어. 왓슨, 아침 식사를 준비하라고 해 주게. 그런 다음, 나는 등기소에 들러 이 사건에 필요한 자료를 몇 개 찾아 오겠네."

홈즈는 한 시간 가까이 외출했다가 돌아왔다. 그는 손에 메모와 숫자를 가득 쓴 파란 종이를 들고 있었다.

"죽은 부인의 유언장을 보고 왔어. 투자 물건 등을 포함한 유산의 내용을 정확히 알기 위해서는 현재의 평가액을 산정해야 하지. 부인의 사망 당시 수입은 연간 1,100파운드에 가까웠지만, 지금은 농산물 가격이 하락해서 750파운드 정도야. 딸들은 결혼을 하면 각자 해마다 250파운드씩 받을 권리가 있어. 그러니 한 사람이 결혼하는 것만으로도 그 남자는 적지 않은 손실을 보는 셈인데, 둘 다 결혼하면 그야말로 자기의 몫밖에는 들어오지 않게 되네. 내가 오전에 한 일도 헛수고가 아니었어. 그에게는 딸의 결혼을 방해할 강한 동기가 있다는 사실을 확실히 알았으니까 말이야. 왓슨, 이렇게 되면 사태는 아주 심각해. 우리가 이 사건에 관여하기 시작했다는 것을 그 노인이 알았으니까. 준비가 되면 마차를 불러서 워털루 역으로 가세. 피스톨을 주머니에 넣고 가면 좋겠네. 상대는 부젓가락을 구부릴 정도로 힘이 센 남자니까. 일리 2번 권총이 알맞을 거야. 그것과 칫솔만 갖고 가면 충분해."

다행히 우리는 워털루 역에서 출발하는 레더헤드행 기차 시간에 늦지 않게 도착했다. 레더헤드에서는 역 앞 여관에서 부른 소형 마차로 서리 주의 아름다운 길을 4, 5마일 정도 달렸다. 청명한 날씨였는데, 하늘에는 태양이 빛나고, 양털을 뜯어 놓은 듯한 구름이 군데군데 떠 있었다. 나무들과 길가의 산울타리는 막 신록의 눈이 트고 있었고, 공기 속에는 촉촉하게 젖은 달콤한 냄새가 가득 퍼져 있었다. 이 즐거운 봄의 조짐과 우리가 이제부터 조사하려는 기괴한 사건은 참으로 기묘한 대조를 이루고 있었다.

홈즈는 마차의 앞 좌석을 차지했는데, 팔짱을 끼고 모자를 깊숙이 눌러 쓰고 턱을 가슴에 묻은 채 깊은 생각에 잠겨 있었다. 그러더니 갑자기 몸을 일으켜 내 어깨를 두드리면서 목장 쪽을 가리켰다.

"저기를 보게."

나무가 서 있는 큰 정원이 완만한 경사를 이루며 펼쳐지다가 차츰 밀도를 더하면서 정상에서 숲을 이루고 있었다. 우거진 가지 사이에서 퍽 오래된 저택의 회색 박공과 높은 마룻대가 솟아 나와 있었다.

"스톡 모런이지?"

"네, 그림스비 로일롯 의사의 저택입니다." 마부가 대답했다.

"지금 수리 중일 텐데. 그 현장에 가고 싶군."

"마을은 저쪽입니다. 그러나 저택으로 가시려면 이 계단을 올라가 밭두렁 길로 가는 편이 빠릅니다. 아, 저기 아가씨가 가는군요." 마부는 왼편으로 약간 떨어진 곳에 지붕이 옹기종기 모여 있는 곳을 가리키면서 말했다.

"오, 저 아가씨는 스토너 양 같군. 맞아, 자네 말대로 하는 게 빠르겠어."

마차에서 내려 요금을 치르자 마부는 레더헤드 쪽으로 말머리를 돌렸다.

"내 생각에 저 친구에게는 우리가 건축 기사나 그 밖의 분명한 용건이 있어서 찾아온 사람들이라는 인상을 주는 것이 좋겠어. 소문이 나지 않도록 말이야. 안녕하십니까, 스토너 양. 약속을 잘 지켰지요?"

오늘 아침의 의뢰인은 아주 반가운 얼굴로 달려왔다.

"애타게 기다리고 있었어요." 스토너는 우리와 악수를 나누면서 말했다. "모든 일이 생각대로 되고 있어요. 의부는 런던에 갔으니 돌아온다 해도 오후 늦게일 거예요."

"영광스럽게도 의사를 이미 만났습니다."

홈즈는 아까 있었던 일을 자세히 들려주었다. 그 이야기를 듣자 스토너는 입술까지 새파래졌다.

"어머! 제 뒤를 미행했군요."

"그런 듯싶습니다."

"의부는 아주 위험한 사람이라 저는 잠시도 마음을 놓을 수 없습니다. 돌아오면 뭐라고 할까요?"

"오히려 의사가 조심해야 할 겁니다. 지혜를 비교하자면 한 수 높은 남자가 노리고 있으니까요. 당신은 오늘 밤 방문을 잠그고 의사가 가까이 오지 못하도록 하세요. 그가 난폭하게 굴 것 같으면 이모 댁에 데려다 드릴 테니까요. 자, 시간을 아끼는 의미에서 지금 문제의 방으로 안내해 주세요."

저택은 군데군데 이끼가 돋은 회색 석조 건물로, 한층 높은 중앙 건물에서 그 양쪽으로 연결된 건물이 마치 게의 집게처럼 튀어나와 있었다. 그 한쪽 건물은 창문을 널빤지로 막았고, 지붕도 내려앉은 데가 있어서 폐가와 다를 바 없었다. 중앙부도 손질이 잘 안 된 점에 있어서는 비슷했지만, 오른쪽 건물만은 그런대로 요즘 집들의 모양을 갖추고 있어서 창문에는 덧문도 있고, 두세 군데의 굴뚝에서는 푸른 연기가 솟아올라 가족이 살고 있는 곳임을 말해 주었다. 끝 쪽의 벽에 나무로 발판이 만들어져 있고 돌벽에 구멍을 뚫어 놓았는데, 우리가 그곳에 도착했을 때는 인부들의 모습은 보이지 않았다. 홈즈는 손질이 안 된 잔디 위를 천천히 걸어 다니며 창문 바깥쪽에서 세밀히 살폈다.

"이것이 당신의 침실 창문이고, 가운데가 언니의 방 창문, 그리고 안쪽에 가까운 것이 로일롯 의사 방의 창문이군요."

"네, 하지만 저는 지금 가운데 방을 쓰고 있어요."

"그것은 수리를 하는 동안만이겠지요. 그런데 저 끝의 벽은 특별히 수리할 필요가 없을 듯싶은데요."

"없어요. 단지 저를 제 방에서 쫓아내기 위한 구실이 아닌가 생각합니다."

"아, 그건 상당히 암시적인 의견이군요. 그런데 이 건물 저쪽에 복도가 있고, 그 복도에서 세 방으로 출입할 수 있군요. 물론 복도 쪽에도 창문이 있겠지요?"

"네, 있어요. 그러나 아주 작아요. 아무도 드나들 수 없어요."

"밤에는 두 분 모두 문을 잠갔으니 복도에서는 침입하지 않았을 겁니다. 그럼 미안하지만, 방에 들어가서 덧문을 닫아 주시겠습니까?"

스토너 양이 덧문을 닫자, 홈즈는 창문을 면밀히 살피고는 닫힌 덧문을 억지로 열려고 여러 가지 방법을 써 보았으나 헛수고였다. 나이프로 빗장을 벗기려 해도 나이프를 끼워 넣을 틈도 없었다. 이번에는 돋보기로 경첩을 조사했는데, 이것은 튼튼한 철제로 견고한 돌 벽에 단단히 끼워져 있었다.

"흠!" 홈즈는 약간 당혹한 표정으로 턱을 쓰다듬으면서 말했다. "내 추리에 약간의 난점이 있는 듯하군. 이 덧문에 빗장이 끼워져 있으면 여기로는 절대로 들어가지 못해. 좋아, 이번에는 방을 조사해 보지. 어떤 단서가 있을지도 몰라."

옆에 있는 작은 출입구로 들어가자 회반죽을 바른 복도를 따라 방이 세 개 나란히 있었다. 홈즈가 세 번째 방은 조사하지 않는다고 해서 우리는 현재 스토너 양이 사용하는 두 번째 방, 즉 언니가 죽은 방으로 들어갔다. 검소한 작은 방으로, 오래된 시골집처럼 천장이 낮고 벽에는 커다란 난로가 있었다. 한쪽 구석에는 갈색 옷장, 다른 한쪽에는 하얀 커버를 씌운 침대가 있고, 창문 왼쪽에는 화장대가 있었다. 가구는 이 밖에 다리가 두 개인 작은 등의자와 방의 중앙에 깐 정사각형 월튼 카펫뿐이었다. 카펫 둘레에 보이는 바닥 판자와 벽의 널빤지는 벌레 먹은 갈색 참나무로, 그 색이 바랜 정도로 보아 옛날 이 집이 처음 세워졌을 때부터 있었던 것으로 생각되었다. 홈즈는 한쪽 구석으로 의자를 끌고 가 조용히 앉아서 이 방의 어떤 사소한 점도 놓치지 않으려는 듯 위아래, 전후좌우를 세심히 살폈다.

"저 벨의 끈은 어디로 연결돼 있지요?" 홈즈가 침대 옆에 늘어져 있는, 끝의 술이 베개 위에 얹혀 있는 굵은 벨의 끈을 가리키며 말했다.

"가정부 방으로 연결되어 있어요."

"다른 것과 비교하면 새것 같은데요."

"네, 2년 전에 달았으니까요."

"언니가 원했나요?"

"아니에요. 언니가 사용하는 걸 들은 일이 없어요. 우리는 언제나 자기 일은 자신이 하는 방식이었으니까요."

"알겠습니다. 이렇게 훌륭한 끈이 필요치 않았군요. 바닥을 조사해 보겠습니다. 잠시 실례하겠습니다."

그는 배를 깔고 바닥에 엎드리더니 돋보기를 들고 앞뒤로 재빨리 움직이면서 바닥 판자의 틈새를 면밀히 조사했다. 끝으로 침대에 다가가 한참 동안 그것을 관찰하기도 하고, 벽을 따라 시선을 아래위로 움직이기도 했다. 그런 다음에 벨 끈을 쥐더니 힘껏 잡아당겼다.

"어, 소리가 나지 않는군."

"울리지 않아요?"

"당연하지요. 철사에 연결되어 있지도 않으니까요. 이거 정말 재미있군. 이것 보세요. 환기통 바로 위의 못에 매어져 있습니다."

"어머, 정말! 이상하군요 저는 전혀 깨닫지 못했어요."

"정말 이상해." 홈즈는 줄을 당기며 말했다. "이 방에는 이상한 점이 몇 가지 있어요. 예를 들면, 환기 구멍이 옆방으로 뚫려 있어요. 같은 품을 들여서 바깥 공기와 통하게 할 수도 있는데, 이런 바보 같은 짓을 하는 목수가 또 있을까요?"

"이 환기 구멍도 뚫은 지 얼마 안 됐어요."

"벨과 같은 시기에 만들었군요."

"네, 그 무렵에 이것 말고도 간단한 공사를 몇 군데 더 했어요."

"이건 정말 재미있는 공사였던 것 같군요. 소리가 나지 않는 벨 끈, 환기가 되지 않는 환기 구멍. 그럼 스토너 양, 이번엔 의사의 방을 조사하고 싶은데, 안내해 주시겠습니까?"

그림스비 로일롯 의사의 방은 딸의 방보다 넓었지만 역시 검소하여 별다른 꾸밈이 없었다. 조립식 침대, 전문 의학 서적으로 꽉 찬 작은 나무 책장, 침대 옆의 안락의자, 창가에 놓인 소박한 나무 의자, 둥근 테이블, 커다란 철제 금고 따위가 있었다. 홈즈는 천천히 걸어 다니면서 이것들을 하나하나 주의 깊게 살펴보았다.

"이 안에는 무엇이 들어 있습니까?" 홈즈가 금고를 두드리면서 물었다.

"의부의 서류예요."

"그래요? 안을 보셨습니까?"

"몇 년 전에 한 번 봤는데, 서류가 가득 들어 있었어요."

"혹시 고양이 따위가 들어 있지는 않았습니까?"

"물론이에요. 이상한 말씀을 하시는군요."

"이걸 보십시오."

홈즈는 금고 위에 있는, 우유가 담겼던 작은 접시를 들었다.

"아니에요. 고양이는 기르지 않아요. 치타와 비비는 있습니다만."

"아, 그렇군요. 어쨌든 치타도 큰 고양이라고 할 수 있지만, 이런 접시로 우유를 먹어서는 만족하지 못할 겁니다. 한 가지 확인하고 싶은 것이 있습니다."

홈즈는 나무 의자 앞에 무릎을 꿇고는 앉는 부분을 주의 깊게 조사했다.

"고맙습니다. 대강의 윤곽이 드러났습니다."

그는 일어나 돋보기를 주머니에 넣었다.

"아! 여기에 재미있는 것이 있군."

홈즈가 말한 것은 침대의 한쪽 구석에 걸려 있는 개를 훈련시키는 작은 채찍이었다. 채찍은 돌돌 말려 있고, 가죽 끝 부분이 고리 형태

로 되어 있었다.

"왓슨, 이걸 어떻게 생각하나?"

"보통 채찍이 아닌가. 왜 끝을 고리로 만들어 놓았는지는 모르겠지만."

"아니, 이것은 보통 채찍이 아니야. 아, 무서운 세상이다! 머리가 좋은 사람이 나쁜 일에 머리를 쓰면, 그보다 더 무서운 일은 없을 거야. 스토너 양, 봐야 할 것은 다 본 듯합니다. 괜찮다면 정원으로 나갈까요?"

조사를 마친 홈즈가 이때처럼 심각하고 어두운 얼굴을 한 것을 나는 본 적이 없다. 세 사람이 정원을 몇 번이나 왔다 갔다 했지만, 나와 스토너 양은 홈즈의 사색을 방해하지 않으려고 그가 생각에서 깨어날 때까지 입을 열지 않았다.

"스토너 양." 홈즈가 드디어 입을 열었다. "중요한 사실은 어떤 일이 있어도 내 말대로 행동해야 한다는 것입니다."

"네, 약속하겠습니다."

"사태가 아주 긴박해서 망설일 틈도 없습니다. 당신의 목숨은 내 충고를 따르느냐 아니냐에 달려 있어요."

"말씀대로 하겠다고 맹세하겠어요."

"그럼 첫째, 오늘 밤은 나와 왓슨이 당신 방에서 밤을 새게 됩니다."

스토너와 나는 놀라서 멍하니 홈즈의 얼굴을 바라보았다.

"꼭 그렇게 해야 합니다. 어떻게 해야 하는지 지금 설명하지요. 저기 보이는 것이 마을의 여관인가요?"

"네, 크라운 여관이에요."

"잘됐군. 저곳에서 당신 방의 창문이 보일까요?"

"네, 보입니다."

"의사가 돌아오면, 머리가 아프다는 핑계를 대고 방에 들어가 나오지 마세요. 그리고 의부가 침실에 들어가는 소리가 들리면, 창의 덧문을 열고 램프로 우리에게 신호를 하십시오. 그런 다음, 필요한 소지품을 갖고 당신이 전에 사용하던 침실로 옮기는 겁니다. 수리 중이긴 하지만, 하룻밤 정도는 견딜 수 있겠죠?"

"네, 그렇게 하겠어요."

"그다음 일은 우리에게 맡기십시오."

"무엇을 하실 건가요?"

"당신 방에서 하룻밤을 지 내면서 당신을 놀라게 한 그 소리의 정체가 무엇인지 를 알아내는 겁니다."

"홈즈 씨, 당신은 이 미 모든 것을 알고 계시는군요?"

스토너 양은 홈 즈의 소매를 잡 고 말했다.

"그런지도 모 르겠습니다."

"그렇다면 언 니의 죽음에 대 해서 말해 주실 수 있으세요?"

"증거가 더 확실해진 다음에 이야기하고 싶군요."

"하지만 저의 생각이 옳은지 정도는 말씀해 주실 수 있잖아요. 언니 는 역시 갑작스런 공포에 휘말려서 죽은 건가요?"

"그렇지는 않다고 생각합니다. 더 확실한 원인이 있는 듯합니다. 자, 스토너 양, 우리가 먼저 실례하겠습니다. 로일롯 의사가 돌아와서 우리를 발견하면 여기까지 찾아온 우리의 계획이 허사가 되니까요.

용기를 내세요. 내가 하라는 대로만 하면, 당신을 에워싸고 있는 모든 위험이 사라질 겁니다."

홈즈와 나는 크라운 여관에서 거실이 달린 침실을 어렵지 않게 빌릴 수 있었다. 2층 방인데, 창문으로 스톡 모런 저택의 가로수에 이어진 문이며, 사람이 살고 있지 않은 건물이 보였다. 해가 질 무렵, 그림스비 로일롯 의사가 자그마한 소년 마부 옆에 그 우람한 체구를 드러내며 마차로 돌아오는 것이 보였다. 소년이 육중한 철문을 여느라고 잠깐 꾸물거리자 고함을 지르는 의사의 걸걸한 목소리가 들렸고, 무시무시한 기세로 주먹을 휘두르는 모습이 보였다. 마차는 다시 달렸고, 잠시 후 거실에 램프 불이 켜진 듯, 나무들 사이로 불빛이 새어 나왔다.

"왓슨. 솔직히 말해서, 오늘 밤에 자네와 함께 가야 할지 말아야 할지 고민이야. 너무 위험하다는 것을 알고 있으니까." 점차 깊어지는 어둠 속에서 홈즈가 말했다.

"내가 도움이 되지 않나?"

"아니. 자네가 있으면 큰 도움이 되지."

"그렇다면 꼭 가겠네."

"정말 고마워."

"위험하다고 했는데, 자네는 그 방에서 내가 보지 못한 것까지 보고 왔군."

"그렇지 않아. 추리는 조금 앞질렀을지 모르지만 내가 본 것은 자네도 다 봤어."

"내가 본 것 중에서 색다른 것이 있다면 벨 끈뿐이야. 그것도 무슨 목적으로 장치했는지 솔직히 말해 상상도 못하겠어."

"환기 구멍도 보았지?"

"응. 그러나 방과 방 사이에 작은 구멍이 있다는 것이 이상하다고 생각되지는 않아. 그렇게 작아서야 쥐도 드나들기 어려울 걸."

"나는 스톡 모런에 오기 전부터 반드시 환기 구멍이 있을 거라고 생각했어."

"뭐라고!"

"사실이야. 스토너 양의 말에 의하면, 언니가 로일롯 의사의 시가 냄새에 시달렸다고 했는데, 두 방 사이에 구멍이 없으면 저쪽 방의 담배 연기가 어떻게 이쪽 방으로 올 수 있겠나. 이건 작은 구멍이라야 해. 그렇지 않다면, 검시관이 조사를 했을 때 문제가 되었을 거야. 그래서 환기 구멍이라고 추리한 거지."

"하지만 그토록 작은 구멍으로 어떤 장치를 할 수 있지?"

"어쨌든 날짜가 이상할 정도로 맞아떨어지거든. 환기 구멍이 뚫린 것과 벨 끈이 장치된 것, 그리고 침대에서 잠을 자던 언니가 죽은 것. 이것이 이상하지 않은가?"

"아직은 그 상관관계를 잘 모르겠어."

"그 침대에 아주 색다른 점이 있다는 것을 깨닫지 못했나?"

"아니."

"바닥에 고정되어 있었어. 그런 식으로 고정시킨 침대를 본 일이 있나?"

"없어."

"언니는 침대의 위치를 바꿀 수 없었던 거야. 그래서 침대는 환기 구멍과 벨 끈에 대해 언제나 같은 위치에 있지. 그 끈은 밧줄이어도 좋을 거야. 벨을 울리는 끈이 아닌 것은 분명하니까.”

“홈즈! 자네가 말하는 의미를 어렴풋하게나마 알 것 같아. 교묘하고 무서운 범죄를 막는 데 우리가 가까스로 때를 맞추었군.”

“교묘한 점에서나 무서운 점에서나 그 두엇에도 비할 수 없지. 의사가 악한 일을 하려고 마음먹으면 최악의 범죄자가 되는 거라네. 대담성과 지식을 겸비하고 있으니까 말이야. 팔머와 프리처드도 일류 의사였지만, 이번 범인은 한 단계 더 높은 수준이야. 그러나 왓슨, 우리는 그보다 한 단계 더 높은 데로 갈 수 있다고 생각해. 어쨌든 날이 밝을 때까지는 무시무시한 상황을 겪어야 하네. 그러니 지금부터 천천히 담배나 피우면서, 하다못해 두세 시간 동안이라도 무언가 유쾌한 일을 생각해 보도록 하세.”

9시쯤 되자 나무 사이로 새어 나오던 불빛도 꺼져 저택 쪽은 칠흑같이 어두워졌다. 그리고 기나긴 두 시간이 지나 시계가 11시를 치는 순간, 우리 정면에서 한 줄기 밝은 광채가 번쩍였다.

“옳지, 신호 불빛이야.” 홈즈는 기운차게 일어서면서 말했다. “가운데 창문에서 비치는 불빛이야.”

나갈 때 그는 여관 주인에게 지금 친구를 방문할 일이 있어 나가는데, 어쩌면 자고 오게 될지도 모르겠다고 달했다. 우리는 어두운 밤길을 걷기 시작했다. 차가운 바람이 얼굴에 몰아쳐 왔다. 이 어둡고 을씨년스러운 밤에 답답한 일을 하러 가는 우리에게 정면에서 반짝이고 있는 노란 불빛이 등대 역할을 해 주었다.

해묵은 담에는 허물어진 곳이 수리도 안 된 채 군데군데 구멍이 나 있어, 우리는 어렵지 않게 저택 안으로 들어갈 수 있었다. 나무와 나무 사이로 가서 정원으로 나가 곧장 가로질러 창문으로 들어가려는 그때, 월계수 숲 속에서 이상한 형체가 나타나더니 어린애 같은 물체가 뛰어 나와 손발을 버둥거리면서 풀 위에 몸을 던지는가 싶더니, 재빨리 정원을 달려 어둠 속으로 사라져 버리는 것이었다.

"앗! 방금 보았나?" 내가 작은 소리로 말했다.

홈즈도 나만큼 놀란 모양이었다. 바이스처럼 내 손목을 강하게 움켜쥔 그의 손에서 마음의 동요가 느껴졌다. 그러더니 그는 조용히 웃으면서 내 귀에 입을 갖다 댔다.

"허, 굉장한 집이군. 지금 그것은 비비야."

나는 의사가 귀여워하는 별난 애완동물에 대한 이야기를 깜박 잊고 있었다. 치타도 있을 것이다. 언제 등 뒤에서 습격해 올지 모른다. 홈즈가 하는 대로 신을 벗고 침실에 들어갔을 때, 솔직히 말해서 '이제 살았군.' 하는 생각이 들었다. 친구는 소리 없이 덧문을 닫고 램프를 테이블 위에 옮겨 놓고는, 방 전체를 날카롭게 둘러보았다. 모든 것이 낮에 본 그대로였다. 홈즈는 내 옆으로 오더니 손을 모아 내 귀에 대고 말이 간신히 들릴 정도로 작게 속삭였다.

"조금이라도 소리를 내면 우리 계획은 끝장이야."

나는 알았다는 표시로 고개를 끄덕였다.

"어둠 속에 앉아 있어야 해. 구멍으로 빛이 새어 나가니까."

나는 다시 끄덕였다.

"잠들면 안 돼. 목숨이 달아날지도 몰라. 만일의 사태에 대비해서 권총을 준비해. 나는 침대에 앉을 테니, 자네는 저 의자에 앉아."

나는 권총을 꺼내 테이블 위에 놓았다.

홈즈는 가느다란 지팡이를 갖고 왔는데, 그것을 자기 옆의 침대 위에 놓았다. 그 옆에 성냥과 양초를 나란히 놓았다. 그런 다음, 나사를 돌려 램프를 껐으므로 방 안은 갑자기 캄캄해졌다.

그 무서웠던 밤샘을 어떻게 잊을 수 있겠는가. 소리 하나, 아니, 숨소리조차도 들리지 않았다. 두세 걸음 저쪽에는 친구가 나와 마찬가지로 신경을 칼날같이 곤두세운 채 눈을 크게 뜨고 앉아 있었고, 덧문으로 차단되어 실낱같은 불빛 한 줄기조차 새어 들어오지 않는 암흑 속에서 우리는 계속 기다렸다. 밖에서는 이따금 밤새가 우는 소리가 들렸고, 한 번은 바로 이 방의 창밖에서 길게 꼬리를 끄는 고양이의 울음소리가 들려왔다. 그것은 앞에서 말한 바와 같이, 이 집에서 놓아 기르는 치타의 소리였다. 멀리서 15분마다 시간을 알리는 성당의 시계 소리가 묵직하게 울렸다. 그 15분이 얼마나 길게 느껴졌는지 모른다. 12시를 치는 소리가 들리고, 다시 1시, 2시, 3시를 치는 소리가 들렸다. 그동안 우리는 어떤 것인지는 알 수 없지만 어쨌든 일어나고야 말 그 사태를 말없이 기다리고 있어야 했다.

갑자기 환기 구멍 쪽에서 타는 냄새가 강하게 코를 찔러 왔다. 누군가 옆방에서 덮개가 있는 랜턴에 불을 붙인 것이다. 사람이 움직이는 기척이 낮게 들리고 다시 조용해졌는데, 그 냄새는 더욱 강하게 풍겨 왔다. 나는 귀를 곤두세웠다. 그렇게 30분 정도 흘러갔다. 그러다 갑자기 또 다른 소리가 들렸다. 주전자에서 계속 뿜어 나오는 가느다란 수증기 소리 비슷한 조용하고 부드러운 소리였다. 그 소리가 들려오

자 홈즈는 침대에서 벌떡 일어나 성냥을 켜고 지팡이로 벨 끈을 힘껏 쳤다.

"왓슨. 보았나?" 홈즈가 소리쳤다.

그러나 나는 아무것도 보지 못했다. 홈즈가 성냥을 켰을 때 낮고 날카로운 휘파람 소리를 들었지만, 환한 빛이 갑자기 피로한 눈을 쏘았기 때문에 그가 그토록 세게 때린 것이 무엇인지 미처 보지 못했다. 그러나 그의 얼굴이 죽은 사람처럼 창백하고, 공포와 혐오의 감정으로 가득 차 있는 것만은 볼 수 있었다.

홈즈가 치는 동작을 멈추고 환기 구멍을 지그시 노려보고 있는데,

갑자기 밤의 정적을 깨고 소름 끼치는 비명 소리가 들려왔다. 고통과 공포와 분노가 섞인 그 소리는 점점 커지더니 비명에 가까운 절규로 변했다. 나중에 들은 바로는, 마을 변두리에 있는 목사관까지도 이 절

규가 들려 잠을 자
던 사람들이 모
두 일어났다고
한다. 뼛속까지
얼어붙는 듯한
심정으로 홈즈와
얼굴을 마주 보
고 있는 동안, 어
느덧 절규의 메
아리는 사라져
주위는 다시 본
래의 정적으로
돌아갔다.

"어떻게 된 일
인가?" 내가 말
했다.

"모든 것이 끝났어. 결국 이렇게 된 것이 잘된 일인지도 몰라. 권총을 갖고 오게. 로일롯 의사의 방으로 가 보세."

홈즈는 심각한 표정으로 램프에 불을 붙이고 앞장서서 복도를 걸어 갔다. 그는 문을 두 번 노크했으나 안에서는 아무런 응답이 없었다. 그

래서 홈즈는 손잡이를 돌리고 안으로 들어갔다. 나는 권총의 공이쇠를 세워 언제든지 발사할 수 있는 자세로 그의 뒤를 따랐다.

기이한 광경이 눈에 들어왔다. 테이블 위에는 덮개를 반쯤 올린 랜턴이 문이 반쯤 열린 금고를 환하게 비추고 있었다. 그 테이블 옆의 나무 의자에 긴 회색 잠옷을 입은 그림스비 로일롯 의사가 맨발에 슬리퍼를 신고 발목을 드러낸 채 앉아 있었다. 그의 무릎에는 낮에 보았던 짧은 손잡이에 기다란 가죽이 달린 채찍이 놓여 있었다. 로일롯 의사는 턱을 치켜들고 천장의 한 모퉁이를 경직된 눈초리로 노려보고 있었다. 이마 둘레에는 갈색 얼룩점이 있는 기묘한 끈이 달라붙어 있는데, 이것이 그의 머리를 바싹 감고 있었다. 우리가 들어가도 그는 소리 하나 내지 않았고, 손끝 하나 움직이지 않았다.

"끈이야! 얼룩 끈!" 홈즈가 속삭였다.

나는 한 걸음 앞으로 나아갔다. 그러자 그때, 기묘한 머리 장식이 움직이기 시작하더니, 의사의 머리카락 속에서 기분 나쁜 뱀의 다이아몬드형 머리와 부풀어 오른 목이 함께 불쑥 나타났다.

"연못 독사야." 홈즈가 소리쳤다. "인도에서도 가장 위험한 독사야. 의사는 물린 지 10초도 안 돼서 죽었을 거야. 폭력은 행사한 사람에게 되돌아온다는 말이 있는데, 정말이군. 남을 함정에 빠뜨리기 위해 구덩이를 파는 자는 자신도 그 구덩이에 빠지는 법이야. 이 뱀을 우리 안으로 몰아넣고, 스토너 양을 안전한 장소로 옮기도록 하지. 그런 다음, 이 사건을 주 경찰에 신고하세."

홈즈는 죽은 사람의 무릎에서 재빨리 가 채찍을 주워 들고, 그 고리를 뱀의 목에 걸어 되도록 멀리 들어서 옮긴 뒤 금고에 넣고 문을 닫았다.

이것이 스톡 모런의 그림스비 로일롯 의사가 죽게 된 사건의 진상이다. 이야기가 이미 길어졌으니 겁을 먹은 스토너 양에게 이 슬픈 사건을 대충 설명해 주고 아침 기차로 하로 이모 댁에 바래다 준 경위, 또 의사가 부주의하게도 위험한 애완동물과 놀다가 사고를 일으켰다는 결론에 이른 당국의 안이한 조사 과정 따위의 이야기를 장황하게 늘어놓을 필요는 없을 것이다. 내가 몰랐던 몇 가지 점은 이튿날 돌아가는 기차 안에서 홈즈가 설명해 주었다.

"왓슨, 나는 처음에 완전히 잘못 판단했는데, 이것은 불충분한 자료로 추리한다는 것은 항상 위험을 수반한다는 좋은 증거야. 집시가 있었다는 것, 언니가 성냥 불빛으로 언뜻 본 물체의 외관을 전달하려고 한 '밴드'라는 말, 이 두 가지 말을 듣고 나는 완전히 잘못된 방향으로 추리했었네. 다만, 그 방에 있는 사람에게 닥칠 위험이 무엇이었든 간에 그것은 창문이나 문으로 들어오지는 않았다는 것을 알고 생각을 즉시 바꾼 점만은 자랑할 수 있어. 이미 말했듯이, 그 환기 구멍과 침대에 늘어져 있는 벨 끈에 나는 주목했지. 벨 끈이 속임수였다는 것, 또 침대가 바닥에 고정되어 있는 것을 발견했을 때, 즉시 이 끈은 무엇인가 환기 구멍에서 나와 침대로 갈 때 건너가는 다리가 아닐까 하는 의심을 했지. 그래서 곧 뱀이 떠올랐고, 의사가 인도에서 짐승들을 사들였다는 사실과 결부시키자 더욱 내 생각이 옳다는 자신감을 갖게 되었지. 어떠한 화학 실험으로도 발각되지 않는 독을 사용한다는 착상은, 동양에서 생활한 경험이 있고 머리가 좋은 잔인한 남자에게는 아주 걸맞은 것이네. 이러한 독은 작용이 빠르다는 것도 그에게는 나무랄 데 없는 조건이었지. 작고 검은 두 개의 이빨 자국 상처를 발견한 검시관이 있다면 그는 매우 유능한 사람일 거야. 그리고 휘파람에 대해서도 생각해 보았네. 말할 필요도 없이, 아침까지 뱀을 불러들이지 않으면 발각되고 말겠지. 그리고 뱀에게 우유를 이용해서 부르면 돌아오는 훈련을 시켰을 거야. 가장 적당한 시간을 택하여 그 뱀을 환기 구멍으로 빠져나가게만 한다면, 틀림없이 끈을 타고 기어가 침대에 도달한다고 계산한 거지. 뱀이 방 안의 사람을 반드시 문다는 보장은 없으니, 희생자는 일주일 정도는 화를 모면할 수 있을지 모르지만, 어쨌든 물린다는 것은 확실하네.

여기까지의 추리는 의사의 방에 들어가기 전에 했어. 의자를 조사해 보고 그가 이따금 그 위에 올라섰다는 것을 알았네. 이것은 말할 것도 없이, 환기 구멍에 손을 뻗을 필요가 있어서였겠지. 금고, 우유 접시, 고리를 만든 채찍, 이 정도만 보면 더 의심할 여지가 없지 않나. 스토너 양이 들었다는 금속성 소리는, 의사가 뱀을 금고에 넣고 급히 문을 닫았을 때 난 소리가 틀림없어. 이렇게 결론을 내린 다음, 증거를 굳히기 위해 내가 한 것은 자네가 본 대로야. 자네도 들었겠지만, 뱀의 쉭쉭하는 소리가 들렸기 때문에 즉시 성냥을 켜고 공격을 했지."

"뱀은 그래서 나왔던 환기 구멍으로 다시 도망갔군."

"그렇지. 그래서 벽 저쪽의 주인을 공격한 거야. 내 지팡이에 몇 번 맞았기 때문에 뱀의 본성이 되살아나 가까운 곳에 있는 사람을 문 거지. 이렇게 보면, 그림스비 로일롯 의사의 죽음에 나도 간접적이나마 책임이 있기는 하지만, 크게 양심의 가책을 받을 것 같지는 않네."

기사의 엄지손가락

The Engineer's Thumb

1889년 9월 7일(토)~9월 8일(일)

나와 셜록 홈즈가 친하게 사귄 지도 몇 년이 지났고, 그동안 그가 해결한 많은 사건 중에 내가 가지고 간 것이 두 건 있다. 하더리 씨의 엄지손가락 사건과 워버튼 대령의 광기 사건이 그것이다. 이 두 사건 중에서 워버튼 대령 사건이 명석한 두뇌와 풍부한 독창성을 가진 관찰자인 홈즈에게는 더 활약할 보람이 있는 사건일 것이다. 그러나 전자는 전자대로 기괴한 발단과 극적인 전개를 보였기에 항상 빛나는 성과를 거둔 그의 추리 방법에 썩 어울리는 재료를 제공한 편은 아닐지 모르지만, 기록에 남길 만한 가치는 오히려 후자보다 전자가 더 있지 않은가 하고 생각한다. 이 이야기는 이미 신문에 두세 번 보도되기는 했지만, 이런 이야기가 흔히 그렇듯이, 고작 신문의 반 단 정도의 공간에 대략적으로 소개가 되었을 뿐이다. 그러므로 갖가지 사건이 사람들의 눈에 차례로 나타나 사건 하나가 밝혀질 때마다 완전한 진실에 한 걸음씩 가까워지고, 그것에 따라 수수께끼가 조금씩 풀려 나가는 경우와 비교한다면 감명이 아주 적다. 당시 나는 이 사건에 깊은 인상을 받았는데, 그 뒤 2년의 세월이 흐르는 동안에 이 느낌은 조금도 희미해지지 않았다.

내가 지금부터 간략하게 이야기하려고 하는 이 사건은, 1889년 내가 결혼하고 얼마 안 된 여름에 일어났다. 나는 결혼 후 다시 개업을 하게 되어 홈즈를 혼자 남겨 놓고 베이커 가의 방에서 철수했지만, 그 후로도 그를 계속 찾아갔고, 때로는 그가 우리 부부가 사는 곳을 방문하도록 설득하기도 했다. 의사로서의 내 일은 점점 번창했다. 우리 집은 패딩턴 역 가까이 있었으므로 내 환자 중에는 역무원들도 있었다. 그중에서 오랫동안 고질병을 앓고 있는 사람이 있었는데, 내가 그의 병을 깨끗이 고쳐 주자 나를 용한 의사라고 이곳저곳 소문을 내는 한편, 자기가 알고 있는 사람 중에 환자가 생기면 나에게 왕진을 가라고 소개를 하기도 했다.

어느 날 아침, 7시가 되기 전에 나는 하녀가 노크하는 소리에 잠을 깼다. 패딩턴 역에서 두 남자가 와 진찰실에서 기다린다는 것이었다. 나는 철도 사고로 오는 환자 중에 가벼운 상처는 없다는 것을 경험으로 알고 있었기 때문에 서둘러 옷을 입고 아래층으로 내려갔다. 내려가 보니, 그 소문을 내고 다니는 역원이 진찰실에서 나와 문을 꼭 닫았다.

"데리고 왔습니다." 그는 엄지손가락으로 어깨 너머 뒤를 가리키면서 작은 목소리로 말했다. "괜찮을 거예요."

"대체 무슨 일이오?" 그의 태도로 보아 진찰실에 갇혀 있는 사람이 좀 별난 것 같은 기분이 들어서 이렇게 물었다.

"새 환자예요. 내가 데리고 오는 것이 좋을 듯싶어서요. 그렇게 하면 도중에 도망칠 염려가 없으니까요. 저 안에 피둥피둥 살아 있습니다. 그럼 선생님, 실례합니다. 저도 일이 있으니까요."

환자를 데려온 사람은 내가 인사할 틈도 주지 않고 휙 하고 가 버렸다. 진찰실에 들어가 보니, 한 신사가 책상 옆에 앉아 있었다. 입고 있는 옷은 헤더 트위드 양복이고, 소프트 클로드 모자가 내 책 위에 놓여 있었다. 한 손에 손수건을 감고 있는데, 거기에 피가 배어 나와 있었다. 나이는 스물다섯이 안 되어 보였다. 용모는 남자다운 다부진 면이 엿보였지만, 핏기를 잃고 핼쑥해 있었다. 첫눈에, 심한 정신적 충격을 받아 힘이 완전히 빠진 것을 알 수 있었다.

"선생님, 이렇게 이른 아침에 단잠을 깨워 죄송합니다. 하지만 간밤에 큰 재난이 있었어요. 아침 기차로 패딩턴 역에 도착하여 병원을 찾고 있는데, 어떤 친절한 사람이 여기까지 데려다 주더군요. 하녀에게 명함을 주었는데, 사이드 테이블에 놓아둔 것 같습니다."

나는 명함을 집어 들었다.

빅터 하더리, 수력 기사, 빅토리아 가 16A(4층)

"기다리게 해서 미안합니다." 나는 진찰 의자에 앉으면서 말했다. "밤차로 도착하셨군요. 지루하셨죠?"

"지루했다고 할 수는 없습니다." 그는 말하더니 웃기 시작했다. 우렁찬 높은 음성이었다. 의자에 몸을 젖히고 허리를 흔들면서 거리낌 없이 웃었다. 나는 의사의 직감으로 이건 위험하다고 생각했다.

"웃지 마세요! 진정하세요." 나는 말하면서, 물그릇에서 물을 따라 마시게 했다.

그러나 허사였다. 이것은 무엇인가 절박한 위기가 사라진 후 성격이 강한 사람에게 흔히 나타나는 히스테릭한 발작으로, 평소의 상태를 잃어버리는 증상이다. 잠시 후 원래대로 회복되었으나 몹시 지친 듯 얼굴이 창백했다.

"이거 못난 꼴을 보여 드렸습니다." 그는 가쁜 숨을 몰아쉬면서 말했다.

"괜찮습니다. 이것을 마셔요."

나는 물에 브랜디를 약간 섞어 그에게 마시게 했다. 그러자 잠시 후 얼굴에 혈색이 돌기 시작했다.

"기분이 좋아졌습니다." 남자가 말했다. "하지만 선생님, 엄지손가락을, 아니, 전에 엄지손가락이 있었던 자리를 좀 봐 주십시오."

그는 자기 손으로 손수건을 풀고 손을 내밀었다. 그것은 이런 일에는 신경이 꽤나 무뎌진 나라고 해도 몸서리치지 않고서는 볼 수 없는 장면이었다. 네 손가락 옆의 엄지손가락이 있어야 할 곳이, 섬뜩하도록 새빨갛게 그 표면이 스펀지처럼 송송 구멍이 뚫려 있었다. 뿌리부터 뭉텅 잘렸거나 찢어져 떨어져 나갔거나 한 것이다.

"대단하군!" 나는 외쳤다. "엄청난 상처요. 출혈이 심했겠군요."

"네, 처음 일을 당했을 때는 정신이 아찔해져 오랫동안 정신을 잃고 쓰러져 있었습니다. 얼마 후 의식이 돌아왔을 때도 피가 멎지 않아, 손목을 손수건으로 꼭 묶고 작은 나뭇가지로 고정했습니다."

　"아주 잘하셨습니다. 외과의사 자격이 있습니다."

　"이건 말입니다. 일종의 수력학의 문제로 제 전공인 셈이죠."

　"이 엄지손가락은 무겁고 예리한 칼로 잘렸군요." 나는 상처를 보며 말했다.

　"고기를 써는 칼 같은 것이죠."

　"사고였습니까?"

　"사고요? 천만에요."

　"그렇다면, 누가 죽이려고 하기라도 했습니까?"

"그래요. 죽이려고 했죠."

"소름 끼치는 이야기로군."

상처를 스펀지로 깨끗이 닦아 내고 치료를 한 뒤, 거즈를 대고 석탄산 소독을 한 붕대를 감아 주었다. 환자는 의자에 몸을 기댄 채 묵묵히 견디고 있었는데, 가끔 입술을 깨무는 것으로 보아 그 아픔이 어느 정도인지를 짐작할 수 있었다.

"기분이 어떻습니까?" 치료를 끝내고 나서 물었다.

"아주 좋습니다. 브랜디와 붕대 덕분에 새로 태어난 기분입니다. 워낙 혼이 났으니까요."

"그 이야기는 하지 않는 게 좋습니다. 또 흥분하게 되니까요."

"네, 지금은 말하지 않겠습니다. 언젠가는 경찰에 가서 이야기하겠죠. 우리끼리 하는 말이지만, 이 상처라는 움직일 수 없는 증거가 없었으면, 경찰이 내 말을 믿어 줄지 어떨지도 의심스럽습니다. 이 일은 너무나 터무니없는 일이고, 증거가 될 만한 것도 전혀 없으니까요. 설령 경찰이 나를 믿는다 해도 내가 제공할 수 있는 단서는 아주 막연해서, 과연 이 범죄에 맞는 판결이 내려질지 그것조차 의문입니다."

"저런." 나는 외쳤다. "그런 성질의 문제를 해결하고자 한다면, 경찰에 가기 전에 먼저 내 친구 셜록 홈즈를 한번 만나 보라고 권하고 싶습니다."

"아, 그분 이야기라면 들은 적이 있습니다. 물론 경찰에도 의뢰해야 하겠지만, 그분이 맡아 주신다면 정말 기쁘겠습니다. 소개해 주시겠습니까?"

"그러죠. 지금 당장 홈즈에게 안내해 드리겠습니다."

"정말 고맙습니다."

"마차를 불러서 같이 갑시다. 지금 가면 아침 식사를 함께 할 수 있을 겁니다. 어떻습니까, 갈 만한 기력이 있습니까?"

"네, 괜찮습니다. 이야기를 다 털어놓기 전에는 마음이 안정될 것 같지 않습니다."

"그럼 하인에게 마차를 부르라고 이르겠습니다." 나는 위층으로 뛰어 올라가 아내에게 간략하게 사정을 이야기하고, 5분 후에 그 남자와 함께 마차를 타고 베이커 가를 향해 달렸다.

홈즈는 짐작했던 대로, 〈타임스〉의 개인광고란을 훑어보면서 식사 전에 파이프를 물고 잠옷 바람으로 거실을 서성거리고 있었다. 그가 피우는 파이프는 전날 피운 담배 찌꺼기를 모두 모아 난로 시렁의 구석에서 정성 들여 말린 것이었다.

평소의 온화하고 친절한 태도로 우리를 맞이한 그는, 베이컨 에그를 만들게 하여 함께 훌륭한 식사를 했다. 식사가 끝나자 그는 새로 알게 된 손님을 소파에 편히 앉게 하고, 머리 밑에 베개를 대 준 다음 물을 탄 브랜디를 한 잔 권했다.

"하더리 씨, 당신에게 일어난 사건이 흔히 있는 것이 아님을 알고 있습니다." 홈즈가 말했다. "편하게 누워 안정하십시오. 가능한 한 구체적으로 이야기를 해 주셔야 합니다만, 피곤하면 말을 중단하고 거기 있는 각성제를 마시도록 하십시오."

"고맙습니다. 그러나 왓슨 선생님이 치료를 해 주셔서 새사람이 된 듯한 기분입니다. 게다가 아침 식사까지 대접받아 마음은 완전히 회복된 것 같습니다. 귀중한 시간을 허비하지 않게 지금부터 이 사건을

이야기하겠습니다."

홈즈는 예민하고도 진지한 본성을 감출 때마다 보이는 나른한 듯한 눈을 반쯤 감은 표정으로, 애용하는 커다란 안락의자에 몸을 묻고 앉았다. 나는 홈즈의 맞은편에 앉아서, 손님이 아주 자세히 들려주는 기이한 이야기에 잠자코 귀를 기울였다.

"먼저 아셔야 할 것은…… 저는 아버지도 어머니도 없는 독신으로, 런던에서 혼자 하숙 생활을 하고 있습니다. 직업은 수력 기사인데, 그리니치에 있는 유명한 베너 앤 매티슨 회사에서 7년 동안 근무했기 때문에 경험은 상당히 있는 편입니다. 2년 전에 견습 기간이 끝났을 때 마침 아버지가 돌아가셔서 적지 않은 돈을 물려받아, 직접 사업을 해 보려고 빅토리아 가에 사무실을 차렸습니다.

　누구나 사업을 시작한 처음에는 처량한 처지가 된다고 합니다. 나는 그것이 특히 심했습니다. 2년 동안 상담이 세 번, 별것도 아닌 조그만 일이 한 번, 들어온 일거리는 이것뿐이었습니다. 전체 수입이 27파운드 10실링, 매일 아침 9시부터 오후 4시까지 작은 사무실에 앉아 기다리는 것이 전부였기 때문에 나중에는 저도 낙심이 되기 시작했습니다. 혼자 힘으로는 도저히 성공하지 못하겠구나 하고 생각하기에 이른 것이죠.

　그런데 바로 어제 일입니다. 가게 문을 닫으려는데 직원이 들어와서 한 신사가 사업상 면회를 하고 싶다면서 기다리고 있다는 것이었습니다. 들고 온 명함에는 '육군 대령 라이샌더 스탁'이라고 인쇄되어 있었습니다. 직원 뒤에 그 대령이 들어왔는데, 키는 보통보다 큰 편이지만 아주 마른 사람이었습니다. 나는 지금까지 그토록 마른 사람은 본 적이 없습니다. 얼굴 전체가 뾰족했는데 그것이 코와 턱에 이르러 극치를 이루고 있는 듯한 인상으로, 튀어나온 광대뼈가 그대로 내보일 것 같았습니다. 그런데 이렇게 말랐지만 그것은 타고난 체질일 뿐 병 때문이 아니라는 사실은 광채 나는 눈동자와 활발한 걸음걸이, 자신감이 넘치는 태도로 알 수 있었습니다. 수수하지만 깔끔한 복장을 하고 있었고, 나이는 마흔 가까이 된 듯싶었습니다.

　'하더리 씨입니까?' 그는 약간 독일식 억양이 섞인 말투로 물었습니다. '당신은 노련한 사업 수완을 갖고 계신 데다가 생각이 깊고 또 비밀을 엄수하시는 분이란 말을 듣고 찾아왔습니다.'

　이렇게 칭찬을 들으면 사람은 대개 우쭐해지기 마련이지만, 나는

머리를 숙여 인사했습니다. '실례지만, 그런 식으로 나를 추천해 주신 분은 누구십니까?'

'아, 그것은 지금 말씀 드리지 않는 것이 좋겠군요. 나는 그 사람한테서 당신은 부모가 없는 독신으로, 런던에서 혼자 살고 있다는 말을 들었습니다.'

'네, 사실입니다.' 제가 대답했습니다. '하지만 그것이 나의 직업상의 자격과 어떤 관계가 있는지 모르겠군요. 일 때문에 상담하러 오신 게 아닙니까?'

'그렇긴 합니다만, 내가 이유가 있어 이런 말을 했다는 것을 곧 알게 될 겁니다. 나는 일을 부탁하러 왔지만, 절대로 비밀을 엄수해야 한다는 것이 조건입니다. 절대로 비밀입니다. 그래서 가족과 함께 사는 사람보다 혼자 사는 사람이 더 적격입니다.'

'전 비밀을 지킨다고 한번 약속하면 반드시 지킵니다.' 이렇게 대답을 하는 동안 그는 제 얼굴을 이리저리 자세히 보았는데, 그토록 못 미더워하고 걱정스러워하는 사람은 처음 보았습니다.

'그럼 약속하는 겁니까?' 이윽고 그가 말했습니다.

'네, 약속합니다.'

'일을 착수하기 전에도, 하는 중에도, 하고 난 후에도 비밀을 지킨 다고 구두로든 문서로든 약속해 주십시오. 이 일은 결코 누설하지 말아야 합니다.'

'분명히 약속하겠습니다.'

'좋소.' 대령은 벌떡 일어서더니 번개처럼 달려가 문을 벌컥 열었습니다. 그러나 복도에는 사람이 있을 리가 없었습니다.

'응, 괜찮군.' 대령은 돌아와서 말했습니다. '직원이란 대개 주인이 하는 일을 알고 싶어 하니까요. 하지만 이제 마음 놓고 이야기하겠습니다.'

그는 의자를 당겨 내 옆에 앉더니, 다시 못 미더워하는 눈초리로 제 얼굴을 말끄러미 쳐다보는 것이었습니다.

저는 이 마른 남자의 기괴한 행동을 보면서, 속으로 일종의 혐오감과 공포 비슷한 것을 느꼈습니다. 손님을 놓치면 큰일이라고 한편으로 생각하면서도, 결국 짜증스러운 심정을 억제하지 못하고 표정에 드러내고 말았습니다.

'어서 용건이나 말씀하십시오.' 제가 말했습니다. '시간을 낭비할 수 없으니까요.' 저도 모르게 이 말이 입 밖으로 새어 나오고 말았습니다.

'하룻밤 일인데, 50기니면 어떨까요?' 그가 물었습니다.

'좋습니다.'

'하룻밤 일이라고는 했지만, 한 시간 정도의 일이라고 하는 편이 더 옳을지 모르겠습니다. 상태가 나쁜 수력 압착기를 조사해 주었으면 합니다. 어디가 나쁜지 지적만 해 주면, 그 뒤는 우리가 고치겠습니

다. 이런 일을 어떻게 생각하십니까?'

'일에 비해 보수가 많군요.'

'그렇습니다. 오늘 밤 막차로 와 주십시오.'

'어디로 말입니까?'

'버크셔의 아이포드입니다. 옥스퍼드 주 경계에서 가까운 작은 거리인데, 레딩에서 7마일이 안 되는 거리에 있습니다. 패딩턴 역에서 타면 그곳에 11시 15분경에 도착하는 기차가 있습니다.'

'알았습니다.'

'마차로 마중 나가겠습니다.'

'그렇다면 거기서 얼마쯤 더 가야 하는군요?'

'그렇습니다. 우리가 사는 곳은 아주 시골이지요. 아이포드 역에서 7마일 정도 떨어져 있습니다.'

'그렇다면 밤까지 도착하기 어렵겠군요. 돌아오는 기차를 타기는 어려울 테니, 그곳에서 하룻밤을 지내야 하겠군요.'

'그러면 급한 대로 침대는 준비해 드리겠습니다.'

'불편할 것 같아 그러는데, 더 편한 시간에 가면 안 될까요?'

'우린 밤늦게 오시는 것이 형편상 좋다는 결정을 보았습니다. 이런 불편한 사정이 있기 때문에 일류 기사가 받는 보수를 당신 같은 이름 없는 젊은이에게 지불하는 겁니다. 하지만 아직은 이 일을 거절할 수 있는 시간적 여유는 있습니다.'

저는 50기니를 생각했습니다. 그 정도의 돈이 있으면 얼마나 요긴하게 쓸 수 있는지를 생각했지요.

'거절하다니, 천만에요.' 제가 말했습니다. '기꺼이 그 일을 맡겠습

니다. 하지만 부탁하시는 일이 어떤 것인지 좀 더 구체적으로 듣고 싶은데요.'

'당연합니다. 그렇게까지 비밀을 엄수하라는 약속을 강요받으니 당신이 이상하게 생각할 만도 합니다. 나도 자세히 설명하지도 않고 일을 맡길 마음은 추호도 없습니다. 그런데 이 방을 누가 엿듣지는 않겠지요?'

'그 점은 안심하세요.'

'그럼 말하지요. 백토(탈색작용이 있는 수성점토, 주로 석유를 정화하거나 식용유를 정제하는 데 사용.)는 값이 대단히 비쌀뿐더러, 잉글랜드에서는 산출되는 곳이 겨우 두세 군데뿐입니다. 알고 계신가요?'

'알고 있습니다.'

'얼마 전에 나는 레딩에서 10마일이 안 되는 곳에 작은 땅, 아주 작은 땅을 샀지요. 그런데 운 좋게도 그 땅의 일부에 백토 층이 있는 것을 발견했어요. 그러나 이것을 조사해 본 결과, 이 층 자체는 그리 크지 않고 단지 좌우의 커다란 층을 연결하는 맥이라는 사실을 알았습니다. 하지만 문제는 오른쪽 층도 왼쪽 층도 이웃 사람의 소유지에 있다는 겁니다. 그런데 이웃 사람들은 자기의 땅 밑에 금광만큼이나 가치가 있는 백토 층이 있다는 것을 모르고 있지요. 말할 필요도 없이, 그들이 자기 땅의 진가를 깨닫기 전에 그 땅을 사들인다면 엄청난 이익이 생길 텐데, 유감스럽게도 그런 목돈이 없습니다. 그러나 몇몇 친구에게 비밀을 털어놓았더니, 그렇다면 내 땅에 있는 층을 비밀리에 파내서 그 돈으로 옆 땅을 살 자금을 만들면 되지 않겠냐고 조언을 해주었습니다. 그래서 얼마 전부터 그렇게 하고 있는데, 능률을 올리기 위해 수력 압착기를 설치했지요. 한데 이 압착기가 고장이 나서 당신에게 그 조사를 의뢰하는 겁니다. 그러니 우리는 비밀이 새어 나가지 않도록 매사에 조심하는 것이죠. 집에 수력 기사가 온 것을 알면, 이웃 사람들이 금세 이상히 여기고 살필 겁니다. 이렇게 해서 비밀이 탄로 나면, 땅을 사는 것도, 일확천금의 꿈도 모두 한순간에 물거품이 되고 맙니다. 이런 이유로 오늘 밤의 아이포드행을 누구에게도 발설하지 않겠다는 약속을 하라고 당신에게 요구한 것입니다. 이제 모든 것이 분명해졌습니까?'

'잘 알겠습니다. 다만, 한 가지 이해가 안 가는 것이 있습니다. 백토란 자갈을 채취하듯 파내는 것인 줄로 알고 있는데, 그 채굴 작업에 수압기가 왜 필요한 겁니까?'

'아, 그것 말입니까.' 그는 숨김없이 말했습니다. '우리는 독특한 방법을 쓴답니다. 흙을 벽돌처럼 압축해서 뭔지 알아볼 수 없게 만들어 운반하는 겁니다. 그러나 이런 건 뭐 대단한 문제는 아니오. 이제 비밀은 다 털어놓았습니다.' 그는 이렇게 말하면서 일어섰습니다. '그럼 11시 15분에 아이포드에서 기다리겠습니다.'

'네, 꼭 가겠습니다.'

'한 마디도 말하면 안 됩니다.'

그는 다시 한 번 살피는 눈초리로 나를 바라보고는 땀에 축축이 젖은 손으로 악수를 하고 급히 나갔습니다.

그런데 혼자서 곰곰이 생각해 보니, 두 분도 이해하시리라 생각합니다만, 갑자기 의뢰받은 일이 아주 이상하다는 생각이 들었습니다. 그러나 기쁜 것만은 사실이었습니다. 왜냐하면 보수가 내가 요구할

수 있는 액수의 열 배 정도는 되고, 이것이 계기가 되어 계속 일거리가 들어오게 될지도 모른다는 생각이 들었기 때문입니다. 하지만 다른 한편으로는, 손님의 외모나 태도에서 느낀 불쾌한 인상이 지워지지 않았고, 백토 어쩌고저쩌고한 설명만 놓고 본다면 왜 꼭 한밤중에 떠나야 하는지, 또 이 일이 남에게 알려질까 봐 그토록 염려하는 이유

는 무엇인지 하는 따위의 문제들이 이해가 가지 않았습니다. 그러나 불안 같은 건 모조리 날려 버리고, 식사를 한 다음 말하지 말라는 요구를 굳게 지키며 패딩턴 역으로 출발했습니다.

레딩에서는 기차를 갈아탈 뿐만 아니라, 역도 다른 곳으로 옮겨 가야 했습니다. 그래도 다행히 아이포드행 막차를 타서 11시가 조금 지나 어두컴컴한 역에 도착했지요. 역에서 내린 손님은 나 한 사람뿐이었고, 플랫폼에는 짐꾼 한 사람이 졸린 얼굴로 랜턴을 들고 서 있었습니다. 그러나 역 입구를 나서자 아침의 그 사람이 맞은편의 어두운 곳에서 기다리고 있는 것이 보였습니다. 그는 아무 말도 하지 않고 내 팔을 잡더니, 문을 열어 둔 마차에 나를 태웠습니다. 양쪽 문을 닫고 마차의 칸막이 판자를 두드리자, 우리가 탄 마차는 말이 낼 수 있는 최대의 속력으로 계속 달렸습니다."

"말은 한 마리뿐이었습니까?" 홈즈가 갑자기 그의 말을 가로막고 물었다.

"네, 한 마리였습니다."

"말이 무슨 색이었는지 기억납니까?"

"네, 올라탈 때 마차의 사이드 라이트로 인해 보였습니다. 밤색입니다."

"지쳐 있는 것 같던가요, 아니면 힘이 넘치던가요?"

"힘이 넘치고 반질반질했습니다."

"알겠습니다. 이야기를 중단시켜서 미안합니다. 계속하세요. 대단히 재미있는 이야기입니다."

"마차는 계속 달려 적어도 한 시간 이상은 갔던 듯싶습니다. 라이샌더 스탁 대령의 말에 의하면 7마일이라고 했는데, 제 짐작으로는 그 속도와 소요된 시간으로 미루어 12마일은 되는 듯했습니다. 대령은 아무 말 없이 옆에 앉아 있었는데, 나는 여러 번 그를 살며시 보고는 그가 열심히 나를 지켜보고 있다는 사실을 알아챘습니다. 그 근처의 시골은 길이 몹시 험한지, 마차는 곧 옆으로 쓰러질 듯이 기울기도 하고 요동치듯 흔들리기도 했습니다. 도대체 어떤 곳을 달리고 있는지 알고 싶어도, 창문에는 공교롭게도 불투명 유리가 끼워져 있어 가끔 지나가는 불빛이 희뿌연 그림자를 던지는 것 외에는 아무것도 볼 수 없었습니다. 이따금 무료함을 달래기 위해 용기를 내어 말을 걸어도, 대령은 네 아니면 아니오 하고 간단히 대답만 할 뿐이어서 대화를 할 수가 없었습니다. 그러던 중, 울퉁불퉁한 길은 끝이 나고 마차는 찌르르 소리를 내며 고운 자갈길을 매끄럽게 달리다가 이윽고 멎었습니다. 라이샌더 스탁 대령은 날쌘 동작으로 마차에서 뛰어내리더니, 뒤따라 내린 나를 정면에 열려 있는 현관 안으로 끌다시피 하여 데리고 갔습니다. 마차에서 내려 곧장 현관 안으로 뛰어든 것이나 다름없어서 집의 전면을 볼 겨를도 없었습니다. 문지방을 넘어선 순간 문이 '삐걱' 소리를 내며 닫히고, 마차 떠나는 소리가 낮게 들렸습니다.

집 안은 칠흑 같이 어두웠습니다. 대령은 낮게 중얼거리면서 손으로 더듬어 성냥을 찾았습니다. 그때 갑자기 복도 맞은편 문이 열리고 황금색 불빛이 이쪽으로 물결처럼 흘러왔습니다. 빛이 점점 넓어지는가 싶더니, 한 부인이 램프를 들고 나타나 불을 머리 위로 높이 들고 얼굴을 내밀 듯이 하여 우리를 살피는 것이었습니다. 아름다운 부인이었습니다. 입고 있는 빛나는 검은 드레스도 램프의 불빛에 반사하는 광택으로 보아 고급 천이라는 걸 쉽게 알 수 있었습니다. 그녀는 내가 알아듣지 못하는 외국어로 두세 마디 질문하는 듯한 투로 말했습니다. 그러자 대령은 퉁명스럽게 한 마디 대답했는데, 그 말을 들은 부인은 램프를 떨어뜨릴 정도로 흠칫하며 놀라는 모습이었습니다. 스탁 대령은 부인 옆으로 다가가 귀엣말로 뭐라고 소곤거리고 나서, 부인을 그녀가 나온 방으로 떠밀다시피 들여보내고는 램프를 들고 다시 나에게로 왔습니다.

'잠시 이 방에서 기다리세요.' 그는 다른 문을 열었습니다. 조촐하게 꾸며진 작고 조용한 방이었는데, 중앙의 둥근 테이블 위에는 독일어 책 몇 권이 흩어져 있었습니다. 스탁 대령은 램프를 문 옆의 오르간 위에 놓았습니다. '곧 돌아오겠습니다.'라는 말을 남기고 그는 어둠 속으로 사라졌습니다.

테이블 위의 책을 살펴보니, 독일어는 알지 못하지만 그중 한 권은 과학 논문이고 나머지는 시집이었습니다. 시골의 경치가 조금은 보일지도 모른다 싶어 창가로 가 보았는데, 참나무 덧문이 닫혀 있고 빗장으로 단단히 고정되어 있었습니다. 그런데 이상하리만치 조용한 집이었습니다. 복도의 어디에선가 낡은 벽시계가 소리를 낼 뿐, 그 외에는 아무 소리도 들리지 않아 아무도 살지 않는 집처럼 정적만이 흘렀습니다. 막연한 불안이 저를 엄습해 왔습니다. 이 독일인들은 도대체 누구일까? 그리고 이렇게 후미진 음침한 곳에 살면서 무엇을 하고 있는 것일까? 대체 여기는 어디일까? 아이포드에서 10마일 정도 떨어진 곳이라는 건 알겠는데, 그 북쪽인지 남쪽인지 혹은 동쪽인지 서쪽인지 도무지 짐작할 수 없었습니다. 장소에 대해서라면 레딩이나 다른 거리가

10마일 반경 안에 있을 것이므로 어쩌면 그런 외진 시골인지도 모른 다고 생각했습니다. 그렇다 해도, 이렇게 무섭도록 조용한 것을 보면 후미진 깊은 시골일 것이라 추측했습니다. 나는 방 안을 왔다 갔다 하면서 기분을 북돋우려고 콧노래를 부르기도 하고, 어찌 됐든 고스란히 50기니를 벌 수 있는 곳이라고 스스로를 위로하기도 했습니다.

갑자기 음산한 어둠 속에서 아무 예고도 없이 제가 있는 방의 문이 천천히 열렸습니다. 아까 보았던 부인이 어둠을 등지고 입구에 서 있었는데, 제가 들고 있는 램프의 노란 불빛이 잔뜩 긴장하고 있는 그 아름다운 얼굴을 비추었습니다. 공포에 휩싸여 있다는 것을 언뜻 보아도 알 수 있었는데, 그 모습이 또한 나의 심장을 얼어붙게 만들었습니다. 부인은 떨리는 손가락을 세워 말하지 말라는 신호를 하고, 서툰 영어로 몇 마디 빠르게 속삭이더니 겁먹은 사람처럼 등 뒤의 어둠속을 자꾸 돌아보는 것이었습니다.

'나, 도망가고 싶어.' 부인은 이렇게 말했는데, 조용히 말하려고 무척 애쓰는 듯했습니다. '도망가고 싶어요. 여기에 있는 것 안 됩니다. 당신의 일 좋지 않습니다.'

'하지만 부인. 아직 할 일이 끝나지 않았습니다. 기계를 보기 전에는 돌아갈 수 없어요.'라고 제가 말했습니다.

'기다려야 허사입니다.' 부인은 계속해서 말했습니다. '이 문으로 나갈 수 있어요. 아무도 방해하지 않아요.' 내가 미소를 지으며 고개를 젓자, 그녀는 망설이지 않고 방으로 한 걸음 들어서서 제 두 손을 꼭 쥐었습니다. 그러고는 '여보세요, 제발 부탁이에요.'라고 나직하게 말했습니다. '빨리 도망가요, 지금이라면 늦지 않아요.'

저는 고집이 세기 때문에 누가 하지 말라고 말리면 더욱 하고 마는 사람입니다. 50기니의 보수, 아까의 지루했던 여행, 앞으로 불쾌한 하

룻밤을 보내야 한다는 것들이 잇달아 머리에 떠올랐습니다. 지금까지의 일이 모두 허사가 되어도 좋단 말인가. 의뢰받은 일도 하지 않고, 마땅히 받아야 할 보수도 받지 않고 도망쳐야 할 이유가 무엇인가. 어쩌면 이 여자는 일종의 편집광인지도 모른다. 이런 생각들 때문에 부인의 태도를 보고 속으로는 은근히 겁도 났지만, 겉으로는 끝내 고집을 부려 고개를 저으면서 무슨 일이 있어도 여기에 있겠다고 단호히 말했습니다. 그녀가 거듭 간절하게 호소를 하려 하는데, 머리 위에 '꽝' 하고 문이 닫히는 소리가 나더니 계단에서 발소리가 울려왔습니다. 부인은 잠깐 귀를 기울이더니 절망적인 몸짓으로 두 팔을 벌려 보이고는 처음 문 앞에 나타났을 때와 마찬가지로 소리 없이 사라졌습니다.

라이샌더 스탁 대령이 들어왔는데, 그는 이중 턱에 친칠라 같은 수염을 기른 땅딸막한 남자를 데리고 와서 퍼거슨이라고 소개했습니다.

'이 사람은 내 비서 겸 지배인이오.' 대령이 말했습니다. '문을 닫고 간 줄 알았는데, 문틈으로 바람은 들어오지 않던가요?'

'아니오.' 제가 대답했습니다. '방이 좀 후덥지근해서 잠깐 문을 열어 놓았습니다.'

그는 여전히 의심스러워하는 눈초리로 저를 흘낏 보았습니다.

'그럼 바로 일을 시작하는 게 좋겠군요. 퍼거슨과 둘이서 기계 있는 곳으로 안내하죠.'

'모자를 쓰는 편이 좋겠죠?'

'아니오, 집 안에 있으니까 그럴 필요 없습니다.'

'뭐라고요? 집 안에서 백토를 채굴한단 말입니까?'

'아니오, 아니오, 여기서는 흙을 압착만 할 뿐이오. 하지만 그런 건 너무 신경 쓰지 마시오. 당신은 기계를 검사하여 어디가 고장인지를 가르쳐 주기만 하면 됩니다.'

램프를 든 대령을 선두로 뚱뚱한 지배인, 저, 이렇게 차례로 계단을 올라갔습니다. 미궁을 연상케 하는 옛날 집이었습니다. 복도, 좁은 통로, 좁은 나선 계단, 낮고 작은 문 따위들이 있었는데, 그 문의 문지방은 몇 세대를 거치면서 우묵하게 닳아 있었어요. 2층에는 카펫이 깔려 있지 않고 가구 같은 것도 보이지 않았으며, 벽에는 회반죽이 벗겨져 습기가 배어 나와 푸르죽죽한 얼룩이 있었습니다. 나는 되도록 태연한 표정을 지으려고 애를 썼습니다. 그러나 부인의 간곡한 권유에 대해 오기를 부리기는 했어도 역시 신경이 쓰여서 그 두 사람에게 경계의 마음을 늦추지 않았습니다. 퍼거슨은 말수가 적은 무뚝뚝한 사람인데, 나는 그가 하는 몇 마디의 말을 듣고 그가 영국인임을 알았지요.

얼마 후 라이샌더 스탁 대령은 낮은 문 앞에 멈춰 서서 열쇠로 문을 열었습니다. 내부는 네모난 작은 방인데, 우리 세 사람이 동시에 들어갈 수 없었습니다. 퍼거슨이 밖에 남고 대령이 나를 데리고 안으로 들어갔습니다.

'우리는 현재 수압기의 내부에 들어와 있는 거요. 만일 지금 누군가 기계를 움직이면 큰일 납니다. 이 작은 방의 천장은 밑면이 피스톤으로 되어 있어서, 천장이 내려오면 몇 톤이라는 엄청난 압력으로 이 금속 바닥을 누르게 되는 거요. 이 방의 바깥쪽에 가느다란 수관이 몇 가닥 있어서 받은 수압을 전달하여 증폭해 가는 셈인데, 그 구조는 당신도 이미 알고 있을 거요. 기계는 돌아가지만 제대로 작동이 안 되는 부분이 있어서 제 압력이 다 나오지 않는 겁니다. 그러니 기계를 면밀히 조사하여 어디를 고쳐야 하는지 가르쳐 주시오.'

저는 대령에게서 램프를 받아 들고 기계를 샅샅이 조사했습니다. 정말 거대한 수압기였는데, 엄청난 압력이 나올 것 같았습니다. 그런데 바깥쪽으로 돌아가 운전용 레버를 내려 보니 '쉬익' 하는 소리가 나, 어딘가 물이 새는 곳이 있고, 물이 사이드 실린더의 어느 한 군데에서 역류한다는 사실을 알아냈습니다. 검사해 보니, 드라이빙 끝에 붙어 있는 고무 밴드가 마모되어 소켓 사이에 틈이 생겼기 때문이었습니다. 이것이 압력 감소의 원인임이 틀림없었기 때문에 두 사람에게 그 부분을 지적해 주었습니다. 그들은 아주 진지하게 설명에 귀를 기울였고, 수리 방법에 대해 몇 가지 질문을 했습니다. 저는 그들이 완전히 이해할 수 있게 설명을 해 주고 나서 호기심도 있고 해서 다시 압착실로 들어가 내부를 자세히 둘러보았습니다. 백토 이야기는 새빨간 거짓말이었다는 걸 한눈에 알 수 있었습니다. 그런 목적을 위해 이렇게 강력한 기계를 사용한다는 것은 정말 바보 같은 짓입니다. 네 벽은 목조인데 바닥은 철판으로 되어 있으며, 주의 깊게 살펴보니 방바닥 전체에 얇은 껍질 같은 것이 달라붙어 있었습니다. 그것을 조사해 보려고 쪼그리고 앉아서 손끝으로 긁고 있는데, 독일어로 낮게 외치는 소리가 들려왔습니다. 올려다보니, 시체 같은 대령의 얼굴이 저를 노려보고 있는 게 아닙니까.

'뭐 하는 거지?' 그가 물었습니다.

저는 이 남자의 거짓말에 보기 좋게 이용당한 것에 몹시 화가 나 있었지요. '당신의 백토에 감탄하고 있습니다. 이 기계의 용도를 정확하게 알면 좀 더 도움이 되는 조언을 해 줄 수 있겠는데 말입니다.'

이렇게 말하고는 입이 가벼운 제 자신을 후회했습니다. 그런데 대령의 얼굴이 갑자기 굳어지고 눈이 영악스럽게 빛났습니다.

'좋아. 이 기계의 용도를 분명히 알려 주지.' 그는 한 걸음 뒤로 물러나 작은 문을 덜컥 닫고 재빨리 열쇠를 돌려 잠갔습니다. 저는 놀라서 문으로 달려가 손잡이를 잡고 당겼으나 꼼짝도 하지 않았고, 발로 차고 밀어도 소용이 없었습니다. '이봐요, 대령, 나가게 해 줘요!' 제가 외쳤습니다.

그런데 그때 돌연 정적을 깨고 들려온 소리에 저는 자지러질 듯이 놀랐습니다. 레버가 '덜컥' 하는 소리에 이어 물이 새는 사이드 실린더의 쉭쉭거리는 소리가 들려오는 것이었습니다. 대령이 기계에 시동을 건 것입니다. 램프는 아까 검사할 때 놓았던 곳에 그대로 있었습니다. 그 불빛으로 검은 천장이 조금씩 내려오는 모습이 확실히 보였는데, 그 엄청난 압력이 1분도 안 되어 내 몸을 깔아뭉개 형체도 없는 고깃덩어리로 만들어 버릴 것이라는 사실을 너무나 잘 알고 있었습니다. 저는 비명을 지르면서 온몸으로 문을 밀기도 하고, 열쇠 구멍에 손톱을 넣어 보기도 했습니다. 내보내 달라고 아무리 애원을 해도, 들려오는 소리는 내 외침을 송두리째 삼켜 버리는 레버의 덜컹거리는 소리뿐이었습니다. 천장은 머리 위까지 내려와 있어, 손을 들면 그 단단하고 거친 표면이 닿을 정도였습니다. 그때 머리를 스친 것은, 죽을 때 머리의 위치에 따라 고통이 훨씬 달라지는 게 아닌가 하는 생각이었습니다. 엎드려 있으면 척추에 압력이 가해지면서 우두둑 우두둑

하는 소리가 날 것이라 생각하니 몸서리가 쳐졌습니다. 하지만 그 자세로 있는 것이 오히려 편할지도 모른다는 생각이 들었습니다. 왜냐하면 반듯하게 누워서 시커먼 무서운 그림자가 몸 위로 내려오는 끔찍한 모습은 차마 볼 수가 없을 것 같아서였습니다. 서 있기조차 힘든 순간이 되었을 때, 문득 내 눈에 비친 어떤 것이 마음속에 희망을 솟아나게 했습니다.

말씀드렸듯이, 천장과 바닥은 쇠인데 사방의 벽은 나무로 되어 있었습니다. 죽음의 문턱에 직면한 저는 다급하여 사방을 두리번거렸는데, 그때 두 장으로 맞댄 널빤지의 틈새에서 한 줄기 노란 불빛이 새어 들어오고 내려오는 천장의 압력으로 그 널빤지가 휘어짐에 따라 점점 틈새가 넓어지는 것을 보았던 것입니다. 그 순간에는 여기에 생명의 문으로 나가는 탈출구가 있다는 것이 도저히 믿기지가 않았습니다. 다음 순간, 몸을 던져 그곳을 빠져나온 저는 거의 실신 상태가 되어 방 밖에 쓰러졌습니다. 판자는 다시 닫혔으나 램프 터지는 소리에 이어 철판 두 장이 마주치는 둔탁한 소리가 들려와 정말 위기일발의 순간에 탈출했음을 알 수 있었습니다. 그때 누군가 급히 내 손목을 당겼습니다. 정신을 차리고 보니, 나는 좁은 복도에 누워 있고, 한 여자가 내 위에 몸을 굽히고 왼손으로 내 손목을 당기고 있었습니다. 오른손에는 촛불을 들고 말입니다. 제게 도망가라고 충고를 해 주었던 그 친절한 부인이었습니다.

'이쪽으로!' 부인은 숨 가쁘게 외쳤습니다. '곧 그 사람들이 와 당신이 그곳에 없는 것을 알게 될 겁니다. 자, 어서. 조금도 지체할 시간이 없어요. 빨리 따라오세요!'

제가 아무리 고집이 센 사람이라 해도 이번만은 부인의 충고를 따르지 않을 수 없었습니다. 가까스로 일어나 부인을 따라서 복도를 달려 나선 계단을 뛰어 내려갔습니다. 계단 아래는 넓은 복도였는데, 그곳에 내려선 순간 달려오는 발소리와 두 남자의 외침 소리가 들려왔습니다. 한 사람은 우리가 있는 층에서, 또 한 사람은 아래층에서 서로 고함을 치고 있었습니다. 부인은 안내하던 발길을 멈추고 어떻게 할까 망설이는 듯 사방을 둘러보았습니다. 그러다가 눈앞에 보이는 문을 활짝 열었습니다. 안은 침실인데, 창문으로 달빛이 환하게 비쳐 들고 있었습니다.

'도망갈 길은 이곳밖에 없어요.' 부인이 말했습니다. '높지만 뛰어 내릴 수 있을 거예요.'

그 순간 복도 저쪽 끝에서 불빛이 확 비치고 라이샌더 스탁 대령의 깡마른 모습이 나타났는데, 그는 한 손에 랜턴을, 다른 한 손에는 정육점 고기를 써는 큰 식칼과 같은 흉기를 들고 이쪽으로 돌진해 오고 있었습니다. 나는 침실로 뛰어들어 창문을 밀어제치고 밖을 내다보았습니다. 바깥은 달빛이 쏟아지는 고요하고 상쾌한 아름다운 정원이었습니다. 창 밑은 기껏해야 30피트 정도밖에 안 될 듯싶었습니다. 저는 창틀에 올라섰습니다. 그런데 문득 떠오르는 생각이 있었습니다. 제 생명을 구해 주려는 은인과 생명을 빼앗으려는 악한 사이에 무슨 말이 오가는지 들어야 한다는 것이었습니다. 그래서 저는 잠시 망설이고 있었습니다. 만약 그녀가 어떤 위해를 당할 경우에는 목숨을 각오하고서라도 달려가 구할 생각이었던 겁니다. 하지만 이런 생각을 하고 있는 순간 대령은 문턱을 넘어서 그 부인의 앞을 지나치려 하고 있었습니다.

"프리츠! 프리츠!" 부인은 영어로 외쳤습니다. "전에 한 약속을 생각하세요. 다시는 하지 않겠다고 말했잖아요. 이 사람은 틀림없이 비밀을 지킬 거예요. 그럼요, 꼭 지킬 거예요."

"엘리제, 미쳤소?" 대령은 부인의 팔을 뿌리치려고 몸을 비틀면서 외쳤습니다. "우리가 파멸해도 좋다는 거요? 저놈은 다 봤어. 어서 놔."

대령은 마침내 부인을 떼밀어 버리고 창문으로 달려오자마자 무서운 흉기로 나에게 일격을 가했습니다. 나는 이미 도망칠 준비를 마치고 창문의 아래 창틀을 잡고 매달려 있었는데, 피할 사이도 없었던 겁니다. 손에 짜릿한 아픔을 느낀 순간, 그대로 정원 아래로 떨어지고 말았습니다.

충격을 받기는 했지만 추락으로 인해 다치지는 않았습니다. 그렇다고 위험이 사라진 것은 아니어서 즉시 일어나 있는 힘을 다하여 정원의 숲 속으로

도망쳐 들어갔습니다. 그러나 얼마 달리지 못해 갑자기 견디기 힘든 현기증과 함께 구토증을 느꼈습니다. 손이 몹시 욱신거렸습니다. 저는 그때서야 비로소 엄지손가락이 잘려 나간 사실을 알았습니다. 상처에서는 피가 샘물처럼 흘러내렸습니다. 손수건으로 상처를 동여매려고 했지만, 다음 순간 귀가 찡 하며 울리기 시작하더니 죽을 듯이 온몸에 힘이 빠져 그만 장미 덤불 속에 쓰러졌습니다.

얼마나 오랫동안 정신을 잃고 쓰러져 있었는지 기억이 없습니다. 상당히 오랜 시간이 아닌가 싶습니다. 정신이 들어 깨어나 보니, 달은 이미 지고 날이 훤하게 밝아 오고 있었으니까요. 옷은 밤이슬에 젖고, 윗도리 소맷자락은 상처에서 흘러나오는 피르 흠뻑 젖어 있었습니다. 격심한 통증과 함께 어젯밤에 있었던 모험이 생생히 되살아나기 시작했습니다. 그 순간, 아직도 추적자의 손아귀에서 벗어나지 못했다는 생각이 문득 들어 벌떡 일어났습니다. 그런데 사방을 둘러보니, 놀랍게도 어젯밤의 집과 정원은 보이지 않는 게 아닙니까. 어딘가의 길에 인접한 산울타리 모퉁이에 쓰러져 있었는데, 조금 아래쪽으로 떨어진 곳에 긴 건물이 있어서 가까이 가 보니, 글쎄 그 건물은 어젯밤 제가 도착했던 아이포드 역이지 뭡니까. 손에 입은 무서운 상처만 아니었다면, 그 공포에 찬 몇 시간의 일도 하룻밤 악몽으로 생각되었을 겁니다.

반쯤 넋이 나간 상태로 역에 들어가 아침 기차 시간을 물어보았습니다. 한 시간 정도 기다리면 레딩행 기차가 있다고 하더군요. 어젯밤 도착했을 때 보았던 그 짐꾼이 일을 하고 있었습니다. 그에게 라이샌더 스탁 대령이라는 이름을 들어본 적이 있냐고 물었지요. 그런 이름은 모른다는 대답이었습니다. 간밤에 역 앞에서 마차가 나를 기다리고 있었는데, 그것을 보았냐는 물음에도 보지 못했다는 대답뿐이었습니다. 이 근처에 경찰서는 없냐고 물었더니, 3마일쯤 떨어진 곳에 있다는 것이었습니다.

탈진 상태로 도저히 3마일을 걸어갈 수 없었기에 런던에 돌아가서 경찰에 알려야겠다고 생각했습니다. 6시 조금 지나서 런던에 도착하여 우선 상처부터 치료받기 위해 병원에 찾아갔더니, 의사 선생님께서 직접 이곳까지 데려다 주시더군요. 이 사건을 완전히 맡기겠습니다. 그리고 사건을 밝히기 위해서라면 어떤 일이라도 할 생각입니다."

이 기이한 이야기를 다 듣고 나서 우리는 잠시 침묵한 채 앉아 있었다. 이윽고 홈즈는 책상의 두툼한 비망록 속에서 신문의 스크랩북을 한 권 꺼냈다.

"여기에 당신의 흥미를 끌 만한 광고가 있습니다." 홈즈가 말했다. "1년쯤 전에 모든 신문에 다 나왔던 광고입니다. 읽어보지요…… '행방불명, 이달 9일, 제레마이어 헤일링, 26세, 수력 기사. 밤 10시에 하숙을 나간 후 소식이 끊어짐. 복장은……' 등등. 이렇게 말입니다. 알겠군! 이것을 보면 대령이 이보다 전에 수압기를 검사한 날짜가 언제인지를 알 수 있겠군."

"오." 나의 환자는 외쳤다. "이제 그 부인이 한 말을 알 것 같습니다."

"틀림없습니다. 그 대령은 냉혹하고 잔인한 사람으로, 나포한 배에 타고 있던 사람을 한 사람도 살려 주지 않는 철저한 해적처럼, 누구에게도 자기의 사업을 방해받지 않겠다고 굳게 결심하고 있는 겁니다. 자, 이렇게 된 이상 잠시도 우물쭈물할 수 없습니다. 기력이 있다면 아이포드로 떠날 준비를 하고, 이제 스코틀랜드 야드에 함께 갑시다."

그리고 세 시간쯤 지나 우리는 버크셔에 있는 그 작은 마을을 향하여 레딩에서 기차를 탔다. 일행은 홈즈와 수력 기사, 스코틀랜드 야드의 브랫스트리트 경감, 사복형사 한 명, 그리고 나였다. 경감은 좌석에 이 주(州)의 육지 측량부지도를 펼쳐 놓고, 아이포드를 중심으로 컴퍼스로 열심히 원을 그리고 있었다.

"자, 보세요. 이 원은 마을을 중심으로 반경 10마일로 그린 것입니다. 목적하는 장소는 원둘레의 부근에 있어야 합니다. 분명히 10마일이라고 하셨죠, 하더리 씨?"

"마차로 한 시간은 걸렸습니다."

"그리고 의식을 잃은 동안 그들이 당신을 싣고 그 정도의 거리를 되짚어 왔다고 생각하시는 거죠?"

"분명 그렇게 생각됩니다. 그러고 보니, 몸이 실려 어디론가 운반돼 간 기억이 어렴풋하게 남아 있습니다."

"이해가 안 되는 점이 한 가지 있습니다만. 당신이 실신해서 정원에 쓰러져 있는 것을 그들이 보았다고 한다면, 왜 죽이지 않았을까요? 그 여인의 간청으로 악당이 자비심이라도 갖게 되었단 말입니까?" 내가 말했다.

"아, 이제 모든 게 밝혀지겠지요." 브랫스트리트 경감이 말했다. "이렇게 원을 그려 놓았으니, 찾으려는 자들이 이 원의 어느 위치에 있는지 이제 그것만이 문제입니다."

"그 위치라면 손가락으로 짚어 드릴 수 있습니다." 홈즈가 느긋하게 말했다.

"뭐라고요?" 경감이 외쳤다. "벌써 추리를 했습니까? 누구의 추리가 당신의 추리에 일치하는지 다들 말해 봅시다. 내 생각은 남쪽입니다. 이쪽이 한적한 곳이니까."

"아닙니다. 동쪽이라고 생각합니다." 나의 환자가 말했다.

"나는 서쪽입니다. 왜냐하면 그쪽으로는 언덕이 없기 때문입니다. 하더리 씨의 이야기 중에 마차가 오르막길을 올라갔다는 말은 없었으니까요." 사복형사가 말했다.

"이것 봐라." 경감이 웃으면서 말했다. "의견이 각자 갈리는군. 홈즈 씨, 누구에게 표를 던지겠습니까?"

"다 틀렸소."

"다 틀렸다고요? 그 말은 좀 지나친 거 같은데요."

"사실이 그렇습니다. 나는 여기입니다." 홈즈는 손가락으로 원의 중심을 짚었다. "그들은 이곳에 있을 겁니다."

"그렇다면, 12마일이나 달렸다는 말은 어떻게 된 겁니까?" 하더리는 다급하게 물었다.

"6마일 갔다가 6마일 돌아온다. 이것보다 더 간단한 계산은 없을 겁니다. 마차에 올라탔을 때 말은 반질반질하고 힘이 넘쳤다고 말하지 않았습니까. 험한 길을 12마일이나 달려왔다고는 생각되지 않는군요."

"그럴듯해. 듣고 보니 그들이 했음 직한 방법이야." 브랫스트리트 경감이 심각한 얼굴로 말했다. "말할 것도 없이, 이 일당의 성격에 대해서는 의심할 여지가 없으니까."

"정말 의심할 여지가 없지요." 홈즈가 말했다. "놈들은 대규모로 위조 화폐를 만들고 있었소. 그 기계는 은과 비슷한 합금을 만드는 데 사용한 거요."

"솜씨가 뛰어난 일당이 그런 짓을 하고 있다는 것은 훨씬 전부터 알고 있었소." 경감이 말했다. "반 크라운짜리 가짜 은화를 수천 개나 만들어 냈소. 레딩까지는 추적했는데 거기서 흔적을 놓친 겁니다. 흔적을 없앤 솜씨로 보아 보통내기가 아닙니다. 그러나 이런 고마운 기회가 생겨 드디어 놈들을 검거하게 되나 봅니다."

그러나 경감은 잘못 판단하고 있었다. 이 일당은 법망에 걸려들 운명이 아니었다. 우리가 탄 기차가 아이포드 역에 도착했을 때, 근처의 작은 숲 속에서 거대한 연기 기둥이 치솟아 그 일대의 풍경 위에 커다란 타조의 날개 같이 퍼져 있었다.

"불이 났습니까?" 사람을 내려놓고 기차가 다시 움직이기 시작했을 때 브랫스트리트 경감이 물었다.

"네, 그렇습니다." 역장이 대답했다.

"언제 났습니까?"

"밤중에 났다고 하는데, 불길이 번져서 지금은 잿더미만 남았습니다."

"누구의 집입니까?"

"베커 의사 댁입니다."

"이봐요." 수력 기사가 끼어들었다. "베커 의사는 독일인에 비쩍 마르고 코가 길고 뾰족한 사람 아닙니까?"

역장은 껄껄 웃고는 말했다. "천만에요. 베커 의사는 영국인이며, 이 교구에서 의사만큼 풍채가 좋은 사람은 없습니다. 하지만 그 댁에 머물고 있는 외국인 신사가 있는데, 의사의 환자라고 생각됩니다만,

그 사람은 좋은 버크셔산 소고기를 먹여도 별수 없을 만큼 말랐죠."

역장의 말이 끝나기도 전에 우리는 화재 장소 쪽으로 달려갔다. 나직한 언덕에 이르자 눈앞에 하얗게 칠한 큰 집이 나타났는데, 모든 틈새와 창문마다 불길이 뻗쳐 나와 소방엔진 세 대가 정원에서 진화 작업을 벌였으나 불길은 쉽게 잡힐 듯싶지 않았다.

"이 집이다!" 하더리가 극도로 흥분하여 소리쳤다. "고운 자갈을 깐 마차 길도 있고, 내가 쓰러졌던 장미 덤불도 있어. 저 두 번째 창문에서 뛰어내렸지."

"어쨌든, 당신은 복수는 한 셈이오. 당신이 놓고 온 램프가 수압기에 눌려 터졌을 때, 주위의 나무 벽에 불이 옮겨붙었을 거요. 하지만 그들은 당신을 추적하는 데만 정신이 팔려 불 같은 건 생각지 못했던 거요. 불구경을 하는 저 사람들 중에 어젯밤의 그 자들이 끼어 있지 않나 살펴보시오. 하긴 지금쯤은 100마일 밖으로 도망쳤을 수도 있지만."

홈즈의 예상은 현실로 나타났다. 그날부터 오늘에 이르기까지 그 아름다운 여성에 대해서, 혹은 인상이 나쁜 독일인이나 무뚝뚝한 영국인에 대해서는 어떤 소식도 들리지 않았다. 그날 아침 일찍 네댓 명의 사람들이 부피가 큰 상자 몇 개를 마차에 싣고 레딩 쪽으로 달려가는 것을 한 농부가 보았다고 했다. 그러나 도망자들의 흔적은 거기서 끝났기 때문에 홈즈의 날카로운 지혜로도 그들의 행방에 대해서는 더 이상 아무것도 알아낼 수가 없었다.

소방수들은 건물 내부에 있던 낯선 설비를 보고 매우 놀랐지만, 3층 창문 밑에서 잘린 지 얼마 안 된 사람의 엄지손가락을 발견하고 더욱 놀란 듯했다. 아무튼 그들이 열심히 불을 끈 덕분에 얼마 후 불길은 가까스로 잡혔지만, 지붕은 이미 허물어진 뒤였고 건물 전체가 완전히 폐허가 되는 바람에 그 수압기도 뒤틀린 원통과 쇠파이프 몇 개만 남기고 흔적도 없이 소실되었다. 창고에서 니켈과 주석이 다량 발견되었으나 화폐는 하나도 없었다. 그러므로 앞에서 언급한 부피가 큰 상자의 정체도 이것으로 설명이 되었다.

수력 기사는 정신을 잃고 쓰러진 정원에서 다시 깨어난 장소까지 어떻게 운반되었을까? 그것에 관한 문제가 자칫하면 영원한 미궁으로 빠질 뻔했지만, 다행히 정원의 부드러운 흙이 아주 간단하게 설명해 주었다. 분명히 두 사람에 의해 운반되었는데, 발자국으로 보아 그 한 사람의 발은 아주 작았고, 다른 한 사람은 유별나게 컸다. 모르기는 해도, 동료만큼 대담하지도 흉악하지도 못했던 말없는 영국인이 그 부인을 도와 정신을 잃은 기사를 위험이 없는 곳까지 옮겨다 놓은 것이리라.

"젠장." 런던으로 돌아가는 기차에 자리를 잡고 앉았을 때, 수력 기사는 분하다는 표정으로 말했다. "벌이치고는 더러운 일이었습니다. 엄지손가락을 잃었고, 50기니의 보수는 날아갔고, 대체 제가 얻은 게 무엇인가요?"

"경험입니다." 홈즈가 웃으면서 말했다. "그 경험은 언젠가 당신을 크게 도와줄 것입니다. 또한 당신은 그 일을 남에게 들려줌으로써 앞으로 사는 동안 여러 사람한테서 훌륭한 친구라는 평을 들을 수 있을 겁니다."

Sherlock Holmes

독신 귀족

The Noble Bachelor

1886년 10월 8일 (목)

세인트 사이먼 경의 결혼과 뜻밖의 파국을 맞은 이야기는 예전에도 불행한 신랑이 속한 상류 사회에서조차 화제에 오르지 않았다. 새로운 스캔들이 잇달아 사람들의 흥미를 끌어 이야깃거리가 되었기 때문에 4년 전의 낡은 드라마 따위는 다시 입에 올리지 않게 된 것이다. 그러나 내 생각으로는 세상 사람들은 아직 이 사건의 진상을 모르는 것이 분명하며, 사건 해결에 내 친구 셜록 홈즈의 활약이 컸기 때문에, 그 회상록을 완성하기 위해서는 간략하게나마 이 특별한 에피소드를 언급하지 않을 수 없다.

내가 결혼식을 올리기 몇 주일 전, 홈즈와 함께 베이커 가의 하숙집에 살던 때였다. 오후 산책을 마치고 돌아온 홈즈는 책상 위에 있는 편지를 발견했다. 그날은 갑자기 날씨가 흐려지고 강한 가을바람까지 불어 나는 온종일 집 안에만 틀어박혀 있었다. 아프간 전쟁에서 제자일 총탄(Jezail Bullet)에 맞아 생긴 어깨의 상처가 욱신욱신 쑤시기 시작했기 때문이기도 했다.

나는 안락의자에 앉아 맞은편 의자에 두 다리를 얹고 신문 더미에 묻혀 있었다. 기사도 다 읽은 터였으므로 신문을 옆으로 밀치고, 책상 위에 놓인 봉투에 있는 커다란 문장과 머리글자로 보낸 이의 이름을 상상하면서 대체 어디 사는 귀족이 보낸 편지일까, 하고 나와는 관계없는 일을 떠올렸다.

"아주 귀한 분이 보낸 편지 같은데? 아침에 온 것은 분명 생선 가게와 세관 감시원이 보낸 거지?" 내가 홈즈에게 말했다.

"맞아. 내게 보낸 편지는 보잘것없는 것일수록 재미있지. 편지는 보나마나 달갑지 않은 초대장일걸. 사람한테 거짓말과 하품을 하게 해 놓고 좋아하는 그 사교 모임 말이야."

그는 이렇게 말하며 봉투를 뜯어 편지 내용을 대충 훑어보았다.

"이건 의외로 재미있는 일 같군."

"초대장이 아니야?"

"그래, 분명히 의뢰서야."

"의뢰인은 귀족이군."

"영국의 일류 명문 집안이야."

"오, 그렇다면 축하해."

"아니야, 왓슨. 잘난 체하려는 것은 아니지만, 내게는 의뢰인의 신분보다는 재미있는 일인지의 여부가 더 중요해. 그런데 이번 조사에는 재미있는 부분도 있을 듯하네. 요즘 자네는 신문을 꼼꼼히 읽지?"

"보다시피." 나는 한쪽에 밀쳐놓은 신문 더미를 가리키며 가라앉은

목소리로 대답했다. "할 일이 없으니까."

"그거 잘됐군. 나에게 정보를 알려 주게. 나는 범죄 기사와 사람 찾는 광고만 읽어. 특히 안내란은 도움이 될 때가 많지. 요즘 신문을 꼼꼼히 읽었다면, 세인트 사이먼 경의 결혼식 기사도 읽었겠군."

"물론. 아주 흥미로웠어."

"좋아. 바로 그 사이먼 경이 이 편지를 보냈어. 지금 읽을 테니, 자네는 신문을 뒤져 사건과 관련된 기사를 모두 찾아 주게.

　셜록 홈즈 씨께

　백워터 경의 말을 들으니, 귀하의 판단력이라면 확실히 믿을 수 있을 것 같습니다. 본인의 결혼식과 관련해서 일어난 불행한 사건에 대해, 귀하를 방문해 의논하려고 합니다. 이 사건에 대해서는 이미 스코틀랜드 야드의 레스트레이드 씨의 도움을 받고 있습니다만, 그분도 귀하의 원조를 받는 것에 반대하지 않았고, 많은 도움을 받을 수 있을 것이라고 했습니다. 오후 4시에 방문할 예정인데 만일 그 시간에 선약이 있으시면, 매우 중요한 사건을 의뢰하러 가는 제 형편을 헤아려 선약은 나중으로 미뤄 주셨으면 감사하겠습니다.

그로스브너 맨션에서 보냈어. 거위 깃펜으로 썼고, 사이먼 경의 오른손 새끼손가락 바깥쪽에는 잉크가 묻어 있군." 홈즈는 말하며 편지를 접었다.

"4시라고? 지금이 3시니까 한 시간 뒤에 오겠군."

"그동안 사건의 경과를 조사해 둘 필요가 있으니, 나를 도와줘. 우선 사건에 대한 기사가 실린 신문을 날짜순으로 간추려 주게. 나는 의뢰인의 신원을 알아볼 테니까."

홈즈는 벽난로 옆에 있는 참고 자료 책장에서 표지가 빨간 책을 한 권 뽑았다.

"여기 있군."

그는 의자에 앉아 책을 무릎 위에 펼쳤다.

"로버트 월싱햄 드 비어 세인트 사이먼. 발모럴 공작의 둘째 아들. 문장은 하늘색, 가운데 검은색 띠 위쪽에 마름쇠 세 개를 배열. 1846년 생. 그렇다면 올해 마흔한 살이니까 결혼하기에는 부족함이 없는 나이야. 플랜태저넷 왕가의 직계로, 어머니 쪽은 튜더 왕가의 피가 섞여 있는 것 같아. 흠, 이 정도로는 별 도움이 되지 않는군. 왓슨, 구체적인 자료는 역시 자네 쪽에서 나올 듯싶어.”

“필요한 자료는 곧 찾아낼 거야. 모두 최근 것인 데다 나도 매우 흥미를 갖고 읽었으니까. 다만 자네가 다른 사건에 신경 쓰고 있어 쓸데없는 이야기를 해서 집중하는 데 방해가 될까 봐 지금까지 이야기하지 않았을 뿐이지.”

“아, 그로스브너 광장의 가구 운반 차 사건? 그건 벌써 해결했네.

자, 찾았으면 가르쳐 주게.”

“내가 알기로는 이 보도가 가장 최근 거야. 〈모닝 포스트〉의 소식란 기사인데, 날짜는 몇 주 전이야. ‘발모럴 공작의 둘째 아들 로버트 세인트 사이먼 경은, 미국 캘리포니아 주 샌프란시스코의 앨로이시어스 도런 씨의 무남독녀 해티 도런과 약혼. 측근의 말에 의하면, 가까운 시일 내에 결혼식을 올린다고 함.’ 이것뿐이야.”

“간단명료하군그래.” 홈즈는 마르고 긴 다리를 불 쪽으로 뻗으며 말했다.

“같은 주의 신문 사교란에 더 자세히 나왔는데, 아, 이거야. ‘현재의 자유무역 같은 결혼 제도는, 국산품에 대해 심히 부당한 결과를 낳는 현상으로 보아, 곧 보호 정책을 쓸 필요가 있다는 주장이 나올 것이다. 대영 제국 명문가의 지배권은 현재 대서양 저쪽에서 건너오는 아름다운 아가씨들의 손에 잇달아 넘어가고 있다. 지난주에도 한 아름다운 침입자가 멋지게 승리해, 최근의 이 경향에 확실한 예를 추가했다. 즉, 20년 남짓 큐피드의 화살을 받아들이지 않던 세인트 사이먼 경이 이번에 캘리포니아 주에 거주하는 한 부호의 아름다운 딸 해티

도런과 곧 결혼한다는 사실을 발표한 것이다. 웨스트버리 저택에서 벌어진 성대한 연회에서 품위 있는 자태와 미모로 뭇사람의 시선을 끈 도런은 외동딸이며, 지참금은 자그마치 여섯 자릿수에 달할 뿐 아니라, 앞으로 더욱 막대한 유산을 상속받게 될 것으로 알려져 있다. 한편 발모럴 공작이 지난 몇 년 동안 간직해 온 비장의 그림을 팔기 위해 내놓은 것은 공공연한 비밀이며, 세인트 사이먼 경도 버치무어에 약간의 영지만을 소유하고 있으므로, 이 결혼이 캘리포니아 주의 여상속인을 일반인에서 일약 영국 귀족의 대열에 오르게 했다 하더라도 그녀만 이익을 얻었다고 말할 수 없는 것은 분명하다."

"그 밖에 또 있나?" 홈즈가 하품을 하면서 물었다.

"많아. 〈모닝 포스트〉 기사에는 결혼식은 하노버 광장의 세인트 조지 성당에서 간소하게 올리는데, 참석자는 가까운 친지로 한정된다고 나와 있어. 또 식이 끝난 후에는 앨로이시어스 도런 씨가 가구까지 함께 인수한 랭커스터 게이트의 저택에 입주할 예정이라는군. 그리고 이틀 후…… 즉, 이번 수요일 신문에는 결혼식이 거행되었다는 것과 신혼여행은 피터스필드 옆의 백워터 경 영지로 떠날 것이란 기사가 간단히 나와 있어. 이것들이 신부가 사라지기 전까지 실린 기사야."

"언제까지라고?" 홈즈가 놀라서 물었다.

"신부가 사라지기 전까지."

"언제 사라졌는데?"

"피로연 때."

"예상했던 것보다 훨씬 재미있군. 정말 극적인 이야기야."

"그래. 나도 특별하다고 생각했네."

"결혼식 전이나 신혼여행 중에 사라진 경우는 더러 있어. 그러나 피로연 때 감쪽같이 사라졌다는 얘기는 처음 들어. 그 당시의 상황을 자세히 알려 주게."

"기사가 불충분해."

"우리가 함께 생각하면 보충이 되겠지."

"충분치는 않지만, 어제 조간에 나온 기사가 있어. '결혼식에서 괴사건 발생'이란 제목이야."

로버트 세인트 사이먼 경 일가는, 경의 결혼식에서 일어난 기괴하고 가슴 아픈 사건으로 극도로 혼란스러워하고 있다. 어제 여러 신문에 보도된 바와 같이, 결혼식은 그저께 아침에 거행되었다. 그동안 이 일과 관련한 이상한 소문이 떠돌았는데, 그것이 현실이 된 것이다. 경의 친구들이 쉬쉬하며 수습하려고 애를 썼는데도, 이 사건은 이미 사회적 관심의 대상이 되어 이제는 헛소문이 아닌 것으로 알려졌다.

하노버 광장의 세인트 조지 성당에서 거행된 결혼식은 가까운 친지만 참석한 조촐한 예식이었는데, 참석자는 신부의 부친 앨로이시어스 도런, 발모럴 공작 부인, 백워터 경, 신랑의 동생 유스터스 경, 누나 클라라 세인트 사이먼과 앨리시아 휘팅턴뿐이었다. 결혼식이 끝난 후, 일행은 랭커스터 게이트에 있는 앨로이시어스 도런 저택에 마련된 피로연에 참석했다. 이때 세인트 사이먼 경에게 정당하게 요구할 권리가 있다는, 이름을 알 수 없는 한 여자가 일행을 따라 저택 안으로 들어가려 해서 한바탕 소란이 일었다고 한다. 한동안 달갑지 않은 소란이 벌어진 뒤 집사와 늙은 하인은 그 여자를 가까스로 집 밖으로 쫓아냈다. 신부는 다행히 먼저 집

안으로 들어와 있어 이 불쾌한 사건을 목격하지 않았는데, 참석자와 함께 피로연 자리에 앉아 있다가 잠시 후 기분이 언짢다고 하면서 자기 방으로 들어갔다.

그런데 그 후 모습을 보이지 않아 궁금해하던 차에, 신부의 부친이 하녀에게 물었다. 그랬더니 하녀 말이, 신부가 방에 들어온 것은 잠깐뿐이고 곧 외투와 모자를 들고 나갔다는 것이었다. 또 다른 하인 한 명이 그런 복장을 한 여자가 집에서 나가는 것을 봤지만, 신부는 피로연에 참석하고 있는 줄 알고 있었기 때문에 그 여자가 신부일 줄은 몰랐다고 진술했다. 이렇게 해서 앨로이시어스 도런은 딸이 실종되었음을 알고 신랑과 함께 즉시 경찰에 신고했고, 경찰은 현재 전력을 다해 수사하고 있으므로 이 기괴한 사건도 오래지 않아 해결될 것으로 보인다. 그러나 어젯밤까지 신부의 행방을 파악하지 못했다. 일부에서는 이 사건이 범죄와 관련되었다고 하는데, 경찰에서는 그날 말썽을 일으킨 여자가 질투나 그 밖의 동기로 신부에게 해코지를 한 것으로 보고 그 여자를 수배했다고 한다.

"그게 전부야?"

"또 하나. 다른 신문에 짧게 나와 있는데, 이것은 아주 암시적이야."

"뭔데?"

"도런 저택에서 소동을 일으킨 플로라 밀러가 체포되었다는 기사야. 원래는 알레그로 극장의 무용 단원인데, 신랑과 몇 년 전부터 가깝게 지냈다는군. 그 이상의 언급은 없어. 어쨌든 이로써 사건의 전모가 자네의 손에 들어간 셈이네. 적어도 신문을 통해 알 수 있는 범위에서는."

"재미있는 사건인 듯하군. 이런 사건은 어떤 일이 있어도 해결하고 싶어. 아, 벨이 울리는군. 왓슨, 벌써 4시가 지났으니 틀림없이 편지를 보낸 그 고귀한 손님일 거야. 왓슨, 그대로 있게. 제삼자가 입회하면 나중에 기억을 확인하는 데 많은 도움이 되네."

"로버트 세인트 사이먼 경이십니다." 심부름하는 소년이 문을 힘차게 열면서 말했다.

문 안으로 들어선 사람은 유쾌해 보이고 기품 있는 용모의 신사였다. 코는 높고 안색은 창백하며 입 언저리는 약간 성깔이 있어 보이지만, 또렷한 눈에 사람에게 명령을 내려 복종케 하는 높은 신분으로 태어난 사람에게서 볼 수 있는 침착함이 깃들어 있었다. 태도는 절도가 있으나 몸이 조금 앞으로 굽어 있고 무릎을 약간 굽히고 걸어서, 나이보다 약간 늙어 보였다. 챙 달린 모자를 벗자 정수리는 벗어져 있고, 머리에는 흰머리가 섞여 있었다. 복장은 높은 칼라, 검정 프록코트에 흰 조끼, 노란 장갑, 검정 에나멜 구두에 연한 색 각반 차림으로, 멋을 너무 부려 오히려 품위가 없었다. 얼굴을 왼쪽에서 오른쪽으로 돌리고, 금테 코안경 끈을 오른손으로 흔들면서 유유히 방으로 들어왔다.

"안녕하십니까, 세인트 사이먼 경." 홈즈가 일어나 고개 숙여 인사했다. "거기 등의자에 앉으세요. 이쪽은 협력자 왓슨 의사입니다. 좀 더 불 가까이 앉으세요. 천천히 의논하지요."

"홈즈 씨, 짐작하시겠지만 정말 난처하게 되었습니다. 정말 곤경에
빠졌습니다. 당신은 이런 종류의 어려운 문제를 많이 다루어 보셨다
고 하더군요. 하기는 나 같은 신분인 사람의 문제를 다루는 것은 처음
이겠지만."

"아닙니다. 그 점에서는 당신이 오히려 격이 떨어집니다."

"무슨 말인지?"

"이런 종류의 사건으로 최근에 일을 의뢰한 사람은 어느 나라의 국
왕이었습니다."

"아! 그런 일이 있었군. 어느 나라 왕이었습니까?"

"스칸디나비아의 왕입니다."

"음, 그분의 부인도 실종되었습니까?"

"의뢰받은 사건의 내용은 발설하지 않는다는 원칙을 세워 놓고 있
으니, 양해해 주시기 바랍니다. 이는 당신에게도 비밀을 약속하는 것
과 같습니다." 홈즈는 정중하게 말했다.

"정말 당연하오. 내가 실례했소. 그런데 내 사건 말인데, 참고가 될
만한 것은 무엇이든지 말하겠소."

"고맙습니다. 신문에 나온 것은 다 알고 있지만, 그 밖에는 아무것
도 모릅니다. 신문에 난 기사가 정확하다고 믿어도 좋습니까? 이를테
면, 신부가 실종되었다느니 하는 기사 말입니다."

세인트 사이먼 경은 기사를 읽어 보았다.

"여기에 실린 내용은 모두 사실입니다."

"그러나 더 많은 것을 알기 전에는 판단하기가 어렵습니다. 질문을

해서 사실을 파악하고 싶습니다만."

"어서 물어보시오."

"해티 도런 양을 처음 만난 것은 언제입니까?"

"일 년 전에 샌프란시스코에서 만났소."

"미국 여행을 하셨군요."

"그렇소."

"그때 약혼하셨습니까?"

"아니요."

"그러나 친하게 사귀기는 했겠군요."

"해티와 교제하는 것은 유쾌한 일입니다. 해티도 내가 좋아하는 것을 알았을 겁니다."

"도런 양의 아버지는 대단한 부자라고요?"

"태평양 연안에서는 제일가는 부자라고 했습니다."

"어떻게 그렇게 많은 재산을 모았나요?"

"광산이죠. 몇 해 전까지만 해도 가진 것이 아무것도 없었어요. 그런데 광산을 발견하고 그것에 투자하고부터 돈이 눈덩이처럼 불어났소."

"그런데 그 딸…… 즉, 당신 부인의 성격을 어떻게 생각합니까?"

경은 코안경을 조금 빨리 흔들며 불길을 지그시 바라보았다.

"바로 그 점이오, 홈즈 씨. 장인이 부자가 되었을 때 해티는 이미 스무 살이 넘었소. 해티는 그때까지 광산의 합숙소를 자유롭게 뛰어다니기도 하고, 숲이며 산을 쏘다니기도 해서 학교보다 오히려 자연에서 더 많은 교육을 받았소. 영국식으로 말한다면 말괄량이라고 할까.

어쨌든 자유분방하고 강한 성격이라서, 어떤 종류의 전통에도 얽매이기를 싫어했어요. 충동적…… 아니, 화산 같다고 할까요. 결단이 빠르고 한번 결정한 일은 대담하게 실행하지요. 사실 그런 결단력이 없었다면 나도 명예 있는 가문을 이어받을 수 없었을 테지만……." 경은 점잔을 빼고 헛기침을 하고 나서 계속해서 말했다. "근본적으로 품격이 높은 여성입니다. 자신을 희생하는 영웅적인 면도 있고, 비열한 행위를 몹시 부끄럽게 여기는 여성이라고 믿고 있소."

"사진을 갖고 있습니까?"

"이걸 가지고 왔소."

그는 로켓을 열어 아름다운 여성의 정면 얼굴을 보여 주었다. 그것은 사진이 아니라 상아에 조각한 세밀화로, 윤기 흐르는 검은 머리와 커다란 눈, 우아하고 아름다운 입술이 잘 표현되어 있었다. 홈즈는 오랫동안 그 세밀화를 열심히 살펴보았다. 그런 다음 뚜껑을 닫고 세인트 사이먼 경에게 돌려주었다.

"그 후 아가씨가 런던에 와서 계속 교제를 했군요?"

"그렇소. 지난 사교 시즌에 부친이 데리고 왔더군요. 몇 번 만나는 동안 약혼하게 되었고 마침내 결혼까지 했소."

"엄청난 지참금을 가지고 오셨다는 소문이 있던데요."

"꽤 많은 액수였소. 우리 가문의 입장에서 보면 보통 이상이라고 할 수는 없지만."

"이 재산은 말할 것도 없이 당신 손에 들어오겠군요. 결혼은 기정사실이니까요."

"글쎄요, 그 문제는 아직 알아보지 않았습니다."

"당연한 말씀입니다. 결혼식 전날, 도런 양을 만났습니까?"

"만났지요."

"건강에 이상은 없었나요?"

"아주 건강해 보였소. 앞으로 펼쳐질 생활에 대해 많은 말을 하더군요."

"알겠습니다. 흥미롭군요. 결혼식 날 아침은 어땠습니까?"

"더할 나위 없이 쾌활했지요. 적어도 식이 끝날 때까지는."

"그렇다면 식이 끝난 뒤 달라진 점이 있었습니까?"

"그렇소. 사실대로 말하면 나는 그때 비로소 해티가 조금 과민한 데가 있다는 것을 깨달았소. 그러나 이야깃거리도 안 되는 하찮은 일이라 사건과 관계가 있다고는 생각되지 않는군요."

"그렇게 단정짓지 마시고 구체적으로 말해 주세요."

"별것 아닌 일이었소. 함께 대기실로 들어가는 도중에 해티가 부케를 떨어뜨렸지요. 그때 마침 앞 좌석 쪽을 지나가고 있었는데, 꽃다발이 그 좌석에 떨어졌어요. 잠시 행렬이 멈추었고, 그 좌석에 앉은 신사가 곧 꽃다발을 주워 해티에게 건네주었기 때문에 그것으로 끝날 줄 알았지요. 그런데 나중에 내가 그 이야기를 했더니 해티는 퉁명스럽게 대답했어요. 그리고 돌아가는 마차 안에서도 그런 대수롭지 않은 일을 가지고 어처구니없을 정도로 흥분했지요."

"앞 좌석에 앉은 신사라고 하셨지요? 그러면 결혼식에는 일반인도 참석했나요?"

"그렇소. 성당이 열려 있는 이상, 들어오는 사람을 내보낼 수는 없지요."

"그 신사는 부인의 친구가 아니었나요?"

"천만에요. 예의상 신사라고 불렀을 뿐이지 평범한 남자였소. 옷차림조차 기억이 나지 않을 정도요. 이야기가 옆길로 샌 듯싶소."

"부인은 돌아왔을 때는 식전만큼 쾌활하지 못한 상태였군요. 아버지 댁에 도착한 뒤 부인의 태도는 어땠습니까?"

"하녀와 이야기를 하고 있었소."

"하녀는 누구입니까?"

"앨리스라는 미국 여자인데 아내와 캘리포니아에서 함께 왔지요."

"부인과 가까웠습니까?"

"약간 지나칠 정도였소. 내가 보기에 너무 버릇이 없더군요. 하긴 이런 점에서 미국인은 우리들과 사고방식이 다르니까요."

"앨리스라는 하녀와 얼마나 이야기하던가요?"

"2, 3분 정도? 나는 다른 일을 생각하고 있어서……."

"두 사람의 대화를 듣지 못했군요?"

"해티는 점핑 어 클레임('채굴권을 횡령하다'라는 뜻)이라는 말을 했어요. 해티는 곧잘 그런 속어를 쓰지요. 하지만 나는 그 말이 어떤 의미였는지는 모르오."

"미국의 속어 중에는 꽤 깊은 의미가 담긴 것이 있답니다. 하녀와 대화가 끝나고 부인은 어떻게 했습니까?"

"피로연에 참석했소."

"당신 팔을 끼고?"

"아니오, 혼자 갔소. 해티는 그런 사소한 일에는 지나칠 정도로 자기 위주입니다. 그리고 우리가 자리에 앉고 10분쯤 지났을 때, 갑자기 일어나 작은 목소리로 뭐라고 변명하고는 방을 나갔소. 그리고 지금까지 돌아오지 않은 거요."

"앨리스의 증언에 따르면, 방으로 돌아와 신부 의상 위에 긴 외투를 입고 챙 없는 모자를 쓰고 나갔다고 했는데요?"

"그렇소. 그 뒤 플로라 밀러와 함께 하이드 파크에 들어가는 것을 본 사람이 있는데, 이 여자는 그날 아침 도런 가에서 한바탕 소란을 피운 장본인으로 지금 구류 중이오."

"알고 있습니다. 참고로 그 젊은 여성과 당신의 관계를 알고 싶군요."

세인트 사이먼 경은 어깨를 으쓱하고는 미간을 찌푸렸다.

"지난 5, 6년 동안 사귀었소. 아주 친밀한 사이였소. 전에 알레그로 극장에 있던 여자요. 나는 할 도리는 다 했소. 이제 와서 불평할 일은 없다고 봅니다. 하지만 홈즈 씨, 아시다시피 여자란 다 그렇지 않습니까. 플로라는 귀엽지만 다혈질이라서 그런지 나에게 열을 올렸소. 내가 결혼한다는 말을 듣고는 무시무시한 내용의 편지를 여러 통 보냈지요. 결혼식을 그렇게 가까운 친지만 모여 조촐하게 올린 것도, 솔직히 말해 성당에서 소란이 일어날까 염려스러웠기 때문이오. 우리가 식을 마치고 돌아오자 플로라는 도런 가의 현관 앞에 나타나 아내를 욕하고 저주하더니 협박 비슷한 말을 뱉으면서 밀고 들어오려 했소. 이런 일이 일어날지도 모른다는 생각에 사복경관 두 명을 대기시켜 놓았는데, 플로라는 대기하고 있던 경관이 곧바로 쫓아냈소. 플로라는 떠들어 봤자 소용이 없다는 것을 알고 순순히 돌아간 것 같소."

"부인도 이 사건에 대해 알고 있습니까?"

"아뇨, 다행히 듣지 못했소."

"그래서 나중에 부인이 그 여자와 함께 걸을 수 있었다, 그거군요."

"그렇소. 스코틀랜드 야드의 레스트레이드 씨도 그 점을 주목하고 있어요. 플로라가 아내를 유인해 함정에 빠뜨린 것이 아닌가 생각하고 있지요."

"그렇군요. 그런 추리도 할 수 있겠군요."

"당신도 그렇게 생각하시오?"

"그렇다고는 말하지 않았습니다. 당신은 그것이 있을 수 없는 일이라고 생각합니까?"

"플로라는 파리 한 마리도 죽이지 못하는 여자요."

"그러나 질투는 사람의 성격을 바꾸어 놓기도 합니다. 그런데 당신은 이 문제를 어떻게 생각하십니까?"

"나는 의견을 들으러 왔을 뿐, 내 생각을 말하러 온 것이 아니오. 하지만 물어보니까 말합니다만, 이번 결혼식이 가져다준 흥분, 즉 하루 아침에 신분이 상승했다는 생각 말이오. 그것 때문에 아내가 신경을 곤두세웠으리라 생각하오."

"다시 말해, 갑자기 정신이 이상해졌다는 말입니까?"

"그렇소. 결혼식장에서 도망갔기 때문에 이런 말을 하는 것은 아니지만, 많은 사람이 원해도 얻지 못하는 것을 버리고 간 걸 보면 그 밖에는 달리 생각할 길이 없군요."

"알겠습니다. 그런 가정도 근거가 없다고 할 수는 없겠군요." 홈즈는 미소 지으면서 말했다. "세인트 사이먼 경, 이제 들을 만한 이야기는 거의 들은 것 같습니다. 하나 더 묻겠습니다. 피로연 자리에서 당신은 창밖이 보이는 곳에 앉아 있었습니까?"

"우리가 앉았던 곳에서는 길 건너편과 공원이 보였소."

"그럴 테지요. 그럼 이제 돌아가셔도 좋습니다. 나중에 연락하겠습니다."

"어쨌든 이 문제를 만족하게 해결해 주신다면……." 손님은 일어서면서 말했다.

"벌써 해결했습니다."

"네, 뭐라고요?"

"이미 해결했다고 말했습니다."

"그럼 아내는 어디에 있습니까?"

"그 문제도 곧 해결해 드리겠습니다."

세인트 사이먼 경은 고개를 저었다. 그러고는 "그러려면 당신과 내 머리보다 더 현명한 두뇌가 필요하지 않을까요?"라고 말한 뒤 정중한 옛날식 절을 하고 돌아갔다.

"세인트 사이먼 경은 황송하게도 내 두뇌를 자신의 그것과 같은 수준에 놓았어." 홈즈는 웃으면서 말했다. "젠장. 까다로운 심문이 끝났으니 위스키소다와 시가가 필요하겠군. 나는 의뢰인이 들어오기 전에 이미 결론을 내렸어."

"설마!"

"이것과 비슷한 사건 기록을 여러 개 가지고 있네. 하긴 아까도 말했듯이 이렇게 훌륭한 솜씨를 보인 경우는 처음이지만. 자세히 질문한 결과 추측이 확신으로 변했지. 상황 증거도 때로는 대단한 의미를 가지네. 헨리 소로(1817~1862. 미국의 시인이자 사상가. 자연 생활을 예찬하고 시민의 자유를 주장했다.)의 말을 흉내 내는 게 아니라, 우유에서 송어가 나온 것과 같은 경우지."

"자네가 들은 이야기는 나도 다 들었네."

"그렇지만 나는 자네와는 달리 전례를 모두 알고 있거든. 몇 년 전 스코틀랜드의 애버딘에서 이와 비슷한 사건이 있었고, 프랑코-프러시안 전쟁이 일어난 다음해에 뮌헨에서도 비슷한 사건이 있었어. 이번 사건도 같은 케이스야. 아, 레스트레이드가 왔군. 안녕하시오, 레스트레이드. 찬장에 손님용 잔이 있고 시가는 그 상자에 있어요."

레스트레이드 형사는 두꺼운 재킷에 목도리를 한, 어디로 보나 선원 복장 차림이었는데, 손에는 검은 캔버스 가방을 들고 있었다. 무뚝뚝하게 인사를 하고 자리에 앉더니, 권하는 담배에 불을 붙였다.

"왜 그래요? 불만스러운 표정이군요." 홈즈는 눈을 빛내며 물었다.

"이런 표정을 짓지 않을 수 없죠. 세인트 사이먼 경의 신부 실종 사건이 정말 애를 먹입니다. 전혀 감을 잡을 수 없으니."

"저런! 보기 드문 일이군요."

"이렇게 까다로운 사건은 처음입니다. 단서마다 손가락 사이로 빠져나가니, 오늘도 온종일 허탕만 쳤습니다."

"게다가 물에 빠진 생쥐가 되었군요." 홈즈는 레스트레이드의 재킷 소매를 만지면서 말했다.

"그렇습니다. 하이드 파크의 서펜타인 연못 밑바닥을 훑었으니까요."

"그건 또 왜요?"

"세인트 사이먼 경 부인의 시체를 찾으려고요."

홈즈는 의자의 등받이에 몸을 기대고 웃음을 터뜨렸다.

"트래펄가 광장 분수도 조사했습니까?"

"거긴 왜요?"

"시체가 발견될 가능성은 어디에나 있으니까요."

레스트레이드는 화난 얼굴로 친구를 노려보며 말했다. "당신은 마치 모든 걸 다 알고 있다는 듯이 말하는군요."

"알긴요. 나는 조금 전에야 자세한 이야기를 들었습니다. 짐작은 하지만."

"흥! 그럼 서펜타인 연못은 이 사건과 관계가 없다는 거군요."

"그렇다고 생각합니다."

"그렇다면 연못에서 이런 물건들이 나왔는데, 어떻게 된 것인지 한번 설명이나 들어 봅시다."

레스트레이드는 가방을 열고 물이 뚝뚝 떨어지는 실크 웨딩드레스와 하얀 새틴 구두, 꽃다발, 면사포 등, 도두 물에 젖어 색이 변한 물건을 바닥에 쏟아 놓았다. 그러고는 "보시오." 하고 마지막으로 새 결혼반지를 옷 위에 올려놓으면서 말했다. "어떻습니까, 홈즈 씨, 이걸 보고도 아무 생각이 안 납니까?"

"과연! 이걸 모두 서펜타인 연못에서 건졌단 말입니까?" 친구는 시가 연기를 뿜어내면서 말했다.

"직접 건진 건 아니고, 연못가에 떠 있는 것을 공원 관리인이 발견했소. 부인의 의상이라는 사실을 확인했으니, 시체도 부근에 있다고 생각한 거요."

"그 훌륭한 논법대로라면, 인간의 몸은 고두 옷장 옆에 있다는 결론이 나오겠군요. 그래서 당신은 이 물건에서 어떤 결론을 내렸나요?"

　"부인이 실종된 것에 플로라 밀러가 관계되어 있다는 증거를 찾을 수 있으리라 생각했소."

　"그건 좀 어렵지 않을까요?"

　"정말 그렇게 생각하시오?" 레스트레이드는 불쾌한 듯이 소리쳤다. "홈즈 씨, 당신의 연역이나 추리는 실제적이라고 말하기는 어려워요. 지금 두 가지 큰 실수를 저지르고 있어요. 누가 뭐라고 해도, 이 옷은 플로라 밀러가 사건에 관계되어 있음을 증명합니다."

　"왜죠?"

　"이 옷에는 주머니가 있소. 주머니에는 명함 지갑이 들어 있고, 명함 지갑에는 편지가 있소. 보시오. 이것이 그 편지요."

레스트레이드는 눈앞의 테이블에 그것을 내동댕이치듯 놓았다.

"들어 보시오. '준비되는 즉시 만나겠어요. 곧 오세요. F. H. M.'
자, 봐요. 나는 처음부터 플로라 밀러가 공범과 짜고 세인트 사이먼
경 부인을 유괴했다고 추리했습니다. 바로 이 F. H. M.은 그 여자의
이니셜이고, 문 앞에서 부인에게 이 편지를 건네주어 자기들 손안으
로 유인했을 거요."

"훌륭합니다, 레스트레이드." 홈즈는 웃으면서 말했다. "정말 멋지
군요. 어디 좀 볼까요."

그는 별로 관심 없어 보이는 태도로 편지를 집어 들었는데, 곧 관심
을 보이면서 만족스럽다는듯 신음 소리를 냈다.

"이건 대단하군요."

"어때요, 당신도 그렇게 생각하지요?"

"그렇고말고요. 크게 축하할 일입니다."

레스트레이드는 우쭐해하는 얼굴로 의자에서 일어나 고개를 숙이
고 편지를 들여다보았다.

"어!" 그가 외쳤다. "앞면을 보고 있군요."

"그렇습니다." 홈즈가 말했다.

"왜죠? 편지는 뒤에 쓰여 있소."

"이건 호텔 계산서인데, 나는 이쪽 부분에 흥미가 있거든요."

"그따위 것에서는 아무것도 나올 게 없어요. 나도 아까 보았지만."
레스트레이드가 말했다. "10월 4일, 방값 8실링, 아침 식사 2실링 6펜
스, 칵테일 1실링, 점심 식사 2실링 6펜스, 셰리 한 잔 8펜스. 보시다
시피 아무것도 없어요."

"그렇게 보이겠지요. 하지만 이것이 중요하다는 사실만은 변함이 없습니다. 그러나 편지도 이니셜은 중요하므로 새삼스럽게 축하한다고 말하겠어요."

"젠장, 시간만 낭비했군." 레스트레이드는 일어섰다. "나는 난로 앞에 앉아 훌륭한 이론을 늘어놓는 것보다는 근면한 노력을 더 존중합니다. 잘 있어요, 홈즈 씨. 누가 먼저 사건의 진상을 규명하는지 곧 알게 될 거요."

그는 젖은 옷들을 가방에 구겨 넣고 돌아가려 했다.

"레스트레이드, 힌트를 하나 드리지요." 홈즈는 라이벌이 사라지기 전에 느긋한 목소리로 불러 세웠다. "문제의 해답을 가르쳐 드리지요. 세인트 사이먼 경 부인 실종 사건은 꾸며진 이야기입니다. 그런 인물은 전에도 없었고 지금도 없어요."

레스트레이드는 딱하다는 듯한 얼굴로 홈즈를 보았다. 그리고 나에게 시선을 옮겨 이마를 세 번 가볍게 두드리고, 연기라도 하듯 심하게 고개를 젓더니 휙 나가 버렸다.

그가 문을 닫자마자 홈즈는 일어나 코트를 입었다.

"레스트레이드는 난로 앞에서 늘어놓는 이론 따위는 가치가 없다고 했는데, 확실히 맞는 말이야. 왓슨, 자네는 잠시 신문이나 읽고 있어. 나는 나갔다 오겠네."

홈즈가 나를 남겨 두고 나간 것은 5시가 지나서였는데, 나는 그 후 한가한 시간을 보낼 겨를이 없었다. 한 시간도 지나지 않아서 식료품 가게의 심부름꾼이 크고 납작한 상자를 가지고 왔기 때문이다. 그는 함께 온 소년에게 거들게 해서 상자를 열었다. 놀란 눈으로 바라보는 내 앞에서, 그들은 하숙집의 허술한 식탁 위에 간단하지만 호화스러운 야식을 늘어놓았다. 차가운 도요새 두 마리에 꿩 한 마리, 거위 간 파이, 그리고 거미줄이 붙은 해묵은 술이 몇 병이나 있었다. 요리를 모두 늘어놓은 두 심부름꾼은 품삯은 선불로 다 받았고, 이 집에 배달하라는 지시를 받고 가져왔다는 말만 하고 마치 요술 램프의 지니처럼 사라졌다.

9시 조금 전에 홈즈가 자신만만한 태도로 들어왔다. 표정은 근엄했지만, 반짝이는 눈을 보고 그의 추리가 빗나가지 않았음을 알 수 있었다.

"흠, 야식을 준비했군." 그는 손바닥을 비비면서 말했다.

"누가 올 모양이지. 5인분을 차려 놓고 간 걸 보면."

"응, 손님이 몇 사람 올지 몰라. 세인트 사이먼 경은 벌써 와 있을 줄 알았는데. 계단에서 발소리가 들리는 걸 보니 이제 오나 보군."

수선스럽게 들어온 사람은 분명히 낮에 본 그 손님으로, 코안경을 더욱 분주하게 흔들고 있었다. 귀족적인 얼굴에는 몹시 당혹해하는 표정이 떠올라 있었다.

"내가 보낸 사람을 만났나요?" 홈즈가 물었다.

"네. 사실은 편지를 보고 몹시 놀랐소. 그 이야기에는 충분한 증거가 있습니까?"

"의심의 여지가 없는 증거가 있지요."

세인트 사이먼 경은 의자에 깊숙이 몸을 파묻고 이마에 손을 얹으며 말했다. "우리 가문 사람이 굴욕을 겪었다는 사실을 알면 공작은 뭐라고 할까?"

"뜻밖의 일이긴 합니다만, 굴욕은 아니지요."

"그건 당신 생각이오."

"누가 나쁘다고 할 수는 없습니다. 부인이 당돌한 행동을 한 것은 유감이지만, 이럴 때는 다른 방법이 없었겠지요. 어머니가 없으니 이런 절박한 상황에서 의논할 사람이 없었던 겁니다."

"아니, 이건 모욕이오. 공공연한 모욕입니다." 세인트 사이먼 경은 손가락으로 테이블을 두드리면서 말했다.

"젊은 사람이 견디기 어려운 부끄러운 상황에 놓였던 것이니 그 심정을 이해해야 합니다."

"이해하라고? 난 못합니다. 나는 정말 화가 났소. 나야말로 지독한 창피를 당한 거요."

"벨이 울린 것 같습니다. 계단에서 발소리가 납니다. 세인트 사이먼 경, 내가 용서를 구해도 별 소용이 없을 것 같으니, 내가 부른 변호인을 만나는 게 좋을 듯싶군요."

홈즈는 문을 열고 부인과 신사를 맞아들였다.

"세인트 사이먼 경, 프랜시스 헤이 몰튼 부부를 소개합니다. 부인에 대해서는 이미 알고 계시리라 믿습니다."

방금 들어온 두 사람을 본 우리의 의뢰인은 의자에서 벌떡 일어나 눈을 내리깔고 한 손을 프록코트의 가슴에 찔러 넣은 채 잠시 우뚝 서 있었다. 그 모습은 상처받은 위엄, 바로 그것이었다. 부인은 재빨리 한 걸음 걸어 나와 손을 내밀었으나, 사이먼 경은 도무지 눈을 들려 하지 않았다. 그의 결심을 관철하기 위해서는 그래야 했을 것이다. 애원하는 여자의 표정을 도저히 외면할 수 없었을 테니 말이다.

"화를 내는군요, 로버트. 그러는 게 당연하다고 생각해요."

"변명 따윈 하지 마시오." 사이먼 경이 내뱉듯이 말했다.

"당신에게 미안하기 짝이 없는 짓을 저질렀다는 것도, 나가기 전에 말씀드려야 옳았다는 것도 알고 있어요. 하지만 나는 제정신이 아니었고, 프랭크를 만난 뒤 내가 무슨 말을 하고 있는지조차 모를 정도였어요. 제단 앞에서 졸도하지 않은 것이 이상할 지경이에요."

"몰튼 부인, 사정 이야기를 하는 동안 나와 친구는 자리를 비워 드리는 것이 좋겠지요."

"실례입니다만, 이번 일에서 우리가 지나치게 비밀스러운 행동을 한 것 같습니다. 나는 유럽과 미국의 모든 사람에게 진상을 알려 주었으면 하는 심정입니다." 처음 만난 신사가 말했다.

그는 체격은 크지 않지만 다부지고, 피부는 햇볕에 그을렸는지 까무잡잡하고, 깨끗이 면도를 했으며, 인상이 날카로웠다. 그리고 태도는 활기에 넘쳤다.

"그럼 내가 모든 걸 다 이야기하겠어요. 여기 있는 프랭크와 나는 84년에 로키 산맥에서 가까운 매콰이어라는 곳에서 만났어요. 그곳은 아버지 광구가 있던 곳이지요. 우리는 약혼을 했어요. 그런데 어느 날 아버지가 큰 광맥을 발견해 우리는 순식간에 부자가 되었지만, 프랭크의 광구는 날이 갈수록 나빠질 뿐이어서 결국 망했지요. 아버지는 날로 부자가 되는데 프랭크는 날마다 위축되어 갔어요. 그러자 아버지는 마침내 약혼을 취소하라고 강요하시면서 나를 샌프란시스코로 데리고 갔지요. 그러나 프랭크는 체념하지 않았어요. 아버지가 알면 크게 화를 낼 것이 뻔했기에 우리는 모든 것을 우리 둘이서 결정했지요. 프랭크는 다시 한 번 나가서 돈을 벌어 오겠다, 아버지 같은 부자가 되기 전에는 나와 결혼하지 않겠다고 말했어요. 그래서 나는 언제까지라도 기다리겠다고 약속했고, 프랭크가 살아 있는 동안은 다른 사람과 절대로 결혼하지 않겠다고 맹세했어요. 그러자 그가 '그렇다면 지금 결혼해도 되지 않소? 그렇게 하면 당신을 믿을 수 있을 것 같소. 그리고 내가 다시 돌아오기 전까지는 절대로 당신의 남편이라고 밝히지 않겠소.'라고 말했어요. 그래서 나는 그의 말에 따라, 그가 주선한 신부님 앞에서 식을 올렸어요. 그런 다음 프랭크는 돈을 벌기 위해 떠났고, 나는 아버지에게 돌아갔어요.

그 후 프랭크가 몬태나에 있다는 말을 들었고, 얼마 후엔 애리조나로 광산을 채굴하러 떠났다고 들었어요. 그런 다음에는 뉴멕시코에 있다는 소식을 들었지요. 그런데 얼마 후, 아파치 족 인디언이 광산 마을을 습격했다는 신문 기사가 났는데, 피살된 사람 가운데에 프랭크의 이름도 있었어요. 나는 눈앞이 캄캄해져서 쓰러졌고, 그 후 몇 달 동안 누워서 지냈어요. 아버지는 폐병인 줄 알고, 샌프란시스코에 있는 의사란 의사는 거의 다 불러서 진찰하게 했지요.

일 년이 넘도록 소식이 없자, 나는 프랭크가 정말 죽었다고 생각했어요. 그때 세인트 사이먼 경이 샌프란시스코에 오셨고, 아버지와 제가 런던으로 와서 약혼하게 되었어요. 아버지는 크게 기뻐하셨지만, 나는 항상 프랭크에게 바친 마음에 다른 남자가 들어올 수는 없다고 생각했지요.

그러나 사이먼 세인트 경과 결혼하게 되었으니, 아내로서의 의무는 다할 각오였어요. 애정은 어쩔 수 없지만 행동만은 의지대로 하려고 생각했어요. 경과 함께 제단 앞에 나아갔을 때, 나는 힘이 닿는 한 좋은 아내가 되려고 생각했어요. 제단의 난간 앞까지 와서 문득 뒤를 돌아보았는데, 맨 앞줄에 프랭크가 서서 나를 지그시 바라보고 있었어요. 처음엔 유령인 줄 알았어요. 그래서 다시 한 번 돌아보았더니, 그는 역시 같은 장소에서 자신을 만나 기쁘냐고 묻는 듯한 눈으로 지켜보았어요. 그때의 내 심정은 아무도 상상할 수 없을 거예요. 내가 거기서 쓰러지지 않은 것이 이상할 정도였어요. 눈앞의 물체들이 빙글빙글 돌고, 신부님 말씀이 마치 벌이 윙윙거리는 소리처럼 귓속에서 울렸지요. 어떻게 해야 좋을지 몰랐어요. 결혼식을 중지해 달라고 요청해 성당에서 소란을 일으켜서는 안 되겠다고 생각했어요. 다시 프랭크를 보았는데, 그는 내 생각을 모두 알고 있는 듯 입에 손가락을 대고 조용히 하라고 신호를 보냈어요. 그 후 종이에 무엇인가를 쓰는 것을 보고 나에게 줄 편지라고 짐작했지요. 퇴장하면서 프랭크 앞을 지나갈 때, 그의 앞에 일부러 꽃다발을 떨어뜨렸어요. 그는 꽃다발을 집어 주면서 내 손에 종이쪽지를 몰래 쥐여 주었지요. 신호를 하면 오라고 한 줄 간단히 쓰여 있었어요. 나는 이렇게 된 바에야 누구보다도 프랭크에게 의무를 다해야 한다고 믿어 의심치 않았기에 뭐든지 그가 하자는 대로 따르겠다고 결심했어요.

돌아와서 앨리스에게 이 이야기를 했어요. 앨리스도 캘리포니아에 있을 때부터 그를 알았기에 언제나 그를 동정했지요. 나는 앨리스에게 절대로 말하지 말라고 당부한 뒤 일용품을 꾸리고 긴 외투를 꺼내두라고 했지요. 세인트 사이먼 경에게 미리 이야기하고 가야 옳다는 것을 알고 있었지만, 경의 어머니나 지체 높은 분들 앞에서 그 이야기를 한다는 것은 생각만 해도 무서웠어요. 지금 이대로 도망치고 나중에 설명하려고 했지요. 피로연 자리에 앉은 지 10분도 지나지 않아 창문 너머로 길 건너편에 있는 프랭크가 보였어요. 그는 나에게 신호를 하고 공원으로 들어갔지요. 나는 살며시 빠져나가 준비해 둔 것들을 갖고 따라갔어요.

그런데 처음 보는 여자가 다가와, 세인트 사이먼 경에 대해 이러쿵저러쿵 말을 걸어왔어요. 별로 귀담아듣지는 않았지만, 경에게도 결혼 전에 비밀이 있었다는 이야기였어요. 하지만 그 자리를 떠나 곧 프랭크를 만났어요.

우리는 역마차를 타고 프랭크가 하숙하고 있는 고든 광장으로 갔어요. 이것이야말로 지난 몇 년 동안 기다리고 기다리던 진짜 결혼이었지요. 프랭크는 아파치 족의 포로가 되었다가 탈출해 샌프란시스코로 갔고, 거기서 내가 체념하고 영국으로

건너갔다는 말을 듣고는 나를 찾아 이곳까지 온 거예요. 그리고 결혼식 날 아침에 드디어 나를 만났어요."

"신문에서 봤습니다. 신부와 성당 이름은 나와 있었지만 주소를 몰랐으니까요." 미국인이 설명했다.

"그 후 함께 앞으로의 일을 의논했어요. 프랭크는 모든 것을 털어놓는 것이 좋다고 했지만, 나는 내 행동이 부끄러워서 이대로 자취를 감추고 다시는 그 사람들 앞에 나타나지 않으려고 했어요. 아버지에게만 간단하게 편지를 써서 무사하다는 사실을 알리고 싶었지만, 피로연장에서 내가 돌아오기를 기다릴 지체 높은 어른들과 부인들을 생각하면 너무나 무서웠어요. 프랭크가 신부 의상과 그 밖의 물건을 챙겨 눈에 띄지 않는 곳에 버리러 갔지요. 홈즈 씨가 어떻게 우리가 있는 곳을 알았는지 모르지만, 오늘 밤에 찾아오셨어요. 그리고 내 생각은 잘못이고 프랭크의 생각이 옳다는 것, 언제까지나 비밀로 하면 우리가 나쁜 일을 하고 있음을 자인하는 것과 같다고 분명하고도 친절하게 일깨워 주시지 않았더라면, 우리는 그 길로 파리로 떠났을 거예요. 게다가 사이먼 경을 만날 수 있게 해 주시겠다고 해서 즉시 이곳으로 왔어요. 로버트, 이제 모든 걸 다 털어놓았어요. 마음에 큰 상처를 드려 정말 죄송하지만, 제발 나를 경멸하지는 마세요."

세인트 사이먼 경은 엄격한 태도를 조금도 흐트리지 않은 채, 미간을 찌푸리고 입을 굳게 다물고는 긴 이야기를 들었다.

"실례지만, 나는 은밀하고 개인적인 일을 이렇게 다른 사람이 있는 자리에서 이야기해 본 적은 한 번도 없소."

"그렇다면 용서하지 않은 거군요. 이별의 악수도 하지 않겠어요?"

"당신이 원한다면 하지요."

그는 손을 내밀어 차갑게 여자의 손을 잡았다.

"이 친목을 도모하는 야식에 당신들을 초대하려고 합니다만." 홈즈
가 말했다.

"그것은 지나친 요청이오. 나는 잠자코 물러나는 수밖에 없지만, 자
진해서 축제에 참가할 마음은 없소. 그러니 이만 물러가겠소."

그는 방에 있는 사람 모두에게 한 번 고개를 숙이고는 어깨를 으쓱
하며 방에서 나갔다.

"두 분은 합석하시겠죠? 몰튼 씨, 미국 사람을 만나는 일은 아주 유

쾌합니다. 왜냐하면 나는 과거 어떤 왕의 바보 같은 행동과 신하의 실수가 우리의 자손이 언젠가는 전 세계에 걸친 국가를 만들고, 유니온 잭과 성조기를 결합한 국기를 게양하는 것을 방해하지 않으리라 믿기 때문입니다."

"이 사건에서 재미있는 점은, 겉으로는 거의 해결할 수 없는 것처럼 보이는 사건도 사실은 어렵지 않게 풀 수 있다는 것을 확실하게 보여 주었다는 거야. 그 부인의 설명을 들어 보면 상황이 아주 자연스럽게 진행되었고 결과도 그렇게 되었지만, 한편으로 스코틀랜드 야드의 레스트레이드처럼 결말만 본다면 이만큼 불가사의한 사건도 없지." 손님이 돌아간 뒤에 홈즈가 말했다.

"그렇다면 자네는 조금도 고심하지 않았나?"

"처음부터 두 가지 사실은 분명히 알았어. 그 여자가 결혼식을 올리게 된 것을 진심으로 기뻐했다는 사실과, 식장에서 돌아가는 아주 짧은 시간에 결혼을 후회했다는 사실이야. 아침에 여자의 마음을 바꾸어 놓을 만한 일이 일어난 거지. 그 일은 무엇일까? 집에서 나간 후 계속 신랑과 함께 있었으니 다른 사람과 대화를 나누었다고는 생각되지 않아. 그렇다면 누구를 봤을까? 만일 그렇다면 그 사람은 미국에서 만난 사람이어야 해. 여자는 영국에 온 지 얼마 안 되었으니까. 그러니 영국에는 모습을 보이기만 해도 여자의 마음을 완전히 바꾸어 놓을 만큼 영향력이 큰 남자가 있을 리 없어. 이렇게 소거법으로 생각해 보면, 여자는 그날 아침 미국인과 만났다는 결론을 어렵지 않게 얻을 수 있지. 그렇다면 그 미국인은 누구이며, 여자에게 그토록 강한 영향력을 행사하는 까닭은 무엇일까. 애인일까, 남편일까? 여자는 거칠고 비정상적인 환경에서 젊은 시절을 보냈다고 했어. 나는 여기까지 추정한 다음 세인트 사이먼 경의 이야기를 들었지. 경의 이야기를 통해 앞줄에 어떤 남자가 앉아 있었다는 사실, 신부의 태도가 달라졌다는 것, 꽃다발을 떨어뜨린 것, 그리고 마지막으로 여자가 클레임 점핑—이것은 광부의 말인데, 다른 사람이 먼저 갖고 있는 채굴권을 횡령한다는 의미야—이런 말을 했다는 사실을 알게 되었어. 여기까지 듣고 나니 사건의 전모가 훤히 드러났지. 여자는 남자와 함께 도망갔고, 그 남자는 여자의 연인이거나 전남편일 거라고 추리했네."

"두 사람을 어떻게 찾았지?"

"어려운 문제인데, 우리의 친구 레스트레이드가 자신은 그 가치를 모른 채 갖고 있던 자료가 있었네. 이니셜이 매우 중요한 포인트가 되었다는 것은 말할 필요도 없지만, 그보다 더 중요한 것은 남자가 지난 일주일 동안 런던의 일류 호텔에 머물다 요금을 지불했다는 사실이지."

"무엇으로 일류 호텔이라는 사실을 알았지?"

"호텔 요금으로 알았어. 방값 8실링, 셰리 한 잔 8펜스. 이런 것이 모두 최고급 호텔임을 말해 주고 있어. 이런 요금을 받는 호텔은 런던에도 별로 없네. 노섬벌랜드 애버뉴에서 두 번째로 꼽히는 호텔 숙박부를 조사해 보고, 프랜시스 H. 몰튼이란 미국 남자가 전날까지 숙박했다는 사실을 알았어. 그곳의 계산서와 영수증을 대조해 내용이 완전히 일치한다는 사실도 확인했지. 그리고 그 남자 앞으로 온 편지는 고든 광장 226 번지로 보내 달라고 되어 있었어. 그곳에 가 보니, 다행히 사이좋은 두 사람이 있더군. 그래서 부모와 같은 마음에서 충고를 했지. 대중에게, 특히 세인트 사이먼 경에게 모든 사연을 밝히는 것이 여러모로 유리하다고 말이야. 그러고 나서 나는 이곳에 와서 경을 만나라고 권했고, 경에게도 이리 오라고 연락했네."

"그러나 바람직한 결과는 아니었어. 경이 관대한 태도를 보이지 않았으니까."

"왓슨, 청혼과 결혼의 까다로운 수순을 거친 끝에 눈 깜짝할 사이에 아내와 재산을 날리고 말았으니, 자네라도 관대할 수만은 없었을 걸세. 세인트 사이먼 경을 비판하기에 앞서 이해하고, 절대 그런 상황에 놓일 일이 없는 자네와 나의 운명에 감사하자고. 왓슨, 의자를 당기고 바이올린을 주게. 지금 우리에게는 딱 하나 남은 문제가 있어. 이 쓸쓸한 가을밤을 어떻게 보내야 할까?"

버릴 코로넷

The Beryl Coronet

1890년 12월 19일(금)~12월 20일(토)

어느 날 아침, 나는 창문 앞에 서서 도로를 내려다보며 말했다. "홈즈, 미치광이가 오고 있어. 가족이 저 사람을 혼자 다니게 내버려 둔다는 것은 슬퍼해야 할 일이군."

친구는 안락의자에서 권태로운 듯이 일어나, 실내복 주머니에 두 손을 넣은 채 나의 어깨 너머로 내려다보았다. 몸이 조여들 것만 같은 맑게 갠 2월의 아침인데, 어제 내린 눈이 아직도 녹지 않아 겨울 햇살에 반짝이고 있었다. 베이커 가도 길 중앙은 마차 바퀴에 눈이 밀려 갈색 띠처럼 솟아 있지만, 그 양옆과 보도 가장자리에 눈을 쌓아올린 곳은 처음 내렸을 때처럼 하얀색이었다. 보도는 말끔히 치워져 있었는데, 그래도 미끄러워 위험했으므로 여느 때보다 사람이 없었다. 메트로폴리탄 역 쪽에서 오는 길에는 아까부터 이상한 몸짓 때문에 나의 눈길을 끄는 어떤 한 남자만 있을 뿐이었다.

나이는 쉰 정도로 보이고 키가 크고 풍채가 좋았으며, 이목구비가 뚜렷한 얼굴에는 위엄이 넘쳤다. 옷은 검소했지만 훌륭했다. 검은 프록코트에 새 실크 모자, 깨끗한 갈색 각반, 재단이 잘된 은회색 바지를 입고 있었다. 그런데 그 행동은 복장이나 위엄이 있는 풍채와는 우스꽝스럽도록 대조를 이루고 있었다. 열심히 뛰고 있는데, 이따금 다리에 부담을 주는 일에 익숙하지 못한 사람이 지쳐 있을 때 하듯 깡충깡충 뛰어오르는 것이었다. 뛰면서 손을 아래위로 올렸다 내렸다 하기도 하고, 머리를 흔들기도 하며, 터무니없이 얼굴을 일그러뜨리기도 했다.

"도대체 저 남자는 왜 저럴까? 이 집 저 집 주소를 보고 있군."

"저 남자는 틀림없이 여기로 올 거야." 홈즈는 손바닥을 비비면서 말했다.

"여기로?"

"그래. 나에게 의논을 하러 오는 거겠지. 그런 눈치가 보여. 저것 보게. 내가 말한 대로야."

홈즈가 이렇게 말했을 때, 남자는 숨 가쁘게 현관문 앞으로 뛰어올라 와 집 전체가 울릴 정도로 벨 끈을 힘껏 당겼다.

잠시 후 그는 우리 방에 들어오고 나서도 숨을 헐떡거리면서 계속 몸짓과 손짓을 했는데, 그 눈에 깊은 비탄과 절망의 빛이 서려 있는 것을 보고, 우리의 미소는 곧 공포와 연민으로 바뀌었다. 그는 한참동안 말도 하지 못하고, 발광 직전까지 간 사람 같이 몸을 흔들기도 하면서 머리를 쥐어뜯기만 할 뿐이었다. 그러더니 갑자기 몸을 날려 머리를 힘껏 벽에 부딪쳤다. 우리는 기겁해서 달려가 그를 방 한가운

데로 끌고 와야 했다.

홈즈는 그를 안락의자에 앉혔다. 그리고 자기도 옆에 앉아 손을 잡고 가볍게 토닥거리며 그 온화하고 달래는 듯한 태도로 상대의 마음을 편히 해 주면서 대화를 유도했다.

"할 이야기가 있어서 오셨군요. 너무 급히 오시느라 몹시 지쳤나 봅니다. 진정이 되거든 자세히 사정 이야기를 들려주십시오. 그러면 저도 힘닿는 데까지 대답해 드리겠습니다."

남자는 잠시 마음의 격동과 싸우고 있는 듯, 가슴을 들먹거렸다. 이윽고 손수건으로 이마를 닦더니 입을 꼭 다문 채 우리에게로 얼굴을 돌렸다.

"나를 미친 사람이라고 생각했겠지요?"

"아주 큰 걱정거리가 있는 모양이군요." 홈즈가 말했다.

"그렇습니다. 정말 미치기라도 하지 않고서는 견딜 수 없을 정도로 무서운 재난입니다. 나는 남에게 지탄받을 만큼 잘못된 인격은 아니지만, 대중 앞에서 창피를 당한다 해도, 까짓것 참고 견딜 수 있을 겁니다. 일신상의 고민이라 해도, 고민 없는 사람이 또 어디 있겠습니까. 그런데 그 두 가지가 한 덩어리가 되어 무서운 모습으로 다가와서는 사람을 미치게 하고 있습니다. 더구나 이것은 나 한 사람에게만 국한된 일이 아닙니다. 이 사건에 대해 무언가 대책을 강구하지 않으면, 마침내 우리나라에서 가장 고귀한 신분을 가진 분에게까지 누가 미치게 될 겁니다."

"제발 진정하세요. 그리고 당신이 누구며, 당신의 신변에 닥친 일이 무엇인지 말씀해 주십시오."

"내 이름은, 당신도 들으셨을지 모릅니다. 스레드니들 가, 홀더 앤 스티븐슨 은행의 알렉산더 홀더입니다."

사실, 런던의 중심구에서 두 번째로 큰 민간 은행의 수석 은행장의 이름은 우리도 전부터 알고 있었다. 그건 그렇다 치고, 도대체 어떠한 사유로 인해 이 런던의 일급 시민이 이토록 딱한 처지에 빠지게 되었을까. 우리는 커다란 호기심을 갖고, 그가 마음을 더 가라앉혀 자초지종을 이야기하기를 기다렸다.

"1초도 헛되이 할 수 없습니다. 그렇기 때문에 경감한테서 당신에게도 협력을 요청하라는 말을 듣고 즉시 달려왔습니다. 베이커 가까지는 지하철로 왔지만, 거기서부터는 이 눈 때문에 마차도 제대로 달릴 수 없는 형편이라 직접 달려왔습니다. 평소에 운동 같은 건 별로 하지 않던 몸이라, 이렇게 숨을 헐떡이는 겁니다. 이제야 기분이 좀 가라앉은 듯싶군요. 그럼 이제부터 되도록 짧고 명확하게 사실을 말씀 드리겠습니다.

당신도 아시다시피, 은행을 원활하게 경영하려면 단골 거래처의 범위를 넓혀서 예금자의 수를 늘리는 동시에, 자금을 운용하기 위해 수익이 많은 투자 대상을 발견하는 능력이 매우 중요합니다. 우리가 하고 있는 투자 중에서 가장 유리한 방법의 하나는, 절대적으로 확실한 담보를 잡고 돈을 대출해 주는 겁니다. 지난 몇 해 동안 이 방법을 사용하여 많은 귀족들을 상대로 그림, 장서, 집기 등을 담보로 잡고 많은 돈을 대출해 주었습니다.

어제 아침의 일입니다. 은행의 사무실에 앉아 있는데 행원이 명함 한 장을 갖고 왔습니다. 나는 그 이름을 보고 깜짝 놀랐습니다. 그 이름은 다름 아닌—당신에게도, 전 세계에서 일상적으로 부르는 이름이라고만 말씀 드리는 편이 좋을 테지만—영국에서 가장 높고 가장 존귀하고 가장 거룩한 이름의 하나였습니다. 나는 분수에 넘치는 영광에 두렵고 황공하여, 그분이 들어오셨을 때 진심으로 황공스럽다는 말씀을 드리려고 했습니다. 하지만 그분은 내키지 않는 용건을 빨리 끝내고 싶어 하는 듯한 태도로 즉시 본론을 꺼내셨습니다.

'홀더, 당신은 사람들에게 돈을 빌려 준다고 하던데?'

'저희는 담보만 확실하면 대출해 주도록 되어 있습니다.' 내가 대답했습니다.

'꼭 들어주어야 하는데, 지금 당장 5만 파운드가 있어야 해. 물론 그다지 많지 않은 액수이니 이보다 열 배라도 친구한테서 빌릴 순 있지만, 순전한 거래 문제인지라, 그 거래도 내 손으로 끝내고 싶어서 그래. 당신도 잘 알고 있겠지만, 나와 같은 지위에 있는 사람이 남에게 신세를 진다는 것은 현명한 일이 아냐.'

'실례입니다만, 대출 기간은 어느 정도를 생각하십니까?' 내가 물었습니다.

'다음 월요일에는 돈이 들어오게 돼 있으니까, 자네에게서 빌린 돈은 자네가 정당하다고 생각한 만큼의 이자를 붙여서 틀림없이 갚겠네. 그러나 중요한 점은, 그 돈을 지금 여기서 준비해 달라는 것이지.'

'더 말씀 드리지 않고 제 개인 돈으로 마련해 드렸으면 기쁘겠습니다만, 말씀하신 돈이 저로서는 좀 힘에 겨운 액수입니다. 그리고 또한 은행 명의로 빌려 드린다면, 공동 경영자에 대한 의무라는 게 있으니, 비록 어떤 분이라도 모든 사무적인 보증 절차를 밟지 않을 수 없습니다.'

'나도 그렇게 하는 것이 더 바람직하다고 생각하네.' 그분은 말씀하시고는, 의자 옆에 놓았던 검은 모로코가죽의 네모난 케이스를 들어 올렸습니다. '버릴 코로넷(녹주석 보관)에 대해서는 알고 있겠지.'

'대영 제국의 국보 중에서 가장 귀중한 것 중 하나라고 들었습니다.'

'맞아.' 그분이 케이스를 열어 안을 들여다보니, 연한 베이지 색 벨벳 받침에 방금 말씀하신 이름의 보관이 찬란하게 누워 있었습니다. '거대한 녹주석이 서른아홉 개 붙어 있지. 금으로 된 조각도 헤아릴 수 없을 만큼 값진 거라네. 가장 낮게 잡아도 이 보관의 가치는 자네

에게 요구한 액수의 배는 될 거네. 이것을 담보로 맡기겠네.'

나는 귀중한 상자를 손에 들고 약간 당혹한 심정이 되어, 보관과 고귀한 손님을 번갈아 보았습니다.

'이 물건의 가치를 의심하나?'

'천만에요. 저는 다만……'

'이것을 담보로 잡는 것이 타당한지 어떤지를 망설이고 있군. 그 문제라면 안심해도 좋네. 나흘 후에 상환할 수 있다는 확신이 없으면 어찌 이와 같은 일을 할 수 있겠나. 그야말로 형식상의 절차에 불과하네. 혹시, 담보로 부족해서 그러나?'

'과분할 정도입니다.'

'홀더, 자네에 대해 여러 가지로 알아본 결과 깊이 신뢰할 만하다고 믿었기 때문에 이런 부탁을 한다는 것을 알아주게. 자네라면 비밀을 굳게 지켜 이 문제에 대해선 절대 입 밖에 내지 않을 것이고, 뿐만 아니라 이것을 보관하는 데도 모든 주의를 다 기울여 줄 것이라 믿네. 보관에 조금이라도 탈이 생긴다면 세상에 큰 소란이 일어난다는 건 말하지 않아도 알겠지. 약간의 상처만 생겨도 전체가 분실된 것과 같은 중대한 문제가 되네. 왜냐하면 세계 어디에도 이것과 비교할 만한 녹주석은 없으니까 말일세. 하지만 상대가 자네이니만큼 전폭적인 신뢰로 맡기고, 월요일 아침에는 내가 직접 찾으러 오겠네.'

손님은 빨리 돌아갔으면 하는 눈치였으므로 나는 출납 담당을 불러 1,000파운드 지폐 50매를 드리라고 일렀습니다. 그러나 혼자 책상 앞에 앉아서 더없이 귀중한 보물을 보고 있으니, 이것으로 나에게 지워진 책임이 너무나도 무겁다는 것과 함께 불안감이 드는 걸 어찌할 수 없었습니다. 국가의 보물이니 만일 어떤 잘못이라도 생기는 날에는 엄청난 물의가 일어나게 된다는 것은 말할 필요도 없었습니다. 나는 이런 물건을 보관하게 된 것을 벌써부터 후회하기 시작했습니다. 그렇다고 이제 와서 일을 되돌릴 방법도 없어 나의 전용 금고에 넣어 두고 나서 다시 업무를 보았습니다.

저녁때가 되어 나는 이런 귀중품을 사무실에 남겨 둔 채 돌아간다는 것은 무분별한 행위라고 생각했습니다. 은행의 금고가 강제로 열린 적이 지금까지 없었던 것도 아니고 해서 안전을 장담할 수 없었습니다. 만일 그런 불상사가 일어나기라도 한다면 나는 정말 곤란한 처지에 놓이게 됩니다. 그래서 불과 며칠 동안만이니 이 상자를 출근할 땐 은행으로 가져오고, 퇴근할 땐 집으로 가지고 가서 잠시도 내 옆에서 떼어 놓지 않겠다고 결심했습니다. 이렇게 결심한 나는 마차를 불러 상자를 갖고 스트레덤에 있는 나의 집으로 돌아갔습니다. 그리고 집에 도착해서 위층으로 올라가 옷장 속에 넣고 자물쇠를 채웠습니다. 그때까지는 정말 숨도 제대로 쉬지 못했습니다.

여기서 홈즈 씨가 상황을 완전히 이해하는 데

도움이 되도록 하기 위해, 나의 집에 있는 사람들에 대해 간략하게 설명해 두겠습니다. 마부와 급사는 집 밖에서 출퇴근을 하기 때문에 이들은 전혀 고려할 필요가 없다고 생각합니다. 오랫동안 일한 세 하녀는 절대적으로 믿을 수 있는 사람들입니다. 다른 한 사람, 루시 파라는 두 번째 하녀는 고용한 지 몇 개월 밖에 되지 않았습니다. 그러나 정말 믿을 만한 추천서를 갖고 왔고, 또한 평소 근무 태도도 나무랄 데가 없습니다. 다만 미인이기 때문에 눈독을 들인 남자들이 가끔 집 주위를 얼씬거리는 일은 있습니다. 이것이 옥의 티인 셈인데, 우리로서는 어디로 보나 마음에 드는 좋은 여자라고 생각하고 있습니다.

하인들은 대충 이런 정도입니다. 가족은 아주 단출해서 설명하는 데 힘들 것이 없습니다. 나는 아내가 일찍 죽어서 육친이라고는 아들 아서가 있을 뿐입니다. 그런데 홈즈 씨, 이 아들이 변변치 않습니다. 정말 한심한 놈입니다. 물론 잘못은 나에게 있겠지요. 사람들은 내가 너무 버릇없게 키웠다고 말합니다. 옳은 말입니다. 아내가 죽었을 때, 나는 이 아이밖에 사랑할 대상이 없었습니다. 그 아이의 얼굴에 잠시라도 미소가 보이지 않으면 나는 견딜 수 없었습니다. 그래서 아이의 소원을 들어주지 않은 적은 한 번도 없었습니다. 보다 엄격하게 키웠어야 서로를 위해 좋았을 것이지만, 그때 나로서는 그것이 최선이라고 믿었던 겁니다.

나는 아들에게 나의 뒤를 잇게 하려고 생각했습니다. 그러나 아들은 실무에 어울리는 천성이 아닙니다. 거칠고 멋대로이며, 솔직히 말해 큰돈을 믿고 맡길 만한 놈이 아닙니다. 젊은 시절에 어떤 귀족 클럽에 들어갔는데, 붙임성이 있는 성격이어서 무리 중에 씀씀이가 헤픈 사람과 금세 친구가 되었습니다. 카드에 깊이 빠졌고, 경마에도 돈을 낭비하게 되었으며, 마침내는 빚을 갚기 위해 나에게 몇 번씩이나 용돈을 가불해 달라고 졸랐습니다. 본인도 그런 위험한 교제에서 빠져나오려고 여러 번 시도하기는 했으나, 그때마다 조지 번웰 경이란 남자의 매력에 이끌려 허사가 되고는 했습니다.

사실, 조지 번웰 경 같은 남자라면 아들이 홀딱 빠질 만도 합니다. 아들이 가끔 집으로 데려오곤 했는데, 나도 그 매력 있는 태도에 호감을 갖지 않을 수 없었습니다. 아서보다 나이가 많은데, 세련된 점에 있어서는 완벽하다고 해도 좋습니다. 가 보지 않은 곳이 없고 보지 않은 것이 없는 남자로, 말도 잘하고 미남이었습니다. 그런 매력을 접어두고 냉철하게 비판적인 눈으로 관찰해 보면, 시니컬한 화술이라든가 내가 가끔 느꼈던 그 눈초리가 조금도 신용할 수 없는 인물임을 말해 주고 있습니다. 그렇게 생각하는 것은 나뿐만 아니라 우리 집의 메리도 마찬가지입니다. 그 아이는 사람을 꿰뚫어 보는 여성 특유의 능력을 갖고 있으니까요.

이제 남은 것은 메리뿐입니다. 메리는 내 조카인데, 5년 전에 형이 그 아이만 남기고 세상을 떠났을 때 나의 양녀로 삼았습니다. 그 후 지금까지 나는 메리를 친딸처럼 키웠습니다. 그 애는 우리 집의 태양입니다. 마음씨 착하고 다정하고 아름답고, 게다가 집안일을 처리하는 솜씨는 참으로 놀라울 정도입니다. 뿐만 아니라 얌전하고, 조용하고, 정숙한 점에 있어서도 나무랄 데가 없습니다. 그 아이는 나의 한쪽 팔입니다. 메리가 없었다면 나는 어떻게 해야 할지 몰랐을 겁니다. 꼭 한 번, 그 아이가 내 뜻을 거역한 적이 있습니다. 아들이 메리를 진심으로 사랑하여 두 번이나 결혼 신청을 했는데, 메리는 두 번 다 거절했습니다. 아들을 올바른 길로 인도할 수 있는 사람이 있다면 메리밖에 없었기에 이 결혼이 성립되었다면 아들의 생활도 완전히 달라졌을지 모릅니다. 하지만 슬프게도 이미 때는 늦었습니다. 영원히 돌이킬 수 없는 일이 되고 만 것입니다.

홈즈 씨, 이제 집에 사는 사람들의 이야기는 다 했으니, 다음엔 내가 겪은 재난에 대해 이야기하겠습니다.

어제저녁, 식사를 마친 뒤 응접실에서 커피를 마시면서 나는 아서와 메리에게 그날 아침 은행에서 있었던 이야기를 했고, 그분의 이름은 밝히지 않은 채 지금 그 보물이 우리 집에 있다는 이야기까지 했습니다. 커피를 가져온 루시 파가 그때 이미 방에서 나간 것은 확실하지만, 문이 닫혔는지 열려 있었는지는 확실히 기억할 수 없습니다. 메리도 아서도 큰 흥미를 느낀 듯, 유명한 버릴 코로넷을 보고 싶어 했지

만, 나는 그런 짓은 안 하는 편이 좋다고 생각했습니다.

'어디에 보관하셨습니까?' 아서가 물었습니다.

'내 옷장이다.'

'그럼 오늘 밤에 도둑이라도 들면 어떡해요?'

'걸어 잠갔다.'

'그 옷장이라면 어떤 열쇠라도 다 맞아요. 제가 어린 시절에 곳간 벽장의 열쇠로 연 적이 있는 걸요.'

아들이 엉뚱한 말을 잘하는 것은 어제오늘의 일이 아니므로 나는 별 신경을 쓰지 않았습니다. 하지만 어젯밤은 꽤나 얌전한 얼굴을 하고서 내 침실까지 따라왔습니다.

'아버지 200파운드만 주세요.' 아들은 눈을 떨구며 말했습니다.

'안 된다. 돈 문제에 대해서 나는 지금까지 너에게 너무 관대했다.'

'지금까지 많은 은혜를 입었습니다. 하지만 이 돈은 꼭 주셨으면 합니다. 그렇지 않으면 다시는 클럽에 나가지 못해요.'

'그렇다면 아주 잘된 일 아니냐.' 나는 큰 소리로 대꾸했습니다.

'그건 그렇지만, 제가 체면을 세우지 않은 채 클럽을 나가게 된다는 것은 아버지도 바라시는 바가 아닐 겁니다. 저는 그런 굴욕은 견딜 수 없어요. 이 돈은 어떤 일이 있어도 마련해야 하기 때문에 아버지가 주시지 않는다면 다른 방법을 강구하겠어요.'

이 달에 들어와서 벌써 세 번이나 돈을 달라고 한 것이어서 나는 화가 났습니다. '한 푼도 줄 수 없다.' 이렇게 고함을 지르니까 아들은 고개를 숙이고 아무 말도 없이 방을 나갔습니다.

아들이 나간 다음 나는 옷장을 열어 보물이 무사한 것을 확인했습니다. 그러고는 집의 문단속이 잘 되었는지 둘러보러 나갔습니다. 평소에는 메리가 하던 일이지만, 어젯밤은 내가 직접 하는 것이 좋겠다고 생각한 겁니다. 계단을 내려가니 홀 옆의 창문가에 메리가 있었는데, 내가 다가가니까 창문을 닫고 빗장을 걸었습니다.

'아버지, 하녀 루시에게 오늘 밤 외출을 허락하셨나요?' 내 느낌이 그래서 그런지 태도가 어딘지 모르게 침착해 보이지 않았습니다.

'아니, 그런 일 없다.'

'방금 뒷문으로 돌아왔어요. 누군가를 만나려고 쪽문까지 갔다 온 것뿐이겠지만, 문단속 문제도 있으니, 앞으로는 그렇게 못하도록 주의를 줘야겠어요.'

'내일 아침에 네가 말하거라. 뭣하면 내가 해도 좋지만. 문단속을 소홀히 할 수 없지.'

'알겠습니다, 아버지.'

'그럼 잘 자라.' 나는 메리에게 키스하고 침실에 돌아가 곧 잠이 들었습니다.

홈즈 씨, 사건에 조금이라도 관계가 있음 직한 일은 빼놓지 않고 말씀 드리려 합니다. 도중에 이해가 잘 안 되는 점이 있으면 무엇이든지 질문을 해 주세요."

"천만에요. 말씀의 내용이 아주 명확합니다."

"지금부터가 더 명확하게 말씀 드리고 싶은 대목입니다. 나는 본래 깊이 잠드는 체질이 아닌 데다, 어젯밤은 마음에 걸리는 일도 있고 해서 잠이 더욱 얕게 들었던 것 같습니다. 새벽 2시쯤 되어 집 안에서 무슨 소리가 나서 눈을 떴습니다. 잠이 완전히 깼을 때에는 아무 소리도 들리지 않았지만, 아까의 그 소리는 창문이 살며시 닫히는 소리 같았습니다. 나는 가만히 귀를 기울였습니다. 그러자 갑자기 옆방에서 살금살금 걷는 발소리가 분명히 들려와서 깜짝 놀랐습니다. 놀라움으로 가슴이 두근거렸고, 나는 침대에서 살며시 내려가 화장실 문틈으로 저쪽 방을 들여다보았습니다.

'아서! 이 악당아, 왜 보관을 만지느냐!' 나는 고함을 질렀습니다.

가스등은 아까 내가 줄여 놓은 그대로인데, 한심한 아들놈은 바지

에 셔츠 바람으로 보관을 들고 불 옆에 서 있는 것이었습니다. 보관을 힘껏 비틀고 있는 듯이 보였습니다. 녀석은 내가 외치는 소리에 놀라 보관을 떨어뜨리고는 시체처럼 창백해졌습니다. 나는 그것을 주워 들고 살펴보았습니다. 금 바탕의 한 모퉁이가 그곳에 끼워져 있는 세 개의 보석과 함께 간 곳이 없었습니다.

'이 못된 놈아!' 나는 미친 듯이 소리쳤습니다. '네놈이 망가뜨렸구나. 아비의 명예에 먹칠을 하려느냐. 훔친 보석은 어디다 감추었느냐?'

'훔쳤다고요?' 아들은 큰 소리로 대꾸했습니다.

'아니란 말이냐, 도둑놈!' 나는 아들의 어깨를 흔들면서 소리쳤습니다.

'아무것도 없어지지 않았어요. 그럴 리가 없어요.' 아들은 대꾸했습니다.

'세 개가 없지 않느냐. 어디에 있는지 너는 알고 있다. 도둑놈 소리가 부족해서 거짓말쟁이라는 말까지 듣고 싶으냐. 다른 한 모퉁이도 잡아떼려고 하는 것을 나는 다 봤단 말이다.'

'그런 누명까지 쓰게 된다면 더는 참을 수 없습니다. 아버지가 나를 모욕하신다면 이 문제에 대해서는 입을 열지 않겠습니다. 아침이 되면 집에서 나가 내 힘으로 살아가겠습니다.' 아들이 말했습니다.

'네가 갈 곳은 경찰서다.' 나는 슬픔과 분노로 반 미친 사람처럼 소리쳤습니다.

'나는 아무것도 몰라요. 말씀 드릴 것이 없다니까요.' 아들은 평소에 보이지 않던 격앙된 태도로 말했습니다. '경찰을 부르고 싶으시면

불러서 뭐든지 조사하세요.'

이때 나의 노발대발 고함치는 소리에 놀라 집 안의 사람들이 모두 일어나 있었습니다. 맨 먼저 방으로 뛰어온 것은 메리였는데, 보관과 아서의 얼굴을 번갈아 보더니 무슨 일인지 깨닫고는 '앗' 하고 소리를 지르고는 실신하여 쓰러졌습니다. 나는 모든 조사를 경찰에 맡길 생각으로 하녀를 보냈습니다. 경감이 순경을 데리고 왔을 때, 그때까지 팔짱을 끼고 말없이 서 있던 아들이 자기를 절도 혐의로 고발하겠느냐고 물었습니다. 나는 망가진 보관이 국가의 재산인 이상, 이 사건은 사사로운 문제가 아니라 공적인 문제가 된 것이라고 대답했습니다. 나는 모든 것을 법률의 결정에 맡기려고 마음먹었던 겁니다.

'아무리 그렇더라도 나를 당장 체포하게 하지는 않으시겠죠? 5분만 밖에 나갔다 오도록 해 주세요. 나는 물론이고 아버지를 위해서도 그렇게 하는 편이 좋습니다.' 아들이 말했습니다.

'도망치고 싶으냐 아니면 훔친 것을 감추겠다는 것이냐?' 내가 말했습니다.

그리고 그때, 나 자신의 처지가 결코 용이하지 않다는 것을 새삼스럽게 느껴 아들을 향해 이 문제가 아비 한 사람의 명예에만 국한된 것이 아니라 아주 지위가 높은 분의 명예까지 위협하고 있다는 것, 그리고 네가 저지른 행위는 전 국민을 떠들썩하게 하는 스캔들을 일으킬지도 모른다는 사실을 알아야 한다고 간곡하게 타일렀습니다. 사라진 보석 세 개가 어떻게 됐는지 말해 주기만 하면 이러한 사태를 모두 막을 수 있다는 생각에서였습니다.

'사태를 정확하게 파악해라.' 내가 말했습니다. '너는 현장에서 발각된 만큼, 고백을 해도 죄가 더 무거워지지는 않는다. 보석이 있는 곳을 말하면 모든 것을 용서하고 잊기로 하겠다.'

'그런 말씀은 정작 용서받아야 할 사람한테나 하시는 게 좋을 거예요.' 아들은 이렇게 대답하고 얼굴에 냉소를 띠고 외면했습니다.

나는 아들의 태도가 이렇게 완강해서는 무슨 말을 해도 소용이 없다는 걸 알았습니다. 이제 할 수 있는 방법은 오직 하나밖에 없었습니다. 나는 경감을 불러 아들을 넘겼습니다. 즉시 수사가 시작되어 아들의 몸을 비롯하여 방과 그 밖에 보석을 감출 만한 곳은 빠짐없이 조사했습니다. 그러나 보석은 그림자도 보이지 않았고, 아들은 아들대로 온갖 설득과 위협에도 완강히 침묵만 지켰습니다. 오늘 아침에 아들은 구치소로 압송되었습니다. 나는 경찰이 필요로 하는 모든 수속을 다 마쳤습니다. 그런 다음, 이 문제를 당신의 지혜에 의지하고 싶어 이렇게 달려왔습니다. 현재 경찰은 아무런 단서도 보이지 않는다고 분명히 말했습니다. 비용에 대해서는 필요하시면 얼마든지 써도 좋습니다. 이미 1,000파운드의 현상금도 걸어 놓았습니다. 아, 정말 어떻게 해야 좋을까요. 명예와 보석, 그리고 아들을 하룻밤에 잃었습니다. 어떻게 해야 좋을까요?"

그는 머리를 싸쥐고 몸을 앞뒤로 흔들면서 슬픔에 겨워 말도 나오지 않는 어린애처럼 끙끙 신음했습니다. 홈즈는 미간을 찌푸린 채 지그시 난롯불을 바라보면서 한동안 침묵을 지키고 있었다.

"댁에는 손님이 많습니까?" 얼마 후 홈즈가 물었다.

"우리 은행의 공동 경영자가 가족 동반으로 오는 것 말고는 가끔 아서의 친구가 올 뿐입니다. 최근에 조지 번웰 경이 두세 번 다녀갔습니다. 그 정도이고 손님은 없는 편입니다."

"당신들은 사교장에 자주 나가십니까?"

"아서는 자주 나가는 편입니다만, 메리와 나는 그렇지 않습니다. 둘 다 그런 것은 좋아하지 않으니까요."

"한창 나이의 여자치고는 특이하군요."

"워낙 얌전해서요. 더욱이 이젠 어린 나이도 아닙니다. 스물 하고도 넷이 더 많은 나이니까요."

"말씀을 들어 보니, 메리는 이번 일로 큰 충격을 받은 듯싶군요."

"그래요. 나보다 더 큰 충격을 받은 것 같습니다."

"아드님의 소행이라는 사실을 두 분 모두 의심하지는 않습니까?"

"보관을 들고 있는 것을 이 눈으로 분명히 보았으니, 의심할 여지가 없는 것 아닙니까?"

"그것만으로는 충분한 증거가 되지 않습니다. 보관의 나머지 부분은 손상되지 않았습니까?"

"뒤틀어져 있었습니다."

"그렇다면 아드님이 그 뒤틀린 곳을 바로잡으려 했다고는 생각되지 않습니까?"

"친절한 말씀은 고맙습니다. 아들을 위해, 나를 위해 되도록 호의적으로 해석하시는 거겠지요. 하지만 그건 좀 무리입니다. 대체 아들놈은 그 자리에서 무엇을 하고 있었을까요? 누명을 썼다면 왜 그렇지 않다고 해명을 하지 않는 걸까요?"

"옳은 말씀입니다. 그러나 반대로, 만일 자신이 결백하지 않다면 그럴듯한 거짓말이라도 꾸며 댔을 법한데, 그 점은 어떻게 생각하십니까? 아드님이 침묵을 지킨 것에 대해서는 두 가지 해석이 가능합니다. 이 사건에는 몇 가지 석연치 않은 점이 있습니다. 당신을 잠에서 깨어나게 한 소리에 대해 경찰에서는 뭐라고 하던가요?"

"아서가 자기 방의 문을 닫은 소리일 거라고 했습니다."

"그럴듯한 대답이군요. 큰 범죄를 저지르려는 사람이 가족의 잠을 깨우기 위해 일부러 문을 소리 내어 닫았다, 그거군요. 그럼, 보석이 없어진 점에 대해서는 뭐라고 하던가요?"

"바닥의 판자를 두들겨 보기도 하고, 가구를 바늘로 찔러 보기도 하면서 지금도 찾고 있는 중입니다."

"집 밖을 조사하던가요?"

"네, 아주 세밀히 했습니다. 정원은 벌써 조사를 마쳤습니다."

"그런데 홀더 씨, 이번 사건은 경찰이나 당신이 생각하는 것보다 훨씬 뿌리가 깊다는 것을 조금씩 깨닫지 않으십니까? 당신은 간단한 사건이라고 생각하시는 모양인데, 나에게는 복잡하기 짝이 없는 것으로 보입니다. 당신의 말씀대로라면 어떤 상황이 되는지 잘 생각해 보세요. 아드님이 자기의 침실에서 빠져나와 크나큰 위험을 무릅쓰고 당신 방에 들어가 옷장을 열고 보관을 꺼냈습니다. 그 한 귀퉁이를 있는 힘을 다하여 망가뜨리고, 어딘가 다른 장소에 가서 서른아홉 개의 보석 중 세 개를 누구도 발견하지 못할 장소에 감추어 놓고, 다시 남은 서른여섯 개를 가지고 일부러 들키려고 한 것처럼 방으로 돌아왔다…… 이렇게 되는군요. 그래서 묻습니다만, 이것이 상식적이라고 생각하십니까?"

"하지만 달리 해석할 방법이 없잖소? 아들이 결백하다면 왜 스스로 밝히지 않는 겁니까?" 은행가는 절망하는 몸짓으로 대답했다.

"그 이유를 분명하게 밝혀내는 것이 우리의 임무입니다. 그러므로 홀더 씨, 괜찮으시다면 함께 스트레덤에 가서 한 시간 정도 이런저런 것들을 보다 자세하게 조사해 보았으면 합니다."

홈즈가 동행을 하자고 권하기도 했지만, 나 또한 이야기를 듣다 보니 강한 호기심과 같은 동정심이 일어나 이의 없이 따라나섰다. 솔직히 말해, 나는 이 사건의 범인으로 은행가의 아들을 지목하고 있었다. 그 점은 가엾은 은행가의 생각과 같았다. 하지만 나는 언제나 홈즈의 판단을 깊이 신뢰하기 때문에 부친과 경찰이 한 설명에 대해 그가 불만을 품고 있는 이상, 뭔가 희망을 걸어 볼 만한 여지가 분명히 있을 거라는 생각도 들었다. 남쪽 교외로 가는 동안, 홈즈는 한 마디 말도 없이 가슴에 턱을 묻고 모자를 아래로 눌러 쓴 채 깊은 생각에 잠겨 있었다. 의뢰인은 조금 전에 비친 일말의 희망으로 기운을 되찾은 듯, 나에게 자기의 사업 이야기를 두서없이 늘어놓았다. 기차를 탄 시간은 얼마 되지 않았다. 역에서 내려 잠시 걷고 나서 은행가의 검소한 저택, 페어뱅크가 나왔다.

페어뱅크는 도로에서 약간 들어간 곳에 서 있는 적당한 크기의 사각형 석조 건물이었다. 눈 덮인 잔디밭을 끼고, 현관을 가로막은 커다란 철문 두 개를 향해 마차 길이 나 있었다. 오른쪽에는 작은 나무 쪽문에서부터 정연한 산울타리 사이를 오솔길이 문으로 이어져 있는데, 드나드는 상인들의 통로가 되어 있었다. 왼쪽 오솔길은 마구간으로 통하는데, 이것은 저택 부지의 중앙에 있지도 않고 사람의 왕래도 적었지만 공식 도로였다. 홈즈는 우리를 현관 앞에 세워 놓고 집의 정면을 지나 문의 길을 내려가 거기서 뒷마당을 한 바퀴 돌아 마구간으로 가는 길로 집 주위를 천천히 걸었다. 너무 오랫동안 돌아오지 않아 나와 홀더 씨는 식당에 들어가 난로 옆에서 그가 돌아오기를 기다렸다. 잠자코 앉아 있으니 문이 열리고 젊은 여자가 들어왔다. 키는 보통보다 약간 크고 날씬한 몸매인데, 안색이 몹시 창백하여 검은 머리칼과 눈이 더욱 검게 보였다. 여자의 얼굴이 이렇게 시체를 연상케 할 정도로 창백한 모습은 처음 보았다. 입술까지도 핏기를 잃었는데, 너무 울어 빨갛게 된 두 눈은 퉁퉁 부어 있었다. 이 여인이 말없이 조용히 방에 들어왔을 때 애처롭게 느껴지는 인상은, 그날 아침 은행가가 나타났을 때 느꼈던 것보다 훨씬 강렬했다. 자제력이 강하고 굳센 성격의 여성이란 느낌이 드는 만큼, 그 애처로운 모습은 더욱 인상적이었다. 여자는 나의 존재 따위는 완전히 무시한 채 곧장 숙부에게로 다가가 그의 머리에 팔을 두르고 다정한 태도로 포옹을 하는 것이었다.

"아버지, 아서를 풀어 달라고 하셨나요?" 여자가 물었다.

"아니다. 이 사건은 그렇게 간단하지 않다."

"하지만 아서는 절대로 그런 짓은 저지르지 않았을 거예요. 아서는 나쁜 애가 아니에요. 이렇게 냉정하게 대하신다면 아버지께서는 앞으로 틀림없이 후회하실 거예요."

"죄가 없다면 왜 입을 다물고 있을까?"

"그건 저도 모르겠어요. 아버지께서 의심을 하시니까 몹시 화가 난 게 아닐까요."

"보관을 들고 있는 것을 내 눈으로 직접 봤으니 어찌 의심을 하지 않겠니."

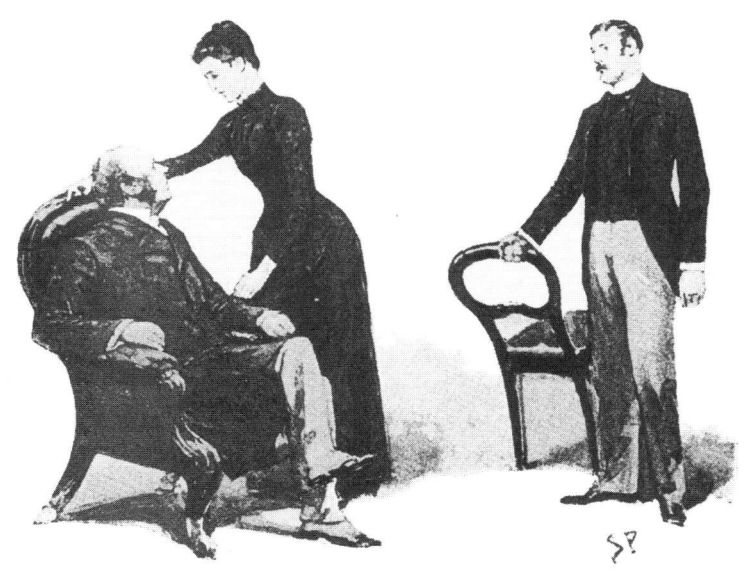

"아니에요. 그저 들고 구경만 한 걸 거예요. 아버지, 아서에겐 죄가 없다는 제 말을 믿어 주세요. 이런 사건은 없었던 것으로 하고 더는 말씀하시지 말아 주세요. 아서가 교도소에 들어가다니, 생각만 해도 소름이 끼쳐요."

"안 된다. 보석을 찾을 때까지는 절대로 중단하지 않겠다. 중단할 수 없는 일이다, 메리. 너는 아서 걱정에 내 어려운 처지를 이해하지 못하는 모양이지만, 사건을 조용히 마무리짓기란 불가능하다. 그래서 나는 이번 일을 더욱 철저히 조사하기 위해 런던에서 어떤 분을 모시고 왔다."

"이 분이신가요?" 그녀는 고개를 돌려 나를 보면서 물었다.

"아니, 이분의 친구 분이시다. 혼자 조사하고 싶다면서 지금 마구간의 오솔길에 계시다."

"마구간의 오솔길이라고요?"

메리의 검은 눈썹이 꿈틀거렸다.

"그런 곳에 뭐 알아볼 게 있을까요? 어머, 오신 것 같아요. 저, 제가 진실이라고 생각하는 것, 즉 저의 사촌이 무고하다는 것을 당신은 꼭 증명해 주시겠지요?"

"나도 똑같은 의견이오, 당신이 도와주기만 한다면 그것을 증명하기란 그다지 어려울 것 같지도 않소." 돌아온 홈즈는 구두의 눈을 털기 위해 다시 매트 쪽으로 가면서 대답했다. "당신이 메리 홀더 양이군요. 몇 가지 질문을 하고 싶습니다."

"네, 좋아요. 뭐든지. 이 무서운 사건을 해결하는 데 도움이 된다면."

"어젯밤 아가씨는 아무 소리도 듣지 못했습니까?"

"네, 숙부님께서 큰 소리로 외칠 때까지는 아무 소리도 듣지 못했습니다. 저는 목소리를 듣고 내려갔으니까요."

"어젯밤 아가씨가 창문과 문을 닫았지요? 혹시 닫지 않은 창문은 없었나요?"

"없었어요."

"오늘 아침에 보니, 열려 있는 창문은 없던가요?"

"없었어요."

"댁에 애인이 있는 하녀가 있지요? 어젯밤, 그녀가 애인을 만나려 밖에 나갔다고 아가씨가 숙부님께 말했다고 하던데요?"

"맞아요. 한데 거실에 드나들면서 심부름을 한 것도 그 하녀이기 때문에 숙부님께서 보관 말씀을 하실 때 혹시 들었을지도 몰라요.”

　“알겠습니다. 그래서 그녀가 애인에게 보관 이야기를 했고, 둘이서 도둑질을 모의했을지도 모른다, 그거군요.”

　“하지만 그런 애매한 추측이 무슨 소용이 있겠소.” 은행가는 짜증스러운 듯이 소리쳤다. “아서가 보관을 들고 있는 것을 보았다고 말하지 않았소?”

"잠깐 기다리십시오, 홀더 씨. 하던 이야기를 끝내야겠습니다. 메리, 그 하녀에 대해서인데, 아가씨는 하녀가 부엌문으로 들어오는 것을 보았다는 거죠?"

"네, 문단속이 잘 되었는가를 보러 갔는데, 그때 그녀가 들어오고 있었어요. 어둠 속이기는 했지만 남자의 모습도 보였습니다."

"아는 사람이었나요?"

"네, 알고 있어요. 채소를 배달해 주는 프랜시스 프로스퍼였어요."

"그가 서 있던 곳은? 문의 왼쪽 즉, 오솔길을 들어와서 문을 막 넘어선 자리 아니었습니까?"

"네, 맞아요."

"그리고 한쪽 다리가 나무 의족이지요?"

젊은 여자의 눈동자에 공포의 검은 그림자가 떠올랐다.

"어머, 마법사 같은 분. 어떻게 그런 것까지 아시죠?"

메리는 미소 지었으나, 홈즈의 깡마른 진지한 얼굴에는 그것에 대답하는 미소의 그림자는 비치지 않았다.

"이번에는 위층을 보고 싶군요. 그리고 집 주위를 다시 한 번 조사하게 될지도 모릅니다. 아니, 위층에 가기 전에 아래층 창문을 보고 가는 것이 좋을 것 같군요."

그는 창문을 하나하나 재빠르게 살펴 나갔는데, 현관에서 마구간의 오솔길이 내려다보이는 커다란 창문 앞에서는 잠깐 발을 멈추었다. 그 창문을 열고, 여느 때의 그 강력한 돋보기로 창틀의 문지방을 세밀하게 검사했다.

"그럼 위층으로 가실까요." 홈즈가 비로소 말했다.

은행가의 드레싱 룸은 간소하게 꾸민 작은 방으로, 회색 카펫이 깔렸고 커다란 옷장과 기다란 거울이 놓여 있었다. 홈즈는 먼저 옷장 앞으로 가서 자물쇠를 자세히 들여다보았다.

"어떤 열쇠로 열었습니까?"

"아들의 말로는 창고의 벽장 열쇠랍니다."

"지금 갖고 계십니까?"

"화장대 위에 있는 것이 그것입니다."

홈즈는 열쇠로 옷장을 열었다.

"소리가 나지 않는 자물쇠군요. 이러니 잠이 깨지 않을 만도 하군요. 이것이 보관 케이스군요. 구경 좀 하겠습니다."

그는 케이스를 열고 보관을 꺼내어 테이블 위에 놓았다. 귀금속 공예의 일품이라고나 표현해야 할 뛰어난 것으로, 36개의 보석도 일찍이 보지 못한 훌륭한 것이었다. 이 보관의 한쪽 편, 세 개의 보석이 있던 구석은 떨어져 나가 균열된 모습을 보이고 있었다.

"그런데 홀더 씨, 이 한쪽 구석은 없어진 한쪽과 함께 쌍을 이루고 있습니다. 이것을 부수어서 떼어 내 보십시오."

은행가는 이 엄청난 제안에 펄쩍 뛰었다.

"당치도 않은 말씀 하지도 마세요."

"그럼 내가 해 보지요."

홈즈는 잔뜩 힘을 써 보았으나 보관은 끄떡도 하지 않았다.

"조금 휘어진 듯싶기도 한데, 나는 손힘이 센 편인데도 이것을 부순다는 것은 여간 어려운 일이 아닙니다. 보통 사람으론 어림도 없는 일입니다. 한데 홀더 씨, 내가 이것을 부수었다면 어떤 일이 일어날까요. 권총을 쏘는 듯한 큰 소리가 날 겁니다. 그런데 침대에서 고작 몇 야드 떨어진 곳에서 이런 일이 일어났는데도 그 소리가 들리지 않았다는 말씀입니까?" 홈즈가 말했다.

"어떻게 갈피를 잡아야 좋을지 아리송하기만 합니다. 도무지 짐작도 할 수 없습니다."

"아닙니다. 이제 짐작이 갑니다. 아가씨는 어떻게 생각하나요?"

"사실, 저도 숙부님과 마찬가지로 아리송하기만 해요."

"아드님이 당신을 보았을 때 구두도 슬리퍼도 신고 있지 않았죠?"

"바지와 셔츠 이외에는 아무것도 없었습니다."

"고맙습니다. 아까부터 해 온 조사에서도 나는 운이 아주 좋았습니다. 이런데도 사건을 해결하지 못한다면 그건 순전히 우리 잘못입니다. 홀더 씨, 다시 한 번 집 밖을 둘러보고 오겠습니다."

홈즈는 필요 없이 발자국이 나면 조사하는 데 방해가 된다면서 혼자 나갔다. 한 시간 남짓 밖에서 조사한 다음 구두가 눈투성이가 되어 돌아왔는데, 그 표정에서는 아무것도 읽을 수 없었다.

"홀더 씨, 봐야 할 것은 다 본 것 같습니다. 이제부터는 방에 돌아가서 조사를 해야겠습니다."

"그렇지만 보석은 어떻게 되었습니까. 어디에 있습니까?"

"말할 수 없습니다."

은행가는 두 손을 힘껏 맞잡았다.

"그 보석은 찾을 수 없단 말인가! 그렇다면 아들은 어떻게 됩니까? 희망이 있는 겁니까?"

"내 의견은 조금도 변함이 없습니다."

"그렇다면 어젯밤 우리 집에서 일어난 범죄는 도대체 어찌 된 일입니까?"

"내일 아침 9시에서 10시 사이에 베이커 가에 있는 제 집에 오신다면 보다 확실한 말씀을 드릴 수 있을 듯합니다. 보석을 되찾기만 하면 된다는 조건으로 나에게 백지위임을 하셨으니, 비용에 대해서는 조금도 염려하지 않고 있습니다만."

"보석이 돌아오기만 한다면 전 재산을 내놓아도 좋습니다."

"알겠습니다. 내일 아침까지 충분히 조사하겠습니다. 그럼 이만 실례합니다. 어쩌면 저녁때 방문할지도 모르겠습니다."

친구가 내린 결론이 어떤 것인지 나는 어렴풋하게나마 상상도 할 수 없지만, 그의 머릿속에서는 이미 결말이 난 게 분명했다. 돌아오는 길에 몇 번이나 은근히 물어보았으나, 그때마다 홈즈는 다른 화제로 방향을 돌려 마침내 체념할 수밖에 없었다. 우리가 집에 돌아온 것은 3시 전이었다. 그는 자기 방으로 뛰어들어가 2, 3분 후에 나왔는데, 그때 그는 어디에도 있음 직한 부랑자의 모습이 되어 있었다. 반질반질 빛나는 싸구려 옷의 깃을 세우고, 목에는 붉은 스카프를 둘렀으며, 신고 있는 구두는 다 해져 그야말로 이런 계급의 전형적인 모습이었다.

"이만하면 되겠지." 홈즈는 벽난로 위의 거울을 들여다보면서 말했다. "왓슨, 자네가 동행하면 좋겠지만, 이번엔 그렇게 할 수 없어. 나는 사건의 본줄기를 제대로 쫓고 있는 건지, 아니면 도깨비불에 홀려 있는 건지 알 수 없지만, 그 결과는 곧 알게 되네. 금방 돌아올 거야."

홈즈는 찬장 위의 커다란 고기 덩어리를 한 조각 잘라 내어 두 쪽의 빵 사이에 끼워서 샌드위치를 만들었다. 그리고 그 허술한 도시락을 주머니에 쑤셔 넣고 탐험 길에 나섰다.

그가 돌아온 것은 내가 차를 다 마셨을 때 인데, 기분이 아주 좋은 듯 낡은 고무장화 한 짝을 휘휘 흔들고 있었다. 그것을 방구 석에 던지고 자기 손으로 차를 한 잔 따라 마셨다.

"지나가는 길에 들렀을 뿐이네. 곧 다시 나가야 해."

"어디로?"

"웨스트엔드의 저쪽이지. 돌아오 려면 시간이 걸릴 거야. 늦어지면 먼 저 자게."

"결과가 어떤가?"

"그저 그래. 비관적은 아냐. 아까 나가서 스트레덤에 갔는데, 그 집에는 들르지 않았어. 아주 재미있는 사건이 야. 이런 흥미진진한 사건을 놓칠 수는 없지. 그래, 수다는 그만 떨고, 이런 구질구질한 옷도 벗어야겠네. 이제는 본래의 훌륭한 나로 돌아 가야지."

그의 태도를 보면, 그 만족의 정도가 말로 표현하는 이상으로 훨씬 강하다는 것을 알 수 있었다. 눈은 빛나고 흙빛의 뺨에는 홍조까지 번 지고 있었다. 그는 위층으로 뛰어 올라갔으나 곧 현관문이 힘차게 닫히는 소리가 들려 다시 수사에 나선 것을 알려 주었다.

나는 밤중까지 기다렸으나 그가 돌아올 것 같지 않아 먼저 잠자리에 들었다. 한번 수사에 열을 올리기 시작하면 몇 날 며칠 계속 집을 비우는 것이 예사였으므로, 그가 밤늦게까지 돌아오지 않는다고 해서 놀랄 일은 아니었다. 아침이 되어 식사를 하러 아래층에 내려가니, 언제 돌아왔는지 그가 한 손엔 커피 잔을, 다른 한 손엔 신문을 들고 앉아 있었다. 단정하지만 원기 왕성한 모습이었다.

"미안하지만 먼저 시작했네, 왓슨. 그 손님이 아침 일찍 오겠다고 해서."

"어, 벌써 9시가 지났군." 내가 대답했다.

"그가 나타날 시간이 되었어. 아, 마침 벨이 울리는군."

과연 어제의 은행가였다. 놀라운 일은, 이 인물이 완전히 변했다는 것이다. 본래 크고 실팍한 얼굴이 핼쑥하고 초췌했으며, 머리칼도 그렇게 보아서 그런지 더 희어진 것 같았다. 극도의 피로로 인하여 축 늘어져 들어오는 모습을 보니, 어제 아침의 미치광이처럼 시끄럽던 태도에 비해 보기가 안쓰러울 정도였다. 그는 내가 권하는 안락의자에 털썩 앉았다.

"대체 전생에 무슨 죄를 지었다고 이 곤욕을 치를까요. 이틀 전까지만 해도 나는 이 세상에서 아무 근심 없는 행복하고 순조로운 생활을 하고 있었습니다. 그런데 지금은 부끄러움을 짊어지고 늙은 몸으로 혼자서 신세 한탄을 하게 되었습니다. 슬픈 일은 계속 찾아오기 마련입니다. 조카 메리가 나를 버렸습니다." 그가 말했다.

"버렸다고요?"

"그렇습니다. 아침에 보니까 침대엔 잠을 잔 흔적도 없이 방은 텅텅 비어 있었고, 거실 테이블 위에 내 앞으로 쓴 편지가 놓여 있었습니다. 어젯밤 나는 화를 내지는 않았으나 너무나 슬픈 나머지 그 애에게 만일 네가 아들과 결혼해 주기만 했다면 이런 일은 일어나지 않았을 거라고 말했거든요. 지각없는 말이었습니다. 편지에도 그 말이 쓰여 있습니다."

사랑하는 숙부님. 저 때문에 당하신 낭패, 저는 지금 이 무서운 재난이 모두 제가 잘못 생각한 탓으로 일어났다는 것을 마음속 깊이 통감하고 있습니다. 이렇게 생각하니, 숙부님 밑에서는 더 이상 행복하게 살 수 없을 것 같아 영원히 이별을 하려 합니다. 저의 앞날에 대해서는 조금도 염려하지 마세요. 준비한 것도 있으니, 저를 찾지 마세요. 헛수고일 뿐 아니라, 저를 위해서도 이로운 일이 아닙니다.

　　　　　　– 살아 있어도 죽어서도 영원히 숙부님을 사랑하는 메리

"이런 편지로 뭘 어쩌자는 것일까요, 홈즈 씨. 자살이라도 하겠다는 것일까요?"

"천만에요, 자살이라니요. 하지만 이것이 가장 좋은 해결책일 듯싶습니다. 홀더 씨, 당신의 재난도 이제 끝날 때가 가까워졌습니다."

"정말입니까? 뭔가 들은 게 있군요. 홈즈 씨, 뭔가 알아냈군요! 보석은 어디 있습니까?"

"그 보석 한 개에 1,000파운드라면 비싸다고 생각하십니까?"

"1만 파운드라도 내놓겠습니다."

"그렇게는 필요하지 않습니다. 3,000파운드면 충분합니다. 그리고 약간의 보수하고 말입니다. 수표장을 갖고 계십니까? 여기에 펜이 있습니다. 죄송하지만 4,000파운드라고 써 주십시오."

은행가는 어안이 벙벙한 얼굴로 홈즈가 말하는 액수를 썼다. 홈즈는 자기 책상으로 걸어가, 보석이 세 개 달린 삼각형 금 조각을 꺼내어 그 위에 얹어 놓았다. 우리의 의뢰인은 '악' 하고 환성을 지르며 그것을 움켜쥐었다.

"있다. 나는 살았다! 살았어!" 그는 숨을 헐떡거리며 외쳤다.

마음의 고통이 컸던 만큼 그 후의 기쁨도 대단하여, 그는 다시 찾은 보석을 가슴에 꼭 껴안았다.

"그런데 당신은 또 한 가지 빚이 있습니다, 홀더 씨." 홈즈는 약간 엄숙한 목소리로 말했다.

"빚이 있다고요?" 그는 반문하면서 펜을 들었다. "금액을 말씀해 주십시오. 지불할 테니까요."

"아니, 나에 대한 부채가 아닙니다. 당신은 그 품격 높은 젊은이, 즉 아들에 대해 머리를 숙이고 사과해야 합니다. 이 사건에서 아드님의 태도는 참으로 훌륭했습니다. 만일 내게 아들이 있어 그 같은 행동을 보여 주었다면, 나는 대단히 자랑스러워했을 것입니다."

"그렇다면 아서가 훔친 것이 아닙니까?"

"어제도 말씀드렸지만, 그렇지 않다고 다시 말씀 드리겠습니다."

"정말입니까? 그럼 당장 아들한테 달려가 진상이 밝혀졌다고 알려 주겠습니다."

"이미 다 알고 있습니다. 나는 사건의 전말을 완전히 파악하고 아드님을 찾아가 만났는데, 아드님이 자진해서 말하지 않아 내가 먼저 이야기를 꺼냈습니다. 그러자 아드님도 나의 이야기를 인정하면서, 내가 몰랐던 점도 몇 가지 가르쳐 주었습니다. 그러나 당신이 오늘 아침에 갖고 온 소식을 들려주면 말을 할 겁니다."

"제발 진상을 말씀해 주십시오. 도대체 이 사건은 내막이 어떻게 된 겁니까?"

"이야기해 드리죠. 내가 차근차근 수수께끼를 풀어 나간 그 과정 하나하나를 보여 드리죠. 제일 먼저, 나도 말하기 거북하고 당신도 듣기 거북한 이야기부터 하겠습니다. 조지 번월과 당신의 조카 메리 사이에는 모종의 약속이 있었습니다. 두 사람은 뜻이 맞아 함께 도망친 것입니다."

"메리가? 그런 일은 있을 수 없습니다!"

"유감이지만, 이건 있을 수 있다, 없다의 문제가 아닙니다. 사실이니까요. 당신은 그 남자가 당신 가정에 출입하는 것을 허락하셨습니다. 그러면서도 당신과 아드님은 그 남자의 정체를 알지 못했습니다. 그가 영국에서 가장 위험한 남자라는 걸 말입니다. 그는 도박으로 타락한 작자, 도저히 구제할 길 없는 악당, 인정도 양심도 없는 철면피입니다. 조카는 이런 남자에 대해서 아무것도 몰랐습니다. 그 남자가 지금까지 100명도 넘는 여성에게 한 것처럼 사랑의 맹세를 속삭였을 때, 조카는 이 세상에서 자기만이 그의 마음을 움직이게 했다고 착각했던 겁니다. 그놈이 속삭인 달콤한 말, 악마라면 잘 알고 있겠지만, 어쨌든 조카는 그 남자의 포로가 되어 밤마다 밀회를 했습니다."

"믿을 수 없으며, 믿고 싶지도 않습니다." 은행가는 안색이 회색으로 변하여 소리쳤다.

"다음, 어젯밤 댁에서 일어난 일을 설명하겠습니다. 메리는 당신이 침실에 들어가자 살며시 아래층으로 내려가 마구간의 오솔길이 보이는 창문을 열고는 애인과 이야기를 했습니다. 그 남자의 발자국이 눈 위에 뚜렷이 나 있어 꽤 오랫동안 거기에 서 있었다는 것을 알 수 있습니다. 그녀는 보관 이야기를 했습니다. 그 말을 들은 남자의 가슴엔 돈을 탐내는 사악한 마음이 고개를 들어, 메리를 꾀어 마침내 자기의 뜻대로 행동하게 만들었던 것입니다. 메리가 당신을 사랑하고 있었다는 것은 나도 의심하지 않지만, 애인에 대한 사랑 앞에서는 다른 사랑은 거리낌 없이 던져 버리는 여자가 있는데, 메리도 그런 여자였을 겁니다. 애인의 지시를 거의 다 받았을 때 당신이 내려오는 것이 보였으므로 재빨리 창문을 닫고, 하녀가 의족의 남자와 밀회를 하러 몰래 나간다는 이야기를 한 것인데, 이것은 이것대로 사실입니다.

아서는 당신과 헤어져 곧 잠자리에 들었는데, 클럽에 진 빚이 마음에 걸려 잠을 이루지 못했습니다. 한밤중이 되어 자기 방 앞을 조용히 걸어가는 발소리가 들려 일어나 내다보니, 놀랍게도 사촌 누나가 복도를 살금살금 걸어가더니 이윽고 당신의 드레싱 룸으로 들어가는 것이었습니다. 아드님은 경악으로 몸이 오그라들 정도였기에, 손에 잡히는 대로 아무거나 주워 입고 이 기괴한 사태가 어떻게 발전하는지를 확인할 생각으로 어둠 속에서 기다리고 있었습니다. 이윽고 메리가 방에서 나왔습니다. 그런데 복도의 불빛에 비친 메리의 손에는 그 귀중한 보관이 들려 있는 게 아닙니까. 메리가 계단을 내려갈 때, 아들은 공포에 떨면서도 복도를 달려가 당신의 방 입구에서 가까운 커튼 뒤에 숨었습니다. 거기에서는 아래층 홀이 잘 보였지요. 그는 사촌 누나가 살며시 창문을 열고 어둠 속에 있는 누군가에게 보관을 넘겨 주고 다시 창문을 닫고는 자기가 숨어 있는 커튼 바로 앞을 지나 부리 나케 자기 방으로 들어가는 것을 보았습니다.

메리가 그 자리에 있는 동안에는 아들이 어떤 행동을 했다 하더라 도 사랑하는 여자의 악행을 폭로한다는, 구서운 결과가 되지 않을 수 없는 상황이었습니다. 하지만 메리의 모습이 사라지자마자, 이 사태 는 아버지에게 치명적인 불행을 가져오는 일이기에 만사 제쳐 놓고 우선 보관을 되찾아야 한다고 생각한 겁니다. 맨발로 계단을 뛰어내 려가 창문을 열고 눈 위로 뛰쳐나간 아들은, 달빛 아래 검게 떠오른 남자의 그림자를 향하여 오솔길을 있는 힘을 다하여 달려갔습니다. 조지 번웰 경은 도망치려 했지만 아서가 따라가 붙잡았으므로 격투가 벌어졌고, 아드님이 보관 한쪽을, 상대는 다른 한쪽을 잡고 서로 당겼 습니다. 이렇게 하던 중, 아들은 번웰을 대려 눈 위에 상처를 입혔습 니다. 그때 뭔가 '퍽' 하는 소리가 나면서 아드님은 보관이 자기 손에 들어와 있는 것을 깨달았습니다. 그때, 격투 중에 일그러진 곳이 보였 습니다. 그래서 그것을 바로잡으려고 하는데 갑자기 당신이 나타났던 것입니다."

"있을 수 있는 일일까요?" 홀더 씨는 금방 숨이 넘어갈 듯이 말했다.

"당연히 고맙다는 말을 들을 줄 알았는데, 감사는커녕 그토록 의심 을 받았으니 아들도 화가 났지요. 사실을 밝히고 변명을 하려니, 메리 의 죄를 폭로해야 되었던 겁니다. 물론, 이제 와서 보니 한 가닥의 인 정도 베풀 가치가 없는 여자였기는 합니다만. 아드님은 기사도를 택

하여 메리의 비밀을 지켜 준 것입니다.”

　“이제야 메리가 보관을 본 순간 비명을 지르고 기절한 까닭을 알겠습니다.” 홀더 씨가 외쳤다. “오, 하느님! 나는 정말 눈을 뜨고도 보지 못한 어리석은 장님이었습니다. 아들이 5분 동안만 밖에 나갔다 오게 해 달라고 사정한 것도 이제야 이해가 됩니다. 그 아이는, 격투를 벌인 장소에서 떨어져 나간 나머지 조각이 있을까 보러 나가겠다고 한 것이었습니다. 나는 정말 무서운 오해를 하고 있었군요."

"댁에 갔을 때, 먼저 집 주위를 돌아보면서 눈 위에 수사의 단서가 될 만한 흔적이 있는지 살펴보았습니다. 그 전날 밤부터 눈은 오지 않았고, 게다가 추위가 대단해서 발자국이 났다면 분명히 남아 있으리라 생각한 것입니다. 장사꾼들이 드나드는 길을 더듬어 보았는데, 발자국이 어지럽게 나 있어 판단을 할 수 없었습니다. 그러나 집 쪽으로 가 보니, 문 앞 언저리에 남녀 두 사람이 서서 이야기한 발자국이 있었고, 남자의 한쪽 다리가 둥글게 나 있는 것으로 보아 나무 의족의 남자임을 알았습니다. 그런데 다시 이 밀회에 방해가 생긴 것을 알았습니다. 즉, 여자 발자국인데, 발 앞쪽이 깊고 뒤꿈치 쪽이 얕게 찍힌 것으로 보아 뛰어서 문으로 돌아왔다는 것을 알 수 있었습니다. 의족의 남자는 잠시 기다리다가 이윽고 되돌아갔습니다. 그때 나는 당신이 말하던 하녀와 그 애인이 아닌가 생각했는데, 나중에 조사해 보니 과연 그대로였습니다. 그 다음에 정원을 돌아보았는데, 눈에 띈 것은 온통 사방에 어지럽게 나 있는 발자국이었습니다. 그것은 경관들의 발자국이라고 생각했습니다. 그런데 마구간의 오솔길에 가서 보니, 눈 위에 길고 복잡한 스토리가 쓰여 있었던 겁니다.

구두를 신은 남자의 발자국이 한 번 왔다 갔으며, 정말 기쁘게도, 맨발의 남자 발자국이 역시 왕복으로 찍혀 있지 뭡니까. 당신의 이야기가 생각나서 맨발 쪽은 아드님의 발자국이라고 즉시 확신을 했습니다. 구두 발자국은 왕복 모두 걸어서 오고 갔지만, 맨발은 아주 빠른 달리기였으며, 군데군데 구두 발자국 위에 겹쳐져 있는 점으로 보아 구두 뒤를 쫓아갔음이 틀림없다고 판단했습니다. 발자국을 따라가니까 홀의 창문 밑이 되었는데, 구두를 신은 남자는 거기서 잠시 기다렸던 모양으로 그 부근의 눈이 많이 밟혀 있었습니다. 거기서 다시 반대 방향으로 더듬기 시작하여 마구간의 오솔길을 100야드 정도 갔습니다. 여기서 구두를 신은 남자는 몸을 돌린 듯, 격투라도 했는지 눈이 어지럽게 밟혀 있고 거기다 피가 몇 방울 떨어져 있어서, 내 생각이 잘못된 것이 아님을 증명해 주고 있었습니다. 구두를 신은 남자는 그 뒤 오솔길로 해서 도망을 쳤는데, 거기에도 피가 떨어져 있어서 상처를 입은 것은 이 구두를 신은 남자라는 걸 알았습니다. 뒤를 따라 오솔길이 끝나는 곳, 즉 바깥의 큰길까지 가니 보도의 눈이 말끔히 치워져 있어서 이 단서는 여기서 끝이 나고 말았습니다.

그러나 집 안으로 들어가서, 당신도 보았듯이 홀의 창문 문지방과 창틀을 돋보기로 조사해 보고 누군가 이곳으로 넘어 들어왔다는 것을 알았습니다. 들어올 때 밟은 젖은 발자국이 뚜렷이 남아 있었으니까요. 여기까지 알게 되면, 전날 밤에 일어난 사태에 대해서는 저절로 내용이 정리됩니다. 한 남자가 창문 밖에서 기다리고 있다, 누군가 그에게 보관을 넘겨준다, 그 현장을 아드님이 보고 있다, 그리고 도둑을 추적한다, 격투가 벌어진다, 두 사람이 서로 보관을 잡아당기고 두 사람의 힘이 합쳐져 어느 쪽인가 한 사람의 힘으로는 불가능한 손상을 입힌다, 그는 전리품을 들고 들어오지만 나머지 한쪽은 적의 수중에 들어가고 말았다. 여기까지가 분명해졌습니다. 문제는, 그럼 상대 남자는 누구인가, 그 남자에게 보관을 넘겨 준 사람은 누구인가, 하는 것이 됩니다.

나는 이전부터 하나의 공리를 갖고 있습니다. 그것은 있을 수 없는 것을 제거하면 남는 것은, 아무리 믿기 어려운 것일지라도 결국 진실이 남는다는 것입니다. 그런데 당신이 보관을 갖고 나갔을 리는 없으니 그다음에 남는 사람은 조카와 하녀밖에는 없습니다. 그러나 하녀라고 했을 경우, 아들이 대신 죄를 뒤집어쓰려 할까요? 아무리 생각해도 그것은 무리일 것입니다. 그 반면, 그는 사촌 누나를 사랑하고 있었으므로 메리의 비밀을 지켜 주고 싶어 했다면 훌륭하게 설명이 됩니다. 더구나 이 비밀이 불명예스러운 것이니까요. 메리가 그 창가에 있었던 것을 당신이 직접 보았다는 점, 보관을 다시 보고 기절을 했다는 점 등을 종합해 보고 나의 추측은 확신으로 변했습니다.

그렇다면 메리의 공범은 대체 누구일까요. 말할 것도 없이 애인일 것입니다. 메리가 당신에게 품고 있는 애정과 감사의 마음을 잊게 만들 정도의 영향력은 애인 말고 또 누가 있겠습니까. 당신들은 사교계에는 별로 출입하지 않았고, 교제 범위도 넓은 편이 아닙니다. 그런데 그 좁은 교제 범위 안에 조지 번웰 경이 있습니다. 이 남자에 대해 여자들 사이에서 좋지 않은 평판이 나돌고 있다는 말은 전부터 들어 왔습니다. 눈 위에 구두 발자국을 남긴 남자, 잃어버린 보석을 갖고 도망친 남자는 그가 틀림없었습니다. 그는 아서가 자신의 얼굴을 보았다는 것을 알지만, 아서가 한 마디라도 발설을 하면 가문의 처지가 위태롭게 되는 이상 자신의 신상은 절대로 안전하다고 믿었을 것입니다.

그럼, 나는 어떤 수단을 취했는가. 이것은 당신도 생각하면 쉽게 알 수 있으리라 믿습니다. 나는 부랑자로 변장하고 조지 경의 집으로 가 하인을 적당히 구슬려, 그들 주인이 어젯밤 머리에 부상을 입고 돌아온 사실을 알았으며, 나중에 6실링을 쥐어 주고 주인의 헌 구두를 얻었습니다. 이것을 들고 스트레텀으로 가서 눈 위의 발자국에 대보고 그 둘이 완전히 일치하는 것을 확인했습니다."

"어제 오후 오솔길에서 초라한 부랑자를 하나 보았습니다." 홀더가 말했다.

"그럴 테죠. 그게 바로 나였습니다. 범인을 알아냈으므로 나는 집으로 돌아와서 옷을 갈아입었습니다. 여기서 나의 일은 한층 더 어렵게 되었습니다. 왜냐하면 스캔들이 되는 것을 방지하기 위해 고소 제기 따위는 피해야만 하고, 그런데 상대는 교활한 악당이라 이쪽의 빼도 박도 못하는 약점을 노릴 것이 뻔했기 때문입니다. 나는 찾아가 그를 만났습니다. 예상했던 대로 그는 아니라고 잡아떼더군요. 그러나 사건의 전말을 차근차근 설명하자, 벽에 있던 칼을 장치한 지팡이를 들고 위협해 왔습니다. 그러나 나도 상대가 어떤 사람인지를 이미 알고 있었기 때문에 선수를 쳐서 그의 머리에 권총을 겨누었습니다. 그랬더니 기세가 한풀 꺾이는 듯했습니다. 그가 갖고 있는 보석에 값을 붙여서 한 개에 1,000파운드면 어떻겠느냐고 흥정을 했습니다. 그랬더니 그는 비로소 아깝다는 표정을 지으며 '뭐라고? 젠장!'이라고 하더군요. '그 세 개는 600파운드를 받고 벌써 팔아넘겼어.' 나는 절대로 고소를 하지 않겠다고 약속을 하고, 어디다 팔아넘겼는지를 알아냈습니다. 그곳으로 가서 입이 닳도록 흥정한 결과, 한 개당 1,000파운드로 다시 샀습니다. 그런 다음, 아드님에게 잠깐 들러서 만사가 다 잘

되었다고 이야기해 주고, 비로소 하루 일치고는 꽤 괜찮은 일이 끝나 잠자리에 든 것이 새벽 2시경이었습니다."

"영국을 커다란 스캔들에서 구해 낸 하루였군요." 홀더는 일어서면서 말했다. "뭐라고 감사의 말씀을 드려야 좋을지 모르겠습니다. 당신의 이 은혜는 평생 잊지 않겠습니다. 소문을 능가하는 당신의 솜씨에 정말 감탄했습니다. 그럼 이제부터 아들에게 달려가, 내 생각 없는 소행을 사과하겠습니다. 불쌍한 메리는 이야기를 듣고 보니 참으로 가슴이 아프군요. 당신의 지혜로도 그 아이의 행방을 모릅니까?"

"분명하게 할 수 있는 말은 조지 번웰 경이 있는 곳이면 어디라도 메리가 있다는 것입니다. 그리고 또한 어떤 죄에 해당하든, 결국 그것에 합당한 보답이 그들에게 내려질 거라는 것입니다."

너도밤나무 숲

The Copper Beeches

1889년 4월 5일 (금) ~ 4월 20일 (토)

"예술 자체를 사랑하는 사람은 조금도 중요하지 않고 보잘것없는 표현에도 큰 기쁨을 느낄 때가 있어. 왓슨, 자네는 이 진리를 확실히 이해하는 것 같군. 자네는 내가 취급한 사건을 친절하게 기록하고 때로는 미화하지만, 세상에 널리 알려지고 나의 명성에 크게 도움이 된 유명한 사건이나 재판보다는 사건은 작지만 내 특기인 추리나 재능을 종합적으로 발휘한 사건을 더 중시해서 무척 만족스러워." 셜록 홈즈는 광고란이 펼쳐진 데일리 텔레그래프를 밀어내면서 말했다.

"그렇지만 내 글이 선정적이라고 말하는 사람도 있어. 그런 말을 들어도 어쩔 수 없는 면도 있지." 나는 미소를 지으며 대답했다.

"그래. 자네의 결점은 아마도……."

그는 이글거리는 숯 덩어리를 부젓가락으로 집어 벚나무 나무로 만든 긴 파이프에 불을 붙이면서 내 글에 대해 비평하기 시작했다. 그는 명상에서 빠져나와 토론을 하고 싶을 때는 사기 파이프 대신 언제나 이 벚나무 파이프를 사용했다.

"자네의 결점이라고 한다면 이야기에 활력을 불어넣으려고 하는 거야. 원인에서 결과를 빈틈없이 추리해 가는 과정만 가치가 있으니, 그것만 쓰면 좋겠네."

"자네에 대한 이야기를 왜곡한 기억은 없어." 나는 친구의 강한 자의식에 두 손을 들면서 냉정하게 대답했다.

나는 이 자부심이 그의 남다른 성격을 형성하는 데 큰 영향을 미친다는 사실을 새삼스럽게 깨달았다.

"아니, 자만심이나 자기중심적인 사고방식에서 하는 말이 아냐. 내

일을 엄정하게 취급해 달라고 요구하는 것은, 그것이 개인적인 일이 아니기 때문이네. 나를 초월한 문제야. 범죄는 어디에서나 일어나네. 하지만 논리적인 추리는 흔하지 않지. 그러니 자네도 사건이 아니라 추리를 기록해야 하는 거야. 자네는 강의라고 할 수 있는 것을 이야깃거리로 전락시키고 있어."

그는 나의 감정까지 꿰뚫어 보고 있었다. 이른 봄의 추운 아침, 우리는 아침 식사를 마친 뒤 베이커 가의 정든 방에서 활활 타오르는 난롯불을 쬐고 있었다. 큰길에는 짙은 안개가 끼어 집들은 검게 보였고, 건너편 집의 창문은 소용돌이치는 노란 안개 때문에 몽롱한 검은 얼룩처럼 보였다. 우리 방에 켜져 있는 밝은 가스등의 불빛을 받아 아직 치우지 않은 식탁의 하얀 테이블보와 접시, 포크가 반짝였다. 홈즈는 아침부터 아무 말도 하지 않고 여러 신문의 광고란을 열심히 살펴보더니, 마침내 체념한 듯 시무룩한 태도로 내 작품의 결점을 들추기 시작했다.

"그렇지만……." 그는 긴 파이프를 빨아 대면서 지그시 난롯불을 보더니 잠시 후 다시 말을 이었다. "자네의 글이 선정적이라고 비난하는 것은 옳지 않아. 왜냐하면 자네가 흥미를 보인 사건은 법률적으로는 범죄가 성립되지 않는 것이 대부분이기 때문이지. 예를 들면, 보헤미아 왕을 도우려고 한 장난 같은 일도 그렇고, 메리 서덜랜드의 특이한 경험도 그렇고, 또 입술이 비뚤어진 남자나 독신 귀족의 경우도 그렇고, 어쨌든 모두 법을 적용할 수 없는 것들이야. 그렇지만 자네는 선정적으로 표현하지 않으려고 너무 신경 쓴 나머지 평범한 글을 쓰게 되었는지도 몰라."

"결과는 그렇게 되었는지 모르지. 하지만 내가 쓰려고 한 해결 방법은 진기하고 재미있는 것들뿐이었네."

"흥! 이(齒)를 보고 방직공이라는 것을 알아채지 못하고, 왼손 엄지를 보고 식자공이라는 것을 알아채지 못할 정도로 부주의한 독자가 분석이나 추리의 아름다움을 알 수 있을까. 그러나 자네의 글이 평범하다고 해서 자네만 책망할 수는 없어. 큰 사건이라 할 만한 것은 이미 과거의 일이 되었지. 이렇게 말하면 지나친 표현일지 모르지만, 적어도 범죄자는 모험심과 독창성을 잃었어. 내 이 작은 일만 하더라도 잃어버린 연필을 찾거나, 기숙학교를 갓 나온 아가씨들에게 충고하는 정도까지 몰락했어. 그러나 이젠 내려갈 데까지 내려간 듯하네. 이 편지는 오늘 아침에 받은 편지인데, 이것이 아마 맨 밑바닥일 걸세."

그는 구겨진 편지를 내밀었다.

편지는 어젯밤 몬태규 플레이스에서 부친 것인데, 내용은 다음과 같다.

셜록 홈즈 님

저는 지금 가정교사 자리를 권유받고 있는데, 수락해야 할지 거절해야 할지 알 수 없어 의견을 꼭 듣고 싶습니다. 내일 아침 10시 30분에 방문하겠습니다. 부디 잘 부탁드립니다.

– 바이올렛 헌터

"이 아가씨를 알고 있나?" 내가 물었다.

"아니."

"벌써 10시 30분이군."

"응, 지금 벨을 울리는 사람일 거야."

"블루 카번클 사건만 하더라도 처음에는 단순한 장난이라고 생각했지. 그러다가 큰 사건으로 발전하지 않았나. 이번 일도 그렇게 되지 않으리라고 단정할 수 없어."

"응, 그러면 좋겠지. 벌써 손님이 온 것 같군. 곧 알게 되겠지."

그의 말이 끝나기도 전에 문이 열리고 젊은 여자가 들어왔다. 옷차림은 검소하지만 단정했고, 물떼새의 알처럼 주근깨가 많은 얼굴은 생기 있고 현명해 보였다. 그리고 시원한 태도는 세상을 혼자 힘으로 살아온 여자라는 인상을 주었다.

"갑자기 폐를 끼쳐 드리게 되어서 죄송합니다." 여자는 홈즈의 안내를 받으면서 인사했다. "실은 저는 아주 이상한 경험을 했습니다. 그런데 의논할 만한 부모도 친척도 없어 이렇게 당신을 찾아뵙기로 한 것입니다."

"헌터 양, 어서 앉아요. 도움이 된다면 뭐든지 하겠습니다."

나는 홈즈가 새 의뢰인의 태도나 말씨에 호감을 느끼고 있다는 것을 알 수 있었다. 그는 특유의 예리한 감각으로 여자를 관찰하고 나서 눈을 감고 두 손의 손가락 끝을 서로 맞댄 채 이야기를 듣기 위해 조용히 귀를 기울였다.

"저는 5년 동안 가정교사 일을 해 왔습니다." 여자는 자신의 이야기를 들려주기 시작했다. "스펜스 먼로 대령 댁에서 말입니다. 그런데 두 달쯤 전에 대령이 노바스코샤(캐나다 남동부의 반도)의 핼리팩스로 자리를 옮기게 되어 아이들과 함께 그곳으로 갔지요. 그래서 저는 일

자리를 잃었어요. 저는 신문에 광고를 내기도 하고, 광고에 응하기도 했는데 신통한 일자리가 없었습니다. 그러다 보니 저축해 둔 약간의 돈도 모두 떨어져, 어떡해야 좋을지 막막했습니다.

웨스트엔드에 여성을 대상으로 하는 웨스터웨이라는 유명한 가정 교사 소개소가 있습니다. 저는 적당한 자리가 있을까 하고 일주일에 한 번 정도 그곳을 찾아갔습니다. 웨스트웨이는 소개소를 시작한 사람의 이름인데, 지금은 미스 스토퍼가 혼자 사무를 맡아 일을 처리하고 있습니다. 미스 스토퍼는 좁은 사무실에 앉아 있고, 일자리를 구하러 온 사람은 대기실에서 기다립니다. 차례가 되어 들어가면 스토퍼는 장부를 뒤적거려 적당한 자리가 있는지 알아보지요.

지난주에도 평소처럼 그 좁은 사무실을 찾아갔는데, 그날은 스토퍼뿐만 아니라 어떤 남자도 있었어요. 아주 뚱뚱하고 턱과 목 부분의 살이 축 처진 인상 좋은 신사였는데, 스토퍼 옆에 앉아 코안경을 쓴 눈으로 들어오는 구직자를 열심히 지켜보고 있었습니다. 제가 들어가니까 의자에서 벌떡 일어날 정도로 좋아하면서 스토퍼를 바라보았습니다.

'이 아가씨가 좋아요! 이분보다 더 적당한 사람은 찾기 힘들 겁니다. 아주 좋아요.'

그는 기뻐 어쩔 줄 모르는 듯 싱글벙글 웃으면서 손바닥을 마주 비벼 대고 있었습니다. 편안해 보이는 분으로, 보고 있으면 저절로 미더운 마음이 들 정도였습니다.

그는 '아가씨는 일자리를 찾고 있나요?' 하고 저에게 물었습니다.

'네, 그렇습니다.'

'가정교사입니까?'

'그렇습니다.'

'급여는 얼마를 원합니까?'

'전에 있던 스펜스 먼로 대령 댁에서는 한 달에 4파운드 받았습니다.'

'뭐라고요? 그건 너무했군요. 지독한 착취야!' 그분은 몹시 분개한 듯 살찐 두 손을 내밀며 외쳤습니다. '이렇게 아름답고 교양 있는 아가씨에게 그것밖에 주지 않았다니, 정말 너무했군!'

'하지만 그렇게 깊은 학식은 갖추지 못했습니다. 프랑스어와 독일어를 약간 할 줄 알고, 음악과 그림을 조금……' 제가 대답했습니다.

'쯧쯧!' 그분은 혀를 차며 말했습니다. '그런 것은 문제가 되지 않소. 중요한 것은 숙녀로서의 태도와 몸가짐을 갖추고 있느냐 하는 겁니다. 이건 새삼스럽게 말하지 않아도 알고 있을 거라 생각합니다. 만일 당신에게 그것이 없다면, 장래 이 나라 역사의 중요한 역군이 될지도 모르는 어린이를 키우는 데 부적합합니다. 하지만 당신에게 그만한 자격이 있다면, 적어도 세 자리 수의 보수는 지불해야 마땅합니다. 아가씨, 우리 집에 와 주신다면 처음 일 년은 100파운드를 드리겠다고 약속하겠소.'

홈즈 씨, 알고 계시리라 생각합니다만 제가 아무리 궁색해도 이 일자리만은 조건이 너무 좋아 믿어지지 않았어요. 그런데 그 신사는 저의 얼굴에 떠오른 표정을 보고 제가 미더워하지 않는다는 사실을 눈치챈 듯 지갑에서 지폐 한 장을 꺼냈습니다.

'이것도 나의 습관입니다.'라고 하면서, 살 속에 묻히다시피 한 눈을 가늘게 뜨고 싱글싱글 웃으며 말했습니다. '나는 일하기로 결정되면 급료의 반을 먼저 줍니다. 여비나 경비로 쓰시오.'

저는 이렇게 동정심이 많은 훌륭한 사람이 또 있을까 하는 생각이 들었습니다. 저는 이미 여러 가게에 빚을 지고 있는 신세여서 선불을 받는다면 요긴한 거야 말할 것도 없죠. 하지만 왠지 꺼림직한 느낌이 들어 약속하기 전에 좀 더 자세히 알고 싶었지요.

'실례지만 댁은 어디인가요?' 제가 물었습니다.

'햄프셔 주의 아름다운 시골이에요. 윈체스터에서 5마일 떨어진 곳으로 저택도 옛 분위기가 그대로 살아 있습니다.'

'그런데 제가 할 일은 무엇인가요? 그걸 미리 알아 두면 참고가 될 것 같습니다.'

'어린애가 하나 있지요. 올해 여섯 살 된 개구쟁이요. 슬리퍼로 바퀴벌레를 잡는 장면을 보여 주고 싶군요. 찰싹, 찰싹, 찰싹, 한 대에 한 마리씩 세 마리를 잡는 건 순식간이거든요.' 그분은 의자에서 몸을 뒤로 한껏 젖히고는 또 실눈을 뜨며 웃었습니다.

저는 어린아이가 그렇게 잔인한 놀이를 한다는 사실에 약간 놀랐지만 아버지가 그것을 유쾌한 말투로 이야기해 그저 농담일 거라고 생각했습니다.

'그 아이만 돌보면 되는 겁니까?' 제가 물었습니다.

'아닙니다, 아가씨. 그 일 말고 또 있습니다.' 그는 넉살 좋게 말했습니다. '머리가 좋은 아가씨니까 이미 짐작하겠지만, 아내가 부탁하는 일을 해야 합니다. 뭐, 대단한 일은 아니오. 간단한 일이죠. 어떻습니까? 괜찮죠?'

'도움이 된다면 기꺼이 가겠습니다.'

'걱정할 것은 없습니다만 우리가 복장에 대해 좀 변덕스러운 편이라서……. 하지만 마음만은 착합니다. 옷을 주면서 그걸 입어 달라고 한다면 우리의 부탁을 들어주시겠소?'

저는 좋다고 대답했지만 사실은 어이가 없었습니다.

'그리고 또 어딘가에 앉아 달라고 부탁해도 그리 기분 나빠하지는 않겠지요?'

'네, 절대로.'

'또 우리 집에 오기 전에 머리를 잘라야 한다고 요청한다면?'

순간, 저는 잘못 들었나 귀를 의심했어요. 홈즈 씨, 보시다시피 제 머리는 숱도 많고 아주 독특한 갈색입니다. 예술적이란 말까지 듣죠. 이런 머리를 별것도 아닌 일 때문에 자르고 싶지는 않았습니다.

'죄송하지만, 그 부탁만은 들어 드릴 수 없군요.' 제가 말했습니다. 실눈을 뜨고 저를 뚫어지게 바라보던 신사는 그 대답을 듣자 금세 얼굴빛이 흐려졌습니다.

'사실은 머리가 가장 큰 문제거든요. 아내의 취향입니다. 아시겠지만 아가씨, 여성의 취향이란 만족시켜 주지 않으면 귀찮아지거든요. 아가씨는 머리를 자르는 게 싫습니까?'

'네, 머리만은 자르고 싶지 않아요.' 저는 분명하게 거절했습니다.

'그렇다면 할 수 없죠. 이제 이야기는 끝났소. 유감이군요, 다른 점에서는 당신은 더할 나위 없이 적합한 분인데. 그럼 미스 스토퍼, 다른 분을 부탁합니다.'

그러자 그동안 우리의 대화엔 조금도 끼어들지 않고 서류만 정리하고 있던 스토퍼는 무척 난처한 표정으로 저를 쳐다보았습니다. 저는 적잖은 수수료를 날리게 된 것이 아닌가 하고 마음이 쓰였습니다.

'아가씨는 구직자 명단에 계속 이름을 올리고 싶나요?' 스토퍼가 물었습니다.

'네, 소장님, 부탁합니다.'

'그래요? 이상하군요. 이 좋은 자리를 그렇게 쉽게 거절하다니.' 그녀는 가시 돋친 목소리로 말했습니다. '지금처럼 좋은 자리를 또 소개해 줄 수 있을지 확신할 수 없네요. 그럼, 헌터 양, 나가 보세요.'

스토퍼는 책상 위의 종을 울려 사환을 불렀고, 저는 밖으로 나갔습니다.

저는 그 길로 하숙집에 돌아왔습니다만, 찬장에는 먹을 것도 얼마

남지 않았고 책상에는 청구서가 몇 장씩 쌓여 있는 형편이었기에 바보짓을 한 게 아닌가 하는 생각을 떨쳐 버릴 수 없었어요. 생각해 보면, 그 사람들은 유별나게 남다른 데가 있어 가정교사에게 자기들의 기묘한 취미를 강요하는지는 몰라도, 그에 상응하는 보수를 주겠다는 이치에 닿는 조건을 내걸고 있으니까요. 영국에서 급료를 일 년에 100파운드 받는 여자 가정교사는 거의 없습니다. 그리고 머리를 자르지 않고 그대로 둔다고 해서 도움이 되는 건 아니죠. 머리를 잘라 오히려 아름다워졌다는 말을 듣는 사람도 많습니다. 저도 그럴지 모른다는 생각이 들었습니다. 다음 날에는 너무 경솔했던 건 아닌가 하는 의심이 들었고, 그다음 날에는 확실히 제가 잘못 판단했다고 생각하게 되었습니다. 부끄러움을 무릅쓰고 다시 소개소에 가서 그 자리가 아직 남아 있는지 물어볼까 하는 마음이 거의 굳어 가고 있을 때, 그 신사에게서 편지가 왔습니다. 여기 가지고 왔으니 읽어 보겠습니다.

윈체스터 교외 너도밤나무 저택에서

친애하는 헌터 양에게―스토퍼 씨가 당신의 주소를 가르쳐 주어, 다시 한 번 생각해 볼 수 있는지 편지로 문의합니다. 집에 돌아와 아가씨 이야기를 했더니 아내가 아주 좋아하면서 아가씨를 꼭 불렀으면 좋겠다고 합니다. 우리의 유별난 요구에 난처해할 만도 하겠기에 그것을 보상하는 의미에서 세 달에 30파운드, 일 년에 120파운드를 드리고자 합니다. 사실 우리의 요구가 유별나긴 해도 그렇게 어려운 것은 아니라고 생각합니다. 아내는 좀 괴팍한 데가 있어, 오전 중에는 집 안에서 파란색 옷을 입어 달라고 할지도 모릅니다. 하지만 그렇다고 아가씨가 따로 돈을 들여 옷을 준비할 필요는 없습니다. 지금 필라델피아에 있는 딸 앨리스의 옷이 있으니 그것을 입으면 잘 맞을 것이라 생각합니다. 그리고 우리가 요구하는 장소에 앉아 있거나 어떤 놀이를 요구할 때도 있을 텐데, 그것들은 별로 어렵지 않으리라 생각합니다. 머리에 대해서는 전날 소개소에서 잠깐 만났을 때 아가씨의 아름다운 머리가 첫눈에 마음에 들었을 정도니 정말 안타깝게 생각합니다. 그러나 이 점은 우리의 양보할 수 없는 요구이며, 그 때문에 급료를 올리는 것이므로 그것으로 보충이 되지 않을까요. 아이를 돌보는 일은 사실 별것 아닙니다. 부디 승낙하시길 바랍니다. 기차 시간을 알려 주시면 내가 직접 윈체스터까지 마차로 마중 나가겠습니다.

– 제프로 루캐슬

홈즈 씨, 이런 편지입니다. 저는 승낙하려고 합니다만, 저쪽과 확실히 계약을 맺기 전에 홈즈 씨의 의견을 들어 보려고 이렇게 찾아왔습니다."

"알겠습니다. 그러나 헌터 양, 당신이 가겠다고 마음먹는다면 다른 문제는 없을 겁니다." 홈즈는 웃으며 대답했다.

"하지만 거절하는 게 좋다고 생각하지 않나요?"

"솔직히 말해 만일 아가씨가 내 동생이거나 가족이라면 찬성하지 않겠습니다."

"무슨 뜻이죠, 홈즈 씨?"

"판단할 수 있는 자료가 없어서 확실한 대답은 할 수 없습니다. 아가씨도 생각이 있을 줄 아는데요."

"글쎄요, 저는 하나밖에 설명할 수 없어요. 루캐슬 씨는 아주 친절한 좋은 분이라고 생각됩니다. 어쩌면 그분의 부인이 정신병에 걸렸는데 그 사실이 세상에 알려지면 정신병원에 보내야 하니까 부인의 특별한 요구를 되도록 만족시켜 주어 발작을 억제하려는 게 아닐까요?"

"있을 수 있는 일입니다. 사실 지금 단계로서는 그런 해석이 가장 합당할 듯합니다. 그러나 어쨌든 젊은 아가씨가 가기에는 바람직한 집이 아닌 것 같군요."

"하지만 홈즈 씨, 돈 문제가 있어서요."

"그렇습니다. 급료는 너무 좋군요. 그래서 불안합니다. 일 년에 40파운드만 지불하면 충분히 고용할 수 있는데, 왜 120파운드나 주겠다는 것일까요. 뭔가 깊은 사정이 있을 겁니다."

"저는 홈즈 씨에게 미리 이야기해 두면, 나중에 도움을 청할 때 빨리 이해하시게 되어 좋을 거라고 생각했어요. 홈즈 씨가 뒤에 있다고 생각하면 정말 마음이 든든하니까요."

"네, 좋습니다. 그 점은 안심하시고, 처음 생각한 대로 가세요. 이 이야기는 내가 지난 몇 달 동안 취급한 사건 중 가장 흥미로운 사건이 될 듯싶습니다. 몇 가지 점에서 아주 색다른 점이 있습니다. 만일 수상한 일이 있거나, 위험하다고 느껴질 때는—"

"위험이라고요? 어떤 위험이 있다고 생각하시나요?"

홈즈는 고개를 무겁게 저었다.

"그것을 알 수 있다면 이미 위험이라고 할 수 없겠지요." 그리고 덧붙였다. "하지만 낮이고 밤이고 아가씨가 전보를 치면 즉시 도우러 가겠습니다."

"고맙습니다." 여자는 밝은 얼굴로 의자에서 힘차게 일어나며 말했다. "저는 이제 마음 푹 놓고 햄프셔로 가겠습니다. 곧 루캐슬 씨에게 편지를 쓰고, 오늘 밤 안으로 머리를 자르고 내일 원체스터로 떠나겠어요."

여자는 홈즈에게 간단히 사례하고 우리들 두 사람에게 인사를 한 다음 잰걸음으로 돌아갔다.

"적어도 저 아가씨는 나이는 많지 않지만 자신의 몸은 충분히 지킬 것 같군." 나는 그녀가 유쾌한 걸음걸이로 급히 계단을 내려가는 소리를 들으면서 홈즈에게 말했다.

"그런 각오를 할 필요가 있을 거야." 홈즈는 진지한 표정으로 대답했다. "내 판단이 옳다면 얼마 안 가서 틀림없이 소식이 올 걸세."

내 친구의 예언은 적중했다. 그로부터 2주 동안 나는 가끔 그녀를 떠올리며 그 고독한 여자가 정말 기묘한 인생의 미로에 빠져들었다는 생각을 했다. 상식을 넘어선 많은 보수, 기괴한 조건, 가정교사라는 일에 비해 그 책임은 가벼운 점, 이 모든 게 비정상적인 상황임을 증명하고 있다. 그런데 그것이 단순한 변덕인지 아니면 음모인지, 또는 루캐슬 씨가 자선가인가 악당인가 하는 문제에 대해서 내 능력으로는 도저히 판단을 내릴 수 없었다. 홈즈는 눈썹을 찌푸리고 30분쯤 멍하니 앉아 있곤 했다. 그리고 내가 이 이야기를 꺼내면 귀찮다는 듯이 손을 흔들고, "자료, 자료, 자료야. 찰흙이 없으면 벽돌을 못 만들어." 라고 내 말을 잘라 버렸다. 그러면서도 말끝마다 자신의 동생이라면 그런 곳에 결코 보내지 않을 거라고 중얼거렸다.

마침내 어느 날 한밤중에 전보가 도착했는데, 나는 잠자리에 들려는 참이었고, 홈즈는 화학 실험에 몰두하려는 찰나였다. 이럴 때면 일반적으로 나는 증류기와 시험관을 들여다보고 있는 그에게 취침 인사를 하고, 다음 날 아침 식사를 하러 내려와 같은 자세로 앉아 있는 그를 발견하곤 한다. 그는 노란 봉투를 뜯어 내용을 훑어보더니 그것을 나에게 던졌다.

"브래드쇼 여행 안내서에서 기차 시간을 알아봐 주겠나?" 그는 한마디 하고 다시 실험에 몰두했다.

전문은 짧지만 긴급한 도움을 요청하는 내용이었다.

내일 낮 윈체스터의 블랙스완 호텔로 오세요. 어찌할 바를 모르겠어요. 꼭 오시기 바라요.

— 헌터

"같이 가겠나?" 홈즈가 얼굴을 들고 말했다.

"가고 싶어."

"그럼 시간표를 알아보게."

"9시 30분 기차가 있어." 나는 시간표를 보면서 말했다. "윈체스터에는 11시 30분에 도착하네."

"잘됐군. 그럼 아세톤 분석 실험은 다음 기회로 미루지. 되도록 힘을 많이 비축해야 하니까."

다음 날 11시, 우리는 지난날 잉글랜드의 수도였던 윈체스터에 가까이 다가가고 있었다. 홈즈는 그때까지 계속 조간에만 몰두하고 있었는데, 햄프셔 주에 들어서자 신문을 옆으로 밀어 놓고 바깥 풍경을 바라보기 시작했다. 화창한 봄날이었다. 파란 하늘에는 뜯어 놓은 흰 솜과 같은 구름이 서쪽에서 동쪽으로 조용히 흐르고 있었다. 태양은 눈부시게 빛났으나, 바람에는 상쾌한 냉기가 감돌아 사람의 정기를 북돋워 주었다. 멀리 앨더숏 마을을 에워싼 완만한 언덕이 보이고, 주위에는 신록 사이로 붉은색과 회색 농가 지붕들이 나타났다 숨었다 했다.

"상쾌하고 아름답군." 내가 소리쳤다.

베이커 가의 안개를 헤치고 나온 나에게는 더없이 상쾌한 공기였다. 그러나 홈즈는 근심스러운 듯이 고개를 저었다.

"왓슨, 자네는 모르겠지만, 나 같은 남자에게는 이상한 버릇이 있어. 즉, 어떤 것을 보든 전문 분야와 결부시켜 생각하는 거지. 자네는 군데군데 농가가 있는 풍경을 보고 아름답다고 감탄하지만, 나는 이런 풍경을 보면 집이 너무 고립되어 있다는 걱정이 들어. 이런 곳에서는 은밀히 범죄가 일어날 수 있거든."

"한심하군! 이렇게 아름다운 농가를 보고 범죄를 걱정하는 사람도 있다니." 내가 외치듯 말했다.

"여기저기 떨어져 있는 농가를 보면 어쩔 수 없이 그런 공포를 느끼지. 왓슨, 이것은 내 경험에서 나온 확신인데, 때로는 밝고 아름다운 전원이 런던의 그 어떤 혐오스러운 뒷골목보다도 더 무서운 범죄 소굴이 될 수 있어."

"겁주지 말게."

"확실한 이유가 있네. 도시에는 여론이라는 것이 있어 법률의 손이 미치지 않는 곳은 그것이 보충해 주지. 지독하게 불량스러운 뒷골목 거리라도 아이들이 학대를 받아 울거나, 술주정뱅이에게 맞는 소리가 들리면 반드시 이웃 사람 중 그들을 동정해 가해자에 대해 분개하는 사람이 나타나기 마련이지. 게다가 경찰 조직이 보편화되어 일단 신고하면 즉시 활동을 개시해 용의자를 금세 색출해 내지. 그러나 저렇게 인적이 드문 농가를 봐. 모두 자기들의 밭에 둘러싸여 있고, 법률이라고는 거의 모르는 사람들이 살고 있어. 그러니 어떻게 알겠나. 이런 시골에서 매년 악랄한 범죄가 일어난다 해도 그것이 세상 사람들의 눈에 띄지 않고 그대로 넘어간다 해도 말이야. 우리에게 도움을 청하러 온 그 여자만 해도, 그것이 윈체스터에서 일어난 일이라면 나도 이렇게까지 걱정하지 않을 거야. 거리에서 4마일이나 떨어진 시골이기 때문에 위험한 거야. 그렇지만 다행히 그녀의 몸에 직접적으로 위험이 닥친 것은 아닌 것 같아."

"맞네. 우리들을 만나러 윈체스터까지 나올 수 있을 정도라면, 도망칠 수도 있을 테니까."

"그렇지. 그녀는 지금 행동에 제약이 있는 건 아냐."

"그렇다면 대체 무슨 사건일까? 자네는 어떻게 생각하나?"

"나는 일곱 가지 가능성을 생각했네. 그것이 모두 지금까지 알고 있는 사실에 모순되는 점이 없어. 하지만 그중 어느 것이 옳은지는 그곳에 도착해서 우리의 귀에 들어오는 새 정보를 얻은 뒤가 아니면 판단할 수 없어. 저기 유명한 성당의 탑이 보이네. 곧 헌터 양의 이야기를 듣게 되겠군."

블랙스완은 역에서 멀지 않은 메인 가에 있는 유명한 호텔인데, 헌터는 이미 그곳에 와 있었다. 그녀는 방 하나를 얻어 점심까지 준비해 놓고 있었다.

"어서 오세요. 고생 많이 하셨어요. 두 분께 감사의 말씀을 드려요. 저는 정말 어떡해야 좋을지 모르겠어요. 아무쪼록 저를 위해서 좋은 말씀을 들려주세요." 그녀는 다급하게 말했다.

"어떤 일이 있었나요?"

"네. 루캐슬 씨에게는 3시까지 돌아오겠다고 약속했으니 서둘러 이야기하겠어요. 용건은 말하지 않고 잠깐 거리에 나갔다 오겠다고 말해 허락을 받았어요."

"처음부터 차근차근 이야기하세요."

홈즈는 여위고 긴 다리를 느긋하게 난로 쪽으로 뻗고 앉아 이야기에 귀를 기울였다.

"우선 말씀드릴 것은, 루캐슬 부부에게 제가 특별히 심한 대우를 받

은 건 아니라는 사실이에요. 그분들을 오해할까 봐 우선 말씀드립니다. 하지만 저는 그들 부부를 이해할 수 없고 그래서 자꾸만 불안해지고 있어요."

"어떤 점이 이해되지 않습니까?"

"왜 그런 일을 하는지 모르겠어요. 처음부터 차례차례 이야기하지요. 제가 처음 이 거리에 도착하니 마중 나와 있던 루캐슬 씨가 이륜마차로 저를 너도밤나무 저택까지 데리고 갔어요. 저택은 전에 들은 대로 아름다운 곳에 있었지만 건물 자체는 그렇지 않았어요. 회반죽을 바른 크고 네모난 건물로, 손을 보지 않아 비바람에 몹시 낡아 있었어요. 집 주위는 다른 건물은 없고 그냥 넓게 펼쳐져 있는데, 세 방향은 숲이고 한쪽은 풀밭이에요. 그쪽은 사우샘프턴 가도를 향해 완만한 비탈을 이루고 있습니다. 가도는 현관에서 100야드 전방에서 굽어 있고요. 이 앞쪽의 땅만 루캐슬 씨의 소유이고, 세 방면의 숲은 사우더튼 경의 사냥터에서 이어진 땅이라 합니다. 정면 현관 바로 앞에는 너도밤나무가 많이 우거져 있는데, 그 나무들 때문에 너도밤나무 저택이라는 이름이 붙었다고 해요.

루캐슬 씨는 아주 유쾌하게 자기가 직접 마차를 몰았고, 그날 밤에는 부인과 아이를 소개했어요. 홈즈 씨, 제가 베이커 가의 댁에서 말씀 드린 추측은 완전히 빗나갔지요. 부인은 미친 사람이 아니었어요. 다만, 말이 별로 없고 안색이 좋지 않을 뿐이었어요. 루캐슬 씨는 적어도 마흔대여섯으로 보이고, 부인은 그보다 훨씬 젊어 잘해야 서른 살쯤 되었을 듯싶어요. 말하는 것으로 보아 루캐슬 씨는 재혼이고, 그들이 결혼 생활을 한 것은 7년 정도 되는 것 같았어요. 전 부인이 낳은 딸은 지금 필라델피아에 있어요. 루캐슬 씨가 저에게 살짝 귀띔해 준 바에 의하면, 딸은 성격이 맞지 않아서인지 의붓어머니를 싫어해 미국으로 갔다는 거예요. 나이는 스물이라고 하는데, 이미 나이 든 뒤에 의붓어머니를 맞았으니 여러 가지로 맞지 않는 데가 있었을 테죠.

루캐슬 부인은 안색뿐 아니라 마음속까지도 차가운 것처럼 보였어요. 그저 공기 같다고 할까요. 저는 그런 부인에게 호감도 반감도 생기지 않았지요. 하지만 부인이 주인과 아이에게 깊은 애정을 갖고 있다는 것은 금세 알 수 있었어요. 연한 회색 눈동자가 늘 그들을 응시했고, 무언가 일이 있으면 말하기 전에 그것을 먼저 하려고 애썼지요. 또 루캐슬 씨도 타고난 성품이 소박해 부인을 대하는 태도에서 꾸밈이나 격식 같은 건 찾아볼 수 없었어요. 그러므로 일단은 사이가 좋은 부부라 생각해도 괜찮을 거예요.

하지만 부인에게는 무언가 숨기고 있는 근심이 있는 듯했어요. 몹시 슬픈 표정을 짓고는 이따금 멍하니 생각에 잠겨 있는 거예요. 눈물을 글썽이는 모습도 여러 번 봤어요. 부인이 근심하는 것이 아이의 성격 때문인지도 모른다는 생각이 들었지요. 왜냐하면 그렇게 성격이 고약한 아이는 처음 봤으니까요. 응석받이로 자라 성격은 고약하고, 나이에 비해 몸은 작고 어울리지 않게 머리만 커요. 온종일 화를 내어 가족을 달달 볶아 대거나, 심통을 부려 말 한마디 하지 않는 날도 있어요. 좋아하는 놀이 가운데 하나가 자기보다 약한 동물을 학대하는 것인 듯, 쥐나 작은 새, 곤충을 잡기 위해서는 어른도 하지 못하는 생각을 해내지 뭐예요. 그러나 홈즈 씨, 아이의 이야기는 이 정도로 하겠어요. 이야기가 옆길로 빠진 듯하군요."

"아뇨, 자세한 점까지 모두 다 듣고 싶습니다. 관계가 없다고 생각되는 것이라도 빼놓지 말고 이야기하세요." 내 친구가 말했다.

"중요한 것은 빠뜨리지 않으려고 합니다. 그 집에서 가장 먼저 눈에 거슬리는 불쾌한 것은 하인 부부의 태도였어요. 남편은 톨러라고 하는데, 머리도 턱수염도 반백이 된, 눈치 없고 거칠고 촌스러운 남자예요. 온종일 술 냄새를 풍기지요. 제가 도착한 후로도 술에 취한 적이 벌써 두 번이나 되지만 루캐슬 씨는 별로 나무라지도 않았어요. 그의 부인은 건장하고 키가 큰 여자인데, 늘 시무룩한 얼굴을 하고 있어요. 말이 없고 무뚝뚝한 점에서는 루캐슬 부인 이상이지요. 정말 정 떨어지는 부부예요. 그러나 다행히 저는 대개 아이의 방이나 제 방에 있어요. 그 두 방은 건물 가장자리에서 마주 보고 있어요.

너도밤나무 저택에서 살게 된 후, 처음 이틀은 조용히 지나갔어요. 사흘 째 되는 날 아침, 식사 후 부인이 내려와서 남편에게 뭐라고 속삭였어요.

루캐슬 씨는 '그래, 좋아'하고는 저한테로 얼굴을 돌리고는 이렇게 말했지요. '헌터 양, 머리까지 잘라 우리의 별난 요구를 들어주어 참 고맙게 생각합니다. 짧은 머리도 아주 잘 어울리는군요. 그런데 그때 말한 파란색 옷이 당신에게 맞는지 한번 보고 싶군요. 옷을 당신 침대 위에 올려놓았으니, 귀찮더라도 입어 주면 좋겠소.'

방에 들어와 보니 루캐슬 씨 말대로 파란색 옷이 있었어요. 옷감은 모직물의 일종으로 고급이었지만 누군가 전에 입었던 것이 분명했어요. 사이즈는 제 몸에 맞춘 것처럼 꼭 맞았어요. 제가 그 옷을 입고 나타나니 루캐슬 부부는 호들갑스러울 정도로 좋아했어요. 두 사람은 응접실에서 기다리고 있었는데, 그 방은 집의 정면 전체에 걸칠 만큼 넓고 바닥까지 닿는 긴 창문이 세 개 있어요. 그 가운데의 창문 앞에는 창에 등을 돌린 의자 하나가 있었어요. 제가 시키는 대로 그 의자에 앉자 루캐슬 씨는 방의 반대편을 왔다 갔다 하면서, 제가 지금까지 들은 적이 없는 재미있는 이야기를 했어요. 그분은 성격이 정말 유쾌해서 저는 얼마나 웃었는지 나중에는 힘이 다 빠질 정도였죠. 그러나 부인은 유머는 전혀 모르는 분인 듯, 언제나 실낱같은 웃음조차 띠지 않고 무릎에 두 손을 얹은 채 슬픈 듯 침울한 얼굴로 앉아 있기만 했어요. 한 시간쯤 지나자 루캐슬 씨가 갑자기 '이젠 공부할 시간이 되었으니 옷을 갈아입고 에드워드의 방으로 가세요.'라고 했어요.

이틀 후에 다시 이와 똑같은 연극을 했어요. 저는 먼젓번처럼 옷을 갈아입은 다음 창가의 의자에 앉았고, 루캐슬 씨는 흉내도 낼 수 없을 만큼 능숙하게 끊이지 않고 재미있는 이야기를 해서 저로 하여금 배를 쥐고 웃게 만들었어요. 잠시 후에는 뒤표지가 노란 통속 소설을 주면서, 저의 그림자가 책에 드리워지지 않도록 의자를 약간 옆으로 당겨 앉아 읽어 달라는 거예요. 저는 중간쯤에서부터 읽었는데, 10분쯤 지나자 이제는 그만 읽고 옷을 갈아입으라고 했어요.

홈즈 씨, 당신은 이해하시겠지요. 도대체 왜 이런 기묘한 짓을 할까요? 주인 부부는 제가 창문 쪽으로 고개를 돌리지 않게 하려고 언제나 신경 쓰고 있어요. 그래서 저는 창문 저쪽에서 어떤 일이 일어나고 있는지 몹시 궁금했지요. 처음에는 도저히 알아낼 방법이 없을 것 같았는데, 이윽고 한 가지 방법이 생각났어요. 헌 손거울이 하나 있는데, 손수건 속에 그것을 감추면 되겠다는 멋진 아이디어가 떠오른 거예요. 그래서 그다음에는 우스워 죽겠다는 시늉을 하면서 손수건으로 싼 거울로 창밖을 비추어 보았어요. 그렇지만 아무것도 발견할 수 없어 실망했지요.

네, 적어도 처음엔 그렇게 생각했어요. 하지만 다시 자세히 보니 회색 옷을 입고 턱수염을 기른 몸집 작은 남자가 사우샘프턴 길에 서서 이쪽을 쳐다보고 있었어요. 그 길은 큰길이라서 항상 오가는 사람들

이 많아요. 하지만
그 남자는 길 가던
사람이 아니었어요.
마당을 가로막고 있는
산울타리에 기대어 서서
이쪽을 열심히 쳐다보고
있었으니까요. 얼마 후 거
울을 내리고 부인을 보
니, 살피는 듯한 눈
으로 말끄러미 저
를 보고 있었어요.
아무 말도 하지 않
았지만, 제가 거울
을 손 안에 감추어
들고 창밖을 보는
것을 분명히 눈치

챈 것 같았어요. 조금 뒤 부인이 갑자기 일어나 말했어요.

'여보. 길에 서 있는 뻔뻔스러운 남자가 헌터를 자꾸 훔쳐보고 있어요.'

'헌터 양, 당신이 아는 사람은 아니겠지요?' 루캐슬 씨가 물었습니다.

'그럼요. 이 근처에 아는 사람은 없어요.'

'흥! 돼먹지 않은 놈이군. 그쪽으로 손을 흔들어 주시오.'

'모르는 체하는 것이 좋지 않을까요?'

'그냥 내버려 두면 뻔질나게 찾아올지도 몰라요. 이쪽을 보고 이렇게 손을 흔들어요.'

제가 하라는 대로 손을 흔들자 부인이 즉시 커튼을 내렸어요. 이 일이 일어난 것은 2주 전인데, 그 후로는 파란색 옷을 입고 창가에 앉는 일도 없었고, 길에 서 있는 남자를 다시 본 일도 없어요."

"그다음 이야기를 들려주세요. 아가씨의 이야기는 더없이 흥미진진해질 듯합니다."

"이제부터 말씀드릴 두세 가지 이야기는 약간 옆길로 빠지는 것인지도 모르고, 또 피차 관계가 없는 일인지도 모르지만 어쨌든 이야기하겠어요. 처음 너도밤나무 저택에 도착한 날 저는 루캐슬 씨의 안내로 샛문 바로 옆에 있는 작은 곳간으로 갔어요. 그곳에 다가가자 안에서 사슬이 흔들리는 소리가 요란하게 들렸는데, 큰 짐승이 날뛰고 있는 것 같았어요.

루캐슬 씨는 판자와 판자 사이의 좁은 틈새를 가리키며 '여길 들여다보시오. 어때요, 대단한 녀석이죠?' 하고 말했어요.

들여다보니까, 무언가가 눈 두 개를 이글이글 빛내며 어둠 속에 웅크리고 있었어요. 어두워서 잘 보이지 않았지만요.

'하하하, 겁낼 것 없어요.' 루캐슬 씨는 내가 움찔해서 물러서는 모습을 보고 웃었어요. '마스티프 종의 개인데 카를로라고 불러요. 이개를 다룰 수 있는 사람은 마부 톨러 영감뿐이오. 식사는 하루에 한 번, 조금 부족하게 주어서 언제나 겨자처럼 잔뜩 독이 올라 있지요. 밤이 되면 톨러가 사슬을 풀어 놓는데, 저택 안으로 들어오는 사람이라도 있으면 인정사정없이 물어 버린답니다. 절대로 살아남지 못해요. 아가씨도 밤에는 어떤 일이 있어도 집 밖으로 나가지 마세요. 생명이 위험하니까.'

이것은 아주 중요한 정보였어요. 그리고 이틀 후 밤, 저는 새벽 2시쯤에 별생각 없이 침실에서 바깥을 보았어요. 달이 밝은 밤이어서 집 앞 잔디가 은빛으로 빛나 낮처럼 밝았지요. 저는 잠시 이 조용하고 아름다운 경치에 넋을 잃었어요. 그러다가 너도밤나무 그늘에서 무엇인가가 움직이는 것을 보았어요. 곧 그것이 달빛 아래로 나왔기 때문에 정체를 알 수 있었죠. 송아지만 한 갈색 개였어요. 턱 살이 늘어졌고 코가 검으며 뼈대가 울퉁불퉁 솟아나 있었어요. 어슬렁어슬렁 잔디를 가로지르더니 이윽고 반대편 나무 그늘로 사라졌어요. 이 말 못하는 무시무시한 감시병을 본 저는 그만 등줄기가 오싹해졌는데, 어떤 강도라도 저를 그렇게 섬뜩하게 만들지는 못할 거예요.

그리고 또 이런 이상한 일도 있었어요. 아시다시피 저는 런던에서 머리를 자르고 왔는데, 그것을 크게 다발로 묶어 트렁크 속에 보관해 두었어요. 어느 날 밤, 아이가 잠든 뒤 시간을 내서 방의 가구를 살펴보고 짐을 정리했지요. 제 방에는 낡은 옷장이 하나 있는데, 세 개의 서랍 중 위쪽 두 개는 비어 있어서 금방 열렸지만, 맨 밑의 것은 자물쇠가 걸려 있었어요. 그래서 위쪽의 두 서랍에 속옷을 넣었는데, 그곳만으로 부족하고, 밑의 서랍은 잠겨 있어 참 난처했습니다. 그때 문득 이런 생각이 떠올랐어요. '맨 밑 서랍은 별로 필요도 없는데, 어떤 사정이 있어 잠겨 있는 게 아닐까.' 저는 즉시 열쇠 꾸러미를 꺼내 열리는지 실험해 보기로 했어요. 그런데 우연히도 맨 처음 열쇠가 들어맞아 서랍을 열 수 있었는데, 그 속에는 물건이 하나 있었어요. 그게 무엇인지 짐작이 가시나요? 바로 제 머리 다발이었어요.

저는 그것을 꺼내 살펴보았지요. 독특한 색깔하며 그 풍성함이며, 어김없이 제 머리였어요. 그러나 잠시 들여다보다가 그럴 리가 없다는 생각이 들었지요. 제 머리채가 이 서랍 속에 들어가 있을 리가 없었으니까요. 저는 떨리는 손으로 트렁크를 열고 위에 들어 있는 물건들을 들춘 다음 그 밑에서 제 머리채를 꺼냈어요. 그리고 두 개를 나

란히 놓고 보았더니 아주 똑같았어요. 이상한 일이지요. 여러모로 생각해 보았지만, 두 머리채의 수수께끼를 도저히 풀 수 없었어요. 그래서 그 수상쩍은 머리채를 다시 서랍에 넣고 집안사람에게는 아무 말도 하지 않았어요. 잠겨 있는 서랍을 멋대로 열었으니 얘기를 꺼낼 수 없었죠.

홈즈 씨도 조금은 느끼셨을 줄로 압니다만, 저는 선천적으로 관찰력이 뛰어난 편이어서 곧 집의 구조를 대강 이해하게 되었어요. 이 집에는 평소엔 쓰지 않는 것 같은 빈 건물이 있어요. 톨러 부부가 살고 있는 집의 한 부분으로 통하는 문과 마주 보는 쪽에 그 건물로 가는 문이 있는데, 거기엔 언제나 자물쇠가 걸려 있지요. 어느 날, 제가 계단을 올라가니까 루캐슬 씨가 열쇠 꾸러미를 들고 그곳에서 나왔어요. 제가 알고 있는 루캐슬 씨는 원만하고 명랑한 분인데, 그때는 완전히 딴사람처럼 보였어요. 얼굴은 시뻘겋고 이마에는 깊은 주름이 잡혔으며 관자놀이에는 굵은 핏줄이 도드라져 있었어요. 그는 문을 걸어 잠그고 저에게 말을 걸기는커녕 거들떠보지도 않고 휙 지나쳐 가 버렸어요.

저는 궁금해 견딜 수 없었지요. 그래서 아이를 데리고 정원에 산책을 나갔을 때, 그 건물의 창문이 보이는 곳까지 돌아가 보았어요. 창문 네 개가 한 줄로 나란히 나 있는데, 그중 세 개는 먼지가 수북하고 하나에만 덧문이 닫혀 있었어요. 창문은 모두 형편없이 낡아 있었지요. 가끔 창문을 올려다보면서 그 부근을 걷고 있는데, 루캐슬 씨가 평소처럼 기분 좋은 명랑한 얼굴로 이쪽으로 왔어요.

그리고 말을 걸더군요. '아까는 모르는 체해서 실례했소. 그만 다른

일에 정신이 팔려 있어서요.'

저는 조금도 언짢게 생각지 않았다고 대답한 다음 물었어요. "저기에는 빈방이 많이 있군요. 그리고 창문 중 하나에만 덧문이 내려져 있고요."

"내 취미는 사진 찍는 것입니다. 그래서 저곳에 암실을 만들어 놓았지요. 당신은 눈치가 빠르군요. 이런 분이 내 집에 오게 될 줄이야. 정말 뜻밖입니다." 루캐슬 씨가 말했지요.

루캐슬 씨는 농담 비슷하게 말했는데 저를 바라보는 눈빛에는 농담의 기색이라고는 털끝만큼도 없었어요. 의심이 가득하고 당혹스러워하는 눈빛은 농담과는 거리가 멀었어요.

연결된 빈방 중 하나에 제가 알아서는 안 되는 것이 있다는 사실을 알게 된 후로는, 어떻게 해서든지 그것이 무엇인지 알아보고 싶은 강한 충동을 느꼈지요. 일종의 의무감이라고나 할까요. 제가 그곳을 조사하면 뭔가 중요한 사실을 알아낼 수 있을 거라는 생각이 들었어요. 사람들은 흔히 여자의 직감은 무섭다는 말을 하는데, 그것이 작용해 그런 생각이 들었는지도 모르겠어요. 어쨌든 그 직감은 무척 강렬해서, 어떻게 해서든지 금단의 문을 열고 들어가 볼 기회를 끊임없이 엿보고 있었어요.

그런데 어제 마침내 그 기회가 찾아왔어요. 참고로 말씀드리지만, 루캐슬 씨 외에 톨러 부부도 그 방에 용무가 있는 듯했어요. 언젠가 톨러가 커다란 아마 부대를 들고 그 안에 들어가는 것을 본 적이 있어요. 톨러는 요즘 와서 더욱 술을 많이 마시는 듯한데 어젯밤 역시 취해 있었어요. 제가 계단을 올라가서 보니까 그 문제의 문에 열쇠가 끼워져 있었어요. 그가 잊고 그냥 간 것이 틀림없었죠. 루캐슬 부부는 아들과 함께 아래층에 있으니 다시없는 기회였어요. 저는 조용히 열쇠를 돌려 문을 열고 살며시 안으로 들어갔지요.

문 안쪽은 벽지도 발려 있지 않고 카펫도 없는 짧은 복도인데, 그 끝은 직각으로 꺾여 있었어요. 거기서 돌아가면 문 세 개가 나란히 있는데, 맨 앞과 맨 끝의 것은 열려 있었어요. 방은 모두 비었는데, 퀴퀴하고 음산했지요. 그중 한 방은 창문이 하나, 또 다른 한 방은 창문이 두 개 있는데, 그곳으로 저녁 햇살이 희미하게 비쳐 들었어요. 쇠막대의 한쪽 끝은 벽의 고리에 맹꽁이자물쇠로 고정되어 있었고, 그 열쇠는 보이지 않았어요. 이 밀폐된 문이, 덧문이 닫힌 방으로 통하는 문일 거라고 짐작했어요. 그러나 문 사이로 빛이 새어 나오는 것으로 보아, 내부는 캄캄하지 않고 천창이라도 있는 듯싶었어요. 저는 잠시 복도에 서서 이 으스스한 문을 바라보며 안에는 어떤 비밀이 숨겨져 있을까, 하고 생각했지요. 그런데 갑자기 방 안에서 사람의 발소리가 들리는가 싶더니, 문 사이로 새어 나오는 희미한 빛 속에서 앞뒤로 움직이는 그림자가 보였어요. 홈즈 씨, 그것을 본 제가 얼마나 놀랐으며, 얼마나 공포에 떨었는지 짐작하시겠지요? 그때까지 팽팽하던 긴장의 끈이 가장 중요한 순간에 갑자기 탁 끊어져 저는 그만 도망쳐 버렸어요. 마치 무서운 손이 스커트 자락을 움켜잡기라도 한 것처럼 정신없이 달렸지요. 복도를 지나 문밖으로 뛰쳐나갔는데, 달리는 힘의 작용으로 거기서 기다리고 있던 루캐슬 씨의 품에 안기고 말았지요.

'역시, 당신이었군. 문이 열려 있어서 그렇게 생각했지요.' 루캐슬 씨는 싱글싱글 웃으며 말했어요.

'아, 무서워!' 저는 숨을 헐떡였어요.

'괜찮아, 괜찮아요.' 이렇게 위로해 주는 그분의 태도는 당신이 상상도 할 수 없을 정도로 다정하고 능숙했어요.

'헌터 양, 뭐가 그렇게도 무섭지요?'

그러나 그의 음성은 지나치게 다정했어요. 그는 연기를 한 거예요. 저는 갑자기 조심스러워졌지요.

'바보같이, 어쩌다 빈방에 들어갔다가 무서워서 혼났어요. 너무 어둡고 썰렁해서 유령이라도 나올 것 같아 겁이 더럭 나서 도망쳐 나왔어요. 아, 정말 등골이 오싹하도록 조용했어요.' 제가 대답했어요.

'정말로 그것뿐이오?' 그는 저를 날카롭게 쏘아보면서 말했어요.

'어머, 무슨 뜻인가요?' 저는 시치미를 떼고 반문했지요.

'내가 이곳을 잠가 두는 이유를 알고 있소?'

'저는 아무것도 몰라요.'

'쓸데없이 아무나 드나들지 못하게 하기 위해서요. 이제 알았소?' 그는 여전히 다정하게 미소를 지으면서 말했어요.

'그런 줄은 몰랐어요. 알았으면 절대로 들어가지 않았을 텐데……'

'좋아요. 이제 알았으면 됐소. 앞으로 또다시 이 안에 들어간다면……' 그는 갑자기 웃음을 싹 지우더니 악마 같은 무서운 얼굴로 저를 노려보았어요. '그 개를 풀어 물게 할 거요.'

저는 너무 무서워서 그다음은 어떻게 되었는지 기억도 나지 않아요. 아마 그 자리에서 도망쳐 제 방으로 달려갔을 거예요. 문득 정신을 차렸을 때는 온몸을 떨면서 침대 위에 쓰러져 있었어요. 그래서 홈즈 씨가 생각났어요. 이제 의논할 상대가 없이는 하루도 이 집에 더

머무를 수 없어요. 집도, 루캐슬 씨도, 부인도, 심지어는 하인이나 아이까지도 무서워졌어요. 모든 것이 무서워요. 그러나 만일 홈즈 씨만 와 주신다면 이 공포는 사라질 것 같다는 생각이 들었어요. 물론 이 집에서 도망치겠다고 마음먹으면 못할 것도 없지만, 두려움과 마찬가지로 호기심도 뿌리칠 수 없거든요. 그래서 곧 결심했죠. 당신에게 전보를 치기로 말입니다. 곧바로 모자를 쓰고 상의를 걸친 뒤 집에서 반 마일 떨어진 곳에 있는 우체국으로 갔는데, 돌아올 때는 훨씬 마음이 안정되었어요. 문 앞까지 왔을 때, 개를 풀어놓지 않았을까 하는 걱정이 다시 고개를 들었어요. 다행히 톨러가 오후에 취해 있었다는 생각이 났어요. 그 사나운 개를 마음대로 다룰 수 있는 사람은 톨러밖에 없고, 다른 사람은 사슬도 풀지 못하니까요. 저는 무사히 집으로 돌아왔어요. 그 후로는 홈즈 씨와 만난다는 생각에 기뻐서 밤까지 잠을 이루지 못했어요. 오늘 아침, 잠깐 윈체스터에 다녀오겠다고 하니까 루캐슬 씨는 선선히 허락해 주더군요. 그러나 3시까지는 돌아가야 해요. 루캐슬 부부가 3시쯤에 누군가를 방문해 밤늦도록 돌아오지 않을 예정이라 그동안 아이를 봐야 해서요. 홈즈 씨, 이제 이야기는 끝났어요. 대체 이 알 수 없는 일은 무엇이며 저는 앞으로 어떻게 해야 좋을까요?"

홈즈와 나는 이 이상야릇한 이야기를 끝까지 경청했다. 이야기가 끝나자 나의 친구는 의자에서 일어나 주머니에 두 손을 찌르고는 아주 심각한 얼굴로 방 안을 서성거렸다.

"톨러는 아직도 취해 있습니까?" 그가 물었다.

"네, 그의 아내가 자기 힘으론 추스르기 어렵다고 부인에게 하소연하는 말을 들었습니다."

"마침 잘되었군. 루캐슬 부부는 오늘 밤 늦게 돌아온다고요?"

"네."

"밖에서 단단히 걸어 잠글 지하실이 있습니까?"

"네, 술 창고가 있어요."

"헌터 양, 아가씨는 용감하기도 하고 두뇌도 아주 명석합니다. 어때요. 다시 한 번 큰 모험을 해 보고 싶지 않습니까? 아가씨가 그저 평범한 여성이라면 이런 부탁은 하지 않을 겁니다만."

"해 보겠어요. 어떤 일인데요?"

"나는 오늘 밤 7시에 왓슨과 함께 저택에 갈 겁니다. 그때쯤이면 부부가 돌아올 시간은 아니고, 톨러도 술이 깨려면 한참 걸릴 테죠. 그러나 톨러의 부인이 떠들어 댈지도 몰라요. 그러므로 적당한 구실을 만들어 톨러 부인을 지하실에 들어가게 하고 자물쇠를 채워 감금해 두면 일을 하기가 쉬울 겁니다."

"그렇게 하겠어요."

"고맙습니다. 그럼 이제부터 사건을 자세히 연구해 봅시다. 물론 상황에 맞는 설명은 단 하나밖에 없어요. 누군가의 대역을 시키기 위해 아가씨를 이곳에 데려왔고, 아가씨를 닮은 사람은 지금 밀실에 감금되어 있어요. 이건 틀림없습니다. 그렇다면 그곳에 감금당한 사람이 누구냐 하는 문젠데, 미국에 있다는 딸일 겁니다. 앨리스 루캐슬이라고 했나요? 아가씨는 딸과 키와 몸매와 머리 색깔이 닮았기 때문에 고용된 겁니다. 앨리스는 모르긴 해도 병을 앓았을 때 머리를 잘랐기 때문에 아가씨에게 머리를 자르라고 했을 거예요. 그런데 아가씨는 우연한 기회에 앨리스의 머리를 보게 되었지요. 길에 서 있었다는 남자는 앨리스의 친구, 아니 약혼자일 겁니다. 앨리스와 똑같이 생긴 아가씨가 앨리스의 옷을 입고 항상 유쾌한 듯이 웃고 있으니 남자는 앨리스가 행복하게 살고 있다고 믿었겠지요. 그리고 아가씨가 쌀쌀맞게 손을 흔드는 것을 보고 그는 앨리스가 자기를 싫어하게 되었다고 생각했을 겁니다. 밤이면 개를 풀어 놓는 것은, 남자가 앨리스와 연락하는 것을 막기 위해서일 거예요. 여기까지는 거의 확실합니다. 그리고 이 사건에서 가장 주목할 만한 점은 아이의 성격입니다."

"뭐? 대체 그런 것이 무슨 관계가 있지?" 내가 큰 소리로 말했다.

"왓슨, 자네는 의사로서 이렇게 말하지 않았나? 아이의 성격을 알려면 먼저 그 부모의 성격을 알아야 한다고. 그렇다면 그 반대의 이론도 성립한다고 생각지 않나? 아이의 성격을 통해 부모의 성격을 알 수 있다는 사실은 나도 많이 경험해 봤어. 이 아이의 성격은 병적일 정도로 잔인해. 잔학한 행동을 좋아하기 때문에 그렇게 하지 않고는 못 견디는 거야. 이 성격은 내가 보는 바로는 애교 있는 아버지 쪽에서 물려받은 것 같지만 반대로 어머니 쪽일지도 몰라. 어쨌든 그런 점을 생각하면 그들의 손안에 있는 딸이 매우 위험할 수 있어."

"정말 그래요. 저에게도 짚히는 점이 많아요. 자, 빨리 딸을 구하러 가요." 이 사건의 의뢰인이 말했다.

"아니요, 신중해야 합니다. 상대는 상당히 교활한 남자예요. 7시 전까지는 행동할 수 없어요. 7시가 되면 아가씨에게 갈 테니까, 곧 결론이 나겠지요."

우리가 길가의 술집에 이륜마차를 맡겨 놓고 너도밤나무 저택에 도착한 것은 약속대로 7시가 되어서였다. 헌터가 웃으며 돌계단까지 마중 나왔는데, 헌터가 아니더라도 공들여 닦은 금속처럼 석양빛을 받아 짙푸른 잎을 반짝이는 너도밤나무 숲을 보고 그곳이 루캐슬 씨의 저택임을 한눈에 알 수 있었다.

"부탁한 대로 했습니까?" 홈즈가 물었다.

그때 우당탕거리는 시끄러운 소리가 땅 밑 어딘가에서 들려왔다.

"톨러 부인은 저렇게 술 창고에서 야단법석을 떨고 있어요. 톨러는 주방 깔개 위에서 코를 드렁드렁 골고 있고요. 이것이 톨러가 갖고 있는 열쇠인데, 루캐슬 씨의 것과 똑같아요." 헌터가 말했다.

"아주 잘했어요. 그럼 안내해요. 사악한 음모는 곧 폭로될 겁니다."

우리는 계단을 올라가 문제의 문을 열고 복도로 들어서 이윽고 헌터가 말한, 쇠막대를 가로지른 문 앞에 섰다. 홈즈는 밧줄을 자르고 빗장을 벗겼다. 그런 다음 자물쇠에 많은 열쇠를 꽂아 보았으나 어떤 것도 맞지 않았다. 안은 쥐 죽은 듯 고요해 아무 소리도 들리지 않았다. 홈즈의 얼굴이 흐려졌다.

"아직 시간은 있어. 헌터 양, 당신은 들어가지 않는 게 좋아요. 왓슨, 함께 문을 부술 수 있는지 한번 해 볼까."

낡고 흔들거리는 문이라 둘이서 힘을 합쳐 부딪치자 한 번에 열렸다. 우리는 우르르 방으로 뛰어들었다. 그러나 사람은 보이지 않았다. 허름한 짚 이불과 작은 테이블이 하나, 그리고 속옷을 넣어 둔 바구니가 하나 있을 뿐, 이렇다 할 가구도 없었다. 위에 난 천창은 열려 있는데, 정작 있으리라고 생각했던 사람은 없었다.

"이곳에서 악행이 저질러진 거야. 그 작자는 헌터 양의 의도를 재빨리 알아차리고 불쌍한 사람을 어딘가로 빼돌렸어."

"그러나 어떤 방법으로?"

"저 천창이지. 어떻게 데리고 나갔는지 한번 살펴봐야지."

홈즈는 날렵하게 천창에서 지붕으로 뛰어 올라갔다. 그러더니 "아, 이거야!" 하고 외쳤다. "조그만 긴 사다리가 처마에 세워져 있어. 이 것을 사용한 거야."

"하지만 이상하군요. 루캐슬 씨 부부가 나갈 때는 사다리가 없었는 데요."

"도중에 돌아온 겁니다. 내가 말한 대로 교활하고 빈틈없는 놈입니 다. 앗, 계단에서 발소리가……. 틀림없이 그놈이다. 왓슨, 권총을 준 비하는 게 좋겠어."

홈즈의 말이 미처 끝나기도 전에 뚱뚱한 남자가 손에 굵은 곤봉을 들고 문 앞에 나타났다. 헌터 양은 그를 보고 비명을 지르고 벽에 달 라붙었는데, 홈즈는 달려가 남자 앞에 당당히 버티고 섰다.

"이 악당! 딸을 어디다 감추었지?"

뚱뚱한 남자는 방 안으로 들어와 열려 있는 천창에 시선을 돌렸다.

"그걸 알고 싶은 것은 나다! 이 도둑놈, 강도! 더는 도망치지 못한다. 암, 도망치지 못하고말고. 앙갚음을 해 줄 테니 두고 봐라!"

그는 몸을 돌리더니 소란스럽게 계단을 달려 내려갔다.

"앗, 개를 데리러 갔어요." 헌터가 소리쳤다.

"나에게 권총이 있어." 내가 말했다.

"현관문을 닫는 게 좋겠어!"

홈즈의 외침에 우리는 일제히 계단을 달려 내려갔다. 세 사람이 가까스로 현관까지 갔을 때 으르렁거리는 개 소리가 들리고, 이어서 고통에 짓눌리는 듯한 비명이 울렸다. 그 무시무시한 단말마적 비명은 듣는 것만으로도 소름이 돋을 정도였다. 그때 옆방에서 얼굴이 붉은 쉰 안팎의 남자가 비틀걸음으로 나왔다.

"큰일 났어요! 누군가 개를 풀어 놨어. 이틀이나 굶긴 개야. 빨리빨리, 그렇지 않으면 죽고 말아요!"

홈즈와 나는 뛰쳐나가 건물 뒤로 돌아갔다. 톨러도 우리들 뒤를 쫓아왔다. 가서 보니, 굶주린 맹견이 루캐슬의 목덜미를 물고 늘어졌고, 그는 고함을 지르며 땅바닥을 뒹굴고 있었다. 나는 재빨리 달려가 개의 머리에 권총을 쏘았다. 그러나 개의 희고 날카로운 이빨은 여전히 주인의 살찐 목덜미에 박힌 채 떨어질 줄 몰랐다. 우리는 간신히 개를 떼어놓고, 상처를 깊게 입고 거의 숨이 넘어가는 루캐슬 씨를 집 안으로 옮겨 응접실의 소파 위에 눕혔다.

그리고 술이 깬 톨러에게 어서 가서 부인에게 알리라고 했다. 이어

서 나는 고통을 덜어 주기 위해 응급 처치를 했다. 우리가 모두 부상자 주위에 모여 있으니 문이 열리고 키가 큰 여윈 여자가 들어왔다.

"톨러 부인이에요!" 헌터 양이 소리쳤다.

"맞아요, 아가씨. 루캐슬 나리는 밖에서 돌아오시다 당신들한테 가기 전에 저를 꺼내 주셨어요. 아가씨, 이런 일을 계획하고 있었다면 왜 나에게 말하지 않았나요. 그렇게 했더라면 헛고생은 하지 않았을 것을."

"그렇군!" 홈즈가 그녀를 날카롭게 보면서 말했다. "이번 일은 부인이 누구보다도 잘 알겠군요."

"그럼요. 아는 것은 뭐든지 말하겠어요."

"그럼 거기 앉아서 이야기하세요. 사실은 나도 아직 모르는 부분이 몇 군데 있어요."

"곧 알려 드리죠. 술 창고에서 나올 수만 있었다면 더 빨리 말씀드렸을 텐데. 저는 당신들과 앨리스 아가씨 편이에요. 이 점은 경찰에서 조사하면 더 확실히 알 수 있을 거예요.

앨리스 아가씨는 의붓어머니가 들어온 후 하루도 마음 편한 날이 없었지요. 바보 취급을 당해 무슨 말을 해도 사람대접을 받지 못했거든요. 그래도 처음에는 그런대로 견뎌 나갔는데, 친구 집에서 파울러 씨를 만난 것이 문제의 시초가 되었습니다.

제가 들은 바로는 아가씨는 누군가의 유언으로 자기 재산을 갖고 있었지만, 얌전하고 참을성이 있는 성격이라 그런 것은 조금도 입 밖에 내지 않고 모든 걸 아버지에게 맡겼어요. 그래서 아버지도 아가씨에 대해서는 신경 쓰지 않았지만, 아가씨에게 남편이 생긴다면 이야기가 달라지지요. 사위가 법적인 요구를 하고 나설 테니까요.

그래서 아버지는 무언가 방법을 모색해야만 되었던 겁니다. 앨리스 아가씨가 결혼을 하든 하지 않든, 돈을 쓸 권리는 아버지에게 있다는 증서를 만들어 서명을 받으려 했던 거지요. 그런데 아가씨는 거절했어요. 그러자 매일같이 못살게 들볶는 바람에 아가씨는 마침내 정신이 이상해져 6주 동안이나 죽음의 문턱까지 다다를 정도로 큰 병을 앓았지요. 다행히 죽지 않고 살아나기는 했지만 피골이 상접할 정도로 말라서 고운 머리도 잘라 버렸답니다. 파울러 씨는 여전히 눈물겨울 정도로 아가씨를 생각했지요."

"아, 그 정도만 들어도 앞뒤 사정을 알겠어요. 그다음은 내가 이야기하지. 루캐슬 씨는 안 되겠다 싶어서 감금이라는 수단을 생각한 거야."

"그렇습니다."

"다음, 런던에서 헌터 양을 데려온 것은, 애정이 깊은 파울러가 마음에 들지 않아 쫓아 버리기 위해서고."

"맞아요."

"그러나 파울러는 훌륭한 뱃사람처럼 인내심이 강해 항상 집 주변을 엿보며 서성거리다가 부인을 알게 됐지. 파울러는 돈을 주든지 아니면 다른 방법을 쓰든지, 어쨌든 부인을 자기편으로 만드는 것이 유리하다고 생각해 설득했어."

"파울러는 인정도 많지만 기분파이기도 하지요." 톨러 부인이 말했다.

"그래서 당신 남편이 늘 술에 취해 있도록 할 것과 루캐슬 씨가 집에 없을 때는 사다리를 준비해 놓으라는 부탁을 받았군요."

"잘도 아시네요."

"톨러 부인, 당신에게 사과해야겠어요. 덕분에 미심쩍었던 점을 다 확실히 알게 되었어요. 오래잖아 루캐슬 부인이 근처의 의사를 데리고 돌아올 것 같군. 왓슨, 법적인 조처를 칙하기가 애매하니 헌터 양과 함께 윈체스터로 떠나는 게 좋겠어."

이로써 현관 앞에 황색 너도밤나무 숲이 있는 괴상한 저택의 수수께끼는 풀렸다. 루캐슬은 목숨은 건졌으나 완전히 폐인이 되다시피 했다. 그러나 부인의 헌신적인 시중으로 겨우 목숨을 유지하고 있다.

그들은 여전히 톨러 부부를 고용하고 있다는데, 루캐슬의 과거를 이 하인 부부가 너무 잘 알고 있으니 내쫓는다는 게 그렇게 쉽지는 않을 것이다. 파울러와 앨리스는 그 집에서 도망쳐 나왔다. 도망쳐 나온

다음 날, 사우샘프턴에서 특별 허가증을 얻어 결혼했다. 파울러 씨는 지금 인도양의 모리셔스 섬에서 관리직을 맡고 있다.

바이올렛 헌터에 대해서는 그녀가 일단 사건의 중심인물이 아니라는 사실을 알자 친구 홈즈가 도무지 관심을 보이지 않아 나는 약간 실망했다. 그녀는 현재 스태퍼드셔의 월소울에서 사립학교 교장으로 일하고 있다. 틀림없이 큰 성공을 거두고 있을 것이다.

Sherlock
Holmes

해 설 편

《셜록 홈즈의 모험》

《셜록 홈즈의 모험》에 대한 해설로는 작고하신 이가형 선생님과 같이 작업해 《추리백과》로 출판하려던 원고 중에서 코난 도일에 관한 부분을 옮겨 소개합니다. 이가형 선생님도 《배스커빌 가의 개》를 번역하셨는데, 살아 계셨으면 홈즈 전집을 보고 미소를 지으며 좋아하셨을 겁니다. 선생님께서 지금은 좋은 곳에서 우리나라 추리 소설 발달을 지켜보시리라고 믿습니다. 이 지면을 빌어 다시 한 번 선생님의 명복을 빕니다.

추리 소설의 완성자 아서 코난 도일

1. 셜록 홈즈의 등장

이제는 120여 년이 넘었지만 아직도 전 세계에서 가장 유명한 탐정은 아서 코난 도일이 창조한 셜록 홈즈일 것이다.

셜록 홈즈는 추리문학이 발전함에 따라 명탐정의 대명사가 되었을 뿐만 아니라, 셰익스피어의 햄릿이나 세르반테스의 돈키호테처럼 문학적 인물이 되었다. 소설의 인물이 실제 인물 또는 신화적 인물처럼 취급받는 건 아마도 셜록 홈즈가 으뜸일 것이다.

에드거 앨런 포의 독창적 천재성에 의

아서 코난 도일

해 창시된 추리 소설의 장르를 아서 코난 도일이 완성했다고 보는 건 전 세계 전문가들의 일치된 의견이기도 하다. 그 이유는 코난 도일이 추리 소설이라는 특수한 오락문학을 전 세계의 독자에게 인정받게 했고, 그의 후계자 또는 도전자들이 기라성처럼 나타나 숱한 명탐정들을 창조함으로써 추리문학이 크게 발전하게 되었기 때문이다.

코난 도일은 1859년에 스코틀랜드의 에든버러에서 태어났다. 본래 도일가는 아일랜드의 귀족 출신이며 아서의 할아버지가 만화가로서 성공했고, 그의 네 아들이 모두 그림으로 출세했다. 그중 막내 찰스에게서 역사에 빛나는 추리작가 도일이 태어난 것이다.

아서는 그의 대부인 아버지의 숙부 마이클 코난(Michael Conan)을 따라 코난 도일을 성으로 택했는데, 그를 도일이라고 부르기도 하지만 공식적으로는 '코난 도일'이라고 한다.

에든버러 대학의 의학부를 마친 의사 코난 도일은 1882년 잉글랜드 햄프셔 주의 사우스시에서 개업을 하게 된다. 그에 앞서 그는 돈을 벌기 위해 북해양의 포경선에서 7개월, 아프리카의 항로에서 4개월 동안 선원 생활을 했다. 병원을 차리고 결혼도 했으나 찾아오는 환자가 없어서 파리를 날리는 형편이었다. 그는 시간이 남아 본래 쓰고 싶어 했던 역사 소설 《마이카 클락》에 착수해서 1885년에 탈고했으나 출판사마다 거절했다. (이 소설이 출판된 것은 1889년에 이르러서였다.) 그는 돈이 급한 데다 당시 추리 소설이 한창 고개를 들던 시기여서 추리소설을 써 포의 뒤팽 탐정이나 에밀 가보리오의 르콕 탐정을 능가하는 명탐정을 만들어 내려고 했던 것이다.

코난 도일의 첫 홈즈 장편 《주홍색 연구》에서 셜록 홈즈가 나중에 그의 모험의 내레이터가 되는 의사 왓슨과의 첫 대면에서 포의 뒤팽과 가보리오의 르콕을 헐뜯고 있다.

"자네는 칭찬할 셈으로 나를 뒤팽과 비교했겠지만 내 생각에 뒤팽은 나보다 훨씬 못해. 15분 동안 가만히 있다가 갑자기 적절한 말을 해서 그의 친구의 사색을 중단시키는 것은 허세 부리는 일이고 천박한 짓이야. 그가 분석력에서 천재성을 어느 정도 갖고 있다는 점은 틀림없지만 포가 상상하는 만큼 경이적인 인물은 못 되지."

"르콕은 형편없이 서투른 친구야. 취할 점이라곤 단 한 가지, 정력뿐이지. 그 책을 읽고 속이 뒤집히더군. 문제는 신원이 밝혀지지 않은 죄수의 신원을 밝히는 일이었어. 나라면 24시간 안에 밝혀낼 수 있었을 텐데 르콕은 여섯 달이나 걸렸지. 그 책은 차라리 탐정이 피해야 할 사항들을 가르치는 교과서로나 쓰는 게 좋겠어."

왓슨은 그가 숭배하고 있는 명탐정들을 홈즈가 헐뜯는 걸 보고, '이 친구는 똑똑할지 모르나 자만심이 대단히 강하군.' 이라고 하면서 화를 냈지만, 이 오만불손한 남자와 차츰 친해지면서 그를 독자에게 친근하고 흥미 있는 인물로 이끌어 가고 있다.

코난 도일은 의과대학 때 두 교수에게 영향을 받았다고 한다. 한 사람은 외과부장 조셉 벨 교수, 또 한 사람은 해부학의 루더포드 교수였다. 벨 교수는 셜록 홈즈의 모델이 되고, 루더포드 교수는 코난 도일의 SF에 해당되는 《잃어버린 세계(The Lost World, 1912)》와 《독 지대

(The Poison Belt, 1913)》의 챌린저 교수의 모델이 된다.

홈즈와 왓슨과의 관계는 포의 뒤팽과 그와 같은 집에서 살고 있는, 절대로 이름을 밝히지 않는 '나(I)'와의 관계를 본뜬 것이다. 그러나 홈즈의 내레이터 왓슨 의사는 제대한 군의관이며 온화하면서도 다부진 영국신사다.

위와 같이 야심적으로 쓴 최초의 장편 추리 소설 《주홍색 연구》는 영국보다는 미국의 리핀코트 출판사의 즈목을 끌었고, 코난 도일이 리핀코트 사의 대표와 만나는 자리에는 오스카 와일드도 참석하고 있었다.

그 결과 코난 도일은 셜록 홈즈의 제2작 《네 사람의 서명》을 쓰게 되었고, 오스카 와일드는 《도리언 그레이의 초상》을 쓰게 된다. 이 《네 사람의 서명》은 《주홍색 연구》보다 평이 좋아 영국 본토의 주목을 끌게 되었다. 코난 도일은 〈콘힐〉에 역사 소설 《화이트 컴퍼니》를 1889~1890년에 연재하고, 1891년에는 〈스트랜드〉 7월 호에 최초의 셜록 홈즈 단편소설 〈보헤미아의 스캔들〉을 비롯한 단편들을 연재하기 시작했다. 이듬해 1892년에 12편의 단편을 수록한 《셜록 홈즈의 모험》이 출판되었을 때 명탐정 셜록 홈즈의 인기는 폭발했다.

코난 도일의 추리소설은 《셜록 홈즈의 모험》에 이어서 《셜록 홈즈의 회상》, 세 번째 장편 《배스커빌 가의 개》, 세 번째 단편집 《셜록 홈즈의 귀환》, 네 번째 장편 《공포의 계곡》, 그리고 네 번째와 다섯 번째의 단편집 《마지막 인사》와 《셜록 홈즈의 사건》이 단속적으로 〈스트랜드〉에 게재되었다.

2. 셜록 홈즈의 모험

단편집 다섯 권에 수록된 56편의 단편소설과 4편의 장편소설에서 명탐정 셜록 홈즈가 활약을 하고, 왓슨 의사는 그의 협력자 역할을 하며 그의 모험을 기록하고 있다.

첫 장편 《주홍색 연구》는 순수한 추리 소설로 보기에는 힘든 부분이 있다. 그 이유는 이 소설은 2부로 구성되어 있고, 특히 제2부는 전기성이 강한 로맨틱한 복수담이 들어 있기 때문이다. 다시 말해, 셜록 홈즈가 이 소설의 주인공이 아니며 일부분에서만 등장하기 때문이다.

두 번째 장편 《네 사람의 서명》은 《주홍색 연구》처럼 강렬한 전기적 요소가 있기는 하지만, 추리적 부분을 덮을 정도는 아니며 보통 추리 소설에 가깝고 셜록 홈즈를 주인공으로 볼 수 있다. 마지막의 추격 장면은 대단히 박력이 넘치는 스릴러나 서스펜스 소설에 못지않다. 또 이 사건의 의뢰인 메리 모스턴이 나중에 왓슨 의사와 결혼하게 되는 것도 즐거움을 선사하는 부분 중의 하나다.

그러나 셜록 홈즈가 진정으로 그의 진면목을 드러내는 건 첫 단편집 《셜록 홈즈의 모험》에 수록된 단편들에서다. 코난 도일은 계속해서 《셜록 홈즈의 회상》을 연재하다가 마지막 단편 〈마지막 사건〉에서 셜록 홈즈를 라이헨바흐 계곡에서 범죄왕 모리아티 교수와 결투를 벌이다가 계곡 밑의 폭포 속에 떨어져 실종되도록 한다. 이렇게 셜록 홈즈가 실종되어 소식이 묘연해지자, 그를 찾아내려는 운동이 일어나고, 코난 도일을 셜록 홈즈의 살인자로 규탄할 정도로 독자들은 셜록 홈즈의 생환을 요구하게 된다.

그럼, 코난 도일은 왜 셜록 홈즈 시리즈를 중단하게 되었을까? 그 이유를 찾아보면 일설에는 코난 도일이 추리 소설에 싫증을 느껴 중단했다고 하고, 또 다른 일설은 부인의 폐결핵이 악화되어 코난 도일 자신이 스위스의 요양소까지 부인을 따라가야 했기 때문이라고 한다. 아마 두 가지 요인이 함께 작용했을 것이다.

코난 도일은 1900년에 보어 전쟁이 터지자 군의관으로 참전한 뒤 《위대한 보어 전쟁(The Great Boer War)》,《남아프리카 전쟁, 그 원인과 결과(The War in South Africa : Its Cause and Conduct)》를 쓴다.

1901년 홈즈 부활의 요망에 응하여 《배스커빌 가의 개》를 연재했는데, 이 작품의 사건은 셜록 홈즈가 실종되기 이전에 일어난 사건이기 때문에 실제로 셜록 홈즈가 귀환하게 되는 것은 《셜록 홈즈의 귀환》에 수록된 첫 단편 〈빈집의 모험〉에서다. 《배스커빌 가의 개》는 코난 도일의 장편 중에서 가장 완전한 소설이며, 그의 대표적 장편이 되었다. 이 작품은 추리(mystery)와 전기(romance) 부분이 혼연일체가 되어 코난 도일의 대표적 걸작이 되었다.

배스커빌에서는 데번셔 다트무어의 배스커빌 저택의 주인 찰스 배스커빌 경이 시체로 발견된다. 현장에는 폭행의 흔적이 보이지 않는다. 그러나 그의 얼굴은 믿기 어려울 정도로 공포에 일그러져 있다. 이웃에 사는 모티머 의사가 셜록 홈즈를 찾아와 배스커빌 가의 상속자 헨리 배스커빌 경의 보호를 의뢰한다. 왓슨은 홈즈의 지시를 받고 다트무어로 가서 으스스한 배스커빌 저택에 묵게 된다. 그런데 왓슨은 이웃에 사는 박물학자 스태플턴의 누이동생 베릴에게서 런던으로 돌아가라는 경고를 받는다. 그 이유는 거대한 그림펜 늪지대에서 배스커빌 가의 옛 전설에 얽힌 개가 먹이를 찾아 밤마다 끔찍하게 짖고 있다는 것이다.

대단히 기괴하고 신비스러운 전설에서 나오는 괴견 이야기는 공포를 자아낸다. 그러나 명탐정 셜록 홈즈는 왓슨의 도움을 받으며 명추리로써 수수께끼를 풀어 공포를 진정시킨다.

네 번째 장편 《공포의 계곡》은 《주홍색 연구》처럼 내용이 두 부분으로 나눠져 있다. 제1부에서 일어난 살인 사건의 진상을 셜록 홈즈가 규명하게 되며, 제1부의 사건의 동기가 되는 과거에 대한 이야기는 제2부에서 전개된다. 제2부는 공포의 계곡을 무대로 하여 악의 집단을 소탕하는 탐정의 이야기다. 이 소설은 미국의 핀커튼 탐정사의 탐정 맥도널드가의 기록 서류에 의거했다고 하는데, 《공포의 계곡》은 제2부만 따로 떼어 놓아도 서스펜스와 스릴이 넘치는 훌륭한 중편 추리 소설로서 손색이 없다.

추리 소설계의 거장이며, 아서 코난 도일 전기 작가인 존 딕슨 카가 선정한 베스트 10의 제1위에 《공포의 계곡》을 뽑고 있는 것만 보아도 이 소설의 진가를 알 수 있다.

두 번째 단편집의 마지막 단편 〈마지막 사건〉에서 라이헨바흐 폭포에서 추락사한 것으로 알려진 셜록 홈즈는 세 번째 단편집 《셜록 홈즈의 귀환》의 첫 단편 〈빈집의 모험〉에서 3년 만에 나타나, 모리아티 교수의 잔당들을 무찌른다. 드디어 셜록 홈즈는 베이커 가 221B 번지로 3년 만에 돌아온 것이다.

셜록 홈즈는 그동안의 경위를 왓슨에게 설명한다.

"티베트에 2년간 가 있었네. 라사를 찾아갔을 때는 라마 교주와 며칠간 함께 지내게 되어 재미있었네. 자넨 시거슨이라는 노르웨이인의 탐험기를 읽었을지도 모르지만, 그게 자네 친구의 소식을 읽고 있다는 생각은 못했을 거야. 그리고 페르시아를 통과하여 메카에도 들려보고, 하르툼의 카리파를 방문했었지. 그 결과는 외무부에 보고했었네. 프랑스에 돌아와서는 남프랑스 몽펠리에의 연구소에서 몇 달 동안 콜타르 유도체를 연구했네."

코난 도일의 네 번째 단편집 《마지막 인사》는 1908년에 17년 사이에 〈스트랜드〉에 실린 7편과 《셜록 홈즈의 회상》에 들어가야 했던 〈종이 상자〉 1편을 수록하고 있는데, 셜록 홈즈가 《셜록 홈즈의 귀환》의 마지막 단편 〈제2의 얼룩〉에서 런던을 떠나 은퇴한 것은 1904년 여름의 일이다. 그러므로 네 번째 단편집에서는 홈즈가 은거지에서 끌려 나온 것이 된다.

셜록 홈즈는 1854년에 태어났으니 나이에 비해 좀 이르게 은퇴한 셈이다. 1903년에 아이린 애들러가 세상을 떠나자 홈즈는 서식스 지방에 은퇴하여 허드슨 부인과 함께 벌을 기르며 조용히 생활한다. 홈즈는 실종되었을 때 미국에 들려 뉴저지 주에서 아이린 애들러와 회포를 풀었다고 한다. 그것이 어떠한 정도였는지는 독자의 상상에 맡길 수밖에 없다.

다섯 번째 단편집 《셜록 홈즈 사건》에서는 셜록 홈즈의 모험은 은퇴하기 전의 일이 된다.

코난 도일이 쓴 56편의 단편은 특별히 우열이 있다고는 생각되지 않는다. 대체로 평론가마다 판단이 다르지만 코난 도일 자신이 순서를 붙인 12번까지의 작품은 다음과 같다.

1. 〈얼룩 끈〉 – 《모험》

2. 〈붉은 머리 연맹〉 – 《모험》

3. 〈춤추는 인형〉 – 《귀환》

4. 〈마지막 사건〉 – 《회상》

5. 〈보헤미아의 스캔들〉 – 《모험》

6. 〈빈집의 모험〉 – 《귀환》

7. 〈다섯 개의 오렌지 씨〉 – 《모험》

8. 〈제2의 얼룩〉 – 《귀환》

9. 〈악마의 발〉 – 《마지막 인사》

10. 〈프라이어리 스쿨〉 – 《귀환》

11. 〈머스그레브 가의 의식〉 – 《회상》

12. 〈라이게이트의 지주들〉 – 《회상》

12편 중 11편이 《모험》《회상》《귀환》에서 나왔다. 5편만 뽑으면 《모험》이 3편, 《회상》과 《귀환》에서 각 1편이다. 역시 《모험》 중의 3편 은 앤솔로지에 가장 많이 오르지만, 〈얼룩 끈〉과 〈붉은 머리 연맹〉은 가장 대표적인 단편이다. 〈보헤미아의 스캔들〉은 코난 도일의 첫 홈즈 단편이며, 포의 영향을 받았지만 포를 능가하는 독특한 단편이다.

거드 시티 판 홈즈 전집의 서문에서 코난 도일은 다음과 같은 취지 의 말을 했다.

"인기가 떨어진 가수가 언제까지나 무대를 떠나지 않는 건 더없는 추태다. 나는 홈즈가 이런 꼴이 되는 것은 큰일이라고 생각한다. 그는 《주홍색 연구》와 《네 사람의 서명》으로 세상에 데뷔한 인물이다. 이것은 1887년에서 1889년에 일어난 일이고, 시리즈 단편 제1작 〈보헤미아의 스캔들〉이 처음으로 〈스트랜드〉에 게재된 것은 1891년이다. 이러한 단편은 다행히 독자들이 좋아하고 계속 원해서 오늘날까지 36년간 56편을 헤아리게 되었다. 홈즈는 후기 빅토리아 시대의 한복판에서 모험을 시작하여 짧은 기간이었으나 에드워드 치세의 전 시대를 통하여 활약을 계속했다. 그리고 보면, 어렸을 때 처음 홈즈를 읽은 독자가 아직 생존하고 있어서 그들의 자녀가 《셜록 홈즈의 모험》을 같은 잡지에서 읽는 것을 보았다고 해도 결코 거짓이 아니다. 이것이야말로 영국 국민의 인내와 성실의 두드러진 예다.

《셜록 홈즈의 회상》의 종말에서 나는 홈즈를 매장할 결심을 했다. 그건 나의 문학적 에너지를 단 한 방향으로 못 박아서는 안 된다고 생각했기 때문이다."

코난 도일의 실토를 들어 보면 그는 위대한 추리작가임에도 불구하고 추리 소설을 중단할 생각을 일찍부터 하고 있었다. 포가 창시하고 코난 도일이 완성한 것으로 보는 추리 소설이라는 장르가 결코 만만한 장르가 아니라는 점을 알 수 있다. 기발한 수수께끼를 만들어 그 수수께끼를 정당하게 해결하는 재주는 누구에게도 쉬운 일이 아니기 때문이다. 코난 도일은 이 점을 깨달았기 때문이 아니었나 한다.

그러나 코난 도일이 위상을 끌어올린 추리 소설은 그의 기라성 같은 라이벌들에 의해서 모방되고 발전되었다. 마치 코난 도일 자신이 포의 추리소설을 모방하고 발전시킨 것처럼 말이다.

3 포의 영향

영국의 추리작가이며 학자인 도로시 세이어즈는 그녀가 편집한 《탐정과 수수께끼의 이야기(The Tales of Detection and Mystery, 1967)》의 서문에서 "셜록 홈즈의 스토리를 뒤팽의 스토리와 비교하면 코난 도일이 얼마나 많은 덕을 포에게서 보고 있는지, 그리고 동시에 그가 얼마나 많이 포의 문체와 형식을 모방하고 있는지를 뚜렷이 알 수 있다."고 서술했다.

필자도 그들의 작품을 비교하여 코난 도일이 얼마나 포의 영향을 많이 받고 있는지를 연구한 적이 있다. 그때 비교한 작품은 1) 포의 《모르그 가의 살인》과 코난 도일의 《주홍색 연구》, 2) 포의 《도둑맞은 편지》와 코난 도일의 〈보헤미아의 스캔들〉, 3) 포의 《황금 풍뎅이》와 코난 도일의 〈춤추는 인형〉이었다. (코난 도일이 에밀 가보리오에게서 받은 영향도 연구해 보아야 할 것이다.)

코난 도일이 그의 첫 추리 단편 〈보헤미아의 스캔들〉에서 포의 《도둑맞은 편지(The Purloined Letter)》를 모방하고 있는 건 대단히 흥미로운 일이다. 추리 소설의 완성자가 추리 소설의 창시자의 신세를 단단히 지고 있는 셈이다. 이것은 추리 소설의 역사적 전통이 짧다는 증명도 된다. 이 두 작품을 비교 대조하여 창작과 모방의 관계를 부각시켜 보려고 한다. 포의 단편을 P로, 코난 도일의 단편을 D로 한다.

1-P : 파리의 경찰청장 G는 포부르 셍 제르멩 구의 뒤노 가 33번지에 사는 C. 오귀스트 뒤팽과 '나'를 방문한다. 그들은 모르그 가의 살인 사건이나 마리 로제의 피살 사건을 통해 구면이다.

1-D : 보헤미아 국왕 카셀 파르슈타인 대공은 1887년 5월 20일 밤 런던 베이커 가 221B 번지에 사는 셜록 홈즈를 찾아온다. 왓슨은 홈 즈를 방문하고 있었다. 의뢰인은 미리 익명의 편지로 면회 신청을 하고 복면으로 나타나지만, 셜록 홈즈는 그의 정체를 간파하여 그를 감탄케 한다.

2-P : G청장이 뒤팽을 찾아온 목적은 도둑맞은 편지를 찾는 일에 관해서 뒤팽의 의견을 묻는 것이다. G는 그 편지를 찾아내려고 무척 애를 썼으나 허탕을 친 것이다.

2-D : 보헤미아 국왕이 홈즈를 찾아온 목적은 사진을 찾기 위해서다. 그도 그 사진을 찾아내려고 무척 애를 썼으나 허탕을 쳤던 것이다.

3-P : 편지는 왕실의 모 여성의 테이블 위에서 공공연하게 도난당한다. 범인은 D장관이다. D장관은 어떤 정치적 목적을 위해서 편지를 훔쳤으며, 이 편지를 지니고 있는 한 그의 입장은 유리하며 왕실의 모 여성은 D장관의 손에 들어가 있는 셈이다.

3-D : 사진은 보헤미아 국왕이 오페라의 프리마 돈나 아이린 애들러와 사랑했을 때 함께 찍은 사진이다. 보헤미아 국왕은 지금 스웨덴의 모 공주와 약혼을 하고 결혼식 날이 멀지 않았다. 만약에 아이린 애들러가 이 사진을 공개하는 날에는 결혼이 중지되고, 따라서 유럽의 정세가 바뀔 우려도 있다. 또 이 사진을 가진 아이린 애들러는 보헤미아 국왕을 협박할 수도 있다.

4-P : 편지는 D장관이 살고 있는 관저 안에 있으며, 왕실의 모 여성으로부터 의뢰를 받은 G청장은 D장관의 가택 수사 및 노상강도를 위장한 습격 등 온갖 수단을 썼음에도 불구하고 편지를 찾아내지 못하는 바람에 왕실의 모 여성의 처지도 딱하지만 파리 경찰청의 체면이 말이 아니다.

4-D : 보헤미아 국왕도 사진이 아이린 애들러의 신변에 있는 것으로 추정하고 가택 수사 및 노상강도를 가장한 습격 등 갖은 수단을 동원했지만, 사진의 행방은 묘연하고 게다가 결혼식 날이 촉박하여 초조하기 이를 데 없다.

5-P : 뒤팽은 G청장에게서 그의 수사 결과를 듣고, 게다가 이 편지에 거액의 현상금이 걸려 있다는 사실까지 듣고서도 편지를 철저히 다시 수색할 것을 충고할 뿐이다.

5-D : 보헤미아 스캔들의 수사 비용으로 백지위임장까지 내놓을 뿐만 아니라, 왕국의 일부도 제공하고 싶다고 한다. 홈즈는 금화로 300파운드, 지폐로 700파운드를 받고 영수증까지 써 준다. 홈즈가 보헤미아의 왕이 타고 온 사륜마차를 보고서 이 사건은 돈이 크게 될 거라고 한 말이 들어맞는다.

6-P : 뒤팽은 D장관이 비상한 두뇌의 소유자임을 알고 있기 때문에 G청장의 가택 수사 경위를 듣고 어떤 수법으로 D장관이 편지를 감추고 있는지를 짐작한다. 뒤팽은 편지는 틀림없이 G청장이 늘 사용하는 수사 범위 이내에 감추어져 있지 않고, 대신 G청장이 너무나 명백해

서 수사하지 않는 곳에 있을 거라는 결론을 내린다. 이러한 결론을 가지고 뒤팽은 D장관의 관저를 찾아간다. 이때 그는 녹색 색안경을 쓰고 간다. 그는 장관과 이야기를 나누는 동안 장관의 눈을 피해서 실내를 살펴본다. 뒤팽의 시선을 끈 것은 벽난로 선반 가운데쯤에 달려 있는 싸구려 편지꽂이였다. 뒤팽은 이 편지꽂이에 아무렇게나 꽂혀 있는 보잘것없는 한 장의 편지에 주목한다. 이 편지를 눈여겨보는 순간 뒤팽은 이거야말로 그가 찾고 있던 편지라는 결론을 내린다.

6-D : 홈즈는 아이린 애들러가 살고 있는 브라이어니 로지에 마부를 가장하고 간다. 때마침 아이린의 애인 고드프리 노튼이 집에서 나와 급히 세인트 모니카 성당으로 마차를 타고 가고, 잇달아 아이린도 같은 성당으로 마차를 타고 가자 홈즈도 뒤따라간다. 그들을 추적한 홈즈는 뜻밖에도 이 두 사람의 결혼의 증인 노릇을 하게 된다. 집에 돌아온 홈즈는 목사로 분장하여 의사 왓슨을 데리고 나간다. 아이린 애들러의 집 문전에서 불량배들의 시비에 말려든 아이린을 구출하려다가 부상을 입고 아이린의 거실 소파에 눕게 되는 연극에 성공한다. 이때 집 밖에서 대기하던 왓슨은 창문이 열리자 발연통을 창 안으로 던지고 '불이야! 불이야!' 하고 외친다. 이 소란 속에서 홈즈는 사진의 소재를 알아낸다. 사람이란 집에 불이 났을 때 본능적으로 제일 먼저 가장 중요한 것부터 끌어내기 마련이다. 소파에 누워 있던 홈즈는 사진의 은닉처를 목격하게 된다.

7-P : 뒤팽은 편지를 확인한 것만으로 만족하여 이튿날 찾아올 구실을 만들기 위하여 금 담뱃갑을 두고 나온다.

7-D : 홈즈는 그 사진의 소재를 확인하기만 하고 그 집에서 빠져나온다. 그리고 베이커 가의 자신의 집 문 앞에 도착했을 때, 지나가던 한 젊은이에게서 "셜록 홈즈 씨, 안녕하세요?"라는 인사를 받는다. 이 젊은이야말로 속은 것을 알고 변장하고서 쫓아온 아이린이었다.

8-P : 뒤팽은 두고 온 금 담뱃갑을 찾기 위해 D장관을 다시 방문한다. 방문한 곳의 창밖 거리에서 권총 소리와 고함 소리가 난다. D장관이 창문가로 가는 틈을 타서 뒤팽은 그 편지를 집에서 만들어 간 편지와 바꿔 놓는다. 가짜 편지에는 크레비용(Crebillon)의 비극 〈아드레〉에서의 인용이 적혀 있을 뿐이다.

Un dessein si funeste,
S'il n'est digne d'Atree, est digne de Thyeste.
(이러한 무서운 계획은, 아뜨에스에게는 어울리지 않을지 몰라도 띠에스뜨에게는 어울릴 것이다.)

D장관이 뒤팽의 필적을 알고 있기 때문이다. 그리고 G청장이 상금을 올려서 다시 찾아왔을 때 약삭빠르게 그는 상금과 교환으로 편지를 내준다.

8-D : 셜록 홈즈는 보헤미아 왕과 왓슨 의사를 거느리고 아이린 애들러 집에 간다. 그러나 아이린은 떠나고 없었으며, 그 대신 자신의 독사진과 셜록 홈즈에게 보내는 편지를 남겨 둔다. 편지에서 아이린은 셜록 홈즈와 같은 강적에 대항할 수 없으니 도망가는 것이 최선이

라고 하며, 왕과 찍은 사진은 자신을 지키는 무기로서 지니고 있겠다고 한다.

9-P : 뒤팽은 왕실의 모 여성의 편지를 훔친 D장관을 두뇌 싸움에서 이긴다. D장관은 시인이며 수학자인 천재이지만 뒤팽에게는 당하지 못한다. 뒤팽은 5만 프랑을 벌었을 뿐만 아니라, G총장의 체면도 세워 주고 왕실의 모 여성도 곤경에서 벗어나게 해 준다.

9-D : 셜록 홈즈는 아이린 애들러에게 두뇌 싸움에서 진 셈이다. 그러나 소기의 목적은 달성한 셈이어서 보헤미아 왕도 사진 걱정은 하지 않게 된다. 보헤미아 왕이 고마워서 자기 손에 낀 에메랄드 보석 반지를 빼 주려는데 홈즈는 더 소중한 것을 요구한다. 그건 아이린 애들러의 사진이었다.

이상과 같이 두 작품을 비교하면 '모방과 창조' 간의 기밀을 엿보는 듯하다. 하워드 헤이크라프트는 "코난 도일은 포의 추리와 트릭을 50년 후에 〈보헤미아의 스캔들〉에서 도용했다."고 말한 적이 있다.

코난 도일이 악한 역을 맡은 D장관을 절세의 재원 아이린 애들러와 바꾼 것은 〈보헤미아의 스캔들〉을 성공시키는 중요한 요인이 된다. 미스터리에 로맨스가 가해졌기 때문이다. 이에 비하면 《도둑맞은 편지》는 너무나 이지적인 추리 작품이다. 특히 맨 끝에 D장관을 골려 주는 부분은 애들러에게 셜록 홈즈가 관심을 보이는 것에 비하면 뒤팽과 같은 파리의 신사로서는 너무 비정하다고 할 수 있다. 셜록 홈즈가 오늘날까지 뒤팽보다 인기가 있는 이유는 그런 점에 있지 않은가 한다.

코난 도일이 《자선 베스트 12》 중에서 3위로 고른 〈춤추는 인형〉 역시 포의 《황금 풍뎅이》를 모방하고, 능가하고 있다고 본다.

노퍽 주 라이딩 소프 저택의 신사 힐튼 큐빗은 미국 여성 엘지 패트릭을 알게 되자 홀딱 반해 그녀의 과거를 묻지 않는 조건으로 결혼한다. 결혼한 지 1년이 지난 후에 갑자기 아내에게 괴이한 모양의 암호 글자로 다섯 번이나 협박장이 날아든다. 아내는 공포에 떨고 있으나 아내에게 물어보지도 못하고 고민하다가 셜록 홈즈를 찾아온다. 괴문자는 다음과 같이 춤추는 인형의 모양을 하고 있다. (1~5는 협박장이고, 6은 홈즈가 같은 암호를 사용하여 보낸 유인장이다.)

1. 𝖝𝖝𝖞𝖝𝖞𝖝𝖞𝖝𝖞𝖝𝖞𝖝𝖞𝖝𝖞𝖝
2. 𝖝𝖞 𝖝𝖞𝖞𝖞𝖞𝖝
3. 𝖞𝖞𝖞𝖞 𝖝𝖞𝖞𝖞𝖝
4. 𝖝𝖞𝖞𝖝𝖞
5. 𝖝𝖞𝖞𝖞𝖞𝖞𝖞𝖞𝖞𝖞𝖞𝖞 𝖝𝖞𝖞𝖞𝖞𝖝 𝖝𝖞𝖝 𝖝𝖞𝖝 𝖝
6. 𝖞𝖞𝖞𝖝 𝖝𝖞𝖝𝖝 𝖝𝖝 𝖝𝖝𝖝𝖝

홈즈가 춤추는 인형 모양의 암호문을 해독했을 때는 이미 한발 늦어 큐빗이 흉탄에 쓰러지고, 큐빗 부인도 맞고 실신한다.

홈즈가 암호를 푸는 방법은 레그랜드가 《황금 풍뎅이》에서 사용한 방법을 사용하고 있다. 포의 《황금 풍뎅이》에서는 보물을 감춘 곳을 다음과 같은 암호를 사용하고 있다.

포는 모든 영문 알파벳 중에서 'e'자가 가장 많이 쓰이므로 'e'자를 먼저 추려내고, 낱말로는 'the'가 가장 많이 쓰이므로 't'와 'h'자를 추려내어 결국 암호를 풀게 된다. 〈춤추는 인형〉에서 셜록 홈즈도 포와 같은 방법으로 'e'자를 표시하는 인형을 찾아내어 한 걸음 더 나아가 이 암호를 역으로 이용함으로써 범인을 불러내어 체포하는 것이다. 이것은 코난 도일이 포를 모방하면서도 한 걸음 넘어서는 점이다. 《황금 풍뎅이》는 암호를 해독하여 보물찾기로 끝나는 것이지만, 〈춤추는 인형〉은 시카고의 갱단의 암호문을 이용하여 질투와 복수의 살인극을 만들고 있는 것이다.

　이상의 관계 이외에도, 가장 중요한 것은 셜록 홈즈는 오귀스트 뒤팽 없이는 존재할 수 없었다는 점이다. 코난 도일의 첫 추리 장편 《주홍색 연구》를 보면 왓슨이 셜록 홈즈와 만나서 하숙을 하는 장면은 《모르그 가의 살인》에서 '나(I)'라는 이름을 밝히지 않는 내레이터가 뒤팽과 만나는 것과 비슷하다.

　모방과 창조의 은밀한 관계는 포와 코난 도일의 작품에서 볼 수 있는, 문학사상 희한한 예라 할 수 있을 것이다.